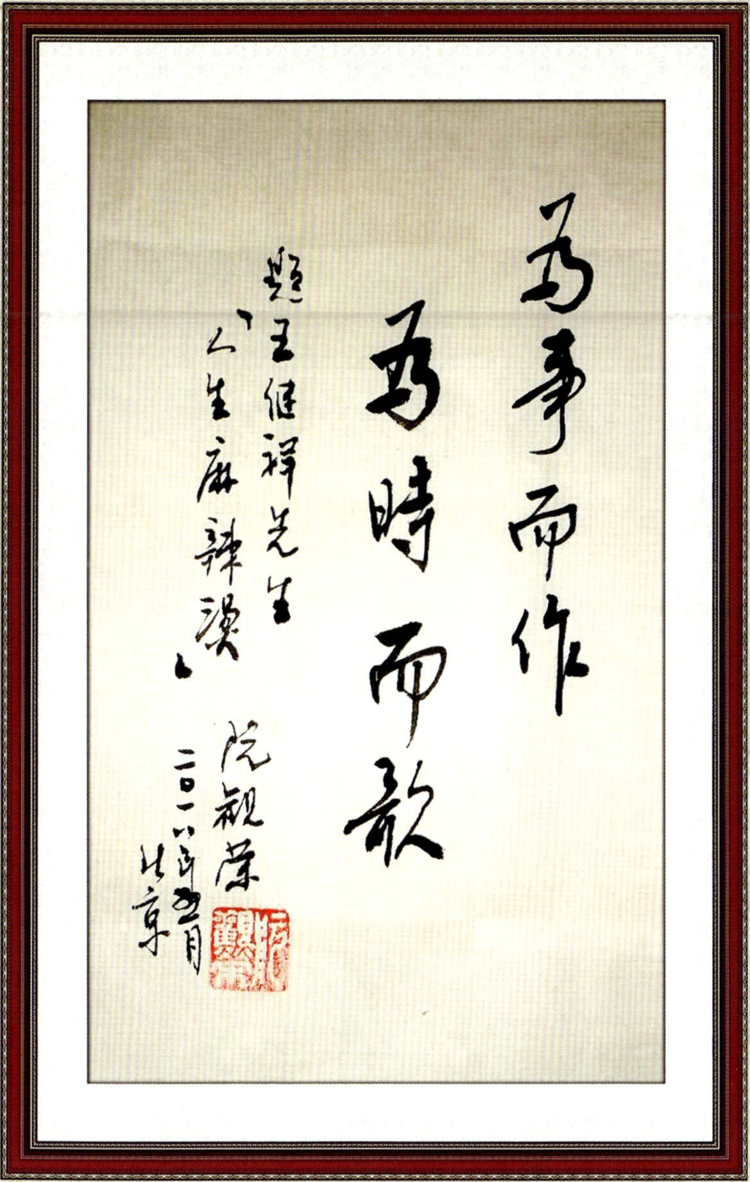

阮观荣：中华全国新闻工作者协会国内部兼学术部原主任、高级记者、“中华大地之星”征文评选组委会主任

情系津西

津西高管在 2016 年三十年厂庆时集体合影，前排中为董事局主席韩敬远

津西集团董事局主席现场指导生产工作

2005 年津西异型坯投产时董事局主席韩敬远在现场接受央视记者采访

2016 年津西集团董事局主席韩敬远（右三）与津西特钢高管合影

2016 年津西集团董事局主席韩敬远（左）与津西正达总经理于建水（右）合影

国画家张世才作品选

旭日东升

秀湖秋色

鸿运华夏神州

青山绿水遍神州

五彩溪石山叶口

黄金寨五龙石上腾麒麟

桂林山水甲天下

国画家高金香作品选

雅香

硕果盈枝

浪漫香风

独领淡泊留香

谦谦君子之风

墨竹

紫气东来

国画家陈立华作品选

密语

香满荷塘

畅游

金玉满堂

清赏

春色满园

绘画作品欣赏

成秉羿《箴言》

张铁男《映山红》

刘亚军《牧牛图》

李建国《九如图》

易雅娇漫画作者

国标《热轧钢板桩》英文版审定会

绿色钢企万里行采风组在津西沃达尔工程技术有限公司留念

作者参观张世才书画艺术馆留影

作者于天津采风与画家张世才画作《旭日东升》留影

作者于天津采风与画家张世才画作《世外桃源》留影

五味生活

作者宜春留影

作者在为通讯员培训

作者（右）在 2014 年迁西县安监局组织的安全宣贯活动中接受电视台记者采访

作者与夫人合影

作者（左）与中国冶金报河北记者站站长谢吉恒（中）和津西特钢销售部部长乌连华（右）在宜春合影

作者（右）与中国人民解放军火箭军政治工作部文工团创作室主任、国家一级作曲家胡旭东在北京合影

作者（左）与工友王会斌在 2008 年公司春晚表演相声

人生“麻辣烫”
——钢铁业文化践行记

王继祥　著

北　京
冶 金 工 业 出 版 社
2018

内 容 提 要

本书是一部通讯、散文、曲艺、歌曲、摄影作品集，甄选作者30余年在各报刊发表的200余篇作品，分为“人生天天好消息”“人生处处是课堂”“人生思考凝感悟”“人生撷趣欢乐多”“人生无处不美丽”和“人生豪情谱劲歌”六个板块，生动形象地再现了中国500强民营钢企——津西钢铁集团30余年由大变强、绿色发展的辉煌成就。记录作者不忘初心，勇于担当，辛勤耕耘，全方位、多角度谱写大地华章，讴歌时代英才的心路历程。本书笔触流畅，写作技巧有行文短、真、精、深的特点，主题鲜明，内容丰富，集知识性、趣味性、可读性于一体，使读者产生共鸣，分享五彩人生。

图书在版编目（CIP）数据

人生“麻辣烫”：钢铁业文化践行记／王继祥著．—北京：冶金工业出版社，2018.5
ISBN 978-7-5024-7804-9

Ⅰ.①人…　Ⅱ.①王…　Ⅲ.①文艺—作品综合集—中国—当代
Ⅳ.①I217.2

中国版本图书馆CIP数据核字（2018）第107447号

出 版 人　谭学余
地　　址　北京市东城区嵩祝院北巷39号　邮编　100009　电话　(010) 64027926
网　　址　www.cnmip.com.cn　电子信箱　yjcbs@cnmip.com.cn
责任编辑　李培禄　美术编辑　吕欣童　版式设计　吕欣童　彭子赫　孙跃红
责任校对　郑　娟　责任印制　李玉山
ISBN 978-7-5024-7804-9
冶金工业出版社出版发行；各地新华书店经销；固安华明印业有限公司印刷
2018年5月第1版，2018年5月第1次印刷
169mm×239mm；28.5印张；4彩页；456千字；428页
90.00元

冶金工业出版社　投稿电话　(010) 64027932　投稿信箱　tougao@cnmip.com.cn
冶金工业出版社营销中心　电话　(010) 64044283　传真　(010) 64027893
冶金书店　地址　北京市东四西大街46号 (100010)　电话　(010) 65289081 (兼传真)
冶金工业出版社天猫旗舰店　yjgycbs.tmall.com
（本书如有印装质量问题，本社营销中心负责退换）

序

冬至前几天，河北津西钢铁集团有限公司（以下简称津西钢铁）王继祥同志给我送来《人生“麻辣烫”》这个集子打印稿。嗬，厚厚的、沉甸甸的400余页约45万字，排列井然。惊喜之余，我粗略地翻了翻，心里顿时产生一种赞许、敬佩之感。

在众多河北民营钢企队伍中，王继祥所处的津西钢铁的优越环境，“海阔任鱼跃，天高任鸟飞”为他的成长提供了“天时地利人和”条件，使其大显身手、崭露才华有用武之地。

我是连续三十余年辛勤服务于《中国冶金报》的资深记者，常到津西钢铁采访，他是我熟知的合作伙伴之一。在我的印象中，他在工作岗位上，总是开动脑筋、勤勤恳恳、默默耕耘、士气高昂、心情愉悦、节奏紧张。有两次，他和我一起采访和开会，时间安排满满的，真令人有些应接不暇。

王继祥约我写序之后，我便开始思考，该为此书写点什么呢？我想，王继祥同志的实践，这本内容丰富的集子，足以说明一位热爱新闻写作、挚爱文艺创作的爱好者，尽管非科班出身，但酷爱此项工作，扎根基层、爱岗敬业、一步一个脚印，全身心投入到采访创作中去，勤学苦练写作基本功，照样可以写出比较好的新闻及文学作品。王继祥常年坚持写作成为民营钢企的佼佼者，作品令专业人士刮目相看。王继祥的《人生“麻辣烫”》结集出版，是一件好事，我乐意写几句话，表示祝贺！汇集到这个集子的225篇作品，印上他成长的足迹，注入他的心血，刻下了他生命的年轮，是津西钢铁辉煌成就的缩影，一部难得的文化产品。

王继祥见证了津西钢铁从名不见经传的小乡企，靓丽转身，转型升级，由小到大变强，跻身全国500强企业之列。各项主要经济指标位列全国钢企前十位，建成全国最大型钢基地，成为镶嵌在燕山山脉中的一颗璀璨明珠。他由风华正茂的二十几岁年轻后生，历经三十余个春秋与津西钢铁风雨同舟，至今已成年过半百、两鬓染霜的“知天命之人”。津西钢铁是他成长的温馨港湾，深情感悟到，没有津西钢铁的发展，就没有自己的今天。知恩感恩报恩，梦想筑梦圆梦，使他身为津西人感到骄傲和自豪。王继祥基于热爱津西、亲近津西、宣传津西、服务津西，自己有责任和担当为津西钢铁也是为自己做点什么，三十年磨一剑，把自己作品汇成《人生“麻辣烫”》文集奉献给津西人，这就是他的初衷意愿。

王继祥的《人生“麻辣烫”》文集内容丰富、体裁多样性成为一大看点。一方面，文集以津西钢铁发展为主轴，正能量、接地气、与时俱进，给人希望、给人智慧、给人自信、给人欢乐，文集中的主人公说话让人喜欢、做事让人感动、做人让人想念；另一方面，文集除收录大部分新闻作品外，还有散文、诗歌、小小说、曲艺、摄影、对联、歌曲创作等作品，意境新颖、诗情画意、引人入胜，被喻之为川渝地区特色风味小吃——“麻辣烫”。《人生“麻辣烫”》作品集犹如城市一道亮丽风景线，众生相喜爱各具特色，有吃得快麻了唇、吃得慢辣了舌、不快不慢烫了心、直到痛快渗出汗水，汪出泪水，酣畅喊出风味的精髓。《人生“麻辣烫”》为读者馈送一份五彩缤纷、美味可口的文化大餐。王继祥多才多艺，全方位多角度展示津西人的七彩人生，增强作品的可读性、知识性、趣味性。他为此自我加压、自找苦吃、苦中求乐、乐在其中。“我的情感和快乐也都融入作品中”（王继祥语）。他写道：“通过此书，让更多的人了解津西、走进津西、亲近津西、合作津西，相互交流学习，汲取鼓舞和力量，感受到些许快意和乐趣我就心满意足了。”这是他结集出书的又一个目的。

我阅读这个集子，还有另一种感受，谈一点本书的写作技巧。总的印象是短、真、精、深！

短——是指行文短，这个集子里的作品每篇多以1000字至1500字左右；真——是指行文真，这个集子里的作品均以津西钢铁做大背景，真实地反映津西钢铁各个侧面、不同层次的精神面貌；精——是指行文精，这个集子里的作品都能在真实的基础上，去粗取精，截取生活中一个个有意义的横断面，画龙点睛地描绘出来；深——是指行文有深度，这个集子里的作品，主题鲜明，并能在一定程度上提炼出富有哲理意味的思想来。

“山不在高，有仙则名;水不在深，有龙则灵。”30 多年过去了，王继祥用执着和追求，梦想不灭，用心血凝聚，以朴实优美的文笔，奉献这本文字，字里行间充满着爱。《人生“麻辣烫”》是一部实用的，可供新闻、文艺写作爱好者借鉴学习的好书。与友交流，见仁见智，视为序。

《中国冶金报》河北记者站站长
中国艺术家协会会员
中国报告文学学会会员
中国散文学会会员
谢吉恒

2017 年 12 月 30 日于北京

一本值得细品的好书（代序）

近日，有幸拜读了王继祥先生一本各种作品的合集——《人生“麻辣烫”》。读完之后，掩卷深思，觉得确实是一本值得细细品味的好书。

之所以得出这样的结论，主要是基于以下四点：

其一，这本书有一个响亮的名字。我们的母语，历史悠久、博大精深，每个字的构成、读音、释义、组合，都有很多的讲究。因此，给企业、社团、家人、居所、著述起一个叫得响、寓意佳的名字，就成了一种传统和时尚。而一个好的名字，不仅容易吸人眼球、引起关注，还能吊人胃口、激发兴趣。作者就是抓住了人们的这一心理，把人们非常喜爱的多种食材组合的风味小吃——麻辣烫，与孕育滋生这些不同门类作品的生活有机地嫁接在一起，从而形成了一个足以让人眼前一亮的名字——《人生“麻辣烫”》。这个书名，不仅凸显了书中作品的多种多样，还预示了各类作品所具有的不同风味，确实能引起受众的猜测、联想，勾起人们想一饱眼福的欲望。

其二，这本书有一套严谨的架构。这本书，作者按作品的种类、体裁分成了六个部分：一、人生天天好消息；二、人生处处是课堂；

三、人生思考凝感悟；四、人生撷趣欢乐多；五、人生无处不美丽；六、人生豪情谱劲歌。六个部分都紧紧围绕人生这个中心展开。每个部分又分引言和正文两个层次。引言，都用富含哲理的诗一般的精炼语言，揭开本部分的“面纱”，将读者的思绪切换到这一“频道”。这样严谨的架构，既符合国学文化的传承，又适应了为读者喜闻乐见的心理，实在有一箭双雕之妙。

其三，这本书是紧接地气的作品。纵观本书，六个部分的篇篇作品，都是作者贴近生产、贴近生活、贴近员工、融接地气的心血之作：第一部分的 115 篇新闻消息，是他长期和一线员工一起摸爬滚打，以一双善于发现的眼睛，一篇篇写出来的，非常符合新闻政治性、真实性和时效性的要求；第二部分的管理经验，是他在基层担任负责人期间，以一种事争一流的责任担当，经过多年摸索总结、提炼出来的，具有很强的可操作性和实用价值；第三部分的讲稿和论文，是他担任炼钢厂办和公司办负责人期间，以感恩的心态和一个培训师的站位，对企业创新管理理念和企业文化建设的真知灼见，很具有津西特色及前瞻性；第四部分至第六部分的文学艺术作品，是他在紧张、高效的工作之余，以一个兴趣广泛文艺“铁粉”所特有的执着、热情和敏感，将生产、生活中的亮点及时捕捉住，并用小说、诗歌、小品、相声、快板、摄影、歌曲等多种文艺形式完美地展现出来，足可使受众在得到感官享受的同时，心灵受到陶冶。

其四，这本书里处处涌动着激情。正因为作者是个热情豪爽、多才多艺之人，所以在他的这本书中，无论是新闻还是论文，无论是文学作品还是曲艺作品，无论是摄影作品还是歌曲创作，无一不在作品中涌动着他对祖国、对企业、对工作、对工友、对生活真挚而无私的爱。这种博爱、大爱，终会化作源源不断的正能量，在读者认真的品读中，荡起他们筑梦、圆梦的心潮，化作他们见贤思齐、敬业创业的实际行动。

以上看法，实属一己之得的陋见，难免偏颇、谬误。但我坚信大家在见仁见智的品读过程中，一定会喜欢上这本《人生“麻辣烫”》的。

资 深 人 民 教 师
《津西人》报顾问编辑　庞文泽

2017 年 12 月 31 日

咱爱《人生“麻辣烫”》

咱是普通百姓，
没吃过鲍鱼熊掌，
也没吃过鱼翅蟹黄。

咱是草根一族，
没进过星级酒店，
也没登过大雅之堂。

到什么山上唱什么歌，
吃饭穿衣亮家当。
咱百姓爱吃的佳肴美食，
就是
就是麻的酥筋
辣的流泪
烫的开心的——
风味小吃麻辣烫！

咱是普通百姓，
没受过高等教育，
也没进过大学课堂。

咱是草根一族，
没看过精装名著，
也没读过高深难测的锦绣文章。

到什么台下看什么戏，
看书咱就看时尚。
咱爱看的开心好书啊，
就是
就是咱草根作家
耗殷殷心血凝结而成的，
通俗易懂的，
撷趣感悟的，
美丽耐读的——
《人生"麻辣烫"》！！！

中国散文协会会员
邢台市作家协会会员　　沈五群
邢台市诗歌协会会员

2018年1月25日

目　录

第一部分　人生天天好消息

第二部分　人生处处是课堂

第三部分 人生思考凝感悟

第四部分 人生撷趣欢乐多

第五部分 人生无处不美丽

第六部分　人生豪情谱劲歌

第一部分

RENSHENG TIANTIAN HAOXIAOXI 人生天天好消息

（新闻消息篇）

自 1987 年参加工作以来，本人亲眼看到了津西从无到有的发展，亲身经历了津西从一个名不见经传的年产 14 万吨生铁的县办企业经过 30 年的蜕变，成长为国内民营企业第一家海外上市的大型钢铁集团公司、全国最大世界一流的型钢生产基地，到与全球第一大钢铁企业安赛乐米塔尔强强联手，现已实现年产 1100 万吨铁、钢、材的生产能力，并且连续 15 年蝉联全国 500 强企业。随着津西不断的成长壮大，30 年来，可以说每天都有新消息，并且每个消息都能给人以意想不到的惊喜……

津西集团 2015 年新建的研发中心办公大楼

炼钢厂全年产量指标突破91万吨

——细谋划2002年全面实施“110100299”工程

王继祥 杜福军

借公司改制的东风，炼钢厂全体员工努力拼搏，百尺竿头，更进一步，2001年12月份完成钢坯产量81503.45吨，全年完成912397.79吨，完成公司“双九”目标。

12月份炼钢厂3号炉系统整体安排检修三天，更换了烟道，这给12月份生产带来了很大的压力，为此炼钢厂抓住炼铁高炉顺行铁量猛增的有利时机，严密生产组织，积极创造条件，深挖内部潜力，使日产水平稳定提高，并重点解决以下几方面突出问题，有效促进生产提高。

一、解决氧气供应不足，促进生产能力提高

随着天气的日益寒冷，气温低液氧蒸发不足制约炼钢生产的矛盾已充分暴露出来，也使得炼钢生产有劲使不出，只得在氧压不足情况下被迫安排检修，失去了一次生产再提高的机会。对此炼钢厂厂长冯爱民心急如焚，与生产处副处长杨绍勇多次到液氧蒸发片处勘察，大胆设想在液氧蒸发片处安装蒸气式暖汽片来增加液氧蒸发量，经过多方论证，一个新的解决方案形成。

炼钢厂立即成立了以厂长助理王德春为组长的安装暖汽片小分队，在制氧厂的大力协助下，经过连续三昼夜的奋战，共焊暖汽片8片（6米 ×1.5米），用钢管168根，经过安装焊接通汽一次性成功，使炼钢厂生产形成了钢产量能力越大，蒸汽就越大，液氧蒸发能力越强的循环模式，更充分满足了炼钢三机八流生产要求。这极大地促进了生产能力的提高，日产由原来

2800 ~ 2900 吨，提高到 3100 ~ 3200 吨，平均提高了 300 吨 / 日。

二、加大现场督办力度，稳定操作，控制事故

4 号转炉培训新岗位人员已进入实习操作阶段，因操作技能普遍低造成连铸拉漏事故频繁发生，加之冬季生产，炼钢厂房内蒸汽量大，影响了岗位操作视线，对安全生产尤为不利。针对事故反弹现象和安全生产的不利情况，炼钢厂班子召开了紧急会议，制定出段长以上干部昼夜现场盯办解决具体问题，稳定生产秩序的思路。对生产中出现的事故坚持当班不放过，由厂长亲自分析，制定出防范措施。同时加强新工人的业务培训，签订师徒互保协议书。对拉漏事故全面分析并制定出八项具体措施，由厂长亲自督办逐项抓落实。这样有力地带动了全员责任心的提高，更促进了生产的稳定，在 12 月份最后 7 天生产突击中，平均日产钢坯 3036.8 吨，班产平均 1012.27 吨，均创历史最高记录。

此外，根据公司 2002 年全年奋斗目标，结合炼钢厂实际，制定了总体的工作目标。在 2002 年实施一个工程，实现两大突破，解决三大问题，抓好八项重点工作。

实施一个工程即“110100299”工程，“11010”是年产钢 105 万吨争 110 万吨（不包括新系统），月产钢达到 10 万吨；第三个“0”是重伤以上事故为零；“2”是轻伤事故率控制在千分之二以内；“99”是铸坯合格率保 98%，争 99%。

实现两大突破，一是钢产量全年突破 110 万吨，月产突破 10 万吨，日产突破 3500 吨；二是 4 号转炉技改工程一次性开炉成功，实现一个月顺利达产的新突破。

解决好三大问题，一是解决铁水、氧压供应不足问题；二是解决发展的问题，充分挖掘内部潜力，眼睛向内降消耗，眼睛向外抓对标，加大废钢比，力争超铁水产量达到 15%，以低消耗、低成本、高效益、高质量推动生产的发展；三是机制改革问题，对车间、工段、班组推行层层聘任制，实现风险共担，利益共享，在生产岗位实施“末位淘汰制”，进一步增强员工的危机感、紧迫感，充分调动全体员工争先创优的积极性，以灵活的机制促生产的进步。

抓好八项重点工作，第一实施科技兴厂战略。开展包龄、炉龄、合金料等攻关工作，确保技术指标的完成。设立小革小改专项奖，投入 10 万元奖金奖励贡献突出的员工。第二严密生产组织精心规范操作。以连铸为中心，以转炉为基础，

以设备为保障，实现炉机匹配，低温快拉，达到稳产、高产。第三推行质量工作的“零缺陷”管理，提高铸坯合格率。第四强化成本管理，实施低成本战略。建立成本管理网络，制定目标成本考核责任制。第五强化安全管理，实现安全保生产。第六以加强巡点检制度管理为突破口，提高设备运转率。第七以人为本创造能者上庸者下的灵活用人机制。第八创造具有炼钢特色的企业文化。

（刊登在 2004 年《津西钢讯》第 1 期）

比武设擂台　竞技显身手

——二炼分厂连铸车间开展切割工比武擂台赛

3 月 28 日至 4 月 1 日，二炼分厂连铸车间在三个班组的切割工之间组织了别开生面的比武擂台赛，经过三场激烈的角逐，丙班切割班长李玉宏以 152"94 的总成绩荣登擂主宝座，创下了单枪铸坯切割时间 20"25 的最短纪录，比机械自动割枪还短 1/3 的时间。甲班班长付永秘以总成绩 170"43 取得第二名，乙班季节工王丽娟总成绩 171"34 屈居第三。

为了把员工技能操作培训落到实处，3 月底炼钢总厂在各个不同的岗位上逐步推开了岗位技术操作比武活动，而连铸车间在比武活动中别具一格，规定一个季度开展一次切割技术比武擂台赛，在生产正常的情况下，现场比试手工铸坯切割技术，由切割工用手割把在五流、六流之间按定尺将四流铸坯割断，以六枪的合计时间记为总成绩。前后几百度的高温，体现出切割工的精神和意志，此次擂台赛比出了水平，比出了士气，比出了员工学技术、学业务的积极性。

（刊登在 2004 年津西炼钢厂《钢花月报》第 1 期）

一炼分厂板坯连铸热试投产一次成功

3月25日上午11：09至下午1点，公司投资1亿元、年设计生产能力80万吨的设备技术改造工程——板坯连铸机顺利连拉5炉钢，热试投产一次成功。

该工程于2003年10月初破土动工，整体设计和主体设备的制作、安装及热试均由大连重型机械工程公司承担。铸机为两机两流，铸坯断面尺寸为200毫米 ×700毫米，拉速为0.8 ~ 1.5米/分钟。12月15日开始设备安装，从土建施工到热试投产仅仅用了五个半月的时间。该项工程的如期投产既在津西炼钢史上立下了新的里程碑，又填补了一项技术上的空白，同时也标志着津西炼钢的生产水平又上了一个新的台阶。

（刊登在2004年津西炼钢厂《钢花月报》第1期）

生产娱乐两不误　企业文化展风采

4月份，炼钢总厂围绕生产中心工作，经过干部员工的共同努力，共完成产量279239.63吨，其中板坯22060吨，20MnSi 33823.6吨，出口Q235钢5000吨，吨钢成本1973.4元/吨，比计划节余3.88元/吨，合金料单耗达成到了10千克/吨，达到了攻关目标，可以说是全面完成了月工作计划。并且在搞好生产的同时积极开展员工文化活动，4月22日组织一炼、二炼分厂两支篮球队在公司办公楼的露天体育场进行了友谊赛，比出了炼钢人的精神、士气和风采，同时也为公司的五一篮球赛选拔了队员。4 月 23 日，组织一、二炼分厂共 10 个代表队在工会礼堂进行了“安环月”知识竞赛。4 月 24 日又在总厂三楼会议室组织了“安环月”漫画展，共展出作品 40 余幅。

总之，炼钢厂用组织生产的精神和积极性来开展企业文化活动；把技术比武和各种竞赛的气势和热情又融入生产之中去，这样相互促进，相互提高，从而取得物质文明和精神文明的双丰收。

（刊登在 2004 年津西炼钢厂《钢花月报》第 2 期）

比武夺魁

——记一炼分厂钳修二车间技术比武活动

5 月 19 日至 5 月 20 日，炼钢一分厂钳修二车间由三名主任亲自主考，对全体钳、焊工及板坯新入厂的钳工共 65 名工人进行了理论结合实践的技术比武，最终，郭中阳、孙占连、张米林分别以 99 分、97 分、93 分取得了钳、焊及新入厂工人第一名。

本次比武车间对不同工种采取了不同的比武方式，对板坯系统新入厂的维修工侧重现场理论的随机问答测试；老系统钳工采取理论与实践相结合的办法，首先进行常见事故的随机提问，然后在工作现场人为制造一些故障和工作障碍，让员工现场排除；焊工则是现场进行 159 毫米钢管的切割和焊接。通过比武，极大地促进了员工学技术、学业务的积极性。

（刊登在 2004 年津西炼钢厂《钢花月报》第 3 期）

炼钢总厂召开
“选、树、学、创”活动动员会

炼钢厂组织科长主任以上干部召开企业文化例会
（摄影：刘振朋）

8月25日炼钢总厂就公司开展的“选、树、学、创”活动，在三楼会议室组织全体副段长以上干部召开了“选、树、学、创”活动动员会。会议传达了《炼钢总厂关于开展“跳出津西看津西，站在行业看津西”“选、树、学、创”活动的通知》，厂长荆有利同志做了动员讲话。

他说，开展“选、树、学、创”活动是津西企业发展的需要，是提高津西管理者素质、员工操作水平与技术素质的需要，是提高津西抵抗各种风险能力的需要。搞好这次活动我们要努力做到与技术对标、技术比武、培训学习、加强党建推进班组建设、推荐选拔后备人才、质量攻关、板坯提速、百吨转炉辅料“零”消耗、强化安全管理、搞好五项技改、打造津西品牌提高企业知名度等方面相结合，同时要求大家层层动员，统一思想，找准本单位存在的问题，拿出解决办法，多样化、创造性地开展活动，把好的典型真正树立起来，把好的经验推广出去，树立“树正气、讲团结、求发展、争一流”的炼钢企业文化精神，克服困难，勇攀高峰。

（刊登在2004年津西炼钢厂《钢花月报》第6期）

人小“鬼”大

——记二炼分厂天车车间副主任谢晓贺

提起二炼天车车间副主任谢晓贺，认识他的人都知道年龄并不是很小，而个头不大，看到他就让我想起东北的笑星潘长江来，同时也想起他那句经典的台词“凡是浓缩的，都是精华”，这句话对于晓贺来说真是再合适不过了。

晓贺年龄并不小，三十六七岁，只是个头较矮，但却满脑子机灵劲，20世纪90年代国内刚刚风行霹雳舞的时候，他硬是凭着个人的“魔症”劲，无师自通，在一场场的歌舞演出中，学会了霹雳舞，并于1992年以一段“神鹰狂行”代表津西参加了唐山市工矿企业文艺汇演，以精湛的表演获得了一等奖，为津西人争了光。这就是他，干什么都要干出名堂来。

他参加工作18年来，始终从事设备维修工作，这也让他积累了丰富的机械设备维修方面的知识和经验。现在他在所属车间任副主任，主管整个分厂18部天车的维修管理工作。由于在一炼老系统管了两年多的天车维修，他深深知道天车对炼钢生产的重要性，设备操作安全、故障维修稍有疏忽都会造成设备或人身伤害事故，都会延误时间而影响生产，最让他头痛的是二炼钢刚刚投产，设备新、人员新，虽然由老系统抽调了几名老同志，但应付18部天车的维修，保证二炼日益提高的快节奏生产，维修队伍的整体素质亟待提高。所以一年来，他一心扑在工作上，与员工们一起探讨、研究如何尽快提高天车维修队伍的技术业务素质，为生产保驾，并取得了成功。

首先，他组织所有的维修人员进行了维修理论培训，但他考虑到毕竟设备维修其实践性和操作性比较强，光有理论知识、没有实际操作，要想在短时间内提高员工整体技术水平是很难办到的，所以，他又根据日常工作确定了理论知识、气割操作、调节天车制动器和更换钢丝绳等几个项目组织全体员工开展技术比武活动，特别是更换天车钢丝绳，既耗费人力，又影响生产时间，而且当时十几名员工中又没有几个人能够组织指挥完成这项工作，多数人都不知道该怎么下手，同时由于天车的特殊性，现场讲解传教也很难让员工弄个明白、看得清楚，而且又不是所有的人都能赶上更换钢丝绳的机会。可是这些是难不倒他的，想法总比困难多，果然在今年二、三月份他自行发明设计研制了一台天车更换钢丝绳的轻型模具，能够将50吨以下所有天车更换钢丝绳的操作尽收眼底，并且每个人都可以独立在模具上完成钢丝绳更换操作的全部过程。他一有时间就给大家讲解更换钢丝绳的要领和操作方法，并亲自给大家作示范，为大家做细致耐心的讲解。这一小小的发明，让全体维修工的技术操作水平很快得到提高，现在任何一个维修工都能在短短的几分钟内将模具的钢丝绳卸下来再安装好，这也着实让小谢高兴得几个晚上没睡好觉。

通过五月份的技术比武，每个维修工都能在10分钟内完成规定的气割下料、调整制动器、更换钢丝绳的全部工作，特别是进厂不足两年的吴国安、张民，分别以185分和184分的理论、实践总成绩夺得了冠、亚军。看着工人们取得的成绩，看着他们敏捷熟练的操作，他从心里到脸上笑了，笑得那样开心，简直像个孩子。

他就是这样一个人，一个为了解决问题可以不吃饭，为了攻克难关可以不睡觉，而看到成绩从心里向外会笑的人，一个“鬼”精“鬼”精的人。

（刊登在2004年津西炼钢厂《钢花月报》第6期）

天车车间副主任谢晓贺 （作者摄）

炼钢总厂
"选、树、学、创"活动有奖征文揭晓

为了把"选、树、学、创"活动不断引向深入，炼钢总厂在近期开展了"选、树、学、创"活动有奖征文活动，并于11月12日上午8：30分在三楼会议室组织了征文评选活动。总厂厂长荆有利，厂长助理李连文、高玉泉，一炼分厂厂长助理王振山，二炼分厂厂长单恩泽及本钢顾问等七人出席并担任评委，对在30多篇征文中初选出的12篇征文进行了评选。二炼分厂电仪车间孙长明的《"选、树、学、创"结硕果》一文被评为一等奖，二炼分厂连铸车间邵宝刚与一炼分厂冶炼车间刘建华的两篇征文荣获二等奖，二炼分厂连铸车间赵金奎、蒋建军、天车车间谢晓贺的三篇文章被评为三等奖，王建华、付玉军等7名员工的6篇征文获优秀奖。此次征文活动使"选、树、学、创"更加细腻，更加具体，作者们从系统管理、对标学习、先进事迹等多方面展现了活动开展的风采之处。最后，总厂厂长荆有利对炼钢总厂"选、树、学、创"活动和宣传工作做了简单的总结和肯定，并对下一步工作提出了新的要求和希望。

（刊登在2004年津西炼钢厂《钢花月报》第8期）

鞍钢集团机械制造公司铸钢厂二次来炼钢厂参观

11 月 13 日鞍钢集团机械制造公司铸钢厂二次派人来厂进行了参观。党委书记高庆禄一行 20 人就国企转制、机构设置、员工思想变化等情况到我厂进行了考察，并且于次日上午在总厂厂长荆有利和二炼分厂厂长单恩泽的陪同下到二炼分厂进行了现场参观。高书记对我公司转制成功和炼钢总厂班组建设与工作职责、标准、程序、权限一整套的管理制度给与了很高的评价。此次的考察参观给炼钢总厂进一步吸收国企先进管理经验打下了良好的基础。

（刊登在 2004 年津西炼钢厂《钢花月报》第 8 期）

首月首季生产开门红活动掀起新高潮

炼钢总厂为确保首月首季开门红，及时提出元月份保钢产量 30 万吨、争 31 万吨的目标。并制定了维护板坯设备，强化操作，提高产量；加快 100 吨转炉生产节奏，稳定生产；加强外购铁水组织；强化 4 号、5 号、6 号转炉溅渣护炉操作，维护炉况；做好铁水、氮、氧的合理平衡使用；搞好品种钢冶炼等一系列的保产措施。积极组织生产，截止 1 月 14 日完成钢产量 206328 吨，平均日产 9827.27 吨，超公司计划 5.03%。冶炼 20MnSi 钢 39187 吨，45 号钢 13454 吨，品种钢产量占总产量的 25.55%；生产板坯 61281 吨，占总产量的 29.7%。实现日产钢 10308.57 吨、板坯 3200.67 吨的好水平。

（刊登在 2005 年 1 月 20 日《津西人》报第 3 期）

积极动员　周密部署
炼钢总厂召开2月份生产动员会

元月份，炼钢总厂产钢30.7万吨，超计划5.86%。其中板坯月产达到9.2万吨；新系统100吨转炉产量突破11万吨；4号转炉截止1月25日零点炉龄达到25113炉。以上指标均突破历史纪录，实现了首月开门红。

1月25日下午2点，炼钢总厂召开全体段长以上中层干部参加的生产动员会。厂长张树江在总结元月份工作的同时，明确了2月份的工作目标及重点。工作目标是月产钢保30.5万吨，争31万吨。工作重点一是确保春节期间的安全生产，成立节期工作检查小组，并出台节期生产小指标奖励政策；二是加强设备管理，以设备保生产，提高设备作业率，做好备品备件的计划组织，确保检修的计划性；三是加强质量管理，推行铸坯质量的零缺陷管理，杜绝废品；四是强化板坯攻关，冶炼炉数稳定在70炉，中包寿命突破30小时；五是降低渣料及合金料消耗，力争白灰消耗到70千克/吨以下，合金料消耗在9.5千克/吨以下；六是做好100吨转炉大修前的准备工作；七是做好外购铁水的组织和氧气的降耗工作，杜绝跑、冒和人为浪费；八是搞好新品种开发，在2月份开发出两个新钢种。

（刊登在2005年1月27日《津西人》报第4期）

炼钢精炼系列工程接近改进尾声

日前，总投资5500万元的精炼工艺LF炉、铁水预处理、顶底复吹和二次除尘工程，自2004年上马以来除老系统二次除尘正在安装后期和转炉顶底复吹等在等待并网外，全部冷试完毕，并且铁水预处理已经经过两次热试。

在2004年7月至10月，先后开始了LF精炼炉、铁水预处理、顶底复吹和二次除尘等四个新工艺技术改造项目的建设施工。到目前为止，LF精炼炉已在春节前冷试完毕，只等供电部门批准用电量后即可热试；铁水预处理和新线除尘系统也于年前经过两次热试，现已成功地热试并配合100吨转炉完成2万吨45号钢的冶炼任务，除尘和脱硫效果良好；转炉顶底复吹早在元月初就已经完成设备安装并经过冷试，现只等100吨转炉炉役时与生产并网进行热试成功后投入使用；老线二次除尘的设备安装按工期要求将于2月底基本完工。

（刊登在2005年2月24日《津西人》报第7期）

全员整训深入扎实取得实效

炼钢总厂为期4天的干部整训工作收到良好的效果。（1）树立了五种管理理念：1)与时俱进，创新发展，把创新的理念融于整个生产组织和管理之中；2）用市场化和职业化的观点来要求自己；3）以人为本，推动人性化管理；4）

增强了干部在其位谋其政的责任意识，增强了干部的使命感、紧迫感和危机感；5）靠落实制度提高工作效率，靠落实制度规范人的行为。（2）强化四项管理：1）强化班组安全管理，严格落实“五细化、六到位”；2）强化设备的计划性检修，特别是板坯和100吨转炉系统；3）强化成本的过程控制，做到成本的量化和数据化管理；4）强化员工的技术培训，进而达到整体素质的提高。（3）明确六项重点工作：1）板坯的产量攻关，年内达到月产10万吨；2）品种开发，保六争十；3）LF炉、铁水预处理尽快投产并顺产；4）1~4号转炉的扩容改造；5）氧枪系统的改造，实现低氧压大流量冶炼；6）结晶器过钢量的提高。

（刊登在2005年3月3日《津西人》报第8期）

找准薄弱环节强化管理保安全

近日，炼钢总厂由安环科组织厂内涉外工作的科室、车间负责人以及外委承包项目的8个单位的负责人召开了外委单位安全管理专题会。副厂长胥明旺、厂长助理杨少民出席了会议。

炼钢总厂结合2000年以来的几次外委单位在厂部施工人员伤亡事故的教训，经过多次分析、论证，确定炼钢总厂安全管理的薄弱环节在于辅助单位及外委承包项目单位安全管理工作不成熟，各项制度不完善。因此，该厂在加强重点主体单位安全管理的前提下，不断强化对涉外单位与外委单位的安全管理。

会上，双方就生产工作中的工作态度、技术操作水平、劳保等方面进行了交流。副厂长胥明旺指出：炼钢总厂所有的涉外单位都要视外单位人员为炼钢总厂的一员，包括岗前教育和各项检查；承包单位自带的设备要符合安全技术要求，内部要加大隐患排查和巡检力度；外来人员的劳保必须符合要求；安环科每月负责对外委单位进行评比考核，奖优罚劣；各外委单位也要组织班前班后会；并要求相关单位和职能科室针对外委单位工作性质制定工作标准、工作职责及考核办法，统一编制外单位管理制度汇编。

（刊登在 2005 年 3 月 3 日《津西人》报第 8 期）

炼钢总厂全员整训举措新

炼钢总厂为期 5 天的全员整训工作于 3 月 5 日落下帷幕。通过整训，全体员工增强了危机感和责任感，各单位有了新举措。冶炼车间提出以连铸为中心，以转炉为基础，以设备为保障，合理维护炉况，严格标准化作业，为连铸提供合格的钢水；连铸车间实行了员工互保监督评分制，将长期开展“每日一题”活动，并准备开展“亲人热线”活动；天车车间提出了“工作一分钟，干好六十秒”的新观点；钳修二车间提出了“上位看问题，换位处事情，在位干工作，离位留身影”的工作标准。

（刊登在 2005 年 3 月 10 日《津西人》报第 9 期）

板坯年生产能力达到百万吨

炼钢总厂两机两流板坯（200 毫米 ×700 毫米）连铸机，于 2005 年 3 月 25 日一次热试成功后，仅用 4 个月就达到 80 万吨设计生产能力，6 个月达到并超过年产 100 万吨的生产能力。1、2 月份又分别以 9.23 万吨和 9.5 万吨连续两个月打破了月产纪录，实现与百万吨中宽带生产线的匹配。创造了全国三座小转炉供一台板坯连铸机并超设计能力的奇迹。

自板坯投产达产后，为尽快实现与100万吨中宽带生产线的匹配，炼钢总厂强化科技攻关，对板坯结晶器水量进行了大胆的调整，把铸坯宽窄面的水流量84立方米/小时、21立方米/小时提高到110立方米/小时、27立方米/小时，解决了铸坯结壳薄而易漏钢的问题；对整个扇形段干油润滑进行了改造，优化了设备润滑条件，保证了设备的使用周期，减少了设备事故和检修时间；对结晶器倒锥度进行了调整，减少了漏钢事故；组织了定径浇铸的攻关，使中间包使用寿命提高到20小时以上；最大限度地发挥天车的作用配合生产，加快了转炉的吹炼节奏。通过以上措施实现板坯提速，由原来的1.1米/分钟提高到1.7米/分钟，使1～3号转炉由去年7、8月份的平均每班吹炼56炉达到现在的平均每班吹炼68炉，最高每班达73炉，班产平均由700吨提高到1000吨以上，最高达1169吨。月产量超8.6万吨，突破了年产板坯100万吨的生产能力，创下了惊人的奇迹。

（刊登在2005年3月24日《津西人》报第11期）

炼钢总厂创四项产量新纪录

炼钢总厂以实现首季开门红保全年生产任务完成为目标，以强化设备管理为保障，以小指标激励为手段，以抓薄弱环节开展重点、难点攻关为突破口，以板坯突破百万保中宽带生产为主线，以开发品种钢为动力，1～3月份产钢87.86万吨，超计划完成3.37%;其中板坯27万吨，超计划完成3.19%，胜利夺取了首季开门红，为完成全年生产任务奠定了坚实的基础。创造了月产钢30.5万吨、日产钢1.08万吨、月产板坯9.5万吨、日产板坯3500吨四项新纪录。成功开发了24Mn2K煤机专用钢这一新品种。

（刊登在2005年3月31日《津西人》报第12期）

郭东芝他们笑了

热装车间主任郭东芝刚刚组织完检修
（作者摄）

3月27日，炼钢总厂热装车间主任郭东芝他们看着经改造成功投入使用两周、运行状况良好的太行机车，露出欣慰的笑容，一个多月以来的心病终于去了。

2月21日，炼钢总厂于1999年购置的拉运铁水的太行机车，因液力变速箱内涡轮和传动轴磨损严重而被迫停止运行。经过公司机动处、总厂设备科现场认定，必须换掉这两个零件或更新变速箱，否则机车整体报废。可是经与厂家联系，早已不再生产这种备件。而且如用该厂生产的新型液力变速箱（现价15万元/台）进行改造，工期需三个月，改造费用1万元。这样，不仅不能保证正常生产，而且因该厂家备件与其他厂家不能通用，不便于日后的维修。

从此，这件事就成了郭东芝他们的一块心病。他们想，既然厂家能改，我们津西人也一定能改。液力变速箱自2月28日全部拆卸后，郭东芝与汽修技师、车间副主任赵中凯就不止一次地爬到机车上现场研究、摸索，最后提出用50型装载机的液力变速箱（2.9万元/台）进行改造的方案。

在3月3日新计划的变速箱到货后，全车间维修人员经过5天奋战，对底座、传动轴、换向阀等整体改造，又经过6天运行调试，于3月14日正式投入使用。这项工作不仅为公司节约了大笔费用，也为今后的维修带来了方便。

（刊登在2005年3月31日《津西人》报第12期）

百吨炼钢转炉炉龄突破两万

3月31日凌晨7点，6号转炉第一代炉龄突破2万炉大关，共炼钢近200万吨，达到了国内同类炉型第一代炉龄的最好水平，为公司年产钢突破350万吨做出了贡献。

100吨转炉属于钢铁行业较先进的装备，于2003年初筹建，当年8月6日投入生产。炼钢总厂在没有任何外援的情况下自行培训、自行开炉，并且实现了一个月达产、两个月顺产、三个月超设计生产能力。炼钢总厂坚持科学管理的原则，不断引进新技术，最大限度地发挥设备潜能，生产初始就开始采取国内外先进的溅渣护炉技术，对炉衬进行维护。为使溅渣护炉操作尽快走入正轨，炼钢总厂二炼车间强力推行三班统一操作，从兑铁、降枪、吹炼、化渣、溅渣、烧结等一系列操作上严格按工艺要求执行操作，三班人员相互学习探讨经验，并且不断地在学习中熟练、提高，使三班人员很快掌握了这一技术，杜绝了大补炉，降低了员工的劳动强度，节约了大量的耐火材料，降低了成本。

（刊登在2005年4月14日《津西人》报第14期）

炼钢总厂开展亲情联线活动

炼钢总厂连铸一车间针对连铸生产温度高、时间性强、容易疲劳的作业特点，在全车间209名员工中开展“亲情联线活动”。即让每一位员工给自己的家属带回一封信，向家属讲明车间的作业环境和生产的重要性，员工在生产作业中对车间的贡献，感谢家属对员工的支持，并希望家属一如既往地为车间今后的安全工作提出宝贵的意见和建议，同时要求家属对员工提出更关切的叮嘱。该活动在全体员工中起到了很好的作用。

（刊登在2005年4月14日《津西人》报第14期）

炼钢总厂新品种钢开发有突破

炼钢总厂在保证产量任务超额完成公司计划的同时，在新品种开发上也取得了明显的成效。四个月来已经成功地开发了540（24Mn2K）煤机专用钢和无取向硅钢两个品种，并且第三个新品种510汽车大梁专用钢也正在开发试验阶段。

今年以来，炼钢总厂积极响应公司提出的“品种效益年”的口号，适时提出了品种钢开发保6种、争10种的目标，成立了品种钢开发攻关小组，技术科、生产科、车间积极配合工作，3月以来先后开发冶炼出540钢和硅钢。到目前为止，炼钢总厂共冶炼品种钢8种，达11.77万吨，占总产量的10.34%。

（刊登在2005年4月28日《津西人》报第16期）

炼钢总厂组织天车司机技术比武

为了更好地激发广大员工学技术、练本领的积极性，4月28日，炼钢总厂组织天车司机技术大比武活动。公司副总经理冯爱民，安环处、工会有关领导出席大赛。

此次大赛共有210名天车司机参加预赛，经过初赛，13名天车司机脱颖而出进入决赛。4月28日上午8时，在二炼车间渣跨天车现场进行了技术大比武决赛。本次决赛共设“瓶中投准”和“吊物穿框架行走”两个项目。经过激烈角逐，炼钢总厂一炼车间天车司机李小利以总成绩3分钟夺得本次大赛的第一名，刘海印、杜志国、郭春林、王文苑分别获得第二名，其中刘海印以47秒打破了2004年“瓶中投准”项目58秒的纪录。比赛结束后，副总经理冯爱民做了重要讲话，并为获奖的选手们现场颁奖。炼钢总厂决定对在本次技术大比武活动中获得第一、二名的选手2005年度每月工资分别上浮200元和100元。

（刊登在2005年5月5日《津西人》报第17期）

禅联双料冠军的常翠花

炼钢总厂化验室质检员常翠花在公司第二届员工运动会上取得女子800米和1500米两项冠军，这是她继第一届运动会后再次获此殊荣。

看上去略显单薄的她已近不惑之年，生活中总是待人谦和，乐于助人，总是勤恳踏实，一丝不苟，多次受到领导和同事们的好评。

比赛报名时，她家里正装修新房。丈夫听说她又要参加比赛，关切地劝她：“翠花，这次别参加了，好么？你看你的腿刚好了不过三个月，再加上眼下这摊子累人的事儿，你哪吃得消呀？”看到丈夫担心的样子，翠花出去买米的空儿，她毅然拨通了好友的电话委托代为报名。她想：我怎么可以不参加？炼钢总厂需要我的时候又怎么能因个人的事而置之不顾呢？身体固然要紧，但挺一挺也就过去了。

女子组1500米比赛时，常翠花健步如飞，始终冲跑在第一位。1200米后虽感到气力有些不支，但凭经验判断，自己只要保持速度，应该可能拿到第一。同时，她心里想，不能有丝毫大意，必须使出浑身的力量……结果领先第二名仅仅5秒！好险！倘若有半点松懈，梦想就成泡影了。接下来不到半小时，体力尚未恢复的她又冲到女子组800米跑道上……跑在第一位的选手已把她落下四五十米，队友都有些沉不住气了，助威呐喊渐多，渐强……腿似铅灌，愈加沉重……还有300米，难道让领导队友们失望么？不！绝不！！……冲刺！冲刺！！……队友们的喊声又使她信心倍增，距离在缩短，30米，20米，10米……凭借坚定的信念、顽强的毅力、良好的心理素质，翠花直追而上……反超而过……真棒！又是一个第一！

领奖台上，翠花笑容满面，向工友们深深地鞠了一躬，对所有关心支持她的领导和同事们表示衷心的感谢和诚挚的祝福！……胸前晃动的奖牌映得那张笑脸更红、更亮了。

（刊登在2005年5月19日《津西人》报第19期）

花开别样红

——炼钢总厂获得团体总分第一名侧记

刚刚结束的第二届员工运动会，炼钢总厂的参加运动员表现突出，以金牌12块、银牌16块、铜牌11块和取得名次36人，总计190分的优异成绩荣获本届运动会团体第一名。

炼钢总厂在本届运动会上如鲜花绽放，格外红艳。

4月10日中层干部会上，厂长张树江要求各单位积极参加运动会并力争取得好成绩。会后，各单位踊跃报名，29个项目报名人数高达135人。为选出最优秀的选手参加比赛，炼钢总厂于4月17日在三屯营镇中进行预赛，经过激烈角逐后，选定58名选手参赛。有位老队员，因身体状况不佳，影响正常发挥而落选，但他要求迫切："我岁数一年比一年大，这样的机会不多呀，就让我参加吧。"多么朴实感人的话语，谁又不为之动容呢？是啊，正是因为有了这些拼搏进取、爱厂如家的好员工和领导的大力支持，才有炼钢总厂如花般的红艳啊！

5月11日，运动员盼望已久的日子到了。赛场上，炼钢总厂运动健儿们个个如猛虎下山，努力拼搏，使出浑身解数，为集体荣誉而战！为炼钢的团队精神而战！为津西的辉煌明天而战！

脚踝扭伤、疼痛难忍的队员王立国根本没把自己的伤当回事儿，每个项目下来都用冷水泡脚来减轻疼痛，为炼钢夺取了男子跳高和长跑1500米的两块铜牌。虽然成绩不尽如人意，但是我们仍为他在比赛中无悔的拼搏响起掌声、献上鲜花。

女队员更是巾帼不让须眉。常翠花一举夺得女子1500米和800米两项冠军，李秀凤、王晓莲、王丽丽经过几轮角逐硬是甩掉所有对手包揽了女子三级跳的冠、亚、季军，还有夺得女子铅球冠军的侯彩云、女子竞走冠军王翠云……

啦啦队员也不辞辛苦，一刻不停地奔走在赛场上为精英们呐喊助威，还不时地递上毛巾、矿泉水，提供着周到的服务，就连厂长们也抽出时间关注比赛，参加到为运动员加油鼓劲的队伍之中……

正是大家充分发扬齐心合力、团结协作、拼搏进取、誓争一流的团队精神，才使炼钢总厂在津西这个大花园中，如花盛开，别样红。

（刊登在2005年5月19日《津西人》报第19期）

让安全在心里扎根

在企业管理中，特别是在冶金企业中，安全工作显得更加重要。所以，不论是员工还是季节工，只要是津西的一员，就应该实实在在地让安全在自己心里扎下根来。让安全在自己心里扎根，就要从以下四个方面入手：

（1）掌握运用事故金字塔原理。事故金字塔共有三层：由大量的违章和隐患造成的无损失、无损伤或险肇事故是其基座；由违章造成的轻伤或低损失事故是其中层；由违章造成的重大伤亡或重大损失事故是其塔尖。很显然，我们要想杜绝大小事故的发生，就必须从根基抓起，根除滋生事故的土壤。也就是说从杜绝每一次违章和排除每一个隐患开始，抓住细节、抓住苗头，做到防患于未然。这样，塔基清掉了，事故金字塔就不复存在了。

（2）牢记“安全第一、预防为主”的安全生产总方针。要实现安全生产，就要掌握相应的安全知识，明确生产区域的各种危险源点，做到有针对性的预防。并严格按照安全生产操作规程进行操作，时刻以安全生产为己任，对企业负责，对工友负责，对家庭负责，对自己负责。

（3）强化安全生产的“薄冰意识”。只有人的意识提高了，从主观意识上重视安全，对待安全工作如履薄冰，没有丝毫的松懈和麻痹，才能实现从“要我安全”到“我要安全”的转变。

（4）在安全工作中要及时发现问题,及时解决问题。每个员工要树立“安全操作观”，即工作中要做到手、眼、耳、心并用，要眼观六路，耳听八方，手上不慌、心不离章。树立“安全设备观”，即运用巡点检手段保证设备的正常运转。通过科学操作和设备的正常运转实现安全生产。

（刊登在 2005 年 5 月 26 日《津西人》报第 20 期）

作者（前排左二）在迁西县安全宣传活动条幅上签名

炼钢总厂新闻报道工作又有新招

为响应公司2005年文化建设年的号召，炼钢总厂在认真贯彻落实公司《关于强化宣传管理的实施办法》精神的同时，结合本厂通讯工作现状，推出四项新举措；一是成立新闻报道采访组，实行在线报道或现场采访，以确保新闻的真实性、时效性、准确性；二是以《津西人》每期主题为标准，与厂部通讯员主动约稿，择优投递，排除稿件的盲目性、质量差等问题；三是吸纳新人进行培训学习，以壮大通讯员队伍，为通讯工作注入新活力；要求通讯员不局限于安全生产方面的新闻，鼓励他们多写反映精神面貌和文化生活的文章，主推散文、诗歌、评论、小小说等文体；四是加大外宣力度，适时向《中国冶金报》《冶金安全》等报刊投稿。

（刊登在2005年6月2日《津西人》报第21期）

炼钢总厂两座50吨转炉技改工程正式启动

——淘汰落后装备　科技促进发展

近日，投资1.7亿元，年设计生产能力150万吨的两座50吨转炉技改工程正式启动。预定12月底完工。

为解决1号、2号、3号转炉生产能力不能满足即将改造为3条板坯连铸生产线要求、冶炼节奏协调性差造成生产组织难度大、三炉钢水混合后钢水质量对板坯质量的影响以及 1 号、2 号连铸机闲置等问题，达到减少资产浪费，加快生产节奏，提高铸坯质量等目的，公司决定淘汰 1 号、2 号连铸机，新建两座 50 吨转炉，取代 1 号、2 号、3 号转炉。该工程由炼钢总厂牵头组织。为此，炼钢总厂成立技改工程组，按照拆除、土建、设备订购、安装与调试、投产等具体工作排定工程接点网络图，责任到人。通过夜以继日的努力，工程前期的准备工作进展顺利：按设计要求订购的转炉本体已经到位；在保证生产的前提下，在线生产用风、水、电、气的管道基本完成；1 号、2 号连铸机的拆除工作已经展开，预计 6 月 10 日前完成，并特邀马鞍山钢铁研究院专家作现场指导，力争 11 月底完成该项工程并投产，12 月份达产。该项工程不仅可以降低钢铁料消耗，增加品种钢冶炼，改善钢坯质量，提高生产效益，而且对生产组织、轧钢厂的宽带质量都将有很大的改善。

（刊登在 2005 年 6 月 9 日《津西人》报第 22 期）

炼钢总厂成本管理工作成绩喜人

——细节管理扭亏损　过程控制见效益

炼钢总厂狠抓成本管理工作，从细节管理、数据分析、过程控制入手，坚持“向问题要效益，向操作要效益，向质量要效益，向事故要效益”的原则，实现了由生产型管理向生产经营型管理的转变。内部消化了月初 300 万元超支，实现了扭亏为盈的工作目标。

进入六月份，炼钢总厂针对钢铁市场一度下滑和连续亏损的现状，厂长张树江多次召开成本专题会。提出了“眼睛向内找不足，规范操作降消耗，月底实现成本扭亏”的目标。

重点做好八方面工作：一是每天组织召开成本分析会，从铁水装入、吹损到炉渣碱度、钢水收得率、铸坯合格率各种原材物料的消耗及单位成本等因素，进行深入细致的分析，查原因，定措施，逐步实现了成本的数据化管理；二是特邀莱钢和石钢的炼钢状元现场诊断，并强调“炼钢即炼渣、炼温度”以及“规范操作”对实现过程控制的重要性，从而减少喷溅、注余等过程损失，综合金属收得率提高到99%；三是树立以连铸为中心、以转炉为基础，搞好炉机匹配，实现了“335、345、346生产组织模式”向成本效益型“44、46生产组织模式”的转变。同时实行领导跟班协调、责任到人的办法，保证运转设备全负荷生产，既节约能耗，又降低了耐材和物料的消耗，同时还加快了生产节奏；四是搞好设备管理，严格落实计划检修，加强设备的巡点检，保证运行设备的正常和备用设备的完好，积极开展修旧利废活动，本月修旧设备及备件156台件，修旧值达24万元；五是强化技术操作规范员工培训学习，按“五细化、六到位”的具体要求量化管理，执行标准化作业；六是统一面包铁、耐材和浇注料等物料的进厂标准，并严格把关，强化质量管理；七是强化钢包、铁包包沿管理，降低钢铁料消耗；八是开展拣废钢活动，截止6月20日，拣废钢的任务已超计划完成800吨，并且回收包沿铁100多吨。

六月份，通过全体干部员工的共同努力，钢铁料消耗基本达到1090千克/吨钢，合金控制在9.5千克/吨钢以下，白灰达到80千克/吨钢以下，成本实现了今年以来的第一次盈余。

（刊登在2005年6月23日《津西人》报第24期）

推行层级培训　创新“素质工程”

为提高干部队伍综合管理水平和员工整体素质，培训团队精神，炼钢总厂根据培训规划，采用“理论联系实际”“集中培训与分散培训相结合”的方式，全面推行层级培训，创新“素质工程”。

厂部培训干部。首先是厂长张树江利用早调会或全调会中的20分钟至30分钟时间，给中层干部做“增强责任心、提升执行力”的系列专题讲座。主要包括个人修养与领导艺术、统一思想与规范行为、明确责任与贯彻执行等方面内容。截止目前，已持续38天。

其次是每周三下午15点至17点，厂部组织副段长以上中层干部70余人进行电教和讲座相结合的理论学习培训。日前，已收看了著名管理学、领导学专家刘峰博士的《管理创新与领导艺术》全篇和汪中求的《细节决定成败》电教光盘等内容。厂长助理杨少民还根据工作经验和亲身体会就车间主任应具备的六种精神、十种意识等内容亲自撰写了《中层干部培训教材》，并担任主讲。到目前为止，已经连续培训一个月，普遍反映授课通俗易懂，入情入理，听起来清楚明白，做起来得心应手。

第三是安全科组织班组长以上干部进行“增强法律、责任意识，推动安全管理科学化”的培训。特聘请县安监局韩东坡进行安全生产法及相关法律知识、安全管理基础知识以及典型事故安全分析等知识讲座，既开阔了视野，又增长了知识。

车间培训员工。各单位本着“理论联系实际，实践出真知”的原则，组织特色培训；冶炼车间组织开展技术交流会和大比武活动；连铸车间实行相关岗位换岗体验、学习等活动；天车车间开展技术大比武活动；钳修车间组织开展修旧利废活动；电仪车间开展技术能力知识培训；其他单位组织员工结合理论知识，举办了评选操作能手活动。同时，班组间开展争先评优活动，班组内老员工按标准规范操作，新员工向老员工学习，现已形成了“比、学、赶、帮、超”的良好学习氛围。

（刊登在2005年6月30日《津西人》报第25期）

从公司财物屡屡失窃想到的

今年，公司发出几起关于处理员工盗窃公司财物的通报，若干名员工或季节工因偷盗公司财物而被辞退或开除。惋惜之余，我想到很多很多。为什么公司财物屡屡失窃？原因何在？这很值得我们反思。

首先，这种现象是个别员工或季节工思想道德修养差，公私不分，利令智昏、铤而走险造成的。他们应该承担主要责任，接受应得的惩罚。

其次，还应看出这种现象与我们的管理不当有关。有些员工工作没章法，行为不规范，操作工具或下角料随意丢弃，无形中给偷盗者创造了作案机会；个别库房管理人员，缺乏必要素质和库房管理经验，不按库房物品存放规范办事，给偷盗者提供了可乘之机；有的管理人员缺乏管理经验，现场管理混乱，易使见利忘义者顺手牵羊。

俗话说“亡羊补牢、为时不晚”。一是应该从源头抓起，在录用新员工和季节工时要把思想、品德修养作为录用的首要条件，把思想品德低劣、政治素质差的人拒之门外。同时，对新入厂的员工或季节工加强厂情、厂史和品德教育，让他们养成公私分明、爱护公物的好习惯。二是要加强公司的物资管理，规范现场秩序，并严格制定库房管理制度，加大落实和考核力度，不给偷盗者留下任何可乘之机。三是，建立节俭奖励制度和举报奖励制度。充分发挥监督举报的作用，做到大家参与，全员负责。我相信，如做到上述几点，公司财物屡屡失窃现象必将大大减少，对根治“屡盗不止”的顽疾也会有所帮助。

（刊登在 2005 年 7 月 7 日《津西人》报第 26 期）

典故“亡羊补牢”漫画

炼钢总厂降耗攻关传捷报

炼钢总厂以降低钢铁料消耗为强化成本管理的突破口，打了一场漂亮的成本翻身仗，6 月份节余成本 423.46 万元。

炼钢总厂多次召开成本管理专题分析会，紧紧抓住钢铁料消耗这一影响成本的最大因素，深入开展降耗攻关活动。在生产组织中，成功地完成了生产组织模式转型，树立以连铸为中心、以转炉为基础，搞好炉机匹配；不断强化天车兑铁和炉前化渣操作，杜绝洒铁和喷溅，提高一次倒炉率和一次拉碳率，减少后吹，合理控制出钢温度；严禁连铸平台大、中包加冷坯调温，减少钢铁料的过程损失，提高金属收得率等。在科技攻关中，完成合金烘烤、结晶器过钢量等攻关任务后，又在老系统 1~3 号转炉成功地用生白云石取替了轻烧白云石和在百吨转炉尝试了用烧结矿降温的方法等，既降低了耐材消耗，又降低了熔炼费成本。在挖潜降耗上，开展修旧利废活动，共修旧设备及备件 156 台件，修旧值达 24 万元；并组织各单位拣废铁 926.76 吨，吨钢钢铁料消耗降低 3.5 千克。

通过以上得力措施，6 月份各项消耗指标成绩喜人：钢铁料消耗 1089.85 千克 / 吨，比计划低 0.15 千克 / 吨；合金料消耗 9.16 千克 / 吨，比计划低 0.34 千克 / 吨；白灰消耗 72.97 千克 / 吨，比计划低 7.06 千克 / 吨；电耗 35.03 度 / 吨，比计划低 0.97 度 / 吨 ；氧耗 65.37 立方米 / 吨，比计划低 0.63 立方米 / 吨。

（刊登在 2005 年 7 月 14 日《津西人》报第 27 期）

炼钢厂连铸大包回转台（作者摄）

炼钢总厂狠抓质量管理

进入七月份，炼钢总厂借六月份成本扭亏的东风，在全厂范围内开展为期 35 天的稳定降成本成果、强化质量管理活动。此活动，旨在增强员工质量意识，夯实质量管理基础，规范质量制度，强化工艺环节控制，全面提高产品质量，从而拉动各项经济技术指标的提高。

首先，厂部专门成立了领导小组，确立铸坯合格率达到99.8%、不合格品量小于1300吨的目标。

其次，重点做好四方面的工作：一是注重工艺技术操作方面的基础管理工作；二是继续深化开展技术比武工作；三是做好基础数据的统计、分析工作；四是加强原材料的抽检工作。

同时采取八项措施，确保活动目标的实现。一是严肃工艺纪律，规范标准化操作，杜绝随意性及习惯性违章行为；二是原材料实行质量传递卡制度；三是结合现场实际，强化现场管理，搞好安全确认，确保安全管理；四是根据统计数据及时对每天的质量问题做到日清式管理；五是摆正生产与设备管理的关系，强化备品备件责任意识，杜绝因设备问题而造成产品质量缺陷；六是强化生产组织，坚决杜绝重产量轻质量的做法，真正地控制好生产时效避免生产事故的发生；七是各辅助单位要提高工作质量及服务质量，从而带动产品质量的提高；八是每周六开好质量例会，对本周的质量情况及存在问题和技术比武结果，进行分析总结，并制度措施。

（刊登在2005年7月14日《津西人》报第27期）

炼钢厂分开质量分析会 （作者摄）

炼钢总厂积极做好与炼铁产能提高的配套工作

——超前筹划做准备　全力以赴迎挑战

面对炼铁总厂8月底530立方米高炉投产后产能大幅度提高、下半年生产任务吃紧的形势，炼钢总厂变压力为动力，积极做好生产、工艺、工序的准备工作，为下半年生产奠定基础。

炼铁530立方米高炉是公司扩大生产规模、提高产量的一个重大举措，也是对炼钢总厂一个严峻的挑战。投产后每日10500吨的铁水产量就炼钢现有的条件是远远消化不了的。如何在现有工艺设备的条件下提高产能，实现与炼铁产量相匹配是摆在炼钢总厂领导班子面前的一个大难题。虽然老系统两座50吨转炉取替3个20吨转炉的工程已经展开，但投入使用还需到年底，“远水难以解近渴”。

7月15日，炼钢总厂召开了提高综合生产能力专题会，就4号、5号转炉扩容、氧枪喷头以及铸铁机一系列改造达成共识，并对目前的工作做了详细的安排布署。一是在炼铁530立方米高炉投产前完成4号、5号转炉的扩容改造及炉役工作。目前4号、5号转炉都在炉役后期，4号转炉炉龄达31600炉，5号转炉达26300炉，都远远超过了以前的炉龄纪录，达到了国内先进水平。首先是7月26日对5号转炉进行为期3天的炉役，其次是放弃4号转炉原计划创4万炉的目标，8月1日4号转炉炉役与扩容改造同时进行，工期10天，这样4号、5号转炉生产后就可以达到日产钢4000吨的水平。二是在4号、5号转炉炉役的同时，对4号、5号、6号转炉氧枪喷头进行改造，实现低氧压大流量操作，使6号转炉出钢量稳定在110吨，日产达4000吨以上，这样加之板坯日产3200吨，基本与炼铁的铁水产量相匹配。三是做好生产的准备工作。于7月18日开始进行具备每日1500吨铸铁任务的铸铁机改造，以作为生产事故的应急。四是对铁包、钢包运输工器具等进行与生产配套的改造。按照以上改造项目，下半年生产可以稳定在日产1.1万吨的水平，达到年产400万吨钢的生产能力。

（刊登在2005年7月21日《津西人》报第28期）

挥枪玩“酷”的切割工

——炼钢总厂连铸车间战高温一瞥

盛夏骄阳，炙烤着钢城大地；酷暑热浪，肆虐在各个车间。

连铸车间，是炼钢总厂钢坯成型的地方。在这里，滚沸的钢水变成六条方正的“火龙”扭动着身子从连铸机里乖乖爬出，被自动切割机按规定尺寸拦腰截断，送上成品平台。应该说，火红是这里的基色，热是这里的特点。

在这里，有一个特殊的工种。他们的职责是时刻监视着条条火龙，及时发现自动切割不彻底的地方，用手中的氧枪准确及时地将其切断，以免造成顶车、停产事故。他们就是被称为连铸卫士的切割工。

大暑那天，我访问了他们。当来到被员工称为“凉爽地带”——连铸机尾时，我还是感到热浪袭卷全身，尤其是靠近那条舞动着的“火龙”时，空气像在人间蒸发一样，窒息难耐。

一会儿，汗水就渗透了衣服。不经意间，我发现顺着鼻翼、下颚滑落到地面上的汗珠，瞬间就踪影全无……

我迎着高温，走近一名切割工师傅。只见工作服、手套、毛巾、紧紧绷在下颌的安全帽，把他包裹得严严实实，像穿着盔甲、纵横在战场上的将军一样。只见他左手护着脸，右手挥动着“神枪”，靠近火龙，蹲下身子，任凭细汗凝珠成河，从额头、眉心滑下，淌过脸颊流到地上……

我透过四溢的钢花，看见他紧皱眉头，眼神锁定在火龙的腰身，一直到手中的“神枪”将其斩断，才闪身而起。

他一边摘下手套，拽出脖子上的毛巾擦试汗水，一边等待下一场战斗的到来。

这时，我想，他终于可以休息一会儿了。

可是，当这个想法还在我的脑海里闪现的时候，火龙又一闪咆哮而至。他像高度警惕的战士一样，以最快的速度做好作战准备……戴手套、护脸、挥枪，斩断腰身，闪身而起……十次、百次、千次，他不停地重复着……

我这才明白，为什么在有点休息时间时，他还是舍不得放下手中的武器——“神枪”，这并不是他好战，而是他想打场漂亮仗。

当另一位切割工师傅接替他时，他才抽身走向饮水机，接一满杯冰凉的纯净水，眯着眼睛，仰起脖子，慢慢地喝下……

不知道是水甜，还是又打了漂亮仗，还是……他欣慰地笑了。

我走上前，禁不住地问他：“师傅，您热不热，想没想过这样干值吗？”他赤红着眼睛，冲我竖起大拇指回答到，“这没什么，不光我一个人如此。一天下来，大家即便在酷热中千百次地重复，只要能保证稳产、高产就值得。”他擦了把汗，接着说：“虽然累点、热点，可对于我们年轻人来说，是一种历炼，也是一种考验，更是我们暑中玩‘酷’最有力的资本。”他边说边指了指饮水机和一旁堆放的藿香正气水、风油精等物品，“这些都是公司、厂部发放的防暑用品，有了它们，我们什么也不怕，再大的困难也能扛过去，再说还有领导做后盾呢。”

多么朴实的话语，多么真诚的表白！我相信，只有我们的工人师傅才具备这样的精神境界。

后来，我才知道他叫李金贵。

（刊登在 2005 年 8 月 4 日《津西人》报第 30 期）

切割工手工割钢坯（作者摄）

炼钢总厂先进性教育“严实细”

炼钢总厂党支部本着严、实、细的原则，扎实推进保持共产党员先进性教育活动。

（1）层层动员。炼钢总厂党支部于7月25日召开支委会，确定了先进性教育活动的具体安排意见。7月28日，组织召开党小组长会议，就此次活动的开展情况做进一步的动员，8月2日，组织召开了全体党员大会，对整个活动进行了总体动员和安排。

（2）制定学习计划，体现一个“严”字。根据生产现状，明确规定各小组学习方式。主要以自学为主，集中学习为辅，每周二、四、六、日定为学习日，每次学习1个小时（周日学习2小时）。每周必须集中学习一次，并由党小组长检查每名党员的学习笔记记录情况。同时要求全体党员要自主扩大学习范围、多学习报纸以及先进性教育内容。

（3）做好五个结合体现一个“实”字。保持共产党员先进性教育活动，要与开展“一个党员一面旗帜”活动结合起来，树立作风过硬，党员、群众信得过的党员典型；要做到与员工民主生活会结合起来，解决员工反映最大、意见最多、最关系员工利益的问题，如员工出勤、新线员工吃饭、洗澡等问题；要做到与培育高效健康的企业文化结合起来，引导党员干部及员工树立正确的价值观；要做到与技改工作结合起来，确保年底达到400万吨的生产能力；要做到与生产经营任务结合起来，确保做到活动生产“两不误、两促进。”

（4）扎实做好基础工作，充分体现一个“细”字。为了把先进性教育工作做到实处，支部将公司党委书记庞保印在公司“保持共产党员先进性教育活动”动员大会上的讲话精神、厂部《保持共产党员先进性教育活动安排意见》与《保持共产党员先进性教育活动简明读本》一起复印发放给每名党员，统一准备笔记本和笔，要求每名党员学习记录不低于5000字。即使远在马钢异型连铸培训的3名党员，也都收到了支部邮寄的学习材料。为了上通下达，沟通方便，党支部还于8月7日创办专刊——《炼钢快讯》，确保全体党员人手一份。

截止目前，各党小组都按时组织学习，并收到不少建议。天车一车间党小组提出的在天车倒挡处采用彩管，以加强警示避免安全事故等建议得到采纳。

（刊登在2005年8月11日《津西人》报第31期）

炼钢总厂降成本有实效

9月10日至15日，炼钢总厂平均日产钢9111吨，比前半月提高550吨，节余成本278万元，有力地扭转了前半月成本亏损200万元的被动局面。

该厂针对各项消耗指标偏高，成本严重亏损的现状，从摆正产量、质量、成本三者关系入手，在对各车间、工段成本的节余或超支原因进行认真分析的基础上，本着向操作要指标、向指标要效益，在工作中发现问题、分析问题、解决问题的原则，在9月4日、10日和16日先后召开成本专题会。提出“中旬扭亏，月末节余200万元”的工作目标。明确各车间、工段要搞好生产、保证质量、盯住成本，做好质量成本、事故成本、科技成本、边际成本、操作成本等各方面管理工作。同时，查找内部原因，采取五项措施细化标准化操作、全过程控制、数据化分析、精细化管理，达到保高产、降成本目的。

一是优化生产组织，强化工艺纪律，确保生产稳定；二是物料质量严格把关，减少对铸坯质量的影响；三是严格按标准化操作，减少喷溅、回炉钢和操作事故的发生；四是对拉矫机、电机、传动链条、天车轮等设备做到废旧利用；五是强化全员成本意识，拣废钢300多吨。

（刊登在2005年9月22日《津西人》报第37期）

炼钢总厂排查隐患收效大

炼钢总厂开展的“大整顿”活动，共排查出各类隐患97项。其中风机水泵17项、天车23项、转炉5项、连铸4项、铸铁机3项、吊具3项、电器6项、现场隐患30项。截止9月19日，已整改完毕80项。此次隐患大排查，不仅提升了员工素质，还对安全、生产、设备技术及工艺操作起到推动作用。

（刊登在2005年9月22日《津西人》报第37期）

收获在金秋

——炼钢总厂“转变工作作风，为生产一线服务”活动纪实

金秋10月，是收获的季节。炼钢总厂机关后勤全体干部员工在“转变工作作风，为生产一线服务”活动中，体验到了成功的喜悦。

生产科：破常规、讲效率。

“做好指挥调度工作，为生产服好务，是生产调度室的第一职责。”这是生产科科长郭中峰，在每周一次的生产协调会上反复强调的一段话。

作为组织调度的生产科，为确保生产的顺畅，在全天深入一线开展调查，合理安排每天调度会的基础上，按照厂长张树江的提议，又在每周的周六下午组织一次生产协调会，在对上周生产进行总结分析、考核通报的同时，明确下一周的工作重点。并针对各单位目前在生产中存在的问题逐一进行拍定，落实整改，要求各单位按时间节点做好如期反馈工作。通过每周的生产协调会，仅9月份就解决了设备、生产、技术、物料质量、安全等方面60多个问题，有效地指导了生产，确保产量稳中有升。

安全科：细分工、增意识。

“为生产保驾护航，增强员工安全意识，把隐患消灭在萌芽状态，保证稳产高产是我们的责任，是我们的义务。”这是安全科科长魏铁军和每名安全员的工作宣言。

安全科在积极配合厂部9月份的全员大整顿活动的同时，组织开展“送安全到车间”活动，将全厂16个车间、4个工段进行分片包干，责任到人，对安全管理中出现的问题及时解决处理，以确保安全生产。9月下旬，安全科又组织各单位兼职安全员对所属区域进行拉网式安全大排查，查出并解决机械、电器、包类、吊具等方面23个问题，清除了不安全隐患。特别是在

4号混铁炉大修过程中，安全科进行全程跟踪、督查，现场发现问题，现场解决问题，使砌炉工作提前了一天时间完成，真正发挥了职能部门作用。

技术科：卡工艺、严纪律。

“抓好每一个工艺操作细节，是我们应该做的，也是我们必须做好的。”这是技术科科长张玉峰对他的同事提出的工作要求。

技术科所有成员在他的带领下，无一在办公室指挥工作，都是积极走进一线，向岗位员工征询意见。除在转炉、连铸跟班作业外，还多次组织班组长以上干部到轧钢厂了解下道工序对坯料的要求，针对收集到的热坯供应量、坯头切斜、脱方等意见制定具体措施，在炉前、连铸、机尾等各岗都有他们留下的足迹。

特别是在“质量月”活动中，更是严肃工艺纪律，加大考核力度，对吹氩不到位、连铸等钢、钢水高温、大包注余过量、中包复吹等现象一一纳入考核，并责令相关单位拿出解决方案。此外，他们还对冶炼、连铸等操作逐一完善修订操作标准，并出台考核制度。在他们的努力下，9月份不仅有效提升了一线员工技术操作水平，还取得了铸坯合格率99.61%的最好成绩。

设备科：排隐患、保运转。

“要真正做到以设备保生产，促生产，我们就深入一线到各个岗位中，向每位员工征询建议与意见。”这是设备科科长孙广虎对每一名设备员说的话。他是这样说的，也是带领全员这样做的。

设备科所有成员在对各岗位征询建议与意见的同时，组织4个维修车间、2个天车车间的维修主任，对全厂6座转炉、4台连铸机、60部天车、80多台水泵、500多台电机和400多个减速机进行专业大排查，共查出53项需要整改项目。随后，他们积极与各车间进行商讨，想办法，查资料，定措施，出台整改方案，并明确责任单位。截止9月30日，53项无一遗漏，全部整改完毕。

生产一线员工不仅每天都能享受到办公室送来的冰凉爽口的冰块带来的喜悦，还能够在安全舒适的工作环境中休息。特别是板坯连铸苦、脏、累的岗位员工，在新增设的吊了天花板、镶了地板砖、置备了更衣柜和排椅的休息室里，也能感受到工作的乐趣。用员工的一句话说，就是“咱要好好工作，要不然对不起领导的这份心呀！”

付出终回报，收获在金秋。在“转变工作作风，为生产一线服务”活动中，炼钢总厂生产中存在的问题明显减少了，全体干部员工的工作热情空前高涨，他们现在正在夜以继日地坚守在自己的岗位上，谱写着转变工作作风的动人篇章。

（刊登在 2005 年 10 月 13 日《津西人》报第 40 期）

炼钢厂干部参加劳动现场（作者摄）

炼钢总厂 50 吨转炉工程进展顺利

截止 10 月中旬，炼钢总厂组织的 2 座 50 吨转炉的技改土建工程已完成 30%；机械设备 80% 已经订货，并进入加工制作阶段。

自 9 月 6 日工程土建动工以来，在不影响生产的前提下，将在施工范围内的生产用的电缆路线全部改造完毕，为技改工程提供了有利的外部条件。2 座转炉基础浇筑混凝土 6000 立方米，已接近完工，到 10 月 25 日前将具备安装条件。异型连铸机与加热炉的土建工程也将陆续开工。

目前，设备安装图纸尚有 50% 没有到位。为加快工程进度，技改组人员白天盯办现场，晚上审阅图纸，并且派人到设计院催办图纸，到设备制作单位催办设备加工。电器设备也正在准备招标订货。

（刊登在2005年10月20日《津西人》报第41期）

炼钢总厂改造铸铁机促节支

为顺应当前钢铁市场形势，强化成本管理、降低消耗节省开支，缓解外购生铁、铁水给公司炼钢成本带来的压力，炼钢总厂按照低成本战略要求，积极组织人力对铸铁机进行改造增强铸铁能力，在保证平均日产钢坯万吨以上、各项消耗指标控制在计划范围以内的前提下，实现了单班铸铁260吨、日铸铁700吨以上的生产能力，截至11月13日共铸铁10167吨。

为提升铸铁机生产能力，炼钢总厂进行了四项改造。一是为解决磁吊不能吸高温铁块装车入库的问题，在成块铁下落之处挖了一个长6米、宽5米、深4米的冷却池，从而保证了铸铁机循环使用；二是进行了喷浆系统改造，保证了铸铁机成块不粘模子和设备正常运行；三是进行流嘴改造，减缓了铁流下冲力，保护了设备，减少了铁水外溅浪费；四是焊接溜板，防止在运行中途铁块掉到铸铁机下，保障了设备正常运转和现场文明生产卫生整洁。

（刊登在2005年11月17日《津西人》报第45期）

炼钢总厂探索工作新思路

——结合实际　自编教材　注重实效

2005年，炼钢总厂按照董事长“学习、学习、再学习，培训、培训、再培训”

2006年作者（左）为炼钢厂班组长进行6S管理脱产培训（摄影：潘贺来）

的指示精神，在干部培训上不断探索新思路，拓宽培训内容，取得显著效果。

企业的竞争就是人才的竞争、技术的竞争。一流的企业就要有一流的人才、一流的技术队伍。为此，该厂抓住干部培训这一中心环节，出台了培训管理规定，明确了培训工作标准要求，制定了考核办法，实现了培训工作的“五有”，即有计划、有教案、有考勤、有考试、有考核。

在干部培训内容上，着重于管理技巧、领导艺术、创新思维和企业文化培训，自3月份开始，每周三下午利用两个小时的时间集中培训，雷打不动。其中，一小时收看电视录像，一小时由厂部指定人员进行专项业务培训，主要收看了全国著名管理学专家刘峰主讲的《管理创新与领导艺术》和著名营销专家汪中求主讲的《细节决定成败》。自主培训方面主要围绕厂长助理杨少民和厂办主任王继祥，结合炼钢总厂实际情况及多年来的工作经验亲自撰写的《如何当好车间主任》《浇花要浇根》和《向问题要效益》这三本教材进行。

除此之外，该厂还为所有中层干部购买了《细节决定成败》和《敬业确实有道理》两本培训教材，供干部自学。并投资4万余元为中层干部购置培训资料和光盘，购买电视机和VCD机，同时将会议室椅子全部更新，优化培训环境，达到了培训有场地设备、学习有教材资料、授课有专业教案的目的，确保了培训实效入情入理，使干部队伍的管理素质、思想观念、工作作风、行为规范都有了进一步提高。

（刊登在2005年12月1日《津西人》报第47期）

炼钢总厂依靠科技进行降耗增效

炼钢总厂坚持实施科技兴厂战略，以“靠科技进步推动管理，靠科技进步降耗增效”的思想，通过科技进步解决生产中存在的问题，促产量提升和成本降低。从6月份开始，连续6个月实现成本盈余，累计降低成本近4000万元。

连铸机大包开浇（作者摄）

一是成功完成了6号100吨转炉、5号50吨转炉大修和5号40吨转炉扩容改造以及1号、3号、4号混铁炉炉役检修，提高原有装备的生产能力，并进行了转炉氧枪等改造，实现了生产节奏、产量的提高，节省了费用开支。二是完成了包括出钢口寿命超500次、结晶器过钢量超4000吨、中包包龄突破50小时、入炉合金高于200度、铁包突破300次、钢包突破300次等在内的15项技术攻关，彻底解决了因结晶器软连接漏水而制约生产和195L边裂、截流等问题，实现了生产效益的增加。三是起用、改造铸铁机，日铸铁能力由原来的350吨提高到1000吨，11月份实现铸铁18776吨，铁水消耗吨钢967.52千克，成本节余500多万元。四是投入专项奖金150多万元，鼓励小革小改。全厂实现包括对中包溢流口、中包车流槽、中包对中、大包滑板二次连滑等小革小改70余项，直接降低成本逾500万元。五是积极开展修旧利废、捡废钢等活动，全年共修复大小1100台废旧件，直接创效益200多万元；捡废钢2500多吨，增加效益500多万元。

（刊登在2005年12月8日《津西人》报第48期）

再添“薪火”炼“精钢”

——炼钢总厂狠抓培训工作侧记

2005年，炼钢总厂严格按照董事长“学习、学习、再学习，培训、培训、再培训”的指示精神，把培训工作作为首要任务来抓，目标明确，思路清晰，方式独特，在全员中形成了在工作中学习，在学习中进步的良好氛围。

四化：让培训工作步入正轨。

面对在产能、设备装备、技术操作水平、管理者素质等方面与先进的大中型企业相比存在的差距，炼钢总厂领导认识到：员工培训是企业发展的需要，是提高基层管理者素质的需要，是刻不容缓的大事。

鉴于此，炼钢总厂在今年年初就成立了培训领导小组，完善培训管理制度，出台考核办法，形成规范化培训管理模式。根据车间主任（工段长）、班组长、员工等所需知识的不同，采取会议培训、集中学习授课、开展技术大比武及到全国知名钢铁企业考察学习等多种方式，对全员进行有针对性的不同层次的培训教育。此外，对外委施工单位人员也进行了安全教育，做到不留死角，使培训工作真正实现了制度化、层次化、多样化及全面化。

七结合：让培训工作多姿多彩。

炼钢总厂的全员培训工作，由“七个结合”贯穿，使其成为一串夺目的明珠。

培训工作与“选、树、学、创”活动相结合。通过技术比武活动，选树学习典型，做到以点带面。连续夺冠的天车司机李小利、炼钢技术状元郭春利、连铸技术状元周春利、积极上进的大学生于立伟以及敢于负责的劳动模范张学武、孙广虎等先进人物，充分发挥先锋模范带头作用，在他们的感召下，员工们学习热情高涨，工作积极性明显提高。

培训工作与专业技术工种技能鉴定相结合。按照专业成立培训工作小组，选派专人负责培训，取得较好效果。今年共有 6 个工种参加技能鉴定，参加人数达 920 人，其中 334 人获得证书，及格率高出公司平均及格率 2.49 个百分点。

培训工作与班组建设和班组安全管理工作相结合。针对班组建设和班组安全管理工作的实际，在保留原有的班组劳动竞赛、技术比武、修旧利废、小革小改、合理化建议等 14 种记录台账的同时，提出“五细化”“六到位”的班组安全管理模式，此举为年底公司工会班组建设验收工作夯实了基础，取得全部达标的佳绩。

培训工作与保持共产党员先进性教育活动相结合。在此活动中，创办《炼钢快讯》内刊，架起上传下达、相互沟通、交流经验的桥梁，使广大党员干部员工在学习过程中加深思想认识。

长期培训与短期培训相结合。根据人员多、生产节奏快的特点，把干部员工的综合素质培训定为长期培训，对消防、煤气知识、质量认证等级方面进行了 10 多次的短期培训，这样长短结合，达到全面促进、全面提高的目的。

集中培训与岗位自学相结合。购买《细节决定成败》《敬业确实有道理》两本培训教材，每周利用 2 小时对中层干部进行集中培训。专业工种的员工由各专业组集中组织进行 3 至 5 小时培训，班下遇到的问题，可带到班中，大家共同讨论解决。

自编教材与电视教学相结合。炼钢一车间主任赵恩增结合 10 多年的工作经验，编写了 2 万多字的炼钢技术培训教材；厂长助理杨少民、厂办主任王继祥结合工作经历和体会撰写了 5 万余字的培训教案以及购买的《管理创新与领导艺术》《细节决定成败》《新理念前沿讲座》等成套电教光盘，成为全体干部员工学习的好素材。自编教材和看光盘、听讲座的培训方法，有效地提升了干部员工的素质。

三措施：让培训工作驶向快车道。

俗话说，员工素质不高，不是管理者的责任，而不能提高员工素质，却是管理者的责任。为尽到管理者的责任，炼钢总厂注重政策导向，对培训工作重点采取三方面措施。

强化培训是措施之一。为确保所有干部员工都能主动参与培训，特制定出台《培训管理规定》，严格落实制度的考核。

资金投入是措施之二。今年投资 3 万多元购置培训器材及教材，并出资 8000 余元为天车司机、电钳工复印学习材料，真正实现了培训有场地设备、学习有教材资料的目的。

激励先进是措施之三。对每个工种考试第一名的，在当月或次月上浮 100 元的工资。对在技术比武活动中取得第一、二名的，自活动结束后第二个月开始，本年度内岗位工资分别上浮 200 元和 100 元。此举，极大地激发了员工学技术、钻业务的积极性和创造性。

炼钢总厂的培训工作，由于领导重视，上下同心，不仅取得了显著成绩，得到了公司的肯定，更使他们得天独厚，建设了一支过硬的炼钢队伍。

（刊登在 2005 年 12 月 22 日《津西人》报第 50 期）

炼钢总厂全年成功开发六个新品种钢

今年，炼钢总厂开发了 24Mn2K、20Mn、400K、510、S290、08AL 6 个新品种钢。

2005 年是炼钢总厂提出的“品种效益年”。总厂根据“靠科技提升管理、靠管理促进科技”的生产经营总方针，以市场需求为导向，加大品种研发力度。

炼钢总厂从现有装备实际出发，以“增加科技含量、向品种要效益”为目标，通过聘请专家顾问来厂指导和走出去考察、对标学习等方法，解决品种开发技术问题；通过多项技改，优化生产环境，提升原有装备生产能力，为品种开发提供了设备条件；加强各部门与车间的组织与协调。经过一年来不断的实践验证，发展完善，实现新增品种6个，圆满完成既定目标。

（刊登在2005年12月29日《津西人》报第51期）

炼钢厂雪中送炭济员工

12月26日，寒气逼人。可是，炼钢总厂电修车间员工付国奎的家中却暖意融融。原来，他因工伤在家疗养，车间主任王桂义、彭守东、付立广将工友们的捐款1510元亲自送到了他的手中。

付国奎，是2000年进厂的员工。在平时工作中，任劳任怨，凭借过硬的技术成为车间的骨干。但天有不测风云，去年9月份在一次天车检修过程中左手受伤，造成小指挤断，无名指骨折，这无疑给这个并不宽裕的家庭雪上加霜。

上学欠下的外债还没还清，妻子又下岗了，年迈的父母和一个不满四岁的孩子一家五口人的生活，都需要靠他一个人的工资维持。现已三个多月没有上班，生活全靠每月仅仅400多元的工伤工资，怎么才能把生活维持下去呢？他的困难被电修车间主任看在眼里，急在心上，立即组织电修车间范围内全体员工为付国奎捐款。工友们纷纷慷慨解囊，10元、20元、50元……短短3天时间就收到捐款1510元，及时送到付国奎手中。

（刊登在2006年1月5日《津西人》报第52期）

首月开门红　大礼贺新春

王继祥　刘振鹏

新年伊始，炼钢总厂坚持超前谋划、提前控制，实施科技兴企战略，以指标管理为中心，以班组劳动竞赛为手段，首月实现开门红，作为大礼恭贺新春。

一是安全管理工作坚持两手抓两手都要硬的原则，一方面实施人性化管理，投资 17 万元为员工发放精美礼装茅台葡萄酒，并在节前厂部、车间双重慰问在岗员工；另一方面狠抓制度落实，从注重安全教育增强员工安全意识和把握安全预防措施，到系统进行安全隐患大排查，不断深化推广“四个零、五细化、六到位”的安全管理模式，元月份实现轻伤以上事故为零。二是生产组织坚持以效益最大化为原则，以杜绝事故为目标，坚持科技炼钢，不断强化技术操作，全月超额完成公司产量任务达 316154 吨。三是设备管理方面，坚持点检制度，落实计划性检修，每天进行设备系统大联查，实现设备作业率 100%。四是品种开发方面，经过攻关小组不断考察论证、试验实践，成功冶炼新品种 DR 热轧硅钢，元月份共冶炼品种钢 14021.78 吨，成为效益增长的又一亮点。五是成本管理方面，通过班组劳动竞赛和百分考核制，强化指标管理，降低成本消耗。不仅连续多次召开成本专题会，坚持从细节管理、数据分析、过程控制入手，不断强化天车兑铁和炉前化渣操作，杜绝洒铁和喷溅；严禁连铸平台大、中包加冷坯调温，减少钢铁料的过程损失，提高金属收得率等。并在 4 号、5 号、6 号转炉全面推广转炉造渣新工艺即使用轻烧白云石部分代替镁球、石灰石碴代替部分石灰及降温剂的造渣方法，既降低了耐材消耗又降低了熔炼费成本。此外，结合生产实际及公司原料资源情况，在挖潜降耗上，成立专门的组织机构，以严肃工艺纪律、杜绝浪费为原则，加强对跑冒滴漏现象的治理，强化能源介质管理；积极开展修旧利废、捡废钢等活动，组织各单位拣废钢 188.6 吨，实现铸铁 19685 吨。通过以上得力措施的实施，元月份各项消耗指标成绩喜人：钢铁料消耗 1077.48 千克 / 吨，较计划低 4.52 千克 / 吨，白灰消耗 62.72 千克 / 吨，较计划低 4.28 千克 / 吨，全月成本实现节余 400 多万元。

（刊登在 2006 年 2 月 15 日津西炼钢厂《炼钢快讯》第 2 期总第 8 期）

炼钢总厂“三个转变”成效喜人

炼钢总厂借中层干部整训的东风，以公司提出的“三个转变”为指导思想，精心组织，群策群力，取得喜人成绩。截止到 2 月 21 日，共产钢 280026.66 吨，平均日产 10371.36 吨，为完成 2 月份工作任务提供了有力保障。

转炉兑铁（作者摄）

自公司开展中层干部整训以来，炼钢总厂严格按照“三个转变”的要求，结合自身工作特点，采取措施，以确保目标任务的完成。首先，从产量效益型向成本效益型转变入手，严格控制外购生铁量。积极组织全员捡废钢铁共 1600 多吨，节约成本 250 多万元。其次，在粗放管理向精细管理转变上，厂部认真贯彻“十无”的生产组织方针，本着向问题要效益、向事故要效益的原则，降低装入量，稳定操作，杜绝喷溅，减少物料的损失，有效提升各岗位员工责任意识。第三，在追求大生产平衡型向优化创新指标型转变上，提出将钢铁料、白灰、氧气消耗与全国同类型企业对标的口号，确立吨钢钢铁料消耗 1078 千克、白灰消耗 60 千克、氧气消耗 60 立方米的奋斗目标。

（刊登在 2006 年 2 月 23 日《津西人》报第 58 期）

厂部召开成本论坛会

2月23日上午9：30，炼钢总厂各单位一把手和炼钢一助手、连铸值班长齐聚三楼会议室，围绕成本目标、成本意识、生产组织、质量管理、事故控制、标准操作、成本管理、设备管理、备件消耗、循环经济、入口出口、工艺进步以及捡废钢等12个问题与成本之间的关系进行讨论交流。副厂长胥明旺、厂长助理田银鸽参加会议。

会上，与会人员紧密结合车间班组实际情况和在岗在职多年的经验，分别从转变岗位人员思想，完善制度并严肃考核，设备隐患排查和设备维护保养，原材物料、备品备件、进厂铁水质量把关，劳保用品以及新老员工培训等内、外两方面影响成本的因素进行了热烈讨论，并运用哲学联系的观点，深入剖析了生产组织、设备管理、质量管理、岗位操作、人员素质等与成本管理之间的关系。针对成本责任落实不细、整体成本意识不强、制度措施落实不到位、组织机构作用发挥不够、成本报表的数据分析不透、科技含量不高以及具体问题研究滞后等问题，副厂长胥明旺明确要求，一要积极落实科学效益型生产组织，在生产稳定顺行的前提下，实现低成本、低消耗；二要紧紧围绕钢铁料、白灰降耗攻关，严格执行标准化操作，杜绝事故发生；三要积极推行设备点检定修制度，保证备品备件的质量；四要大力支持循环经济的发展，禁止钢渣外售；五要积极开展修旧利废和捡废钢活动；六要杜绝服务单位浪费现象，从节约每一度电、每一滴油、每一根焊条做起，严格控制物料的支领；七要进行成本细化分解具体到人，并坚持数据化管理，加大考核力度；八要新老线各生产单位齐心协力，精诚合作，认真落实制度管理、指标优化管理，不断深入开展班组劳动竞赛，认真进行人员素质培训，全员提高成本意识，做到整体思想统一、步调一致，积极自觉地完成厂部下达的成本指标任务。

（刊登在2006年3月1日津西炼钢厂《炼钢快讯》第4期总第10期）

“孪生”转炉诞钢城

——炼钢总厂两座50吨转炉建成投产纪实

庞文泽　王继祥　刘振鹏

三月的津西，草长莺飞，春光无限，喜事连连：小窄带钢工程破土动工，百万吨H型钢工程试车在即，污水处理厂投入使用，生产实现首季开门红……尤其是作为津西2006年三项重点技改工程之一的炼钢总厂8号、7号两座50吨转炉，于3月25日和31日先后一次热试投产成功，更使钢城喜庆气氛达到沸点。

沃土孕育

炼钢生产在公司整个生产格局中位置十分重要，她上衔炼铁，下接轧钢，既要全部消化铁水，又要为轧钢和即将建成的H型钢提供优质钢坯，可谓举足轻重。

2005年，公司依照国务院颁布的《钢铁产业发展政策》(即钢铁新政)，经董事会研究决定，彻底淘汰落后工艺设备。总投资24亿元建设百万吨H型钢、1500立方米高炉、530平方米烧结机、265平方米烧结机等四大技改项目，并提出年产400万吨钢的宏伟目标。这样，炼钢总厂现在装备水平明显与整条生产线不匹配。尤其是1号、2号、3号转炉炉容小、生产成本高，铸坯质量无保证，严重制约品种钢的开发。为此，公司审时度势，果断决定投资1.7亿元新建两座50吨转炉，取代1号、2号、3号转炉。同时，另上单流板坯生产线，做到炼钢生产本身炉机匹配和与轧钢宽带生产相匹配。为实现2006年年产400万吨钢和“十一五”期间达到500万吨钢的目标奠定坚实的基础。

至此，两座转炉“孪生子”开始在津西的沃土中孕育。

健康发育

同时建两座50吨转炉的重任，历史性地落在了炼钢总厂的肩上。

由于两座50吨转炉技改工程的施工地点是在老生产线，并且要在保证炼钢老生产线正常生产的情况下进行，工艺布局密集，施工单位多，交叉作业严重，还要做到既不影响生产，又不耽误工程进度，难度可想而知。

但在特别能战斗的炼钢人面前是没有“困难”二字的。他们响亮地提出“全力以赴保工程进度，为实现年产400万吨钢保驾护航”的口号，并化作全厂的自觉行动。诸多问题他们都开动脑筋，按高质量、低投入的原则予以化解。仅以设备采购和技术培训为例，首先他们坚持最经济、最合理的配置原则，注重各个环节和把握每个细节，详细审阅图纸，结合设计院对电气自动化系统设备予以改进并采用多个高资质厂家竞标的方法，在保证质量的前提下，实现设备费用最低投入。其次，为保证新炉投产时有足够的技术力量，他们自主创新，采用生产工艺、维修单位提前介入产前准备的办法。在冶炼、连铸车间首先完成了岗位操作人员的技术培训。另外，如钢包准备人员、钳修、电仪及动力相关各个岗位也都是同期在老系统本岗位进行培训学习。这样，既保证了培训渠道畅通和培训质量，又节省了大笔培训费用。

在施工最紧张的日子里，张树江、赵贵福、胥明旺等厂部领导与生产、设备、技术等科室负责人和有关部门领导，几乎放弃了全部休假，在力保安全生产实现首季开门红的基础上，天天亲临现场了解和掌握工程建设最新动态，及时做出决策，协调解决所遇到的各类问题，确保工程顺畅无阻。

基建、机动、备件、供应等处室领导和有关人员每天盯办现场，积极解决影响工程的各种问题，为工程开辟绿色通道。

董事长韩敬远经常过问工程进度。公司总经理朱军、副总经理冯爱民亲临施工现场指导工作，并不时打电话询问工程进展情况，帮助及时解决建设中遇到的困难和问题。

上下关注，一体同心，保证了转炉“孪生子”的健康发育。

胜利分娩

转炉“孪生子”建设，有这样一张感人的工程进度表：

（1）2005年8月底，顺利完成了1号、2号连铸机的拆除和在线生产用风、水、电、气的管网改造等任务，做好了前期准备工作，工程随之启动。

（2）9月6日，土建工程全面开挖。

（3）10月25日，在线电缆沟已经全部改造完毕，两座转炉的基础浇筑完工，具备设备安装条件。

（4）11月下旬，主厂房土建基础接近尾声，机械设备陆续进厂，电气设备招标订货，设备安装图纸均已到位。

（5）12月初，主厂房立柱全部竖完，开始转炉平台和二次除尘管道安装。

（6）2006年2月中旬，工程全面进入设备安装阶段。

（7）3 月 15 日，各岗位开始陆续进行单体及联动试车，为最后的冲刺做好准备。

（8）3 月 25 日 17：58 分和 31 日上午 8：18 分，伴着一阵阵欢庆鞭炮的鸣放，8 号转炉和 7 号转炉先后兑入了热试的第一炉铁水，两炉喷出炫目的橘红色光焰。在人们期盼的目光中，钢水从两座“双胞胎”转炉出钢口喷涌而出。她向世人庄严宣告：炼钢转炉“双胞胎”热试投产一次成功！

董事长韩敬远，总经理朱军，副总经理冯爱民、沈晓玲，总经理助理白金顺、于利峰和公司各相关处室及厂部、车间的领导全部到现场祝贺。他们看着红彤彤的钢水，多日来的辛劳都化作了灿烂的笑容。

这笑容，是对炼钢总厂奋斗七个月诞生转炉“孪生子”的祝贺和嘉奖；

这笑容，是对未来 500 万吨钢宏伟目标的信心和憧憬。

（刊登在 2006 年 4 月 6 日《津西人》报第 64 期）

异型连铸一次热试成功

——填补省内异型连铸技术空白

4 月 8 日 15 时 50 分，公司百万吨 H 型钢工程重要环节之一的异型连铸工程，按节点提前 2 天一次热试成功。

闻此讯息，远在香港的董事长韩敬远，立即打电话向参与工程建设的干部员工表示亲切慰问和热烈祝贺，总经理朱军出差在外，也打来电话表示祝贺。副总经理沈晓玲、冯爱民，党委书记庞宝印，总经理助理白金顺和公司各处室及炼钢总厂的相关领导，都到现场祝贺。

公司此次热试的异型连铸机是目前国内第四台异型连铸机。我公司也成为继马钢、莱钢之后第三个能生产异型钢坯的厂家。该铸机是从奥钢联引进的世界先进技术，目前在国内处于领先水平。铸机三机三流，可浇铸三种断面的异型钢坯。工程由土建施工到热试投产，历时390天，总投资3亿元，设计年生产能力106万吨。该工程的热试投产，填补了省内异型连铸技术的空白。

异型钢坯呈“H”型，它具有板坯、大方坯、小方坯、圆坯的所有工艺特性。轧制道次少，成材率及收得率高，能源消耗低，是热轧H型钢的最好坯料。同时，相对来说，异型坯对钢水成分要求较高，钢水中有害元素含量低，连浇炉次成分波动要小，过热度控制需合适，设备制造、安装精度和自动化程度标准要求高。

异型连铸机是H型钢生产的上道工序，也是公司第一个中外合作施工的项目。它的热试成功，标志着公司百万吨H型钢二期工程顺利地实现第一步，同时也标志着津西炼钢史上第一次中外合作工程的成功。

此次热试冶炼钢水2炉，出坯24支，共220吨，合格率100%。

（先后刊登在2006年《炼钢快讯》第7期、4月13日《津西人》报第65期和4月份唐山劳动日报）

异型连铸机出坯场景（作者摄）

炼钢单流板坯连铸机一次热试成功

王继祥　魏铁军

“五一”期间，公司再传捷报：5月5日18时02分，炼钢总厂新增建的单流板坯连铸机，一次热试投产成功。总经理朱军和相关处室及炼钢总厂有关领导到现场祝贺。

该技改工程总投资3500万元，将与新建的两座50吨转炉相配套，年设计生产能力70万吨，从施工到热试成功，历时192天。在筹建和施工过程中，炼钢总厂克服空间狭窄等不利因素，积极谋划、精心组织。在热试前，对影响安全生产的160余项问题和不足进行彻底整改。单流板坯连铸机热试投产的成功，加快了公司淘汰落后设备的步伐，为提高轧钢产品产量打下了坚实的基础。

目前，连铸机铸坯质量达到工艺设计要求。

（刊登在2006年5月11日《津西人》报第69期）

炼钢总厂5号转炉完成大修成功开炉

王继祥　孙广虎

5月13日，炼钢总厂5号转炉大修任务比计划提前60小时完成，实现成功开炉。

此次大修，炼钢总厂借鉴4号转炉大修成功经验，在确保大生产平衡的前提下，针对5号转炉汽化冷却烟道除尘效果差，影响环境和安全生产这一问题进行大修，包括除尘改造、烟道更换以及转炉氧枪横移、升降小车改造等在内的20多个大修项目。其中，除尘改造项目将一文喉口及其脱水器拆除，更新为干式蒸发冷却塔，增加带有新型喷雾状喷嘴的喷枪，并将直径为1.7米的烟道全部更新，以加强净化力度；按时间节点进行转炉氧枪横移、升降小车改造等。动力车间也借此机会，进行了烟道和明槽的清污工作。

（刊登在2006年5月11日《津西人》报第69期，15日《炼钢快讯》第9期）

历经风雨见彩虹

有一首歌这样唱到“不经历风雨怎么见彩虹，没有人能够随随便便成功”。它道出了人生的一个哲理：彩虹固然美丽，但只能在经过风雨之后才能欣赏她的美丽，每个人都希望自己能够成功，但必须要有艰苦的付出做铺垫。

企业搞生产也是如此。进入三月份以后，炼钢总厂克服人员紧张、施工空间狭窄以及立体交叉作业繁多等不利因素，积极进行2座50吨转炉、H型钢异型连铸以及单流板坯等技改项目的最后冲刺，于3月25日、31日和4月8日、5月5日分别实现了8号、7号两座50吨转炉、异型坯连铸机和单流板坯连铸机的一次性热试投产的圆满成功；紧接着又于4月21日和5月13日利用生产间隙成功完成了4号、5号转炉的除尘改造和转炉大修，不仅改善了除尘条件和生产作业环境，而且为生产稳定顺行奠定了坚实的基础；目前正在筹备进行1、2号混铁炉和煤气柜的大修……这些技改和大修项目无形中为炼钢协调的生产组织带来了很大的困难，这也是炼钢有史以来

砌炉现场（摄影：刘振鹏）

技改、大修与生产交叉最多、现场最乱的一个阶段，也可以说是炼钢总厂经历的一次最大暴风雨。但是炼钢总厂以张树江为首的班子成员坚信风雨过后必有彩虹，带领着全厂1800多人牺牲节假日休息时间共加班11500个，接连打响攻坚战。到目前为止，单流板坯、异型连铸基本顺产，并创下最高日产12059.12吨、老线最高日产8018.21吨、新线最高日产4286.33吨三个历史最好水平；更为可喜的是5月19日板坯创历史新高，突破4600吨，并基本稳定在4300吨以上，较计划提前一周时间完成达产目标；4号、5号、7号、8号转炉除尘效果明显好转；服役长达13载的3座小转炉也于5月15日光荣退役，这标志着我公司20吨以下的小转炉彻底退出历史舞台。此外，在设备管理方面也已基本实现计划性检修；铸坯质量也节节攀升；成本管理方面亦有起色，5月份节余100多万元……

如果说4、5月份的技改和大修是无情的风雨，那么5月末产量的不断攀升和各项指标的优化，就是风雨过后那七彩绚丽的彩虹。

（刊登在2006年6月1日津西炼钢厂《炼钢快讯》第10期总第16期）

炼钢总厂基层干部“充电”忙

王继祥　刘振鹏

从五月中旬开始，炼钢总厂按照干部思想行为建设与生产经营同步的指导思想，就提升基层干部的管理素质和水平，组织了261名班组长以上干部参加的管理知识培训班。

5月16日至26日，全厂分车间主任和班组长两批，就车间班组日常管理、管理者的基本素质、车间班组长基本技能以及干部转变职能的意义、方法、方向和要求等内容，对全体班组长以上干部进行为期11天的培训。

通过培训，不仅提升基层干部综合素质和业务水平，还将进一步推动精细化管理深入开展。

（刊登在2006年6月1日《津西人》报第72期）

炼钢总厂“八荣八耻”教育有针对性

王继祥　刘振鹏

自6月9日公司召开津西“八荣八耻”宣传教育动员大会后，炼钢总厂积极组织，认真安排，以活动促进各项工作的开展，重点做好六项工作。

一是自觉抵制铺张浪费现象，与班组劳动竞赛相结合，实现精料入炉的同时降低成本消耗；二是强化治安综合治理工作，对损害公司及员工利益的现象和行为，及时制止并给予严厉打击；三是借助《炼钢快讯》、车间板报等宣传阵地，进行舆论引导，提高员工素质；四是组织民主生活会，多听员工建议和意见，及时整改到位，不留死角；五是将此项活动与职业技能鉴定考试、技术练兵、大比武活动相结合，在全员中形成学有榜样、人人争先的良好氛围；六是考评领导小组按照计划安排，定期、定时进行考核验收、明确奖惩。

（刊登在2006年6月15日《津西人》报第74期）

炼钢总厂劳动竞赛有实效

王继祥　刘振鹏

2006年，炼钢总厂新老生产系统结合青工创新创效活动，深入开展班组劳动竞赛，有力地促进了上半年各项经营指标的提升。

老系统班组竞赛重点是，坚持公开、公平、公正的原则，把好验收关。每月28日，由副厂长胥明旺亲自主持对班组劳动竞赛的验收，广泛征求各科室和未获得优胜班组的意见，并设立举报电话、举报箱，对车间在组织过程中存在的不合理现象责令限期整改。此外，还结合公司生产大环境和企业文化建设要求，不断更新和充实班组劳动竞赛内容，以确保活动效果，为完成各项工作指标夯实基础。

大方坯连铸机出坯　（摄影：刘振鹏）

新系统坚持以日常精细化管理为手段，结合技术培训内容，利用班前、班后会，对班组劳动竞赛所考核的各项指标，做到日统计、日分析，并及时给予实践指导，以不断提高各岗位员工技术水平，为做好各项工作提供有力保障。

通过新老系统深入开展班组劳动竞赛活动，今年前半年工作取得优异成绩：实现安全生产事故为零；钢产量较去年同期增长15.6%；成本节余700多万元，其中钢铁料消耗下降1.3%，白灰消耗下降25.9%；铸坯平均收得率较去年同期提高0.32%，设备完好率100%，设备故障率0.073%，较去年同期降低0.12%。

（刊登在2006年8月10日《津西人》报第82期）

炼钢总厂精细化管理初见成效

王继祥　刘振鹏

炼钢总厂在公司的正确领导下，坚持以人为本的精细化管理，积极开展向建企二十周年献礼活动，实现7月份“献礼”目标，8月上旬部分攻关项目取得较好成绩。

7月份该厂克服铁水少、3号混铁炉大修、停电等不利因素，较好地完成了各项生产经营任务，基本实现“献礼”目标：一是实现了全月安全生产无事故；二是圆满完成产量任务，共产钢坯315023.22吨，平均日产10500.77吨，其中新线105977.22吨，老线209046吨；三是老线排水沟治理效果明显，并通过强化除尘系统治理，环保基本达标；四是异型连铸腹板裂纹攻关工作，成效显著，本月裂纹率为3.69%，比公司计划低1.31个百分点；五是通过班组劳动竞赛，强化标准操作，严格过程控制，大幅降低消耗指标，实现成本节余469.93万元。

进入8月后，该厂通过继续深入地开展精细化管理、强力推行标准化操作，部分攻关项目取得较好成绩：一是通过严把耐材质量关，强化设备巡点检及维护保养，不断提高岗位标准化操作，于7月25日和7月28日，单、双流板坯中包包龄攻关纷纷取得突破性进展，双流板坯和单流板坯中包包龄达到了30小时10分钟和20小时40分钟的历史性突破，对降低熔炼费用，为产量任务和经营指标的完成奠定了坚实的基础；二是坚持炉机匹配的原则，加强温度控制和标准化操作，于8月1日结晶器过钢量实现7005.76吨，刷新历史最高纪录；三是经过科学的生产组织，强化工艺纪律，严格过程控制，于8月8日实现7号50吨转炉单班冶炼18炉的佳绩。

（刊登在2006年8月15日津西炼钢厂《钢讯》第1期）

炼钢二厂百吨转炉平台（作者摄）

五措施强化环境治理工作

王继祥　刘振鹏

为彻底改善炼钢生产生活环境，全面提升公司形象，炼钢总厂坚持精细化管理，采取五项措施强化环境治理工作。

一是强化转炉除尘系统改造，并下大力度进行烟道清理，做到定期维护，确保设备运转正常，同时严格工艺纪律、执行标准化操作，落实环保追究责任制，加大冒黄烟、下黑雨的考核力度；二是强化现场管理，明确划分责任区域，并按精细化管理要求，将清洁文明生产纳入日常管理范畴，参与班组劳动竞赛评比，每日进行现场联查，并对存在的问题限期整改；三是在现场地面硬化10000余平方米的基础上，新建安全通道1000余米，既保证了员工上下班行走的安全，又美化了现场环境；四是外委施工单位，拆除办公楼外层铁框窗户，全部更换为铝塑钢窗，并对厂房外墙、栏杆进行重新油漆，美化、亮化环境；五是对老线连铸浊环二次沉淀池外排水、冷风机回水、3号混铁炉水冷套子回水等进行改造，执行外排水治理方案，加强环境治理。

（刊登在2006年8月15日津西炼钢厂《钢讯》第1期）

炼钢总厂举办企业文化知识竞赛

王继祥　刘振鹏

为普及推广企业文化知识，检验各单位学习成果，8月11日上午，炼钢总厂举办企业文化知识竞赛活动。

此次活动共有8个代表队、24名选手参加。工会副主席王继宗，公司办公室副主任付立军及炼钢总厂厂长张树江，副厂长胥明旺、赵桂福与600余名员工一起观看比赛。经过七轮激烈角逐，天车车间代表队以总分220分摘取桂冠，后勤科室代表队和连铸车间代表队并列第二，其他代表队获得此次竞赛的第三名。

（刊登在2006年8月17日《津西人》报第83期）

津西人都会这样做的

——记拾到两部手机归还失主的韩贺国

听说炼钢总厂有位三天捡到两部手机并及时归还失主的韩贺国。当我颇费周折找到他谈到这件事时，他的脸红了，不好意思地笑笑说：“这算不上什么，津西人都会这样做的。”

原来，前些天韩贺国到机要室复印文件时，在50吨转炉的道西捡到一部手机。到机要室后，他就向文印员吴丽苹打听是否听说谁丢了手机。小吴摇了摇头，并让他从手机内存储的电话号码中察看一下，兴许能知道是谁的手机。经过察看，恰好有一个叫杨利民的，是小韩熟悉的名字，于是顺藤摸瓜，用这部手机拨通了天车二车间杨利民的手机号。

“利民，我是贺国。你们车间有谁丢了手机吗？”“没听说呀！”韩贺国迟疑了一下，接着又提示：“利民，你再好好想想，我给你打的这个号码是谁的？”“噢，想起来了，是祁小金的手机号码！”

韩贺国如释重负，“利民，你马上转告小祁，就说他的手机现在我手里，请不要着急，方便时让他到我这儿来取”……

无独有偶，偏巧事隔一天后，早晨来上班的小韩又在红星餐馆路口拾到一部手机。韩贺国有了上一次找失主的经验，就如法炮制，几经打探，方知是烧结总厂揣开新丢的。于是，他又在最短的时间内，将手机归还了小揣。

三天内，连捡到两部手机已为奇事；韩贺国捡到后急失主之所急，千方百计寻找失主，不事张扬，以至两个月后，笔者才间接得知，更属奇闻。这是炼钢总厂“八荣八耻”教育结出的硕果，无疑给公司“明荣辱，树新风”活动又增添了一段佳话。

（刊登在2006年8月31日《津西人》报第85期）

“最佳搭档”的故事

——记公司“企业文化知识竞赛”一等奖获得者炼钢总厂代表队

在8月25日上午公司举行的“企业文化知识竞赛”决赛中，炼钢总厂代表队以默契的配合，准确无误的应答，一路领先，夺得竞赛第一名。这个队的两男一女“三人组合”也自然成了本次竞赛的最佳搭档。现在，让我们把目光投到最佳搭档的背后。

竞 赛 缘

最佳搭档中的三人，分别是生产二科调度员李秀凤、天车一车间的刘洋和连铸三车间的侯福民。正是公司组织的这次“企业文化知识竞赛”给了他们相识相交的缘份。

炼钢总厂为了把企业文化宣传、贯彻到每个岗位、每名员工，一方面，将公司网上公布的“企业文化知识竞赛试题”制成精制手册，每人一本，让全厂所有的员工都进一步了解公司历史和基本的企业文化；另一方面，为检阅各单位学习情况，演练队伍，8月11日组织新老系统八个代表队在公司工会礼堂举办了企业文化知识选拔赛。这三名员工，正是选拔赛上取得前三名代表队中的最优秀选手。由于工作不在一个班次，不在一个岗位，他们只是在24日预赛时才彼此认识。如果说炼钢总厂的选拔赛给了他们强强联合、搭伴出征的缘份，那么，公司的决赛则是过关斩将、一路领先、一展最佳搭档风采的舞台。

任 为 先

李秀凤是三位选手中进厂最早、年龄最大，也是第一个向厂部自告奋勇报名参赛的选手。就在她抓紧业余时间、全力以赴地备战公司决赛的时候，她不满两周的女儿不小心被开水烫坏了左腿和右脚，听着孩子撕心裂肺的哭声，看着孩子哭红的双眼和红肿的伤口，李秀凤心急如焚。这可是关键时刻，离决赛只还有两天了，怎么办？在炼钢炉前和她同上一个班的丈夫心疼地与她商量：“你看女儿这样，班你不上不行，你能不能推掉这次比赛？”李秀凤含着眼泪对丈夫说：“不行，别的事我都依着你，这事可不能听你的。都这个时候了，临阵换将，这不是给厂部出难题吗？我去参加比赛，照顾孩子不是还有你吗？如果咱们拿了第一，你不也跟着高兴吗？即使是女儿大了知道这件事，也不会怪我的。咱们要把家里的事先放一放，先以集体为重……”一阵阵连珠炮，让这个与自己大学同学的丈夫理解地笑了。

就这样，她把伟大的母爱化作了竞赛的动力，与队友们一起在比赛中表现得非常出色。在预赛和决赛的 17 道抢答题中，李秀凤一人回答了 12 道题，并且无一失误，流利干脆的回答赢得了在场观众一次又一次的掌声。

望洋叹

刘洋是三位选手中最年轻的一个，22 岁。有人曾开玩笑地问他，刘翔在世界上取得了男子 110 米栏冠军，你的名字和他只差个偏旁，你能拿到竞赛的第一吗？只听他自信地说：“竞赛和开天车一样，只要眼到、脑到、心到，题目就能背牢。”“得分最关键的是抢答，你有把握吗？”他诙谐地说：“你说天车大不大，何况一个小小的抢答器呢，你就放心，中国有刘翔，津西有刘洋，拿第一，没问题！”刘洋还真是没有口出狂言，无论是在钢厂内部选拔赛，还是公司预赛和决赛中，他都把点动起车、点动升降的理论在抢答上运用得淋漓尽致，预赛中 15 道抢答题他抢了 9 道，决赛中 18 道抢答题他抢了 8 道，总比对手快半拍，如愿拿到了三个第一，让对手望洋兴叹，无可奈何。

不怕虎

侯福民是 6 月 30 日入厂，到参赛时尚不足两个月，是这组搭档中进厂最晚的一个。他的参赛实属偶然，本来炼钢总厂内部知识竞赛报名的人员里没有他，在8月9日早晨，离参赛还有两小时的时候，原报名人员因事不能参赛。救场如救火，于是，他这个刚刚进厂的毛头小伙自告奋勇接下了这个使命。在他看来，虽然刚来津西两个月，可早已被这里的企业文化氛围感染了。进厂时间短，公司基本情况、历史、企业文化、社会交往等需要他学习的东西太多了。能参加竞赛，正是一个很好的学习机会，也是充分展示自己的机会。正是凭着这种“初生牛犊不怕虎”的精神，他在场上和队友密切配合、稳定发挥，成了最佳搭档中的一颗新星。

（刊登在2006年8月31日《津西人》报第85期）

津西企业文化知识竞赛现场（摄影：刘振鹏）

为团队荣誉而战

——炼钢总厂在公司技能大赛中喜获丰收

王继祥　刘振鹏

8月6日和31日，炼钢总厂先后为在公司技能竞赛中获得状元、能手称号的6个工种中23名选手下发了“一年内每月上浮200元和100元工资”的通知。

自公司下发关于重点工种技能竞赛的通知后，炼钢总厂领导班子高度重视此次大赛，出台了相关的激励制度，并具体组织安排了内部预赛，为员工搭建了展示个人才华的平台，也大大鼓舞了员工的士气。

设备厂长赵桂福、王德春和厂长助理孙广虎牵头，由设备科结合维修单位具体安排培训讲师和培训时间、地点，认真组织钳焊工理论知识培训；技术科、冶炼车间在副厂长胥明旺、李建中和厂长助理田英鸽的带领下完成了炼钢工的热身训练；厂长张树江也在百忙中抽出时间亲临生产一线，饶有兴趣地询问参赛选手的培训学习情况，并到预赛现场观看各位选手的精彩竞技，广大岗位员工则掀起了学技术、比技能、自我培训、自我提高的学习热潮。从中不难看出，炼钢闪烁着和谐统一的团队光芒。

经过厂部公开、公平、公正地组织6个工种的理论、实践选拔赛，选出天车工13人、炼钢工10人、电工8人、仪表工2人、钳工7人、焊工5人共6个工种45位精英参加公司第一届职业技能大赛，同时，为炼钢争夺竞赛荣誉的希望也就落在了这45名选手身上。

为迎接公司大赛，为炼钢争得更多荣誉，这45位选手下至初出茅庐的年轻小伙，上至久经沙场的花白老者，个个摩拳擦掌、跃跃欲试，并在大赛中留下了许多佳话。

参加焊工技能竞赛的5名选手，1名获得状元称号，4名获得技术能手称号。特别是焊工赵春山，凭借前年参加市技能竞赛的基础，在此次大赛中又获技术状元称号。

天车工关小晨，是1993年入厂学习的第一批天车工，凭着自己多年来的经验积累和技术磨炼，顶着前两次比武未能夺魁的压力，在高手云集的天车工技能竞赛中，一路过关斩将，最终捧回金灿灿的状元桂冠。另外有9名天车工也榜上有名，并包揽了该工种两项殊荣。

仪表工张子秘，虽然理论考试失利，但他不卑不亢，顽强奋战到底，在实作考试中认真审视，一丝不苟，借助冷静的头脑、灵活的思维，硬是挤进技术能手之列……

捷报连连，喜事不断，炼钢派出的45名选手，共有23人获得了状元、技术能手称号，占炼钢参赛人员总数的51.11%，占公司获得荣誉总人数的45.1%，其中状元占炼钢参赛工种的50%。

（刊登在2006年9月16日津西炼钢厂《钢讯》第3期）

竞聘彰显“三公”

王继祥　刘振鹏

9月23日上午9点，炼钢总厂遵照以人为本、唯才适用的原则，针对炼钢二车间班子缺员问题，对符合报名条件的7名员工采取公开、公平、公正的竞聘办法，最终将获得第一名的魏宝龙确定为炼钢车间主任助理人选。

此次竞聘分为理论笔答、现场答辩、实践操作和班子评议四部分，分别占总成绩的15%、50%、30%、5%。按照竞聘规定，经过第一轮的理论考试和答辩后，有2名选手被淘汰；在第二轮实践技能操作中，获得公司状元称号的魏宝龙最终脱颖而出，经厂班子评议后被确定为主任助理人选，并公示7天。

（刊登在2006年10月5日津西炼钢厂《钢讯》第4期）

炼钢总厂9月份生产经营全面开花

9月份，炼钢总厂从生产、技术、经营、安全、攻关、检修等方面全方位推进，在百吨转炉中修6天的情况下完成钢产量33.28万吨，同比提高了7.41%；总成本节余600万元，铸坯合格率完成99.62%，较上个月有较大的提高。

进入9月份以来，炼钢总厂不断优化生产组织，加大安全管理力度，强力推进技术攻关，狠抓节能降耗，严格控制物料质量，精心安排计划检修，产量日日刷新。全月平均日产11316吨，同比平均日产水平提高了1321吨，创下了炼钢历史最好纪录。在百吨转炉中修期间，两座50吨转炉连续6天创出平均日产4365吨的好水平，并且创造最高班产35炉的生产纪录，老系统也创出连续6天平均日产8685吨的新高。钢铁料消耗控制在1078千克/吨以内。百吨转炉中修按公司计划提前14小时保质保量完成任务。八项攻关工作成绩显著，板坯扇形段使用寿命由原来的1个月延长到现在的3个月；双流板坯和异型坯都实现全月零漏钢，异型坯结晶器铜板过钢量也由原来的6000吨稳定在12000吨，累计过钢量可达6.5万吨；9月份的质量月活动，铸坯合格率比上月提高0.07%；全月安全生产无事故。

（刊登在2006年10月5日津西炼钢厂《钢讯》第4期及
10月5日《津西人》报第90期）

困厄中更显高尚

——记拾金不昧的炼钢工李朝亮

8月8日下午3点钟，在唐山妇幼医院8楼18室病房里。

太平人寿保险公司唐山分公司业务员陈巧芸手里拿着1000元钱，一边向为43床1岁儿子陪床的李朝亮手里塞，一边嘴里说：“兄弟，没别的意思，只是表达我的一点心意。”当她拿钱的手被李朝亮再三推回后，她动情地说：“谢谢你，谢谢津西人，是你让我又看到了新世纪的雷锋。”李朝亮腼腆地说：

“大姐,您太客气了。这点小事算不得什么,我们每一个津西人都会这样做的。”

看到此情，人们不禁要问，这到底是怎么回事?

事情还得从头说起，李朝亮家住罗屯镇沙涧村，是津西炼钢总厂的一名炉前工。2006年7月中旬，由于刚满一周岁的儿子得了类风湿，在迁西医院住了几天后，就转到了唐山妇幼医院，一住又是半个月。他的工资不高，爱人又是一名下岗工人，家中没有其他任何收入。住院二十多天，花去一万多元医药费，这几乎花掉小两口所有的积蓄。

8月7日下午，李朝亮下白班后又来到唐山妇幼医院。当他看到病床上输着液的儿子和十几天来由于过度操劳满脸疲惫的爱人，心里酸溜溜的。于是，他让爱人好好睡一觉，自己精心陪护着儿子，一夜没有合眼。第二天临近中午时，他再也顶不住了，就让爱人看着儿子，自己到一楼大厅边上的长椅上休息一会儿。就在这时，他发现地上有一个户口本，拾起来一看，里面夹着1000元现金、一张身份证和两张保险单。尽管自己为给儿子治病已经到了近于山穷水尽的地步，但他马上就想到了失主准是在给家人看病时不慎丢失了钱和证件，说不定这钱就是救命钱。此刻，丢钱的人不定急成什么样呢。想到这儿，李朝亮马上就把户口本连同现金等物一起交到了医院保卫处，让保卫处的值班人员用广播来寻找失主。在保卫处工作人员的再三追问下，李朝亮才不得不说出自己是津西的员工，并说明自己是在本院给儿子陪床的。在保卫处的协助下，得知消息的陈女士到医院保卫处领取失物后，立刻就来到了病房。

原来，陈女士是到医院为客户上保险时收取的客户证件及现金，结果不慎丢在了医院大厅里。没想到自己的这个为别人上保险的却在医院被一个素不相识的人“保了一次险”。她在领取证件时，真诚地向保卫处值班人员说：“这证件和现金都是客户的。丢失1000元钱是小事儿，关键是这户口本和身份证，丢了想补都很麻烦。再者说，我是跑保险业务的，却把客户的证件给搞丢了，赔点钱好说，这公司的信誉可是大事呀。我一定要好好谢谢这位兄弟！”因此才出现了开头的一幕。

（刊登在2006年11月9日《津西人》报第95期）

津西第一炼钢工

——记公司首届员工职业技能竞赛炼钢工状元魏宝龙

8月30日，公司首届员工职业技能竞赛结果揭晓，身体单薄的炼钢总厂员工魏宝龙技压群雄，摘取了炼钢工状元桂冠。

熟悉魏宝龙的人都知道，他是一名园艺专业毕业的本科生，1999年12月进入公司炼钢总厂工作，当了一名与他所学专业大相径庭的炉前工。

刚开始，当他站在陌生的转炉平台上时，感受着扑面而来的一股股热浪，就像针钻一样带来一阵阵刺痛；看着一不小心落到身上就能浇起一个小疤的欢快飞溅的钢花时，那些从影视中看到的恢宏画面和凭此产生的所有对炼钢的美丽憧憬立刻打了折扣，他也从想象虚幻的空间回到了现实之中。

魏宝龙没有寻找退路，硬着头皮干起了炼钢炉前工。没几天功夫，在工友们忘我的工作热情感染下，经过老师傅们的热心传帮带，这个爱思考的小伙子还真摸到了一些门道儿，并对这个技术含量较高的工作有了感情。魏宝龙暗暗下定决心，既干，就要干好，要当，就当一名一流炼钢工。

炼钢，是一门学问很深的技术活儿，不下真功夫，根本掌握不了技术要领。思想已经转过弯来的魏宝龙在工作中开始调整心态。他深知自己所学的专业与炼钢是风马牛不相及。但各门科学毕竟有相通之处，有规律可循，只要工夫到了，铁杵自可成针。于是，他这个“门外汉”，发扬“笨鸟先飞”的精神，平时以比别人多付出几倍的代价，投入到对炼钢技术的钻研中去。

他注意积累经验，除向顾问、主任、技术员和老师傅请教学习外，还利用班下休息时间，认真学习《炼钢基础知识》《氧气顶吹转炉炼钢》《炼钢500问》和《炼钢企业职工实用技术培训手册》等技术书籍，遇有不懂的问题，就及时向内行请教，一直到彻底明白方才罢休。为提高自身素质，他还将冶金行业工种培训试题库中高级炼钢工考卷全部一一作完，给自己“先天不足”的大脑补充养分。

勤奋、好学、善积累，终于结出了硕果。魏宝龙参加工作不到两年，就练就了通过听声音分析炉内情况，通过火焰判断钢水温度高低，通过取样钢花看碳含量的过硬本领，并摸索出一套简单实用的工作方法，使得4号转炉炉龄达到了34000多炉的优异成绩。魏宝龙也渐渐从对炼钢一无所知的“门外汉”，成了炼钢总厂颇有名气的技术骨干。

在今年公司举办的首届员工职业技能竞赛上，魏宝龙以优异的成绩脱颖而出摘得炼钢工状元的桂冠，成为津西第一炼钢工。比赛结束后，工友们对他表示祝贺时，他掩饰不住内心的喜悦，动情地就：“是津西培养了我，我一定要把我的青春和技术献给津西。”

眼下，已过而立之年的魏宝龙以过硬的思想作风、过硬的技术水平和走高的人气，被聘为车间主任助理。他正信心百倍地朝着更高的人生目标奋进。

（刊登在2006年11月30日《津西人》报第98期）

转炉180氧枪喷头改造成果喜人

近日，作为炼钢总厂推进精细化管理项目之一的180氧枪喷头改造实验取得显著成果。

自50吨转炉投入使用以来，产钢量的不断提升和冶炼周期的进一步缩短，使得炉容比变小、供氧强度提高，炼钢操作难度加大。转炉炉底形状及炉底高度经常失控，金属喷溅炉次增多，炉底容易发生漏钢，对安全生产造成一定威胁。

厂部领导对转炉底形的失控及造渣操作所存在的困难极为重视，积极组织技术力量进行攻关，提高转炉造渣操作水平，加强对转炉炉底高度及形状控制。同时，又积极组织技术力量对氧枪喷头进行改造实验，以使转炉造渣、供氧及转炉炉底形状控制在现有生产条件下达到最大限度匹配。

氧枪喷头改造后，转炉炉底边缘的形状已由平形变为弧形，终渣化渣效果、过程返干程度得到改善，正常使用枪龄达到214次，单炉供氧时间缩短30秒，金属喷溅泡沫减少，对炉底上涨与下降的控制能力也大大提高，实现平衡吹炼。

（刊登在2006年12月14日《津西人》报第100期）

冬日真情暖如春

——炼钢总厂为季节工廖志国爱心捐款记

12月12日，寒冬的天气让人感到冷嗖嗖的。当炼钢总厂钳修二车间的季节工廖志国从车间副主任赵朋飞手中接过给他的4000多元捐款时，心里感受到春天般的温暖。

廖志国，今年26岁，遵化市铁山岭人。家有年近六旬的父母、年轻漂亮的妻子和刚满两周的女儿。按理说，一家祖孙三代正是尽享天伦之乐的时候。可糟糕的境遇却让这个风华正茂的小伙子怎么也乐不起来。十多年前，他的母亲就患上了精神分裂症，长年要有专人照顾，每天离不开药物治疗。父亲虽然也在津西工作，可几年前的脑血栓，让他丧失了劳动能力，无奈地告别了挚爱的工作岗位。妻子在家既得照顾公公，又要照料婆婆，加上年幼的女儿身体不佳，隔三差五地吃药、打针、住院输液，真是有点儿祸不单行。

蝴蝶兰（作者摄）

就这样，几年下来亲戚朋友家都借遍了，四、五万元的外债，已经使他债台高筑。每月千余元的收入，与每月无法预计的用于治疗的开销相比，确是杯水车薪。面对所有这些不幸，身体单薄的他坚强地挺了过来。自幸运地到津西上班以来，他克服生活带来的巨大困难，三年如一日，从不迟到早退，从不多休一个班，并且车间每当有检修加班时，他总是主动地留下来……这一切，车间的领导和工友们都是挑大拇指称赞的。

可老天就像是故意捉弄他们，最近母亲的病情越来越重，本月6日，他父亲又第三次住进了医院，这对于他来说更是雪上加霜。但性格刚强的他，在班上跟谁也没说，仍然坚持上班，只是让妻子白天陪床，自己下班后再到医院守着病危的父亲。过重的精神和经济负担，让这个本来单薄的小伙儿日渐憔悴……

当班长从别的渠道了解到此事后，当即就通过车间主任陈秋生和副主任赵朋飞向负责新系统全面工作的副厂长王德春进行了汇报。王德春在与副厂长李建中沟通后，于次日早调会向各单位负责人说了此事，号召大家自愿为廖志国捐款，并且带头捐了款。在他们的带动下，炼钢、连铸、天车、热装、动力的车间主任、副主任，设备、技术、安全科的科长、副科长，还有各科的工作人员及钳修车间的工友们都纷纷向廖志国伸出了援助之手。公司工会副主席王继宗及工会办公室主任董劲松、总厂厂长张树江、工会主席赵桂福、综合办主任王继祥听到此事后，也都为廖志国献上了一份爱心。短短的三个半小时，车间就收到了捐款4320元。班长赵大勇在捐款之后又主动借给廖志国3000元，以解其父亲住院的燃眉之急。

手捧领导和员工们献出的一颗颗滚烫的爱心，刚刚顺利办完转为员工手续的廖志国百感交集，他含着激动人心的泪水，写了一封情真意切的感谢信。信中他说：“病魔对我家来说是不幸的，而生活在津西特别是在炼钢总厂这个大集体里，又是万幸的，大家给我的是一颗颗火热的心，是帮我战胜困难的勇气。今后，我一定要用勤奋的工作来报答领导及工友们对我的关心和帮助。”

（刊登在2006年12月21日《津西人》报第101期）

5号百吨转炉系统大修顺利完成

王继祥　刘振鹏

12月31日11点20分，炼钢总厂5号百吨转炉第二次炉役历时124小时20分钟大修，经过预前烘炉，顺利兑入第一包铁水，标志着为期5天共有83个项目的百吨转炉系统大修顺利完成。

此次大修按照总厂精细化管理要求，共细分为协调、安全保障、防冻、加入炉、铸铁、抢修、倒铁等7个小组，并在明确具体负责人和职责的同时制定了详细的执行方案。其中，安全保障组按照岗位特色结合抢修实际，以排查事故、确保人身安全为宗旨制定了17项具体防范措施；砌炉组由生产调度与炼钢工共同负责，按三班倒规律具体对看家、备砖、运砖、砌炉等环节进行人员安排，此次砌炉共用时68小时，较上次炉役提前1小时结束，并在兑铁前采取提前预烘烤的办法用焦炭、干柴等将炉内烘烤到1300~1400℃，有助于转炉炉衬的后期烧结；铸铁保产组由连铸车间抽调部分精英以不影响炼铁、保证生产稳定平衡为原则，执行9项细化措施，检修期间累计铸铁3183.82吨；检修组主要对2号天车卷筒、减速机各2台、3号和10号天车钢丝绳、风机转子耦合器、3号皮带、2号大倾角皮带及二次除尘布袋等设备进行彻查和更换，并外委6项于5个施工单位，整个大修共投入人力1000余人次。此外，协调组、防冻组和倒铁组也全部按照具体措施严格执行到位,从而使5号百吨转炉系统较公司计划提前40分钟兑铁生产。

同时，检修期间，老系统按照成本效益型生产组织要求，深挖潜能，于12月28日再次刷新老系统日产记录，达9057.56吨，为保证首月开门红奠定了基础。

（刊登在2006年12月31日津西炼钢厂《钢讯》第10期）

炉底砌筑（摄影：刘振鹏）

在平凡中书写不平凡

——记公司首届员工职业技能竞赛天车工状元关晓晨

胥计猛　王继祥

在公司首届员工职业技能竞赛上，炼钢总厂关晓晨以深厚的理论功底和精湛的操作技术，从全公司300名天车工中脱颖而出，摘得天车工状元的桂冠。捧着到手的荣誉，他浮想连翩、感慨万千……

1993年3月，关晓晨高中毕业来到津西，当了一名天车工。刚则从事天

车工作时，每天只是孤零零的一个人在封闭的空中工作室操作，并且总是一日复一日地重复着那几个枯燥、单调、乏味的动作，使心中怀有美好理想的关晓晨慢慢有了点儿寂寞和郁闷的感觉，萌动了想找个借口调离天车岗位的念头。

“遇到这么点儿困难，我就退缩吗？难道在天车岗位就干不出名堂吗？……”经过一番激烈的思想斗争，文静、上进的关晓晨终于下定决心：继续干，一定在天车这个平凡的岗位上干出不平凡的业绩，力争当一名优秀的天车工！于是，他成了图书室的常客，一有空闲时间，就扎到知识的海洋中吸取养分，并且拿笔记本记下重点，留作回家复习时的学习资料。同时，他还购置了《天车工培训教材》《起重工》等书刊，来填补自己知识的空缺。为更好地理论联系实际，他还多次就书本中和工作中遇到的问题向有工作经验的老师傅虚心求教，将理论知识与实践操作进行分析、比对。就这样，刻苦钻研的关晓晨无论是理论水平还是操作技术很快都有了长足长进，成了车间技术骨干中的一把“硬”手，并被聘任为天车一车间班长。

在快节奏的炼钢炉前，高空作业天车工的劳动强度、危险性，是人所共知的。它要求天车工操作在做到“稳、准、快”的同时，还要认真执行巡检和操作联络的确认制，稍一马虎，便会给生产和安全造成不可估量的损失。为此，在平时工作中，关晓晨不仅处处以身作则，还以近乎苛刻的标准严格要求员工，他说，这才是对员工真正的爱。

有人说，把平凡的事干好了，就是不平凡。几年来，关晓晨就是以这样高度的责任心工作着，在自己技术水平提高的同时，也带出了一支过硬的天车工队伍。

技能竞赛的前一天，关晓晨正在公司精心做着赛前准备工作。突然，家里来电话说，他两岁半的儿子玩耍时不慎掉进水缸里，等被家人发现时已经没有了呼吸。安排好工作后，他火速赶到县医院。后经医院抢救了四个多小时，才将儿子的生命从死神手中夺了回来。第二天，孩子还未出院，关晓晨满怀歉意地向妻子说明情况，在妻子的理解和支持下，准时来到了赛场。竞赛结束后，荣获天车工状元称号的关晓晨满怀喜悦地说：“这是我给妻子、儿子的最好礼物！”

关晓晨这个多次被评为“优秀员工”“最佳班组长”的优秀青年，正在一步一个脚印默默地在平凡中书写着不平凡。

（刊登在2007年4月12日《津西人》报第116期）

李文国重金不昧显真情

5月11日，三屯贾庄子村村民王振丰，带着一面“百年津西育新人，拾金不昧风格高”的锦旗和一封感谢信，到炼钢总厂办公室再次真诚地向电修车间电工李文国表示感谢。

5月10日下午3点多钟，电一车间副主任侯玉忠急匆匆地来到厂办公室，将一个黑色小皮包交给办公室主任王继祥。他介绍说，上四点班的李文国刚才在上班途中捡到这个皮包。由于急等接班，特请办公室代将钱包转交给失主。王继祥打开皮包一看，大吃一惊，只见包里有20000元现金、汽车驾驶证、一张农行卡和十几万元的矿石收条。王继祥在暗暗责怪失主粗心的同时，又为失主着急。他拉开里面的小兜儿一看，发现了几张名片，于是马上按名片上的电话找到了失主——贾庄子村的王振丰。

王振丰原来是出租车司机，现在与同事合伙儿开铁矿。有一个远方的朋友向他借20000元钱，他中午从营业所支出钱后，又在一饭店与几个同事喝了酒，然后开着车去给朋友送钱。中途因酒后口渴，在路过三屯种子站西侧的一家小商店买矿泉水时，不慎将皮包掉在地上，当时竟毫无察觉。他驾车离开后，正巧地上的钱包被上四点班的李文国捡到了。由于急等接班，李文国没法自己寻找失主，便把钱包交到车间副主任侯玉忠手中求他帮忙。

当天下午，当王振丰来到炼钢总厂办公室取包时，除了连声道谢外，还一再要求要当面感谢李文国本人。俩人见面后，王振丰紧紧握住李文国的手说：“你可是我的大恩人哪，如果这个包找不到的话，至于这驾驶证、农行卡都好办，借给朋友的钱大不了我再取20000元给他，可这十几万元的矿石款都得我自己赔，恐怕我哭都找不到调哇！津西有这样的员工，真是太可贵了。”接着要请李文国吃晚饭，并硬塞给他2000元做酬谢，可都被李文国回绝了。李文国动情地说：“我不要你谢，我只提醒你一句：今后千万不要酒后驾车了，丢了东西别人捡到可以还你，可生命丢了谁也无法还给你。”说完，就告辞转身去上班了。

望着他渐行渐远的背影，王振丰的双眼噙满了感激的泪花。在李文国身上，他不仅看到了津西员工的形象，更体验到了那份可贵的人间真情。

（刊登在2007年5月24日《津西人》报第122期）

炼钢总厂盯现场死角限期整改

王继祥　刘振鹏

近日，炼钢总厂通过开展“现场综合治理突击周”活动，强力推进生产现场综合治理。这是厂部自冶炼、连铸车间开展“禁止吸烟”活动以来的又一有力举措。

突击周活动开展以来，厂部新老系统各单位通过对现场存放物资进行整理定置，对墙壁、玻璃等部位进行清扫擦拭，对地面、栏杆等部位进行清洁刷漆，生产环境有了明显改观。14日，副厂长胥明旺带领各单位主要负责人对“现场综合治理突击周活动”开展情况进行全面检查，利用摄像机对整改情况和存在问题进行详细记录，并在检查结束后通过镜头回放，具体指出相关单位存在的“现场管理死角”问题，限期整改到位。

（刊登在2007年7月19日《津西人》报第130期）

“双料”高级工——李立民

在炼钢总厂二车间，有一个勤勤恳恳、任劳任怨，工作只讲质量，不讲代价和借口，被车间员工誉为“劳模”的人。

他，就是在2006年、2007年两次职业技能鉴定中取得焊工、钳工“双料”高级工的炼钢二车间维修班长李立民。

“人总得有点儿上进心”

现年36岁的李立民，来公司前曾先后在县化肥厂和电力局工作过。生性好强、喜欢动脑的他，硬是凭着一股钻劲儿、韧劲儿，学会了操作车床和电焊，因此，在1998年公司招工时，他成了津西一名焊工。在外打工多年的艰难经历，让他倍加珍惜这份来之不易的工作。他说：“饭碗稳固了，那更得有危机感、有上进心。如果以此为满足，不再用功学习，那早晚都得被淘汰。”于是，专攻焊工的他，开始在焊接的广阔领域进行探索。他一方面虚心向经验丰富、技术高超的老师傅们请教；一方面利用工余时间加紧学习。公司图书馆里，他手捧《焊工技术》《金属材料性能大全》等书本一页页地啃读；在家中，他拿着从同学和同事那里借来的技术书籍，一学就是大半夜。在他看来，学习是他生活中的重要组成部分，是一种乐趣，一种享受。

2006年，他用辛勤的汗水换来焊工高级资格证书后，并没有停下前进的脚步。他的脑袋里又闪出一个新目标：“公司将来需要的是复合型人才，光凭焊工这点儿技术，是远远不够的。”于是，他又向与焊工联系紧密的钳工发起了冲击。除向老师傅们虚心请教外，还想方设法地借《钳工工艺学》《公差与配合》等钳工专业书籍来读。就这样，只有高中学历的他，竟然又凭着那股钻劲儿、韧劲儿，顺利地通过了2007年高级钳工职业技能鉴定考试，又取得了钳工高级资格证书。一下子,小个子的他成了众人关注的“大人物”。

“人总得有个奔头”

李立民参加唐山市职业技能大赛焊工比赛现场

每当有人向他问起取得这样成绩的原因时，他总是笑着说：“人总得有个奔头。”

李立民工作是很讲究方法的。他说“技术”加“巧干”才等于完成任务。焊接时，他会充分考虑到金属的材质；干重力气活儿，他会利用杠杆的作用；下料时他会精密计算、合理安排以免造成不必要的浪费……正因如此，他所辖的班没有一次因维修质量影响到安全生产，出现停产事故，设备作业率达到95%以上。他还通过多项小革小改，修旧利废，大幅度降低生产成本；多次修复渣车链条，一条可以节约5000元；将钢包车单侧磨损的主动轮改做被动轮，一个可以节约3万多元；将成本高、不便维修的下料系统插板阀，改为成本低、结构简单、维修简单、效果一样的扇形阀，等等。

在李立民心中，有一个“五年远景规划”：取得焊工技师资格，逐渐打造成为知识型员工；所在的班组要创建成为学习型团队。为实现这个规划，李立民准备从培训入手，改变思路，由过去被动答复大家提出的问题，改为主动利用班前班后会的时间，结合生产实践对员工进行有计划的技术培训。他要继续率先垂范，带动员工自觉地进行“充电”，个个成为技术过硬的知识型员工，建成学习型班组，为企业做出更大的贡献。

是啊，个人有了奔头，人生才会有意义；班组有了奔头，才会凝心聚力，成为不败的团队。若津西人都有像李立民和他的班组这样的奔头，百年老店的美好愿景就一定能变成现实！

（刊登在2007年8月2日《津西人》报第132期）

"6S"管理重在养成良好习惯

曾经看到过这样的故事：一位老教授退休后，定期到偏远山区学校传授教学经验。老教授的渊博学识及和蔼可亲的态度赢得了那所学校全体师生的敬重。在教授离校时，许多学生依依不舍地前来送别。老教授面对一双双渴求的眼睛，微笑着答应学生，下次再来时，只要他们能将自己的课桌收拾整洁，就送给每人一份神秘礼物。

自老教授走后，每到星期三早上，所有学生就将自己的桌面收拾干净。因为以前每个星期三都是教授例行前来授课的日子，只是现在不能确定教授会在哪个星期三到来。在这些学生当中,有一个学生想法和其他同学不一样：他特别想得到教授的礼物留作纪念，因而深怕教授会在星期三以外的日子突然带着神秘礼物来到。于是，他每天早上都将自己的桌椅收拾整齐。然而，上午收拾整洁的桌面，往往下午又会凌乱，这个学生便在下午又收拾一次。即便这样，他仍觉得不安，恐怕教授在一个小时后出现在教室时，仍会对他的桌面不满意，便又每个小时收拾一次……

就这样，一直到最后教授也没有再来。但这个学生却终于明白，自己已经得到教授答应给的这份神秘礼物——他养成了时刻保持自己桌面整洁的良好习惯。

这则故事告诉人们，养成良好的习惯是人生的一笔宝贵财富。这笔财富的取得，需要有坚定信念的支撑，需要有高度自觉和持之以恒的精神。现在我们推行"6S"管理的目的之一，就是使员工都养成良好的工作习惯，让每位员工都拥有这样一笔可以享用终生的宝贵财富。

"6S"管理的最终目的,就是提升员工的品质。这里所说的提升员工品质，主要是指培养员工的三个习惯，即革除做事粗心马虎的毛病，养成认真对待每一件事情的习惯；遵守规定，养成按规定办事的习惯；革除陋习，养成文明礼貌的习惯。

炼钢总厂在推行“6S”管理的过程中，由于日常注重这三个习惯的培养，现已取得明显成效。特别是在四个试点车间的现场，你随时都会看到员工们在自觉地清理现场、扫平台、擦拭栏杆。有几次，我问现场擦栏杆的员工：“一个班你们擦几遍？”他们的回答是：“没规定，只要腾下手来就擦。”一句简单的回答，足以说明员工在现场“6S”管理理念的熏陶下，已经有了坚定的信念——用自己的双手创建文明、舒适、安全的工作环境，并在持之以恒的坚持中养成了主动工作的良好习惯。

人们常说，人可以改变环境，环境也可以培养人，这就是“人造环境，环境造人”的道理。确实，文明整洁的工作现场能让人有一种说不出的自豪感、幸福感，近而增强人的归属感。而怡人的工作环境，则靠我们所有的员工用养成的良好习惯，随时随地不间断地去创造、去维护。这样，生产现场“6S”管理的重要目标也就达到了。

（刊登在 2007 年 9 月 13 日《津西人》报第 138 期）

炼钢总厂向党员大学生征集 20 项建议

王继祥　张中健

11 月 13 日上午，炼钢总厂组织召开党员、大学生员工代表座谈会，研究探讨大学生员工的思想动态，倾听他们的呼声。座谈会上，共征集 20 余项建议。

此次座谈会，厂部领导高度重视，副厂长胥明旺、赵桂福参加，并与在场的党员、大学生共同沟通交流。会上，党员、大学生们畅所欲言，结合自身实际，谈了对津西的感想和认识，并表达了立足岗位、发挥潜能，扎根津西、建设津西的志向。这次座谈会历时 2 个多小时，共征集生产、安全、技术、设备等方面工作建议 20 余项，为今后工作顺利开展夯实了思想基础。

（刊登在 2007 年 11 月 22 日《津西人》报第 148 期）

李春静荣获“迁西县首届道德模范”称号

“不是自己的钱不能拿！我觉得我做了一件连小孩子都应该明白的事。”这是 1 月 14 日，公司员工李春静因拾金不昧，在迁西县首届道德模范表彰大会上，被县委、县政府授予“迁西县首届道德模范”荣誉称号，接受记者采访时说的一句话。

左为李春静，中为团委书记韩景文，右为失主郑静

李春静，《津西人》报编辑。2006 年 5 月 2 日在唐山某停车厂拾到一个装有十万元现金和票据的手提包，及时交还了失主。此事经多家媒体相继报道，在社会上引起强烈反响。同时被评为“迁西县首届道德模范”的还有十年如一日坚守在环卫工作第一线的李荣功、20 多年如一日义务宣讲党的方针政策的离休干部徐俊文等 11 人。表彰会上，县领导向 11 名道德模范颁发了奖杯和价值 5000 元的液晶电视。

（刊登在 2008 年 1 月 24 日《津西人》报第 157 期）

公司办组织全体员工培训

1月19日，公司办公室在七楼中会议室组织全员培训，并推出2008年培训工作三项新措施。

在培训中，全体员工认真观看《一流的企业、一流的员工》电教光盘，学习了一流企业需要一流员工的工作理念，有效地增强了全员学习的紧迫感和危机意识。同时，推出公司办公室2008年培训工作的三项新举措。一是将每周六下午定为学习日，以集中、半集中和自学的方式进行学习，努力提升全员素质；二是进一步完善《公司办培训制度》，增设培训考勤、签到、点名等内容，做到培训有计划、有考核、有结果；三是加大奖惩力度，将考试成绩纳入工作业绩考核，并作为评先选优的依据。

（刊登在2008年1月24日《津西人》报第157期）

公司团委将举办"我眼中的津西"摄影展

为以摄影的形式讲述津西二十多年来的巨变，活跃青工生活，近日，公司团委摄影兴趣小组发出通知，将举办"庆五四——我眼中的津西图片摄影展"。

此次摄影展，是为全方位展示津西的腾飞历程，认识津西文化、感受钢城的精神和魅力，引导广大员工特别是大学生员工热爱津西、扎根津西、奉献青春，让"图片凝固历史"而举办的。作品征集时间为2月16日至4月20日，征集作品以全面反映津西崭新面貌为主，图片内容积极、健康、向上，分设创建科学发展示范企业、企业形象、企业装备、劳动者、企业文化、团青活动六部分。公司所有干部员工均可参加。评选出的作品将于5月4日起展出。

（刊登在2008年2月28日《津西人》报第161期）

公司团委青年学雷锋志愿服务为老人

3月5日下午，一支团旗引路、身着津西工作服、胸前佩戴志愿者标志的队伍来到三屯营镇老年公寓进行志愿者服务，受到70多名孤寡老人赞赏。

今年3月5日，是毛泽东主席“向雷锋同志学习”题词发表45周年纪念日。公司团委积极投身县文明办开展的以“弘扬雷锋精神，建设和谐迁西、魅力山城”为主题纪念学雷锋45周年活动，组织25名团员青年，到位于景忠山下的三屯营镇老年公寓进行志愿者服务。他们为老人的住所打扫卫生，现场制作并安装了去楼顶的爬梯。

同时，公司团委号召各单位团员青年，要自觉发扬雷锋精神，认真学习玉田县宋志永等13位农民自愿赴湖南灾区抗雪救灾的义举，组织开展“岗位做贡献，社会献爱心”活动，引导团员青年从现在做起，从自身做起，从岗位做起，从身边小事做起，营造“人人献爱心”的浓厚氛围。

（刊登在2008年3月13日《津西人》报第163期）

志愿者服务现场（作者摄）

公司召开 2008 年文化宣传工作会

4 月 3 日下午，公司在七楼会议室召开 2008 年文化宣传工作会议。公司党委书记庞宝印在会上作《解放思想、科学发展，全面完成 2008 年公司文化宣传工作》重要讲话，党委副书记杨永成宣读《关于对 2007 年度文化宣传工作先进单位和通讯员表彰奖励的决定》，各党支部书记、各单位办公室主任、宣传工作主要负责人和 2007 年度优秀通讯员及新闻写作爱好者 100 多人参加会议。

庞宝印在讲话中对 2007 年的文化宣传工作进行了总结。他说，一年来，公司文化宣传工作始终坚持以邓小平理论和“三个代表”重要思想为指导，以科学发展观、构建和谐企业为统领，紧紧围绕公司中心工作，充分发挥服务大局、服务基层、服务员工的重要推动作用，坚持正面宣传，弘扬主旋律，积极宣传企业跨跃式发展战略的新举措、取得的新成绩及涌现出的先进典型，对内激励员工士气，对外扩大企业社会美誉度和知名度，保持了积极健康、蓬勃向上的良好态势，为企业各项建设提供了精神动力和良好的舆论氛围。一是文化推广实施工作取得新突破；二是配合公司中心工作，服务大局，弘扬主旋律，大力营造舆论氛围；三是扬荣抑耻，充分发挥文化宣传舆论导向作用；四是不断创新文化宣传的形式和内容，培育和壮大文化宣传队伍，对内和对外宣传工作取得新突破。

在谈到 2008 年文化宣传工作时，他指出，今年文化宣传工作的指导思想是：贯穿一条主线，即以深入宣传贯彻公司近期发展三大目标和十项重点工作，争创全国企业文化先进单位和一流报纸、网站为主线，贯穿于全年文化宣传工作之中。把握一个基调，即把握凝心聚力、团结奋进、开拓创新、创建和谐的宣传基调。突出三个重点，即继续深入推进“四为”和谐企业文化建设，深入贯彻以人为本、构建和谐的文化理念；修订和调整各项规章制度；大力推进企业品牌建设，为打造全国最大、世界一流H型钢生产基地做出新的更大贡献。强化四种素质，即强化政治素质、理论素质、思想素质和新闻写作素质，全面提高宣传文化队伍的水平。重点抓好五个方面的工作：一要继续深化企业文化的推广实施，争创“全国企业文化先进单位”四连冠；二要牢牢把握正确舆论导向，为公司大局服务；三要围绕公司今年“创新创效强品牌”重点工作，全力作好对外宣传工作；四要不断创新文化宣传工作，加强宣传队伍建设；五要抓好《津西人》报阵地建设，抓好读报、用报及发行的管理工作。

会上，工会副主席王继宗通报了2007年度《津西人》报采用各单位稿件情况及县级以上媒体刊发公司稿件情况。公司领导为文化宣传工作标兵单位、先进单位和优秀通讯员进行了颁奖。炼钢总厂厂长胥明旺、烧结总厂宋艳爽分别代表先进单位和个人作了经验介绍。会后，由《津西人》报总编李学田、庞文泽对通讯员进行了新闻写作专题培训。

（刊登在2008年4月10日《津西人》报第167期）

于利峰当选“唐山市十大优秀青年”

5月4日，“纪念‘五四’89周年表彰暨我为唐山添绿色誓师大会”在唐山燕山影剧院隆重举行。会上，市委组织部、共青团唐山市委、市人事局、市总工会、市青年联合会表彰了2008年“唐山市十大杰出青年”和“唐山市十大优秀青年”。公司副总经理于利峰当选为“2008年唐山市十大优秀青年”，并荣记振兴唐山三等功。

于利峰坚持落实科学发展观，开辟多种渠道为公司创效2亿多元。在主持销售工作期间，实施品牌营销，公司连续6年产销率、货款回收率达到100%，顾客满意率98%，并把出口业务发展到韩国、日本、东南亚、非洲等15个国家和地区。

（刊登在2008年5月8日《津西人》报第171期）

公司500名党员交纳“特殊党费”10.83万元

——以特殊形式表达对四川灾区的特别关爱

自公司发出《关于党员交纳“特殊党费”的通知》后，广大党员踊跃参与，截至6月2日，公司500名党员交纳“特殊党费”108344元。其中，有25名交纳1000元以上。

在此次交纳“特殊党费”活动中，广大党员对中央的决定反响强烈，一致认为中组部做出的尊重和鼓励党员通过交纳“特殊党费”的方式支持地震灾区的决定，代表了广大党员的心声。连日来，公司领导和各支部书记纷纷带头交纳“特殊党费”。制氧厂党支部接到通知后中，率先行动，支部书记杨学友带头交纳2000元，20名党员共交纳6450元；机关一支部行动迅速，支部书记韩景文带头交纳1000元，机关二支部55名党员共交纳27000元，成为交纳“特殊党费”最多的支部。广大党员踊跃交纳，献上自己的一份爱心。轧钢厂老党员朱清海交纳特殊党费1100元，并表示“为四川灾区尽一点力，我们党员应该冲锋在前。”机关一支部王海琴、H型钢厂张继猛，交纳1000元；公司办小车班司机纪天贵、纪天维二人出差在外，回来后立即找到党委，补交上自己的“特殊党费”。

（刊登在2008年6月5日《津西人》报第175期）

公司成功举办第六届“津西之约”

——喜峰为媒　雄关作证　有缘相牵

为践行“四为”和谐企业文化，解决大学生员工和生产技术骨干的婚姻问题，6月13日，公司与团县委、县总工会、县教育局、县卫生局在风光秀丽、景色怡人的喜峰雄关大刀风情园联合举办第六届“津西之约”联谊会活动。团县委副书记赵宏涛，公司党委副书记杨永成、团委书记王继祥等领导和公司及社会各界108名未婚男女青年参加了此次联谊会。

联谊会上，杨永成代表公司领导致辞。他说，公司在强力推进“四为”和谐企业文化建设的同时，不仅努力提高员工薪酬和各种福利待遇，完善各种生活设施，发展循环经济，改善员工物质生活条件；而且还举办各种文化活动，丰富员工精神生活，打造和谐企业，使广大干部员工对津西充满希望和信赖。

今年，又有700多名大学生加盟津西。为解决他们和生产技术骨干的婚姻问题，公司在与团县委和有关部门联合举办五届“津西之约”联谊活动的基础上，再次举办这届联谊活动。希望通过津西这个“鹊桥”，使更多有缘的男女青年相识、相知、相恋，使越来越多热爱津西的有缘男女相约、相聚，牵手于这个平台。

会上，赵宏涛代表团县委发表热情洋溢的讲话。他希望大家珍惜这个机会，主动交流，增进了解，加深彼此之间的友谊。

联谊活动开始后，全体男女青年分成8个小组进行了富有情趣、易于增进有缘男女相互了解、异彩纷呈的互动游戏，赢得阵阵笑声和掌声。

（刊登在2008年6月19日《津西人》报第177期）

公司荣获县“文明单位”等六项殊荣

2月10日，在县工会礼堂举行的全县农村工作会议上，县委、县政府授予我公司2008年度县“文明单位”等六项殊荣。

会上,公司除被评为县“文明单位”外,还获评“纳税特殊贡献企业”“项目工作先进单位”“绿化工作先进单位”“节能减排工作先进单位”，并被推荐为出席市“诚信平安创建示范单位”。公司副经理白金顺、工会副主席王继宗被授予“迁西县劳动模范”称号，保卫处处长高起全被评为“建设平安迁西工作先进个人”称号。

（刊登在2009年2月12日《津西人》报第210期）

“快乐周末”本周五将全新亮相

“好消息！快乐周末活动将从本周五晚起全新改版！”这是近期在公司员工中奔走相告的一则喜讯。

为进一步丰富员工业余文化生活，把“快乐周末”活动真正办成员工休闲娱乐、强身健体、展示才华、提高综合素质、了解企业文化及厂情厂史知识的舞台，“快乐周末”活动将在2008年活动基础上全面创新改版。改版后将在组织方式上一改去年每周由各团支部轮流组织、只有本单位团员青年参与的形式，而由公司团委、工会、大学生联合会牵头组织，公司团员青年周周都可参加。在内容上更加丰富，趣味性更强。今年的活动，新增加“唱企歌、周末健身房、快乐竞技场、伴你舞翩跹、文化伴你行和纵情放歌喉”等丰富多彩的栏目，使“快乐周末”趣味性更强，吸引力更大，更利于调动团员青年参与的积极性。每次“快乐周末”分别设竞技奖2名、知识奖10名、幸运奖6名。根据“快乐周末”活动项目,下半年还将组织“合唱”“演唱”“舞蹈”（含交谊舞、集体舞）“厂史文化知识”等专场比赛。

今年“快乐周末”活动将从3月13日起，每周五晚6点30分在汇馨苑歌舞厅举办（5月1日以后晚7点开始）。

（刊登在2009年2月12日《津西人》报第210期）

2009年“青春活力”第一季度篮球邀请赛落幕

4月13日上午8点30分，随着一声清脆的哨响，2009年“青春活力”机关团支部篮球邀请赛在工会篮球场拉开序幕。

此次比赛，是公司2009年“青春活力”篮球邀请赛第一季度赛事，是为备战“五一”公司大赛而举办的。机关团支部代表队作为主办方，共邀请炼钢一厂、H型钢一厂、汽车队三个团支部代表队参赛。比赛采用单循环形式。由于各队实力旗鼓相当，每场比赛都激烈精彩。一次次成功配合，一次次精彩进球，都激起场外观众的一阵阵喝彩。

经过两轮苦战，H型钢一厂团支代表队以47 ∶ 40险胜机关团支部代表队，问鼎冠军。

（刊登在2009年4月23日《津西人》报第220期）

公司举办“聚力迎挑战、共克时艰”演讲赛

4月23日上午，公司职教中心礼堂座无虚席，“聚力迎挑战、共克时艰”演讲赛在这里隆重举行。来自各单位的16名参赛选手在这里一决高下。团县委书记薛志刚、县委研究室主任周鹏飞、县总工会副主席孟祥莲、公司党委书记庞宝印、副书记杨永成与700多名干部员工观看了比赛。

此次由公司党委、工会和团委共同主办的“聚力迎挑战、共克时艰”为主题的演讲赛，是为贯彻落实董事长韩敬远在“挖潜增效渡难关”活动动员大会上的讲话精神，使全体干部员工认清形势，把思想和行动统一到公司的战略决策上来，以坚定的信心和决心迎接新一轮挑战而举办的。

此次比赛，各单位高度重视，广泛动员，有200多人参加初选。为确保参赛选手质量，烧结厂、炼铁二厂、炼钢一厂、炼钢二厂、动力厂等单位举行了内部选拔赛。经过预赛，选拔出16名选手参加决赛。

选手们紧扣“聚力迎挑战、共克时艰”这一主题，用理性深刻的道理、鲜活感人的事例、声情并茂的语言，从公司发展奋斗史、个人与公司关系、应对金融危机的挑战、挖潜增效、安全生产等不同侧面进行了激情洋溢的演讲。“津西是一艘在茫茫商海中劈波斩浪的迁西经济航母。她所遭遇的黑云压城，是因为史无前例的金融海啸的冲击；她的举步维艰，正是再次腾飞的机遇和起点！”“津西是你的企业，也是我的企业，是我们万名员工赖以生存和发展共同的家园！”“在这一历史的困境下，我们每名员工都要从身边点滴做起，凝心聚力、尽职尽责、履行使命……”“我们要牢固树立节俭意识和效益意识，从节省一张纸、一滴油、一度电做起，精打细算……”参赛选手们这一句句抑扬顿挫、慷慨有力、富有激情的演讲词，道出了万名员工与企业共渡难关的心声，引起与会干部员工的强烈共鸣，不时响起阵阵热烈的掌声。

经评委们对参赛选手从主题、语言表达、艺术表现、演讲效果等四个方

面评分，质检中心周永超夺取桂冠；H 型钢一厂张云馨、炼钢一厂郭晓梅获二等奖；炼钢二厂关利刚、于江波和制氧厂吴建秀获三等奖。

（刊登在 2009 年 4 月 30 日《津西人》报第 221 期）

公司党委荣获市县先进基层党组织称号

近日，公司党委分别被中共唐山市委、迁西县委评为唐山市“先进基层党组织”和迁西县“先进基层党委”。副总经理于利峰被评为“唐山市优秀共产党员”;动力厂党支部、制氧厂党支部被评为“迁西县先进基层党组织”;机关一支部书记韩景文、公司办副主任王继祥被评为“迁西县优秀党务工作者”；副总经理于利峰、H 型钢二厂厂长李仕征、炼钢二厂厂长胥明旺、机修厂厂长王盼合被评为“迁西县优秀共产党员”。

（刊登在 2009 年 7 月 9 日《津西人》报第 231 期）

公司团青有了网络版团刊

6 月 25 日，一个喜讯在公司迅速传开：每月一期、展现公司 6000 多名青年团员风采的网络版《津钢团讯》诞生了。

为传达上级团委文件，弘扬津西特色“四为”和谐文化，宣传青工爱岗敬业精神，为青工提供展示、提升自我的平台，公司团委本着贴近青工、快捷、节俭的原则，在公司内网创办了《津钢团讯》。

《津钢团讯》开办的栏目主要有“公司要闻”“团建指南”“新闻热线”“基层动态”“青春无悔”“平安钢城”“班组生活”“青工论坛”“艺苑长廊”等，内容丰富多彩，贴近一线、贴近生活、贴近青工。刚一面世，便受到团青的欢迎和关注。

（刊登在 2009 年 7 月 9 日《津西人》报第 231 期）

公司党委网络表彰开先河

为纪念建党 88 周年，充分发挥基层党组织的战斗堡垒作用和广大党员的先锋模范作用，近日，公司党委在内网上对 7 个先进基层党组织、18 名优秀党务工作者和 115 名优秀共产党员进行了表彰。

此次表彰，公司党委一改以往召开大会进行表彰的形式，既减少费用开支和人力资源，又有利于基层党支部组织党员方便、快捷地学习会议文件。

（刊登在 2009 年 7 月 16 日《津西人》报第 232 期）

三破纪录的李浩轩

王继祥　胥计猛

“大健，加油！”“大健，好样的！”……男子三级跳远赛场上，伴着啦啦队的呐喊助威声，略显消瘦、身高1.80米的小伙李浩轩以11.94米、12.25米、12.42米的骄人成绩连续三次打破男子三级跳远纪录。李浩轩，成了本届运动会的一颗夺目的“明星”。

李浩轩，小名大健，今年25岁，是万通公司炼铁厂1号高炉的炉前工。他从小热爱运动，并显露了体育天赋。到了高中时，更是痴迷篮球、长跑，在学校的球赛和田径运动会上，经常可以看到他矫健的身影。然而不幸的是，在一次打篮球时，因腰痛得厉害，到医院一检查，结果发现腰椎上长了骨刺。从此，在一段时间内，他被迫远离了所倾情挚爱的运动场。

面对病痛的折磨，李浩轩依然不减对运动的热爱。待病情好转后，他就加入到迁西县小有名气的阳光篮球队，经常与队友们一起去参加比赛。

4月11日，李浩轩在万通公司组织的运动会预选赛上，以绝对的优势，当选篮球队、三级跳运动员后，更是每天克服伤痛的困扰坚持锻炼，使得两项成绩都有了较大提高。

在参加三级跳远比赛前，李浩轩先参加了篮球赛。在对阵2009年篮球冠军质检中心队时，由于整个赛事异常激烈，加上他又坚持打完全场比赛，李浩轩的腰痛病又犯了。伴着钻心的疼痛，他的双脚也肿了起来！队友们担心他参加不了三级跳远比赛。

5月8日下午2时，当李浩轩的身影出现在男子三级跳远赛场时，队友们自发地对他报以热烈的掌声。果然，李浩轩不负重望，强忍腰伤带来的痛苦，在啦啦队的加油声中，先后三次破男子三级跳远项目纪录。这时，全场沸腾了，热烈的掌声此起彼伏，人们给他以英雄般的礼遇……

当笔者问到李浩轩获奖感受时，他说：“这只是我自己的超越，今后我和大家还要继续努力，实现万通团队的自我超越！”

（刊登在2010年5月13日《津西人》报第274期）

董事长率集团公司高管到津西万通视察工作

5月26日上午8:30分，中国东方集团董事局主席、总经理兼首席执行官，津西股份董事长、津西集团理事长韩敬远率中国东方集团副总经理、首席运营官朱军，集团总经理助理韩力、津西股份公司总经理于建水，党委书记、工会主席庞宝印，监事会主席金小春等公司高管一行六人来津西万通公司视察工作。公司代总经理郭振对，总经理助理羿荃升、刘永存，集团公司项目部副部长刘维增陪同。

首先，韩董事长带队参观了公司在南部新建的料场，接着到轧钢厂东侧观看了边界及二期技改工程用地情况，然后到轧钢厂现场视察了工程进度情况，最后到宿舍楼前现场听取了万通公司代总经理郭振对关于生活区及办公区规划的意见。韩董事长对万通公司前期的技改、生产情况给以充分肯定，对料场、生活区、办公区的规划提出了指导性意见，同时对二期技改工程用地情况、公司发展规模以及边界治理、完善公司版图等问题做出明确的指示。

（刊登在2010年《万通快讯》第1期）

王正英县长到津西万通调研

王继祥　胥计猛

6月10日，迁西县委副书记、县长王正英率县发改局、国土局、白庙子乡等单位负责人到津西万通进行调研。津西万通代总经理郭振对陪同并作关于企业发展的重点汇报。

王正英在认真听取郭振对关于津西万通的发展汇报后，对津西万通的生产经营情况给予了充分肯定。同时要求尽快解决钢铁产能匹配和有关手续完善等问题。对于企业急待解决的问题，要求县政府有关部门和乡镇给予大力支持，以解决企业后顾之忧。王正英指出，各地各部门要进一步统一思想，千方百计创造条件，帮助企业突破瓶颈制约，加快建设进度，保障正常的生产经营，确保尽早达到设计产能，实现效益最大化。

津西万通总经理助理羿荃升、刘永存陪同调研。

（刊登在 2010 年 6 月 17 日《津西人》报第 279 期）

迁西县四大班子领导到津西万通现场办公

王继祥　胥计猛

7 月 13 日下午，迁西县委书记王东印，县委副书记、县长王正英，县委副书记王保国，县人大主任刘瑞富，县委常委、副县长郭彦徽，副县长王芳，县政协副主席张志会等县四大班子领导就支持津西发展问题，率相关县直单位和乡镇领导 40 余人到津西万通现场办公。中国东方集团董事长韩敬远，中国东方集团执行董事、常务副总经理、首席运营官朱军，中国东方集团执行董事、副总经理、首席财务官沈晓玲，津西股份总经理于建水，津西股份党委书记庞宝印，津西万通代总经理郭振对等陪同。

首先，县四大班子领导视察了津西万通生产现场，了解生产和设备运转情况。然后，在三楼会议室听取韩敬远、郭振对关于津西及津西万通 2010 年上半年生产经营工作情况和今后发展规划的简要介绍。韩敬远在介绍中说，津西集团整合重组津西万通已一年。津西集团已投入巨资用于津西万通的重组和发展。津西万通的发展，对迁西稳定和津西发展都很重要。

王东印和王正英在现场办公时作重要讲话。

王东印对津西发展给予高度评价。他强调，津西万通在一年内实现兼并重组并顺利投产，这充分体现了津西人的精明睿智、责任和能力。今年上半年，津西应对市场形势，采取积极行动，取得显著成效。面对当前严峻的市场形势，津西要应对市场挑战，增强危机意识，共克时艰。津西发展型钢，这条路走的对。要提高产品研发水平，学会引导市场，提升企业形象。努力实现一业为主、多元化经营的发展格局。要承担更多社会责任，继续发扬和保持津西服务社会、奉献社会的良好风尚。各相关县直单位及乡镇要一如既往、全力以赴支持津西发展，千方百计为企业解决问题。县委、县政府对津西的发展充满信心。

王正英指出，津西万通的顺利投产，是津西调整产品结构、转变发展方式的结果。津西要深入研究和把握国家政策，实现更好更快的发展。各相关县直单位及乡镇要积极、主动地帮助企业排忧解难，更好地支持津西、服务津西。

（先后刊登在2010年《万通快讯》第3期和6月17日《津西人》报第279期）

迟来的感谢信

——记津西万通公司三位工人救死扶伤的事迹

王继祥　胥计猛

2010年7月23日津西万通公司办公室迎来了三位特殊的客人，她们是迁西县人民医院大夫蔡杰、护士张国欣和救护车司机翟永健的妻子。她们送来了一面锦旗和一封感谢信。感谢万通公司烧结厂的李东松、李小松、陈建中三位工人。当烧结厂办公室主任沈前进接过三位受伤者送来的锦旗时说：

“这是他们应该做的，每一位津西人遇到这种情况都会出手相救的。”

通过感谢信得知，2010 年 2 月 10 日，三位工人下四点班时，在白庙子收费站处遇到了去洒河接诊的迁西县医院救护车发生事故，救护车侧翻在路旁，当时车上的三位医院员工遇险，三人将三位受伤者抢救出来，送到拦截到的北斗星车上后，就消失在了夜幕中。

这三位积极施以援手的人是谁？为什么做了好事不留名？经过向迁西县人民医院受伤者的了解和烧结厂三位当事人查证落实，才解开了迟来半年的感谢信之谜。

原来在 2010 年 2 月 10 日也就是腊月二十七晚上零点，迁西县人民医院急救中心接到一个报警电话，洒河桥附近有两位重症病人，需要急救。当时值班的医生蔡杰、护士张国欣、救护车司机翟永健一行三人马上出车接诊，一心想着能尽快赶到现场，让病人能够尽快得到救治。在途经白庙子收费站时却发生了意外，由于对面汽车车灯太亮，救护车不幸撞在了收费站的水泥墩上造成侧翻。救护车上的三人全部遇险。整个撞车经过被骑摩托车下四点班的津西万通公司的李东松和陈建中看个正着，二人毫不犹豫在侧翻的救护车旁停了下来。在简单了解了车内的人员和伤情之后，在车外大声呼喊：“你们别着急，千万别动，我们帮你们把车门打开。”于是李东松当即就爬上了侧翻的救护车，想开车门对伤者进行施救，但由于突发的事故，强烈的撞击，车门严重变形，已经无法正常打开。李东松当机立断，顺势掰开了撞裂的前挡风玻璃，进入到驾驶室，先将受伤的张国欣救了出来。

就在此时，李小松和一位津西的员工也下班途经此处，他们也立刻停下车加入到抢救的队伍。在抢救第二位蔡杰时给四人带来了难度，因蔡杰捂着肚子直叫，看症状好像肋骨有骨折，伤者腰部和胸部稍有微动，蔡杰就发出撕心裂肺的叫声，所以李东松只能是双手小心翼翼地把蔡杰托出车窗。抢救伤势最重的司机翟永健时给他们带来了更大的困难。由于司机的大腿卡在了方向盘下并且造成了骨折，一个人无法施救，所以李小松和李东松一起钻入驾驶室，费了九牛二虎之力才把翟永健的大腿从方向盘下移了出来，两人使劲往外推举司机翟永健，陈建中和津西员工两人在车外用力拽他，经过近十分钟的努力才将司机翟永健成功救出。

三位受伤者被成功救出后，陈建中就拿李东松的手机给 120 打了电话，然后张国欣又给人民医院的领导打了一个电话，说明了救护车侧翻的情况。过了一会，还不见救护车来，于是李小松拦住了一辆北斗星，司机下车后正好与救护车司机认识。于是将三人送上了车。当将三人送上车，看着远去的车辆，李东松、李小松、陈建中三兄弟和不知姓名的津西员工才带着胜利的笑意离开车祸现场，各自回家休息。

正因为四位陌生人的无私帮助，才使得三位受伤者第一时间回到医院，得到了救治，解除了伤痛。经过医院诊断，三位伤者除张国欣伤势较轻外，蔡杰六根肋骨骨折，翟永健大腿骨折，半年过去了，通过伤者及家属我们了解到，张国欣与蔡杰已经完全康复并复岗工作，但司机翟永健仍在恢复之中。三人通过医院领导手机里的电话号码多次联系确认，才知道救他们的好心人是津西万通公司的李东松、李小松、陈建中。

李东松、李小松、陈建中和那位不知名的津西工人只是津西的普通工人，他们用自己的实际行动再次践行了津西的“四为”和谐企业文化，他们的精神永远值得津西人学习。

（刊登在2010年《万通快讯》第4期）

津西万通公司召开螺纹钢生产及销售协调会

王继祥　胥计猛

8月23日下午4时，津西股份总经理于建水、经理助理张玉海，万通公司代总经理郭振对、经理助理羿荃升、刘永存和相关单位在万通公司三楼会议室召开螺纹钢生产及销售协调会。各单位一一列举了影响螺纹钢生产及销售的问题，于总在会上逐一给予拍定解决。

于总表示，一是针对螺纹钢成品打包易散的现状，新建自动打包机需2~3个月的时间，在此期间打包要安排外出考察，研究解决打包易散的方法；

二是印尼粉稳定在5%，提高螺纹钢屈服强度，质检中心把好钢坯质量关；三是以销定产，控制产能，减少积压库存和资金占用，销售公司、轧钢厂、生产部要共同研究好此项工作。并特别强调质量第一，占有市场打成功战，提高市场占有率。

（刊登在2010年《万通快讯》第5期）

津西万通公司搞好春节慰问
确保度过一个欢乐祥和的春节

王继祥　胥计猛

公司为保证广大干部员工度过一个欢乐祥和的春节，全面完成公司下达的安全生产任务，在发放春节补助的同时，大年三十、初一提供免费用餐。春节期间提供免费用餐2000余人次。广大员工对春节期间的免费用餐表示满意。

年三十下午六点由总经理郭振对，副总经理羿荃升、刘永存带队深入到生产一线对广大春节值班员工进行了春节慰问。郭总到炼钢厂1、2号转炉主控室，1、2号连铸主控室，保卫部中门警卫室；羿总到炼铁厂1、2号高炉主控室，烧结厂1、2号烧结机主控室，保卫部南门警卫室；刘总到质检化验室，动力厂制氧主控室、鼓风机站、TRT发电、车队调度室分别进行了慰问。每到一处经理们对员工的工作生活都进行了亲切的询问，广大员工深深感受到了公司的关怀和津西大家庭的温暖。

（刊登在2011年《万通快讯》总第8期）

公司组织2011年中层干部整训大会

王继祥 胥计猛

2月10日上午，津西万通公司2011年中层干部整训大会在三楼会议室举行。万通公司副总经理刘永存做了成本经济指标综合分析报告，副总经理羿荃升做了生产技术指标综合分析报告，总经理郭振对做了题为《谋大局、利长远 大事带动、强势推进 全面完成2011年生产经营任务》的动员报告。下午2点，中国东方集团执行董事、常务副总经理、首席运营官朱军，集团总经理助理韩力冒着小雪来到万通公司五楼会议室参加中层干部整训的分组讨论。朱总在听取了部分厂长的讨论发言后，发表了热情洋溢的讲话。

朱军在讲话中说，2010年万通公司取得了不平凡的成绩。在看到成绩的同时，重点要谋划2011年的工作，将思想统一到集团及万通公司的生产经营目标上来。前天，集团公司在津西股份召开了高管整训大会，召开整训大会的目的就是统一思想、统一认识，进而实现统一行动。

一是2011年集团将加大对万通的投资力度，进一步谋划第二条轧线、3号高炉和煤气柜等技改项目建设。集团的目标就是打造袖珍型样板式万通模式。二是学习日照钢铁先进管理经验，学先进、树标杆。重点从自身出发查找差距，促进指标的提升。三是加强对标学习，紧紧抓住优化干部、冶金行业不封闭、集团支持的三大优势，走出去开展对标活动，特别是一把手要重点研究此项工作。

朱军强调指出，在集团公司的正确领导下，只要万通公司上下一心，团结奋斗，创新务实，扎实工作，2011年津西万通一定会发展更快，变化更大，实力更强。

（刊登在2011年《万通快讯》总第8期）

中国东方执行董事巴特纳格尔考察万通公司

王继祥　胥计猛

韩力陪同客人在现场考察

2月28日，安赛乐·米塔尔派驻中国东方集团控股有限公司执行董事维杰·巴特纳格尔，在中国东方执行董事、副总经理慕泰世·慕柯基，集团总经理助理韩力及安赛乐·米塔尔派驻津西股份首席技术官杜瑞恩·伯纳德等人陪同下，先后到津西万通和正达考察。

在津西万通考察时，维杰·巴特纳格尔听取了总经理郭振对关于生产经营情况的介绍，维杰·巴特纳格尔先后到炼铁高炉主控室、炼钢转炉主控室、连铸平台和轧钢厂进行实地考察，对津西万通的生产装备、生产经营指标和公司产品及效益等情况进行详细了解。

维杰·巴特纳格尔表示，米塔尔的印度公司在生产、销售等方面具有较强优势，津西万通可以学习考察和借鉴。产品要有差异化，要有自己特色，要进一步强化节能环保。

（刊登在2011年《万通快讯》总第9期）

能源公司总经理白金顺带队到津西万通考察调研

王继祥　胥计猛

3 月 8 日上午，津顺能源公司总经理白金顺带领唐钢设计院两名工作人员和能源公司部分员工到津西万通公司考察调研。白总和设计院人员详细了解了万通公司的发展状况和能源利用情况。在三楼会议室进行了详细论证，并制定了煤气发电项目的设计建设论证方案,为万通公司的未来发展提供了能源保障。

（刊登在 2011 年《万通快讯》总第 9 期）

手机失而复得　雷锋活在唐山

谁说雷锋没户口,唐山雷锋天天有。这句话通过去唐山手机的失而复得，得到了证实，也让我通过这件事，对“感恩、博爱、开放、超越”的新唐山人文精神有了更深刻的认识。

事情是这样的，三年前的一个下午，我和爱人去唐山西客站送在石家庄上大学国庆放假后返校的女儿，由于火车站改造没有完成，只有走小道绕到火车站后边的临时站口。5：10 分左右，我们就来到了火车站外边快拐进站的一个可以掉头的地方，两边都是个人的小吃店，由于正值车辆高峰期，道窄车多，因为我们还要在回家的中途到岳父家接内弟一起回家，赶晚上的夜班，而且女儿是赶晚 7：30 的火车，所以我就让女儿下车找个小吃店随便吃点，然后进站等车，我们就掉头回来了。掉头后车还没有驶进南新道，我让爱人用手机与内弟联系（因为去车站的路上爱人用我的手机与内弟联系返回时到岳父家接他），准备到岳父家吃晚饭，可是爱人一找手机，不见了，我一想准是她刚才下车时掉在车下了，就赶紧掉头回去找，在刚刚停车的地方问了几个人，都说没看到，想拨一下试试，可爱人又没带手机。我想也是，人车这么多你知道是谁拣了去，并且在这物欲横流的时代，谁拣了还会还给你呢？于是只好认倒霉了。

到岳父家时，内弟第一句话就问我：“姐夫，你的手机丢了吧？”我说：“你怎么知道？”内弟说：“感谢唐山人吧，是一个开旅馆的拣到了，已经送给你女儿了。”原来，是内弟用手机与我们联系时，发现手机被好心人拣到后，赶快与女儿联系，看我们是否还在唐山，好去取手机，得知我们已经返程后，就让女儿与好心人联系，好心人接到电话就把手机亲自送到了在检票口的女儿手里，女儿再三感谢好心人，并想为他买香烟或饮料以做酬谢时，都被好心人谢绝了，当他得知女儿是放假返校的学生时，还亲切地告诉她，今后再回家时，下车晚了就住到这里，唐山就是你的家。

因为要赶火车，女儿也没顾上问好心人的姓名，拿到手机就走了。其实，好心人叫什么已经不重要了，因为他已经用实际行动告诉我们：雷锋就活在唐山，他的行为，他的几句话，已经向我们展示了新唐山人的风采，并且又一次向我们诠释了“感恩、博爱、开放、超越”的新唐山人文精神。

肇事司机丧天良逃逸　万通员工主正义可嘉

王继祥　胥计猛

3 月 18 日下午 4 点，在新庄子某运输队刚刚下班、家住白庙子乡沙岭沟村的邵长国，兴高采烈地骑上摩托车行驶在回家的路上。

当他行至迁西西环路、十街北的加油站道口准备向左拐，耐心等待时机过马路时，一辆由南向北行驶的小轿车突然像离弦的箭一样直冲过来，将毫无防备的邵长国连人带车撞出五米开外。邵长国当场昏迷过去。然而，肇事司机不仅没有停车，反而踩大油门向北加速逃逸。

这个场景，恰好被下白班、开车由北向南行驶的津西万通动力厂员工杨宝秋和一位森林防火车司机看个正着。看到疯狂逃逸的肇事车，杨宝秋和森林防火车司机义愤填膺，立即不约而同地调转车头直向肇事车追去。同时，杨宝秋拨打 110 和 120 报警。

肇事逃逸车看到有车来追，马上加速继续逃逸。杨宝秋一面高度注意车距，一面紧追不舍。当看见其在三抚公路收费站已经顺利过杆，并又快速逃逸时，杨宝秋心急如焚。等到收费窗口时，他急不可待地向收费员解释道："同志，快开杆，等我追上前面那辆肇事逃逸车再来补交过路费。"看到他焦急万分的样子，收费员投来赞许的目光，并立即开杆放行。这时，紧随其后的森林防火车司机也拉起了警报，和杨宝秋一路追赶前面的肇事逃逸车。

待追出十余公里到八里铺村时，面对前面设卡围堵的三屯交警中队和断其后路的杨宝秋及森林防火车司机，肇事逃逸司机不得不乖乖靠边停下，垂头丧气地下车接受法律制裁。

看着肇事逃逸司机被带上警车，杨宝秋这才松了口气，带着胜利的喜悦开着车驶向返家路途。

3 月 30 日，住院 10 多天才康复出院的邵长国顾不上回家，就立即与弟弟一起专程来到津西万通，将一面写有"见义勇为，伸张正义，品德高尚，勇追逃逸"的锦旗送给了经多方打听才找到的杨宝秋。

（刊登在 2011 年 4 月 21 日《津西人》报第 322 期）

津西万通推行经济冶炼　全年利润半年完

王继祥　胥计猛

上半年，津西万通深化“学日钢”活动，大力推行经济冶炼，实施低成本战略，积极应对严峻的钢铁市场形势，经过全体干部员工的同心协力，实现生产经营双过半，全年利润半年完成。

第一，实现生产经营双过半目标。上半年，共产铁 69.05 万吨、钢 68.41 万吨、螺纹钢 15.41 万吨（今年 4 月开始生产），分别完成年度争取指标的 55.24%、52.62% 和 23.7%；利润同比提高 255.13%，提前 6 个月完成年度利润指标；实现重大安全事故、重大设备事故、重大火灾事故为零的目标。

第二，“学日钢”活动取得明显成效。津西万通深入开展“学日钢”活动，强化成本管理与控制，推行以低价外矿为主导的“经济冶炼”模式，实施低成本战略，低价低品位矿使用达到 55%，且炼铁“两高一低”（高硅高铝低品矿）冶炼实现平衡过渡，铁前成本明显降低。通过对标学习，各项技术指标有所提升，如高炉利用系数同比提高 10.88%，入炉焦比同比下降 4.51%，喷煤比同比提高 21.69%，钢铁料消耗同比下降 3.07%，白灰消耗同比下降 23.25%；钢水合格率连续四个月保持 100%、铸坯合格率 99.99%，螺纹钢成材率和产品合格率分别达到 96.02%、98.4%；1~6 月份，降本增效工作成绩显著，创效 2000 多万元。

第三，扎实推进大中修及技改项目。上半年，完成转炉等大中修工作及外矿破碎、焦炭筛分、风机程序优化、水管网等项目，使设备作业率达 99.5%，年可创效 800 多万元。

第四，做好安全环保、节能减排工作。积极推进安全管理标准化工作，实现重大安全事故为零的目标；在钢渣处理、废钢渣外售和干渣外销等工作取得新进展，并积极推进煤气发电和蒸汽发电项目。截止目前，煤气柜场地止在降方阶段，汽轮发电机已招标完毕，余热锅炉招标正在积极准备中。

第五，实施企业文化落地工程。上半年，共组织各类培训班20余期，参训5000余人次，并做好职业技能鉴定和大赛培训组织工作；认真做好员工养老保险、医疗保险、意外伤害保险的申报、审核、缴纳工作；投资150万元，用于美化绿化环境、停车场规划建设等。

（刊登在2011年7月21日《津西人》报第335期）

一块闪光的“金子”

——记津西万通劳动模范、轧钢厂维修车间主任郭艳海

王继祥　胥计猛

在津西，一提起郭艳海，认识的人都竖起大拇指。他参加工作24年来，干一行专一行，以过硬的维修技术，先后主持和参与多项技改革新项目，攻克多个影响生产的技术难关，被干部员工誉为一块闪光的“金子”。

干一行专一行，处处留下闪光足迹

“有人说，设备维修是好汉子不愿干，赖汉子干不了的脏活、累活。我既然选择了这项工作，就一定千方百计地做好！”这是1988年刚刚高中毕业的郭艳海来到津西烧结厂维修车间第一天所说的话。24年来，他是这样说的，也是这样做的。

为尽快掌握维修技术，这个刚进厂的小伙子伏下身子，以“干一行专一行”

的工作精神，与时间展开赛跑。白天，紧跟在师傅后面寸步不离，对烧结厂所有设备从型号、性能到维护、保养等逐一进行了解，遇到不懂的问题，就虚心向技术经验丰富的老师傅求教；晚上，秉灯夜读，一头扎进《电钳焊技术》《设备维修保养常识》等书籍中去，将有关维修技术操作规程熟记于心，一门儿心思地钻研业务。

付出终有回报。24年间，郭艳海通过自己的勤奋好学，取得了大专学历，练就一身过硬的维修技术，从一名只有高中文化的维修工，成为设备维修方面的行家里手。由于表现突出，技术过硬，他先后被聘为班组长、工段长、维修车间副主任、车间主任，并先后被派往炼钢、轧钢、H型钢厂等单位从事设备维修管理工作，在不同岗位上展露才华。

2009年7月，郭艳海调往津西万通烧结厂负责机电一体的维修工作。面对百废待兴的新厂，为尽早实现设备良好运转，他与维修人员摸爬滚打在一起，不分昼夜，废寝忘食。待烧结、球团第一个月实现达产时，他人整整瘦了一圈。

同年12月，公司启动白灰窑生产，郭艳海又走马上任，成为炉料车间主任。在他的带领下，白灰产量和质量日益提升，为高炉正常生产提供了有力保障。2011年5月，由于工作需要，郭艳海又被调往轧钢厂担任维修车间主任。

“我就是一块砖，哪里需要哪里搬。”面对频繁的工作调动，郭艳海对身边的工友如是说。

热心技术革新，完成一系列技改项目

为了有效地提高设备作业率，减少设备故障停机时间，满足生产需求，郭艳海暗下决心，一定带领自己的团队，通过不断的技术革新，攻克制约生产难题，在降低生产成本的同时，更好地服务生产，为生产顺行保驾护航。于是，在他的带领下，一系列技改项目相继告捷。

（1）为解决白灰窑空压风有压无量的问题，郭艳海经过多次现场勘察、分析论证，利用检修时间，将动力 1 号空压风机管道与白灰窑灰送系统并网，提高了风量，节省材料费用 2 万多元。

（2）针对白灰窑仓泵风流板故障率较高的问题，郭艳海经过充分论证，带领维修人员将其外缘扩充，并增设螺栓固定防止变形。此项改造成功后，有效降低了设备故障率，使作业率得到提升，充分满足了生产需要。

（3）为降本增效，郭艳海组织人力对白灰窑细磨润滑系统进行改造，将移动式油泵改为固定式油泵，实现润滑管线串联、分路控制，既降低油脂消耗，达到润滑目的，又保证油脂清洁，延长磨机使用寿命。

据统计，自 2010 年以来，郭艳海先后参与竖炉风机风量不足、烧结机轴瓦温度高、烧结机液压系统故障和一、二混减速机修复等 10 多项技术革新，累计创效 50 万元。特别是在“学日钢”活动中，他所在的轧钢厂维修车间较好地完成了公司下达的设备作业率等指标任务，为 5 月 22 日螺纹钢班产和日产分别达到 1057 吨、3021 吨，双创历史新高提供了设备保障。

（刊登在 2011 年 7 月 28 日《津西人》报第 336 期）

津西万通奋战 50 天　冲刺安全生产无事故目标

王继祥　胥计猛

为确保安全生产，津西万通从 8 月 6 日起，开展为期 50 天的“安全生产大整顿”活动。

此次活动，旨在强化执行各项安全规章制度，严格落实标准化操作规程，增强全员安全责任意识，形成全员参与、上下齐抓共管的良好局面，实现安全生产无事故的活动目标。活动共分宣传发动、对照找差距、定措施整改和考核验收四个阶段。

截至8月15日，各单位通过动员会、班前班后会、周五安全会等形式做好宣传发动工作，并重点学习各岗位的操作规程和安全管理制度、细化班组建设八项制度和五项记录，全力营造活动气氛；各生产单位、相关职能部室的活动方案全部制定完毕；《岗位电脑使用管理规定》《禁止岗位人员擅自维修、维护设备》等管理制度已建立完善。从8月16日起，活动进入对照找差距阶段。

（刊登在2011年8月18日《津西人》报第339期）

津西万通推新品　成功冶炼HRB500钢筋钢

王继祥　胥计猛

9月5日8时，津西万通传来喜讯：1号转炉冶炼HRB500级钢筋用钢坯取得成功！这标志着津西万通在实施精品战略进程中迈出实质性的一步。

HRB500级钢筋是目前国内强度等级最高的热轧钢筋，具有强度高、延性好、碳量低、焊接性能好等诸多优点，其疲劳性高达500万次以上。按目前我国钢产量计算，大力推广使用HRB500级钢筋，每年可减少钢材用量500万吨。同时，将大量降低资源消耗和污染物排放，具有很好的社会效益和经济效益。

为保证生产HRB500级钢筋用钢坯的各项工艺和性能指标达到标准要求，公司由副总经理羿荃升带队到周边先进企业对标学习，寻求最佳冶炼方法。同时，炼钢厂厂长单恩泽、副厂长张宗柱始终盯办现场，指导员工操作，并加强出钢温度等环节的精细管理，确保关键过程工艺参数受控率达到100%。截至9月5日11点，成功冶炼出250吨HRB500级钢筋用钢坯，各项工艺参数和性能指标全部达到标准要求。

（刊登在2011年9月8日《津西人》报第342期）

韩庆文到津西万通现场办公

王继祥　胥计猛

11月23日，迁西县县委常委、常务副县长韩庆文带领县直有关部门负责人到津西万通现场办公。津西股份总经理于建水、津西万通副总经理刘永存陪同。

在现场办公中，韩庆文要求津西股份和津西万通要高度重视，采取有效措施解决冶金工业路车辆停放和交通拥堵问题。县政府及县直部门要积极谋划冶金工业路的形象建设，为津西股份和津西万通更好更快发展提供有力保障。

（刊登在2011年11月8日《津西人》报第355期）

津西万通多措并举降本增效1454万元

王继祥　胥计猛

11月份，津西万通降本增效1454万元，并实现一定赢利。

为应对严峻市场的挑战，全面贯彻集团“不亏损、不停产、不放假”的目标，公司于10月召开降本增效专题会，制定吨铁水成本和吨钢炼制费必保目标，并出台具体降本增效措施，修订中层干部经济责任考核机制。

11月份，公司炼铁厂通过加大小焦投入、严控入炉焦比、高炉槽下返矿和烟煤比例，吨铁水成本同比10月份下降235元，实现降本增效443万元；炼钢厂严控钢铁料和白灰消耗，加大烧结矿的使用，并控制吨钢熔炼费在31元以下，吨钢坯成本同比10月份下降219元，实现降本增效965万元；各单位通过严控费用、错峰用电、修旧利废等措施，实现降本增效50余万元。通过公司上下共同努力，圆满完成了11月份赢利和降本增效目标。

（刊登在2011年12月22日《津西人》报第357期）

津西万通为期10个月的“6S”活动揭幕

王继祥　胥计猛

为强力推进“深化管理年”活动，自3月份开始，津西万通在全公司范围内开展为期10个月的“6S”管理活动。

此次活动，共分全员动员培训、实施“6S”管理、整体验收考核三个阶段。

在活动中，津西万通将全力做好五项重点工作：一是充分利用《万通快讯》等媒体进行宣传动员，全力营造活动氛围，并组织干部员工观看“6S”管理电教光盘，全面掌握“6S”管理知识；二是根据与生产联系的紧密程度对现场物资进行分类整理，并以不同颜色标识区分各类物资摆放的位置，实现物资定点、定容、定量摆放；三是对生产设备、工作场所卫生进行清扫清洁，确保设备完好运转，使员工工作环境整洁；四是严格贯彻落实公司安全部制定的《班组安全标准化要求》，切实增强员工安全生产意识，预防各类事故发生；五是利用班前班后会、安全例会等，强化员工养成良好工作习惯的素质教育。

为充分调动广大干部员工参与活动的积极性和主动性，公司特设立优秀单位奖和个人创新奖，在活动结束后根据验收结果分别评出第一名、第二名和第三名，并颁发奖牌、给予一定的物质奖励。

为确保活动取得实效，公司成立以副总经理刘永存为组长的领导小组，负责活动的组织。同时，将“6S”管理纳入各单位经济责任制考核，并由公司办公室定期督导检查活动开展情况。

（刊登在 2012 年 3 月 22 日《津西人》报第 369 期）

公司 2 套 18 兆瓦煤气余热发电机组（作者摄）

朱军在津西万通视察时指出积极推进绿色地产项目

王继祥　胥计猛

5 月 30 日，中国东方集团执行董事、常务副总经理、首席运营官朱军，集团执行董事、总经理助理韩力到津西万通视察。朱军指出，集团将全力推进绿色项目。

为创新非钢产业发展模式，有效整合钢铁、装备制造和地产板块产业优势，丰富津西现代装备制造园项目，按照集团总体战略部署，集团将在津西股份、津西万通等子公司率先建设绿色钢结构办公楼、宿舍楼等样板工程。

朱军要求，集团积极推进绿色地产项目，各单位要更新观念、统一思想，坚定不移地抓紧抓实，带动三大板块产业对接，实现优势互补、协同发展，要为推进绿色地产项目开好头，积累经验，为在全县、全市做好绿色地产示范项目奠定基础，实现在更大范围的全面推广。

津西万通副总经理刘永存、羿荃升，津西博远总经理李京霖，集团项目部及中冶华天设计院相关人员陪同。

（刊登在 2012 年 6 月 7 日《津西人》报第 380 期）

津西万通津西正达积极对标共迎挑战

王继祥　郝丽娟

为积极应对严峻市场形势，进一步降低铁前成本，日前，津西万通、津西正达分别到唐山地区先进钢铁企业对标学习，进一步寻求降低铁前成本的有效方法。

当前，国际国内经济发展形势对钢铁行业的影响还在不断加深，钢企将面临更加严峻的挑战。在 8 月份运营会上，集团要求各子公司一定要正视困难、统一思想、坚定信心，按照董事长韩敬远“依靠积极的心态，灵活的经营，扎实的管理”的讲话精神，化危为机，实现逆境突围。

为贯彻落实董事长讲话精神，津西正达、津西万通迅速行动，分别组织烧结、炼铁及生产、财务等单位负责人到成本指标先进企业，就铁前成本、生产经营、物料组织及设备管理等方面对标学习。

对标归来后，津西万通和津西正达及时召开专题会，制定了有效措施，应对危机：一是继续贯彻执行低成本战略，统一思想，转变观念，深度挖掘公司内部潜力，全方位查找生产经营及管理方面存在的问题；二是不断强化营销和内部管理，密切注意市场动向，灵活把握市场格局；三是各生产单位定目标、定措施，努力降低工序能耗，赶超成本指标先进企业。

（刊登在2012年8月16日《津西人》报第390期）

津西万通强力推进厂务公开标准化工作

王继祥　胥计猛

为深化民主管理，进一步保障员工的知情权和监督权，自9月17日起，津西万通结合自身工作实际，在各单位强力推进厂务公开标准化工作。

在推进厂务公开标准化工作中，公司从拓宽员工了解企业情况的途径及信息渠道出发，进一步完善机构设置、形式、公开程序、公开栏、建档、归档、验收检查、考核等八项标准，在保证质量、注重实效的基础上，做到公开内容、公开程序、监督检查“三到位”。同时，由公司办公室对各单位的厂务公开标准化工作进行监督，通过事前指导、按月检查通报、年度考核等方式对干部聘任、员工工资奖励分配、绩效考核等敏感热点问题进行及时公开，避免员工猜疑和误解，有效改善干群关系。此外，为扎实推进厂务公开标准化工作，公司将各单位综合验收结果纳入经济责任制考核，并严格落实奖惩制度。

（刊登在2012年10月4日《津西人》报第397期）

津西万通召开2012年度总结表彰大会

王继祥　胥计猛

1月8日上午,津西万通2012年度总结表彰大会在公司五楼会议室召开。中国东方集团执行董事、总经理助理韩力出席并代表集团公司作重要讲话。津西万通副总经理羿荃升、总经理助理单恩泽、津西股份财务总监张淑敏出席。先进单位、劳动模范、优秀中层干部、最佳班组长、优秀员工、技术创新先进个人和部分员工代表120余人参加大会。大会由单恩泽主持。

会上，韩力对津西万通2012年工作取得的成绩给予了充分肯定。他说，过去的一年里，津西万通积极实施和推进技改工程，圆满完成各项生产经营任务，亮点工作很多。在生产经营方面，津西万通铁前成本在钢铁板块子公司中最低，炼钢成本控制取得较大进步；三级焦、低品铁粉及外矿的采购把握较好；螺纹钢新产品研发、产量等方面均有大幅度提升。

对津西万通2013年工作，韩力提出四方面要求：一是稳定生产经营，降低工序成本，在螺纹钢产品上下功夫，提高品牌优势，创造良好经济效益。二是保质、保量、按期完成节能发电等技改工程，进一步增强自身综合实力和竞争力。三是提高安全环保意识，打造安全、环保、绿色、节能样板企业。四是按照集团“十二五”人力资源规划，用新的技术手段提高工作效率，尽早实现人均产钢1000吨的目标。

羿荃升在题为《管理创新提效力，挖潜降本重效率，为全面完成2013年的目标任务而努力奋斗》的报告中说，2012年津西万通认真贯彻落实集团和董事会的总体部署与要求，以创新的思维和经营的理念为指导，以深化对标活动为契机，以实现效益最大化为目的，实施“经济冶炼”的低成本战略，实现了由生产经营型向成本效益型的转变。一是企业管理和综合实力进一步增强;二是实现了产品结构、生产技术指标、优化生产组织及经济冶炼、对标学习等“五项突破”，进一步提高了企业的抗风险能力和市场竞争力；三是强化了相应部门的供应销售、设备管理、财务管理等“八种服务意识”，为更优化的生产组织奠定基础；四是提升了外部协调、企业培训、人力资源管理、企业文化等“五种软实力”，促进企业健康和谐发展。

2013年，要实现“2009020”的奋斗目标，将集中精力实施“一二三四六六”工程，即贯穿一个中心，抓住两个重点，搞好三项活动，实现四化管理，成立六个攻关组织，做好六项工作。一是贯穿集团和董事会“积极应对，谨慎经营”的方针和“以创新的思维和经营的理念指导一切工作”的指示精神，继续实施低成本战略，为集团创造更大的经济效益。二是紧紧抓住技改工程不放松，实现稳产、高产、低耗、高效。三是全力推进班组劳动竞赛，小革小改、创新创效及修旧利废，生产系统小指标奖励等三项活动。四是实现降本增效精细化、工艺操作及现场管理标准化、团队管理职业化、科学管理数字化等四化管理。五是成立新产品、降低工序能耗、设备维护、优化技术指标、降本增效及现场管理等六个攻关组织。六是做好强化制度落实、对标活动、创新管理、安全环保、企业文化建设、信息管理等六项工作。

会上，4个先进单位、17个最佳班组、7名劳动模范、7名优秀中层干部、17名最佳班组长和331名优秀员工受到表彰，并对3个技术创新和8个技术改造项目给予奖励。

（刊登在2013年1月10日《津西人》报第411期）

租赁万通召开2012年度宣传工作表彰会

王继祥　胥计猛

日前，租赁万通在公司三楼会议室召开2012年度宣传工作表彰会。会上，安全部、炼钢厂、动力厂、质检中心4个优秀宣传单位，金鑫、张桂华等 18 名优秀通讯员受到表彰。公司总经理助理单恩泽、优秀宣传单位及优秀通讯员代表参加了会议。

为把宣传工作做得更好，会议提出三方面要求：一是各单位和广大干部员工要以受到表彰的优秀单位和个人为榜样，围绕公司 2013 年总体工作目标和基本思路、勇于创新、开拓进取，开展多种形式的宣传教育工作，进一步搞好企业文化推广实施，推动公司全年工作上新台阶。二是充分发挥宣传报道工作的舆论导向作用，搞好新闻宣传报道工作。三是进一步强化制度落实和新闻宣传培训工作，培养更多更好的新闻宣传骨干，提高广大通讯员队伍的整体水平和职业素质。

（刊登在 2013 年 2 月 21 日《津西人》报第 416 期）

租赁万通各单位整训明确工作重点

王继祥　胥计猛

2 月 23 日至 28 日，租赁万通 14 个单位分别根据公司高管及中层干部整训精神，面向全员延伸整训，要求各单位在贯彻公司全年经营思路及目标的前提下，查找工作漏洞及不足，根据各自工作实际，进一步细化、确立本单位重点工作。

烧结厂将紧贴市场、合理调剂各种物料配比作为重点工作，狠抓原料质量，确保成分稳定，保质保供实现炼铁稳定顺行为目标，以强化对标、强化工艺过程控制、深挖内部潜力为发力点，实现经济技术指标的有效提升，并提出 7 项具体保障措施。

炼铁厂从降低铁水成本角度出发，提出“强管理、找差距、对标挖潜，提指标、降能耗、打造绿色炼铁”，确保设备作业率 99.8%、轻伤以上事故为零、年底实现综合燃料比 540 千克 / 吨的目标，并制定出 8 项有力措施。

炼钢厂把降低工序成本作为全年重点工作，提出普碳钢坯吨钢炼制费低于380元，HRB400钢坯吨钢炼制费低于480元，铸坯合格率保证在99.8%以上的具体目标，并提出7项保障措施。

轧钢厂将新产品开发作为全年重点工作，修订生产管理制度及小指标奖励办法，提升全员工作主动性和积极性，确保螺纹钢成为新的效益增长点。

动力厂通过整训，确定全年各种能源介质经济、安全稳定供应100%，设备运转率100%的目标，并加强对18兆瓦发电机组技改项目的盯办工作，力争提前并网发电。

公司其他单位也根据自身特点确定整训主题，深入开展全员整训。

（刊登在2013年3月7日《津西人》报第418期）

第二部分

RENSHENG CHUCHU SHI KETANG 人生处处是课堂

（培训篇）

对于军人来说，军营是个大学校，对于工人来说，企业也同样是一个大学校。而且在我看来，这个大学校，要比上大学实用得多。在津西，我参加过首钢和邯钢为期一年的连铸技术培训学习，到重庆和哈尔滨参加过班组长现场管理和目标管理短训班学习，参加过公司组织的多种形式的拓展培训，并考取了企业培训师资格，通过在津西炼钢厂以及特钢公司组织的厂级及公司级班组长干部培训，让我真正体会到董事长韩敬远先生“培训、培训、再培训，学习、学习、再学习”与津西企业文化中“培训是员工最大的福利”这两句话的深刻含意。

2006年作者（前排左三）参加津西中层干部拓展培训小组结业合影

浇花要浇根

俗语说“浇花要浇根”。那么如果把高效的企业文化比做是芳香四溢的鲜花，她的根又应该在哪儿呢？高效企业文化的灵魂是服从，最好的服从是主动，主动的前提是认同。所以我说，认同就是企业文化的根。有人说服从、主动、认同都是下属和员工的事，这一点无疑是正确的，但如何让下属和员工认同上级、认同管理者并在此基础上主动服从领导和管理，这却是我们企业管理者应该做的。

一个人如果没有了灵魂，只剩下一个躯体，我们是不是可以把这个人定义为死人？如果是死人，这个人还有什么意义呢？

人的灵魂是什么样的，有多大，是方的、圆的、还是扁的，是红的、绿的、还是黄的，谁能说得清楚？谁看见过，谁的口袋里装着几个呢，掏出来给大家看看。我相信，谁也办不到，谁也不能说得特别具体。可是，灵魂没有了，人就死了。也就是说，就这么一个看不见、摸不着、无影无形、特别抽象的东西的有无，却能够说明人的生死。

人是如此，企业也是一样，如果一个企业没有一个健康、高效的企业文化，就等于失去了企业的灵魂，那么，这个企业就是短命的。鲜花是美丽动人的，但如果它的根是干枯的，鲜花又能艳丽几时呢？即使它能开花，也不会有多鲜艳，并且很快会枯萎的。

第一章　企业文化是企业的灵魂

一、什么是企业文化？

企业文化的提法在国内出现的时间不算很长，但在说着和在做着的人却很多。既然做企业文化这件事，就要首先搞清什么是企业文化。当前有关企业文化的表述，最有代表性的说法是:企业文化是全体企业成员的思想观念、思维方式、行为方式以及企业规范、企业生存氛围的总和。看起来，这个总和的说法几乎涵盖了企业范围内的所有方面，涉及了企业战略、人才、制度、规范、生产、营销、产品、品牌、公关宣传、形象设计等等。但我个人认为，企业文化是一种文化现象，它是精神文明和物质文明的总和，企业文化的目的，就是要在企业员工内部倡导和营造一种积极健康、活泼和谐的精神氛围。做企业文化的各项工作都集中指向这个核心，解决好这个问题，就会对企业各方面的工作起到良好的推动作用，就体现了企业文化的价值。任何企业从诞生的第一天起就自然产生了企业自有的企业文化，一个良好的、积极向上的、健康的、高效的企业文化，应该是企业全体干部员工共同认可的，自发自觉遵守的，是企业的灵魂之所在。说起来比较抽象，不像一项制度，有几条几款，也不像一台文化演出，有几个节目，有几个演员都能特别具体，也好理解。而企业文化则不然，它就类似于我们平时所说的“酒文化”“家文化”“民俗文化”等。如换位思考、沟通交流、以人为本都是企业文化的体现。

一个人如果没有文化，那么他将无法看书，无法学习，无法接受新事物、新思想、新观念。最简单的，出门在外上厕所都可能走错门。这里的没文化指的是纯文化，也就是不认识字。那么，如果一个人有文化，高中、中专或者大专毕业，但没有良好的文化修养，他在工作上也会到处碰壁，在人与人的交往中也是不受欢迎的。给人们的感觉是：这个人没文化、没素质、甚至是没教养。可见文化、文化修养对人是多么的重要。人是这样，企业也是这样，如果一个企业没有了企业文化，就如同人丢掉了灵魂。

二、企业文化的结构

企业文化总的来说，分为精神文化、制度文化、行为文化和物质文化。

（1）精神文化：精神文化就是人们日常生产、生活当中形成的一种积极向上的健康的精神风貌，如共同目标、价值观、企业道德、企业精神、企业理念、企业氛围等。企业的一草一木、一块标语牌、一个建筑设计、员工的一言一行无不渗透着企业精神，如近两年新建的彩瓦厂房，看上去舒心，花园草坪让人爽心。这些都体现了公司构造环保企业的决心。

（2）制度文化：指企业的各种规章制度和经营活动，包括公司、厂部及各单位自己制定的生产、安全、设备、技术等各方面的规章制度，但前提必须是以公司的大政方针为准，体现公正、公开、公平、合理的原则，并得以让广大干部员工从心底里认同，否则，就不具备良好的可操作性。

（3）行为文化：包括思想行为、意识行为、语言行为和行动行为等一系列的行为方式，如果这些行为方式达到自觉的统一，那便是优秀的行为文化。当然企业经营中涉及的一些对于创新、开拓、竞争、风险意识的态度等也都是行为文化的体现。现在的企业“端起碗吃肉，放下碗骂娘，踢开碗走人”的现象屡见不鲜，主要表现在“频繁跳槽，流动加剧”“缺乏主动，责任心差”“多种兼职，私活为主”“不忠不义，损公肥私”等现象，在行为文化中都是起负面影响的。他们的思想意识和言语行动都是不可取的。那么，我们说，在企业就要遵守企业的规章制度。行为文化也就在我们日复一日、年复一年的工作中自觉形成。偷盗是一种行为，守时也是一种行为，发牢骚是一种行为，节约、浪费也是一种行为，唐山电视台开展的创维之星活动体现的也是一种行为，那么，哪种行为是可取的，哪种行为是可耻的，我们都非常清楚，所以我们自觉地营造一种和谐的行为文化并不难。

（4）物质文化：物质就是看得见的东西，大到房子、机器、产品，小到用品、招牌等。像工资、福利、奖励等这些每时、每日、每月都发生的事情也就形成了一种物质文化。那么，工资分配制度的合理性、员工福利的可行性、奖励制度的公正性也就对物质文化起着决定性作用。因此说要想营造一种积极向上的物质文化，必须在具体的工作上做文章，使物质分配做到公开、公正、公平、合理，透明度及可信度要高，要尊重员工的知情权。

以上四种文化在实践过程中不是独立存在的，是相互交叉、相互作用、相互促进的。如公司或厂部组织一次文艺活动，就活动本身是精神文化的范畴；活动结束要发奖品，就又结合了物质文化；发放奖品要评名次，评选要有评委，评委打分要公正合理，这就是制度文化；在活动进行过程中要有秩序，演员上台要问候，下台要谢幕，这又是行为文化；如果整个活动圆满结束，组织得很成功，那么，这其中的四种文化都是合格的。我们的企业何尝不是这样呢？只要我们把精神、制度、行为和物质四种文化都做得很好，那么，我们的企业就会健康发展，我们的企业就会蒸蒸日上。

三、企业文化的五个观点

（1）企业文化是以人为本的管理文化。在良好的文化氛围中构建员工自我发展、自我展现、自我体现人生价值的平台。

（2）企业文化是企业发展的竞争力。没有企业文化的企业是短命的，也就更没有什么竞争力可言。

（3）企业文化是企业变革的强劲动力。良好的企业文化一旦形成就会自动摒弃那种对企业不利的阴暗的东西，因为这些与优秀高效的企业文化是格格不入的。只有这样，才能使企业不断革新进步。

（4）企业文化是一种有效的长期投资。企业文化就是不断激发员工个人不被人发现的智慧来为企业创造无尽的财富，这个投资是值得的。有人说：我为了企业的发展已经尽全力了，其实则不然，你的智慧是无穷无尽的，你的创造也是无穷无尽的。从满水杯加曲别针这个试验中可以看出，我们只投资了一个杯子、一杯水和些许曲别针，但我们得到的是比这些都重要的极普通而不易被人发现的道理。

（5）企业文化重在推广实施。企业文化不光是一幅美丽动人的画，也不光是一段美妙动听的手机振铃，更是一把锋利的宝剑。她并不是有些人认为的“中看、中听、不中用”的，而是既中看、中听又中用的。试想，一把宝剑不到战场上去杀敌，不在高手中对阵，怎能体验它的锋利呢？正因为如此，企业文化也同样需要不断地推广实施。我们都知道，制度制定的多了而不去落实，就等于没有制度，企业文化也是一样，提炼得再好如果不去推广实施，那么，她也只能是一幅画或一段振铃了，永远也不会成为一把锋利的宝剑。

四、企业文化的八个误区

由于企业文化对于我们来说还是一种新生事物，很多人对它的理解还不尽详细，不尽完全，从而对此有好多误解。

（1）企业文化是中看不中用的花架子。

（2）企业文化是思想政治工作的翻板。思想政治工作是党的工作，是共性的，而企业文化不光是党的工作，更是企业整体的工作，具有企业特有的个性。"三个代表""党的先进性教育"全国上下一个调子，并且是特别指定要党员必须学习，而企业文化就不能把首钢、鞍钢、宝钢等企业成型的企业文化拿来作为津西的企业文化。

（3）企业文化是领导的文化，是老板的文化。其实企业文化需要全体员工共同认可和接受，是全员的文化，是团队文化。

（4）企业文化是长期积累而成的。是积累也是提炼的，是团队共同培养的。

（5）企业文化是策划来的。策划是有根据的，同时也有积累的基础。

（6）企业文化是设计来的。企业文化不是空穴来风。

（7）企业文化是文体活动。文体活动只是企业文化的一个载体。

（8）企业文化是传统文化。传统中带有创新。

五、企业文化要解决好三个关键性问题

（1）企业愿景。企业愿景就是未来，我们大家都希望看到的景象，是主客观都存在的。我想我们没有人会希望自己的企业一年内、一个月内或马上破产的，当然也不只希望企业只能够兴旺二十年、三十年，也就是说，我们每个员工的个人愿景都应该与企业的愿景保持一致。每个企业都有着自己的企业愿景,微软的愿景是"让每一个家庭都拥有一台电脑";联想的愿景是"高科技的联想，服务的联想，国际化的联想"。为了这些愿景，这些企业都是竭尽全力地去完成，联想就是很好的例子，上次我的电脑报修时说一天之内联想上门服务，当天下午维修站就用电话询问了情况，并解决了问题。我们企业的愿景是打造百年津西，那么，我们就要想一想，我们的哪些想法、哪些做法与我们这个共同的愿望是相违背的，百年津西容得下二级品吗？酒后上岗、偷盗、赌博能使津西坚持几年？所以，我们要从我做起，从现在做起，端正态度，统一思想，明确方向，对一些不良行为要自觉抵制，有则改之，无则加勉，有损企业形象的话不说，影响企业形象的事不做，只有我们的企业从上到下、从经理到员工，都这样做了，那才会变不可能为可能，变可能为现实。

（2）企业使命。企业使命包括企业生存的原因、企业担负的责任和企业的思想基础。一个人，一个企业，站的角度不同，思想也就不同，思想有多

远，企业发展就有多远，只有把个人融入企业，把企业融入社会，才会有长久的发展，只有把个人融入企业，才会有我们“志在津西兴伟业，情系钢城建奇功”的豪情；只有把企业融进社会，才会有津西“为社会创造财富，为股东创造回报，为客户创造价值，为员工创造前途”的神圣使命。

（3）企业精神。企业精神是企业核心价值观、企业道德、企业作风的体现，是企业的支柱。津西的企业精神大家都知道过去是“团结奋进，从严求实”，现在是“诚信、创新、团结、高效”。我们也正是凭着这种精神，从一个名不见经传的、年产 14 万吨生铁的小小的县办企业逐渐发展成为年产钢 350 万吨，具有采、选、发电、制氧、烧结、炼铁、炼钢、轧材等一条龙生产线的海外上市集团公司。而且，我们还将继续用这种企业精神美化我们的明天，打造我们的百年津西。

第二章　主动服从是高效企业文化的灵魂

服从对于一个企业来说，是具有很大分量的，同时也是高效企业文化的灵魂。

如果一个家庭里没有服从，那并不太可怕，最多闹得家庭不和睦罢了；如果一个军队里没有了服从，那就真的太可怕了，结果肯定会不堪设想的，所以在军队里军人的第一天职就是“服从”。

一个企业就好比一个“军队”，而领导就好比“帅”，员工就好比“兵”，只有员工无条件地服从领导，企业才有执行力，才能够得到发展。所以说，主动服从是一个高效企业文化的灵魂所在。没有主动服从精神的组织，只能是“乌合之众”。没有服从理念的企业是没有发展前途的，在市场竞争中一定会失败，所以团队运作的前提条件就是服从，创建高效企业文化的前提条件也是服从，因为企业文化和团队精神的最终目的是一致的。没有服从就没有一切，所谓的创造性、主观能动性等都在服从的基础上才成立，否则再好的企业文化也推广不开，也没有价值。

企业里面如果思想不统一，每个人都有自己的想法，这就像很多匹马拉的马车，没有统一的指挥，每匹马都向自己的方向拉，就会乱套，所以，还是要有赶车的人来统一群马的方向，群马也要服从指挥，马车才能前进。

在长期利益的影响下，有一部分管理者的观念有所动摇，集体观念有所淡化，服从意识有所减弱，主要表现为：对上级的指示命令，喜欢讲条件，甚至搞上有政策，下有对策，表面一套，背后一套，对公司厂部的各项规章制度喜欢搞所谓的“变通”“细化”，制定一些“土政策”“土规定”等等。这些不仅会使企业正常的运作得不到及时的贯彻执行，而且会使企业养成一种恶劣的自由主义风气，久而久之，不但给企业文化打了折扣，同时也会影响整个企业的发展，甚至会让一个优秀的企业走下坡路。因此，各级管理者一定要把服从品质作为自身的素质来修炼和增强，从自身做起，从小事做起，坚决服从领导的命令指示。这样不仅可以让企业得到不断的发展，而且还可以提升自身的价值。

一、什么是服从？

服从就是在指令下去的第一时间就按指令行动。

在很多人的概念中，服从就是“对的就服从，不对的就不服从”。其实这种观点存在着判断标准上的错误。这种观念无异于宣告你比你的领导更具判断力，而且你使用的判断标准其实就是你自己的标准，而不是领导的标准。反过来说，如果以你的标准为准，也就等于承认你的判断力比你的领导还好，领导的判断不算数，要以你的判断力为准，所以“对的就服从，不对的就不服从”。而实际却不然。那么，有人会说，那领导让你去偷、去抢，你也得去了？领导让你杀人去，你也得去了？如果是这样，只能说这个领导是个是非不分的领导，是一个不称职的领导，反过来讲，这种人也当不了大领导。这就是说，作为一个领导，首先你的观点要是正确的，不能有半点私心，不能存有半点小集体的意识，否则你的决策就会出现失误而给组织带来不可估量的损失。

二、服从的三个误区

（1）盲目地服从。毫无原则地服从领导或听令于他人，这会在团体人际交往中失去自己的个性。甚至会被认为是媚上，这将大大削弱你的公众形象。

（2）缺乏自信心的服从。老是怀疑自己的能力，担心按自己的意愿办事就常会出错，害怕承担责任，从而不积极主动，常无条件服从。这样做的后果是丧失了主动性，久而久之，你的形象会渐渐在人们的眼中模糊。那么，你的事业还有何情趣可言？

（3）明知不对的服从。有些谨小慎微的人常会有这样的心理，他们担心指出别人的错误会使人难堪，会影响同事之间的相处，更严重的是怕引来打击报复。这样的心理，导致他们对一些事情无条件的服从。这其实是在团队中丧失原则明哲保身的消极表现。

三、服从的四种技巧

（1）服从面前没有面子。服从要强调的第一点就是服从面前没有面子。面对领导，要理由少一些，行动多一些。

（2）服从要直截了当。有人戏说在家怕老婆的人在企业里才能当官，这句话我们大多数人都不能认同，因为它打击面太大，而且说得太绝对了，但这个观点其实有其正确的一面。因为“在家怕老婆”不但是中华传统的一种美德、一种文化的表现，更意味着对老婆总是恭敬不如从命，对老婆唯命是从,怕老婆的具体表现就是老婆一句话能让他跑得飞快。如果在家能怕老婆，可能这个人能够放下面子，而且做事直截了当。事实上，企业需要这种直截了当的、没有阻力的传递过程，这是非常重要的一个参数或者指标，是管理效能的一个非常重要的方面。

（3）先接受再沟通。这项要求主要针对那些马上推辞命令的人。当领导在宣布一项工作或者安排工作的时候，如果你马上就列出一堆理由证明你有多大的困难，这个时候的你必然是不受欢迎的。这是一种不好的习惯，任何领导都不喜欢。

最好的做法是不管你觉得有多大的困难，先把分配给你的任务接受下来再说，如果真有什么困难，可以在事后跟领导沟通。之所以不要马上提出反对意见，首先是因为领导的工作是成系统的，你这里只是其中的一环，不能因为你这一环而影响到领导工作的推进；再者，领导将任务指派给你，这里既有班子的意见也包含了他个人的判断，而你认为会有什么困难，那只是你的判断。

（4）马上按指令行动。马上按指令行动体现的是一种服从的精神。就像军队里的士兵一样，人随命令而动，不能有一时一刻的延误。

企业文化其实也不是一个很抽象的东西，它最终目的是员工能够达到高效的执行，从而带来企业的飞速发展。如果在一个企业中能找到企业文化的灵魂——服从，完全可以说明这个企业文化是健康的。

四、最好的服从是主动

前面我们讲了，企业文化是企业的灵魂，服从又是企业文化的灵魂，可是服从也有被动服从和主动服从之分。我们都知道所谓被动服从就是不一定愿意而不得不这样做，内心有着不同意见但碍于领导分配了、安排了才不大情愿地去做；而所谓主动服从则是愿意这样做，也就是说毫无怨言地随时准备把握机会，展现超乎他人的工作表现，以及拥有“为了成功完成任务，必要时不惜打破传统”的智慧和判断力，心中没有任何意见和情绪，领导分配后第一时间就去做了，甚至不用等领导分配，自己就把工作做到位了。

这里我们用阿尔伯特·哈伯德的一段话来给大家解释主动可能更清楚一点，他说：

“世界会给你以厚报，既有金钱也有荣誉，只要你具备这种品质那就是主动。

什么是主动？让我告诉你：主动就是不用别人告诉你，你就能出色地完成任务。

次之，就是别人告诉了你一次，你就能毫无怨言地去做。这种人会得到很高的荣誉，但不一定总能得到相应的报偿。

再次之，就是这样一些人，别人告诉了他们两次，他们才会去做，这些人不会得到荣誉，报偿也很微薄。

更次之，就是有些人只有在形势所迫时才能把事情做好，他们得到的只有冷漠而不是荣誉，报偿更是微不足道了。这种人是在磨洋工。

最等而下之的就是这些人，即使有人追着他，告诉他怎么去做，并且盯着他做，他也不会把事情做好。这种人总是失业，遭到别人藐视也是咎由自取。”

这段话把“主动”给我们解释的十分清楚，那么我要问，从结果上我们愿意做哪种人呢？很简单，我们肯定都愿意做第一种人，那就是既有金钱又有荣誉厚报的那种。可是反过来再看看，我们是不是没有用人告诉就能够很出色地完成任务呢？我们又属于哪一种人呢？我想这个答案就不好说了。最简单的，就拿我们办公楼上的厕所来说吧，虽然没有写着“便后请用水冲洗”的字样，但这个再常规不过的文明行为我们没有人不知道，可我们是不是都那样做了呢？我想即使是很客气地写上“便后请用水冲洗”的字样，我们仍然有人做不到的。就是这么小的事，都会是这个结果，何况我们的工作呢？那么，既然我们知道了第一种人的结果，为什么就不能从行动上争取做第一种人呢？

五、影响主动服从的六个因素

（1）本位主义。影响主动服从的第一个因素就是本位主义。一个人如果没有立足全局的观念和心胸，就会犯本位主义的错误，就可能不服从，而且还会列出很多理由。一个公司里的本位主义就是把局部利益看得太重。那么在我们厂里本位主义就是把本单位利益看得太重。在一个单位里，本位主义就是把本班的利益看得太重。在一个班里，本位主义就是把个人利益看得太重。

生产中我们常会听到这样的抱怨：“我们这里的人怎么老是被你们调去帮忙呢，我们自己的工作就不干了吗”，说出这种抱怨话的人在这个时候已经忘掉他只是组织的一个部分。能轻易说出这样的话实际上就是本位主义在作怪。

（2）官僚主义。官僚主义的具体表现为：面子很大，官气很足，“来找我的人，他的职位不比我高，他在公司待的时间不比我长，凭什么他说什么我就马上要跑得飞快，凭什么我就要给他送过去呢”“我的资历比他老”，等等。

克服官僚主义就是要学会服从于工作。

（3）缺少训练。缺少训练也会影响服从。当过兵的人都知道，因为天天都做操练，所以对向左转、向右转这样的指令很容易服从。而对一个企业管理者来说，可能会出现即使是让员工 8 点钟开会这样一个简单的要求，也往往很难全部执行。总会有人迟到，所以才有“七点开会八点到”的说法。更有的人为了确保活动或会议的按时完成，不得不按实际时间提前下通知（公司 8：30 分开会，办公室却通知各单位 8 点开会）。这种服从习惯要经过坚持不懈的训练才能真正具有。所以，持续的训练必不可少。

（4）讨价还价，目中无人。我们很多人是放下锄头当工人，从一种比较散漫的环境中走出来的，他们不知道作为一个组织有序化的意义何在。所以面对管理者的命令经常会讨价还价，甚至于目中无人。而所谓管理就是通过他人做事，就是要把一群人拧在一起。如果没有服从从中做一个基本的协调，没有服从一刀下去的那种快速反应，组织的效率就会大打折扣。

（5）不知“烧香拜佛”。这里说的“烧香”与迷信无关。其实“烧香”意味着烧香者整个精神很专注、很投入，而且反映了烧香者要理清思想的目的。我们每个人上景忠山烧香都是很虔诚的，而且求财的、求子的、保平安的、保佑升官发财的，祈祷时都特别清楚，并且没有一点私心杂念。如果在家不懂得孝敬父母，也不懂得“烧香”，就不会懂得敬畏，就会非常地自以为是。在这种情况下，对服从的理解一定会大打折扣，服从就会成为一种障碍。而服从的障碍在团队里就会成为管理的障碍，企业文化的形象就会受到影响。所以不懂得服从的人是不受欢迎的，甚至会被扫地出门。

（6）没大没小。人人平等不是没大没小。企业是有大有小，有组织伦理的。每一个领导都有他的责任，有他的判断，有他的权威，他决定的你就要服从，这样在整个结构上才会保持一致。

六、主动的前提是认同

任何事情都有它特定的前提，要想参加卡拉OK大奖赛，需要有唱歌的基础和对音乐的爱好；想参加全国炼钢技术比武大赛，必须具备过硬的技术操作水平和扎实的理论功底；想开汽车要先掌握汽车驾驶技术。主动服从，也有它的前提，那么主动服从的前提是什么呢？我说，主动的前提就是认同。要想让员工主动服从企业制度的管理、领导的指令，首先要让员工认同企业管理制度的公平合理性，要想塑造良好的企业文化，首先要让员工对本企业提炼的企业文化得到认同，否则就没有服从的主动，没有服从的主动，就没有良好的执行效率，那么领导的指令就要在执行中大打折扣，企业文化的推广也就会受到相应的阻力。大家都知道，在“要我干”和“我要干”两种态度下，工作效率的差别是很大的，“要我干”，是一种被动的表现，而“我要干”则是一种主动的表现，那么由“要我干”到“我要干”的转变，这中间就是有“认同”在起着作用。

同样的事情，同样的任务，不同的人完成程度也不一样，这与人的技术水平有关，但同样与人对此项事情或任务的认同度也有关系，由于不同的人，思想也不同，认同度也不一样。在一个教堂建筑施工敲石现场有三名建筑工人，他们不同的思想反映了对工作认同度的不同，第一位工人认为铁锤重得要命，面前这些石头又特别硬，害得自己的手酸麻不已，这不是人干的活。第二位工人认为他是在为了每天的工资报酬和一家人的温饱才不得不干这份敲石头的粗活。第三位工人虽然认为敲石头的活并不轻松，但他想到将来教堂落成以后会有无数的人来到这里接受上帝的爱，就会为能得到这份工作而对上帝感恩。我们就第二种人的思想应该说叫比较正常，正所谓“人为财死，鸟为食亡”，这与我们大多数人的思想相差无几，工作也能说得过去。那么，第一种人的思想就是消极的，服从是被动的，工作效率肯定会打折扣。只有第三种人，思想是积极的，服从是主动的，工作也肯定是令人满意的。我们的工作也一样，就拿车间主任来说吧，有的人认为每天起早贪晚的，而且隔三差五地值班，每个月四五千元的工资不合适；更有甚者按工资干工作，自以为干够四千元工资的工作就可以了；而有的人却认为，工资多少是领导的事，领导自会有公论，但领导交给你的工作是一种责任、是对自己的信任，如果完不成任务，干不好工作，不但对不起自己的工资，更对不起领导对自己的信任和自己的良心。

第三章　服从要从认同做起

俗话说“对症下药，药到病除”。意思是说找出问题的根源并“对症下药”，是解决问题的最好办法。

那么前面我们讲了企业文化是企业的灵魂，高效企业文化的灵魂是服从，最好的服从是主动，主动的前提是认同。也就是说，只要我们把认同的问题解决了，那么主动服从就迎刃而解，培养津西高效的企业文化也就是不成问题的问题了。那么，怎样才能得到员工的认同呢？

一、做令人信服的管理者

下面我们先来听一个小故事：一天，一个人在沿着海滩散步，他看到一个孩子不停地把海滩上的海星拣起来扔到海里去。他不明白，便问其原因，孩子说："太阳出来了，海水在退潮，不把海星扔到海里，它们会死掉的。"他又问："海滩有成千上万里，海星有成千上万个，你能扔得过来吗？"孩子说："不能，但对这个扔到海里的海星就不一样了。"

做为一个企业的管理者，如果能够像故事中的孩子爱护海星一样爱护你的员工，那么你将得到他们真正认同下的服从与尽职尽责，而你的单位也会取得绝好的成绩。

员工都希望自己很好，但对管理者来说，让对方觉得自己很好是最重要的事。使别人觉得重要，他们就会变得重要，他们也肯定会认同于你，信服于你。要相信每个人都有能力完成某些重要的事情，每个人都是重要的。管理者应该对员工持这种态度，但这种态度不是装出来的，也是装不出来的。你必须真正相信每个人都是重要的才行，这也是做一个令员工信服的管理者最基本的一课。

当一个人的自尊受挫时，活力必然会降低。反之，当你让一个人觉得重要，他就会变得生机勃勃。在管理者实际与员工的沟通中，同样需要持续不断地集中注意力，否则就会使工作效率降低、企业受损或人才流失、员工流失。做一个让人认同、让人信服的管理者，你才会获得员工的服从。那么如何做一个让人信服的管理者呢？

（1）首先优良的品格与人格的魅力是优秀管理者的必备素质。我们都知道，海尔的总裁张瑞敏是出名的抡大锤的企业家，他所砸掉的不仅仅是他的劣质产品，还有落后的观念。优秀的品格易让人产生由衷的敬爱感，并诱使人模仿、认同，形成一种无形的道德和人格力量。这种品格包括以下几点：一是能力。能力强的人容易使人产生一种依赖感，让人心甘情愿并同心同德地跟随他去克服困难。二是广博的知识与敏锐的洞察力。知识渊博、头脑睿智的管理者容易赢得别人的尊敬和服从。三是感情。感情是亲和力的源泉，亲和力越大，人与人之间的吸引力就越强，距离也因之越来越缩短。这时再去工作，就会感情融洽，不容易产生心理上的排斥和对抗。工作效率自然会提高。

（2）要想做真正让人信服的管理者，还必须充分善待和关心员工，就像家长善待自己的孩子、教师善待自己的学生一样，这样才能深得人心，真正赢得员工的服从与爱戴。

二、创造让员工认同的环境

如果管理者要让员工主动服从于你，希望员工卖力地工作，管理者就必须为员工建立一种环境，让员工先认同你的人格、你的能力、你的制度和你的思想，而且要先给他们营造认同你的环境，并且在这个环境中，管理者更重要的是去衡量员工做事的结果，而不要控制员工做事情的方式。

（一）要学会扮演鲶鱼的角色

鲶鱼是一种精力旺盛的动物，它们一刻也不肯安宁。在鱼槽里放进一条鲶鱼，就可以让其他的鱼跟着鲶鱼一起翻腾，这样所有的鱼都可以保持活力，不会窒息而死。

作为一位管理者就要像鱼槽里的鲶鱼，他必须给单位、给集体、给团队带来活跃、紧张有序的气氛，避免使下属变得死气沉沉。否则，他们就不会认同并服从于你。

人都是有感情并且十分丰富的动物，由于种种原因，人难免会陷入烦恼和苦闷之中，这时候不妨与他们聊一聊，进行有意义的心理沟通，让员工知道领导也有不为人知的脆弱的一面，以此达到彼此交心的目的。偶尔表露一下自己的心事，也未尝不是一件好事。

不管怎样，最好是经常到员工当中去走走，与他们同欢，与他们共乐，分享他们的欢乐，分担他们的烦恼，让员工在高兴和悲痛时想到的第一个人是你，让他们随时感觉到你的存在。你不仅存在，而且你是这个群体的灵魂与支柱，是他们唯一可以信服的对象。制造这样工作环境中的气氛，其实也是作为一个管理者不可欠缺的能力之一。

（二）与员工保持亲近胜过一切规章制度

管理者与员工保持距离会让员工的情绪低落，即使严厉的规章制度也不能使其最大限度地发挥潜力，相反，管理者与员工保持亲近，往往能让员工对你更好地认同并且服从，从而对工作产生很大的影响。

沟通良好的员工会更加注重工作，或者说管理者的亲近会让员工感受到自身的价值、企业文化的趋向，这比用钱或制度让员工被动地接受更容易促进和发展生产力。

管理者与员工失去沟通，员工被动地服从往往让他们失去主观能动性。

严厉的制度往往成为限制员工发挥积极性的绊脚石，员工无法理解企业的发展方向，也无法产生效率，他们被看做机械，被忽略了主观能力的因素。若管理者与员工尽量交心，让他们了解企业的发展前景，了解这样干的目的，让他们尽可能多地获得企业管理知识和技能，这样更能赢得他们的认同和服从。

诚恳的交流对于维系员工的拥护是十分重要的。要倾听他们的困难并想办法帮助他们解决问题。要告诉你的员工真实情况。如果他们表现不好，你也应该让他们准确地知道该怎样改进，不要太过直言，要给足他们面子，注意员工也有尊严。

当前，企业文化第一项任务就是要组织内部的沟通问题，也就是一对一地与所有的员工进行交流。信任是相互的，沟通也是相互的，企业的管理者善于沟通，善于听取员工的意见，善于发掘和利用员工的智慧，善于调动他们的积极性，员工就会从心底里愿意服从，而他们的服从也会有积极的回报，最终会有丰厚的收益。从这个意义上讲，作为一个企业的管理者，善于听话比能说会道更重要。这一点公司在做，厂部在做，车间也在做，而且天车二车间做得比较好。在沟通中指出员工的优势和弱势，并给他们提出一些建议，同时也听取他们平时不敢提出的对其他人及公司政策的一些看法。这项工作对于消除管理者和其他员工之间的沟通障碍是非常有效的，因为团体内部的沟通是塑造员工对企业认同而主动服从的不可少的方式之一。

我们要知道，员工是企业得以存在的支撑，没有了他们的认同与服从，也就没有了企业生存和发展。如果把企业比做一支军队，那么管理者就是将帅，员工就是士兵。如果将帅对待士兵，就像对自己的孩子一样爱护，那士兵们会怎样？他们会同这位将帅共赴险境，而毫无怨言、心甘情愿地服从于将帅。

（三）管理者指令要清楚

虽然员工希望企业管理者多一些关心和友好行为，但他们更可能服从有明确目标的管理者的指挥，因为这样他们会干得有方向，生活更会有奔头。公司提出的随着企业发展逐渐提高员工薪酬待遇的承诺，就是一个很好的证例。

（四）优厚的薪资报酬

不可否认，成功运作的企业中，丰厚的薪水是激发员工工作热情的一个巨大动力。目前能否为员工提供优厚的薪水仍然是影响员工服从并忠诚企业的直接因素，但要做到公平合理。

（五）建立一种氛围

一个企业是否真正兴旺，其实只要看看有多少真正的人才忠诚于企业就可以找到答案。一些真正厉害的企业不单单靠某些技术的垄断地位，也不在于资金上的雄厚，而在于它聚集了一大批各种各样的人才，并让这些人才充分发挥他们各自的能量。然而，要让这些有能力的优秀人才认同你的企业并服从管理，光靠权力的控制和简单的发号施令是行不通的。主要看企业能不能给他们提供一展才华的舞台，他们的才华能不能得到企业的认可。

三、做一个留住人才的管理者

做一个留人心的管理者，这样你也就留住了忠实的人才，这一点三国时的刘备做得就很好，“身在曹营心在汉”说的就是关羽和徐庶两个人。企业管理者应从政策、制度方面着手以真正留住人才的心。常言到:得人才则兴，失人才则衰。人才作为高新技术的创造者、发明者、传播者和使用者，已经成为当今科技进步与经济社会发展最重要的资源，谁在人才集合的改善上先行一步，真正做到留人留住心，谁就会在用好人才创造的巨大价值中最先受益，在企业的激烈竞争中立于不败之地。

良好的人际关系和亲和的文化氛围是员工认同并服从的重要内涵的体现，而通过始终爱护人、尊重人、承认人们的劳动和做出的成绩，构建企业上下左右良好的沟通系统，让人才了解和参与企业的决策与管理，并要切实为他们提供各种必要的保障，增强他们的认同感、归属感和忠诚心，让他们毫无怨言地努力与奉献,才是员工自动自发的“本”,也就是“人本管理”中“本之所在”，只有做到这一点，才能从根本上稳定人心，留住人才。

四、让有才能的人认同并服从于你

如果下属比你有才，而你却产生了嫉妒心理，那么就会有许多变形的行为和语言产生，这会大大影响到领导者自身的形象和声誉。

工作中，下属是能人，工作能力超过自己的现象随处可见，不然整个企业就没有发展的机会。然而上级对待下属的态度却千差万别，正是由于这种不同的态度和做法，才使得下属无所适从，同样也影响着领导的尊严。那么，如何对待有才能的下属呢？

（一）以欣赏的心态来看待有才能的人

以欣赏的心态来看待能人下属，这样不仅下属会有自豪感和荣耀感而且也会积极地把能力都发挥出来，而领导者自身也会受到能人和能人以外的人的尊重、信赖、佩服和认同，大家会很积极地服从于你，这样工作效率就会大大提高。因此说，下属中有能人是值得高兴的事，有能人要比没有能人好得多，因为能人可以做好多工作，而且可以做一般人做不了的工作，解决一般人解决不了的问题。

（二）如何对待能人

一要会用。给能人挑战性的工作，给他能充分展现自己才华的舞台，千方百计地调动能人的积极性，使能人出色地完成工作，使能人的能力得到发挥，让能人的才华得以施展。海尔的总裁张瑞敏说“你能翻多大的跟头，我就给你搭多大的舞台。”我说不但要给他搭舞台，而且还要给他清除舞台上的障碍，否则他在这个舞台上翻跟头时会有顾虑，会栽跟头的。只能这样，才能留住人心，才能有滚雪球的效应，才能让员工真正认同并服从于你。

二要会管。能人不愿意轻易服从他人，有时甚至会自做主张，因此，必须要管，要有制度约束，要多与之进行思想沟通交流，力争达到共识和共鸣，避免麻烦和损失。

三要会养。能人不能偏爱，也不能打击。妥善的解决办法就是领导要采用养的办法。如果能人是鱼，组织就是水，而这个组织就是由组织中的每一位成员组成，也包括能人自己。因此要引导能人少说多做，在做出成绩时，还要善意地有艺术性地帮他改掉毛病。同时也要教导组织成员解放思想更新观念，见贤思齐，使组织形成团结合作积极进取的健康氛围，这样一来再引导能人和组织成员融合在一起。其实只要组织健康良好，就如良好的水质，自然就能养住能人，而且还会培育出更多的能人和吸引组织外的能人进来，使组织成为一个聚贤的宝地。

（三）敢于荐举能人

有机会要力荐能人上，不要担心能人和自己平起平坐或超过自己。能人上，对领导自身来说是利大于弊，在一定程度上讲是有利无害，而且对组织来说还可以培养更多的能人，大家看到能人能上，会争先恐后提升自己的能力，从而提高整个组织的战斗力。不然遇机会能人上不了，都窝在组织内部，不仅能人有怨言，而且其他人也会认为能人再能也不过如此，何必努力呢？于是组织缺乏向上的动力和活力，会变得死气沉沉，工作效率和创新也就无从谈起。如果领导故意压制能人，甚至让庸人或小人上，这就更危险了，不仅打击能人的积极性，使能人对组织彻底失去信心，而且组织中的其他成员也会有看法，对组织产生失望，更危险的是组织将形成危险的文化氛围，大家不但与领导同床异梦、貌合神离，而且还会形成走歪门邪道、两面三刀、尔虞我诈、阿谀奉承、溜须拍马的不良风气，致使组织气氛乌烟瘴气。

（四）培养能人

组织中如果能人少或者没有能人，领导者的任务就是要千方百计地培养能人，造就更多的能人，也就是说让能人下属催着自己变成更能的人，不然的话自己没有培养出能人或没有能人接班，你也不会得到自己上级领导的器重而升迁。另外，只有培养出能人，才说明你是能人，你是比能人更能的人，你能担任更重要的角色，如果连个能人都培养不出来，那说明你自己只是个小角色，只是一个会干活的人，永远成不了受下级尊重、受上级重用的人，你手下的员工对你所发布的命令也不会心悦诚服而持怀疑态度。

（五）撤换心胸狭窄的领导

有些领导就象《水浒传》中梁山最初的领导人王伦一样，担心下属能人超过自己，不仅不培养、不举荐，甚至千方百计地采取压制手段，这样的领导在害了别人的同时也害了自己，进而损害了组织利益。对这样的领导，最好趁早把他从组织的领导岗位上撤换下来。不然他会从最初的小肚鸡肠演变为最后的心理变态，所以对不能培养出能人的领导，只认为自己能者，是不能大用和重用的，这样的人根本就不适合做领导工作，撤换掉当然是顺理成章大快人心的事情。

你手下的员工越是有能力，也就越能证明你的能力，只要把握住方法，有才能的人同样会对你认同并服从的，千万不可拒能人于门外。

五、让员工认同而主动服从的“八要诀”

作为一个高明的管理者，要想有效地调动下属的工作热情并让部下在认同的基础上乐意服从于你，其核心秘诀就在于激励下属的自信心。其具体方法有8种：

（1）要用建议的口吻下达工作指令。用命令的口吻指挥部下做事，其效果总不如采取商量的语气好；因为多数员工不喜欢被呼来唤去的，“你觉得这么做行吗？”“你是否能够尽快地完成这项任务？”用这样建议性指令方式将会使部下不仅乐意服从于你，而且有一种被重视的感觉，从而格外认真地工作。

（2）给部下面子。平和宽容待人，不损伤员工自尊，为员工树立良好形象，以心换心，他们会在工作中更加认同并服从你，用心和智慧支持你。

（3）时常夸奖部下。有目的有针对性地夸奖某个下属，可以有效激励他人，使大家学有榜样，增强信心。但要注意尺寸，掌握分寸，如果言过其实，会显得虚伪。

（4）有事多找下属商量。任何一个成功的管理者，总是坚定地掌握这样一个处事准则与理念：组织的事就是大家的事。责任感是自信心的基础，民主协商会增强下属的责任感，让部下明确自己在一个集体中的位置与作用，他就会精神饱满地去创造业绩。

（5）给下属机会，宽恕失败。今天的失败者或许就是明天的辉煌成功者，因为失败者也是教训的拥有者，管理者如果循循善诱，帮其找出挫败的原因，给员工一个成功的机会，他们就会将教训转化为成功的财富与资本。

（6）将下属的名字常挂嘴边。尤其是大单位，管理者要记住员工的名字，这对于下属是一种特殊的心理满足和信任鼓励，会在无形中产生凝聚的效应。

（7）对员工委派重任。工作任务永远必须在能力之上，给部下加压，让其负起重担，本身就是一种信任和重托，它唤起人的崇高感、使命感和责任心，这样他们将全力以赴、一心一意。

（8）及时更新工作主题。挑战性的工作会激励员工全神贯注、引起新的兴奋点，使其智力、体力不断经受锻炼和考验，从而使才干显著提高，工作得心应手，员工内心自然会感激管理者对他的信任和栽培。

高效良好的企业文化是人本管理的更好体现。对于个人来说，由于每个人的性格不同，做事的风格也不同。也说是说，每个人的“文化”也不同。那么，把每个人的文化都集中到一个共同的目标、共同愿望、共同精神上来，也就是我们所说的团队文化。在企业里，也就是我们所说的企业文化。也就是说，企业文化与思想政治工作、企业管理都一样要先做人的思想工作，因此，我们在每说一句话、每办一件事、每出台一个制度时都要多站在员工的角度上考虑考虑，这样说他们是否愿意听，这样做他们是否愿意干，这个制度他们是否容易接受。只有让更多的人认同了你的说法、你的办法、你的制度，这样执行起来才会有更高的效率，因为你最终的目的是效率的最大值，效益的最大化,因此而形成的企业文化也自然是良好高效的。如果不是这样，那么，员工就很难买你的账，自然执行的效率和企业文化也会大打折扣。

（2006 年炼钢厂班组长及科长主任企业文化培训教材，
部分登载在《炼钢快讯》）

管理人员应如何转变职能

2006 年，津西炼钢厂在科长主任级干部会上提出了转变科室工作职能的要求，这同样也是企业发展的要求。转变职能不仅是对科室干部、科室工作人员提出的要求，也是对各单位的干部、班组长、全体员工发出的号召。

我们每个人都有一定的职责，都有一定的能力，那么依你现有的能力，你尽到你的职责了吗？你的能力能否满足你现在的职责？就你现有的职责能否充分发挥你的能力？你又是否已经充分发挥了自己的能力？所有这些问题可能都是难题，但如果你彻底地转变了自己的职能，那么这些就都不是问题。

转变职能首先要搞清楚为什么要转变职能、如何转变职能、转变职能应解决的重要问题是什么、我们应该向什么方向转变四个问题。

一、为什么要转变职能

历史在变迁，社会在进步，企业在发展。我们要想不落伍，就必须与时俱进，跟上历史的车轮，跟上时代的步伐，跟上企业的发展。否则，我们就会被历史遗忘，被社会遗弃，被企业淘汰。有人说，现在我还年轻，我的知识还够用，我不淘汰企业已经很不错了，企业是不可能淘汰我的。也有的人会说，我每天都在学，我是与时代共同进步的。俗话说“刀不磨要生锈，人不学习要落后”“逆水行舟，不进则退”。是的，你每天都在学习，这一点可以承认，但是你说你能跟得上时代的发展就很难让人相信了。可能在过去，在十年前，你的进步、你的能力会跟上时代的发展，你可以想到时间前面，走到时间前面。可现在呢？现在的企业随着科学技术的发展,变化速度之快，令人难以想象。可你的学习兴趣、劲头比起十年前又怎么样呢？不言而喻，肯定是退步的多，进步的少，就算你的学习兴趣与过去一样的浓厚，与时代的进步比起来，你还是落后的，又何况你已经退步了呢？

就拿炼钢厂来说，由 1994 年的月产 1.5 万吨到 2006 年的月产 30 万吨，产能提高了 20 倍甚至更多，就是从 1998 年炼钢复产到现在产能也提高了 10 倍以上，我们大家相比过去而言，肯定都有了不同程度的进步，但有谁敢说现在的管理能力、文化知识、技术水平比过去提高了 10 倍或是 20 倍呢？所以说，尽管我们大家都努力了，但与企业的发展、社会的进步相比，还是差得很多，比如：现在手机、摄像机、电脑的应用，几岁的孩子都比我们学得快，而我们呢？许多人有点学不进去了，这些先进的设备对我们来说，形同摆设。所有这一切，都说明我们必须加强学习，转变职能，用求新、求变来适应社会、适应岗位、适应自己的职责。

二、转变职能要先从转变意识开始

转变职能讲起来容易，做起来可不那么简单。不是说转就转，说转就转到位的。首先要从转变意识上做起，所谓意识就是人潜在的思想活动。如果你的意识不到位，空说转变职能是没有用的。在你潜在的意识里，你认为现在干得很不错了，为了工作已经尽心尽力了，没有感到一丝由于内心知识的不足、力量的不够、服务的不到位而造成的压力，那你还能往哪转呢？因为本身的要求就不高嘛。

每个人都有自己的潜在意识，但每个人的潜在意识都不一样，这也正是我们知识水平和综合素质不同的原因。拿破仑说，不想当将军的士兵不是好士兵，对于企业来讲，就是不想当老板的员工不是好员工。可能有人会说，那你的野心也是不是太大了点？再者说，都去当老板，谁来当员工？开诚布公地说，老板不是天生的，都是从员工一步一步打拼出来的。不是每一个想当老板的员工都能当上老板，但只要你认真去做，奋力去拼，至少你能成为一名出色的员工，很有可能走上领导岗位，我们现在的董事长就是个钳工出身。如果你没有想当老板的想法，可能连一个好员工也说不上。

诸葛亮对南王孟获七擒七纵，最终收之并安抚南夷，从正反双方都能看出是人的潜在意识的作用，诸葛亮本心只想收服南王，并用他来稳定南部，而他又知道孟获是不会轻意顺从他的，只有打服了他，彻底挫败了他的锐气，他才能心悦诚服。而南王自持武艺高强，兵强马壮，怎么能轻意输给一个南阳耕夫呢？不过是一时间中了你老道的诡计而已。所以一而再再而三地与诸葛亮说“你只要放了我，我就有办法赢你”，实际要论个人的功夫，诸葛亮十个也不是孟获的对手，但要比排兵布阵，十个孟获也不是诸葛亮的对手，但南王就是不服，所以才使得生灵涂炭，付出了沉重的代价。现在要解决我们的意识就是，真正看到企业的进步已经远远超过你自已经过努力的进步，自己在某些方面已经不适应企业的发展了，原来的工作方法、思想观念急需更新，只有不断地否定自我、改造自我、战胜自我、超越自我，从知识结构到经营理念进行全面的更新，不断地充实自己，才能跟得上时代的步伐。

三、意识加计划、加行动等于成功

每个人无论做什么事都要经过意识、计划和行动才能取得最后的成功。汉高祖刘邦就是在一次到京城办差时看到了皇帝上朝时前呼后拥的气派，才引发了想当皇帝的念头，而后通过周密的计划和系列的行动，凭借过人的智慧,巧妙地运用了“义”“明”“忍”“审”“敢”“诈”“才”“帅”“亲”“断”“名”“情”这十二个字，最终达到了一统天下的目的。有人会说有好的想法，是不是就一定会有好的结果呢？如果我们都想当厂长、经理、董事长，那我们就先要把主任当好。如果你真的是朝着高层管理目标努力的，你完全有可能当上处长甚至更高的领导，当然也可能干一辈子主任，如果你的目标只是主任，那么等待你的可能是班长或者普通工人，也就是说，你的潜在意识里目标有多高，你就得付出同等的劳动，才能得到满意的结果。

任何行为都是受意识支配的。我国蒙牛集团总裁牛根生2005年投资1000万元成立了“蒙牛贫困救助基金会”，电视节目主持人在问他为什么要做这件事时，他说是儿时的故事给他的启发，小时候经常挨别人欺负，偶尔一次他把家里仅有的零食“偷”出来分给同学们吃，从那以后，只要有人欺负他，同学们就一起为他出气，只要他看谁不顺眼，同学们就一起扁他，由此他看到了散财的作用，还有他母亲常给他讲的“吃亏是福”的道理也起了一定的作用，所以才有投资1000万元建立救助贫困基金会的善举。这也说明意识对行动的作用。

四、职能转变的方向及要求

（一）思想上的转变

面对市场的严峻形势和企业目前的现状，我们确实应该在思想意识上有个彻底的转变。

（1）重新认识自我，重新定位。也就是说，无论自己以前的工作业绩有多大，能力水平有多高，权当没有过，一切从零开始，重新认识公司，重新认识炼钢，重新认识自己，重新给自己定位，认真思考在你的位置上你应该如何去做，为津西的将来，为炼钢的明天，为了自己的前途，重新迈开你的第一步。

（2）向提升企业文化素质、规范行为准则、弘扬团队文化转变。

津西从去年开始提炼公司的企业文化，现已全面出台，具体内容包括：

企业愿景：凝聚钢铁意志，打造百年津西。

企业精神：诚信、创新、团结、高效。

企业使命：为社会创造财富，为股东创造回报，为客户创造价值，为员工创造前途。

核心价值观：用最优的工作创造更加美好的生活。

企业道德：至诚、至信、至和、至义。

企业作风：从严从实、高能高效。

管理信条：人本人和、从严从高。

经营信条：以市场为导向，向问题要效益。

质量信条：精细管理、精益求精。

服务信条：用户满意就是我们的工作标准。

安全信条：安全第一、生命至上、预防为主、人人有责。

培训信条：培训是员工最大的福利。

管理人员行为准则：公正廉洁、忠诚奉献——思想道德修养；战略思考、执行有力——战略执行能力；以身作则、亲历亲为——领导艺术能力；勤于沟通、善于激励——沟通激励能力；真心关怀、育才爱才——培育人才能力；诚信经营、提升业绩——诚信经营能力；创新学习、超越自我——创新学习能力；团队协作、顾全大局——团队协作能力。

员工共同行为准则：对待企业：精心诚意、共同发展；对待工作：勤业敬业、发挥潜能；对待客户：至尊至信、共生共赢；对待领导：换位思考、构建和谐；对待同事：坦诚相待、沟通信任；对待自己：自律自励、成就自我；对待家庭：尊老爱幼、互亲互敬；对待社会：遵纪守法、义利共济。

我们今后的所有行为都要按以上标准进行规范，做到自觉遵守，以身作则，给员工做好表率，做弘扬团队文化的模范。

（3）向细节管理转变。今年初，公司总经理朱军在中层干部整训报告中提出的“三个转变”中有一条是：由粗放管理型向精细管理型转变。炼钢厂厂长张树江在安全管理上也提出了“五细化、六到位”的班组管理模式。我们知道有时百分之一的失误可以造成百分之百的失败，这无疑都指出了细节的重要性，特别是我们基层管理者，工作中的每一个细节都要做好，从生产组织、设备管理、安全联查、技术培训、劳动竞赛、文明生产等各个方面都有很多细节工作，做不好就会影响生产，损坏设备，造成事故，出现废品。有人说“小小的问题，不值一提”，这种说法是错误的，细节性的小事你都做不来，大事你更做不好，古人云：“不扫一庭，何致天下”“千里之堤，毁于蚁穴”就是这个道理。

（4）由被动工作向主动工作转变。这个主题在去年的企业文化培训上已经提到了。所谓主动就是不用别人说，自己就把工作做得很好。现在我们的干部中事不关己、高高挂起的仍然还有。不要以为适合你的工作很多，适合你的机会很多，因而对眼前的工作不以为然、漫不经心；更不要因为不喜欢现在的工作或职务就被动应付、敷衍了事。应付、敷衍是一种态度，主动敬业也是一种态度，但两者的结果是大不一样的，无论你做什么事，都要磨炼和培养自己的敬业精神和积极主动的态度，因为这是你事业走向成功最宝贵的财富。

（5）向提高执行力上转变。有人可能说“我们都是干部，手下都有几十号人，我们都是对着员工发号施令的，提高执行力应该是员工的事”。如果说前者还勉强说得过去的话，那么后者就有点不妥了，因为不光员工应该提高执行力，我们同样也应该提高执行力。试想，如果你的指令、你的制度员工们违反了，你会怎么样？你会高兴吗？我想肯定不会。所以我们就要想想我们自己对厂长的指令、厂部的制度都执行得怎么样？你都落实得怎么样？工作到位了没有？任务完成了没有？我们要把公司和厂部的各种制度印在脑子里，随时点击“鼠标”调用，而不是把它们放在文件柜里，在处理问题过程中临时用我们自己独创的“手抓 ”式制度。要懂得厂部给你的权力是让你不折不扣地贯彻、落实制度，传达厂部精神的，而不是让你随心所欲地修订制度的。

（6）向自主创新工作上转变。社会在不断变化，企业在飞速发展。一个企业要想保持旺盛的精力，在竞争激烈的市场上立于不败之地，就必须临变、应变、适变。一个人在各自的工作岗位上要想不断进步、不断发展，面对变化，唯有创新。创新是干部员工敬业精神的一种延伸和发展，也是一个以终为始、自我否定、循环往复永无止境的过程。

随着时代的变迁，人类历史上有了夏、商、周、秦、汉、唐、宋、元、明、清历代王朝，有了四大发明和四大名著，有了飞机、铁路、电脑、可视电话，以至于有了神五、神六飞船，我们的公司从过去的年产 14 万吨生铁，到现在的采、选、炼、轧一条龙生产线，从海外上市到挤身全国五百强企业，这都是自主创新的结果。然而我们有一些人面对客观世界往往是被习惯势力所束缚，满足于自己已有的成绩，停留在眼前的状况沾沾自喜、墨守成规，不想再发展，不愿再突破。如果历史上的人们都这么想，那么我们恐怕还在过着原始人的生活。创新是一个破旧立新的过程，肯定有阻力和风险，可能会遇到挫折甚至失败。因此，要创新，就要有一种不满足于现状的进取精神，就要有一种为求真知、求新知而敢闯、敢冒风险的大无畏气概。不断进取的精神和勇气从何而来？来自强烈的事业心和责任感。作为拥有敬业精神的员工不应该害怕创新，害怕打破常规，而要把这些变成一次良好的机遇，要勇于接受新事物，要及时把握每一个稍纵即逝的机遇，勇敢地承担起责任。

（二）管理行为上的转变

面对企业的飞速发展，行为管理越来越成为衡量管理干部是否合格的一个重要标准。一个合格的管理干部应做到以下八方面：

一是能够公平公正地对待下级，任人唯贤而非唯亲，政策面前人人平等；二是能够胸襟坦荡地对待上级，忠于职守，层层负责，高度统一；三是能够和蔼亲切地对待员工，坚持以人为本，树立良好干部形象，尊重员工的自尊心，增强自身亲和力、凝聚力；四是能够无怨无悔地对待自己，把握机遇，拼搏进取；五是能够光明磊落地对待人生，真诚对待同事，自觉运用组织纪律约束自我；六是能够高度负责地对待工作，实现人生价值；七是能够一丝不苟地对待问题，对症下药，展现能力；八是能够不折不扣地对待政策制度，遵守原则，严格执行，贯彻落实到位。

（三）行动上的转变

思想有了转变，行为要跟得上，只有做到思想和行为的统一，才能真正达到职能转变的目的。

（1）“五细化、六到位”的转变。去年我们全面推行了“五细化、六到位”的班组安全管理模式，并收到了良好的效果，今年，我们通过进一步修订使之更趋于完善，这一模式不光在安全管理上适用，在生产、技术、成本、设备、文明生产等各方面都很适用。板坯连铸平台上的宣传栏上写着“管理无小事，细节见真功”，这句话道出了细节管理的真谛，如果说当时张厂长提出“五细化、六到位”的班组安全管理模式是做了第一个敢于吃螃蟹的人，那么第二个、第三个敢于吃螃蟹的人是不是该轮到我们了。如果螃蟹都让张厂长吃了，那么我们就永远也尝不到鲜了。所以，我们要主动转变这种思想，把“五细化、六到位”的管理模式在管理的各个方面来推广运用。

（2）向广泛开展班组劳动竞赛活动转变。班组劳动竞赛就是在生产劳动过程中班组与班组之间的比赛。班组劳动竞赛要具备三个要素：一要有员工参加，二要有具体目标，三要有劳动成果的比较和交流。竞赛的原则是促先进带后进，从而达到普遍提高。也就是相互学习、相互帮助、取长补短、不断提高。在竞赛中比先进、学先进、赶先进、帮助后进超先进，用以解决先进与落后的矛盾，求得在先进水平上的共同提高，从而推进生产力向前发展。

对我们来说，就是以提高经济效益为中心，提高产品质量，降低能源和原材料消耗，提高劳动生产率，提高员工素质，坚持物质文明和精神文明一起赛。

我们去年下半年开始推行班组劳动竞赛，但由于是个新事物，加之组织和方法的不太得力，效果不是很好。今年，厂部把这一活动作为全年的一项重要工作来推。经过几个月运作来看，有些单位已经步入了正轨，也收到了较好的管理效果，但目前仍有个别单位没有引起重视，行动不够快、不够到位。这些单位很有必要到连铸、天车车间去取取经，把班组劳动竞赛进一步完善。

（3）向数据化管理转变，用数据来分析指导生产实践。我们现场虽然不具备物流自动控制的条件，但是生产所用的每一批物资都是有记录的，通过这些数据我们可以分析操作、分析工艺、分析生产、分析事故，然后依据分析结果对过程进行调整，那么就要求我们的记录要真实、准确，否则就会错误地指导生产。

（4）向行业对标转变。年初，厂部已经确定了远学济钢、莱钢，近学唐钢、国丰的目标。我们由过去的两座6吨转炉，到现在的两座40吨、两座50吨和一座100吨转炉，发展之快，确实让人吃惊，但我们的规模、我们的指标与国内先进钢铁企业比起来还有相当的差距，差距就是动力、差距就是效益，只有不断与先进单位对标，找出差距在哪，然后想办法解决，缩小差距，才能有进一步的提高。我们要时刻盯住科技前沿的新技术、新工艺，靠科技促进管理，靠管理推动科技。

五、对转变职能的要求

（1）围绕目标定措施，目标要“准”，措施要“硬”。

我们做任何事情都要有一个明确的目标，并且为了达到这个目标，要制定一系列措施，目标是措施的依据，措施是完成目标的方法，对目标起着保障作用，所以说，确定目标必须准确，否则会前功尽弃，损失是不可估量的。措施必须过硬，否则就不能保障既定目标的实现。

（2）围绕政策抓落实，政策要“公”，落实要“严”。

首先是制定政策要公正、公平、合理，这样才有利于政策的贯彻落实。常言道“说起来容易做起来难”，我们姑且把制定政策比作“说”，把落实政策比作“做”。我们都知道说话要讲道理，不然人们就很难按你说的去做，就没人服从你，没人维护你，这就是制定政策一定要考虑它的合理性。合理的政策一旦出台，落实起来再体现一个“严”字，无论是干部还是员工，都要一视同仁，制度面前人人平等，没有高低贵贱。只有这样才能体现管理的制度化、规范化、科学化，否则就会失去制度的严肃性和权威性，久而久之，制度也就形同虚设了。

（3）围绕效益定指标，效益要“大”，指标要“细”。

效益要大并不是只抓大效益，不要小效益，而是要抓住大的，兼顾小的，但同等条件下，优先取大。根据效益目标定数据，也就是说要实现这个效益，我的指标需要完成到多少，根据指标再定措施，把指标细化到每个工序、每个环节、每个工时，甚至到每个人，从一点一滴做起。大街上的一分钱，我们可能都不值得去捡，因为它太少了，可我们吨钢要节约一分钱，一个月就是 3000 元，看起来似乎也不算什么，但一年下来就可以买一辆夏利车。如果让我们一年扔一辆夏利车，谁也不会舍得，但是让我们每天浪费一角钱，谁都会不以为然，如果我们把每天浪费的东西视为一辆夏利车，谁还会轻易地浪费呢，这一点在数据细化的同时，也体现了思维意识的重要性。

（4）围绕问题抓管理，问题要“清”，管理要“深”。

某种意义上说“管理就是不断地找到问题，并解决问题的过程”，所以必须搞清什么是问题，它出在什么地方。解决问题不能停留在表面现象，只有挖到问题的根源，才能彻底解决。不要只是“扬汤止沸”，更要学会“釜底抽薪”。

（5）围绕职权定责任，职权要“明”，责任要“全”。

任何一个管理者，任何一个员工都有一定的职权范围，但这个范围必须明确、清晰，员工要清楚，管理者也要清楚。这样才便于给他定责任，所定的责任必须全面，不能以偏概全，更不能推诿责任。

（6）围绕发展抓创新，发展要“远”，创新要“奇”。

发展既是方向也是目标，方向越明确，目标越大，发展的动力也越大。一眼看出十步棋的人与只能看出五步棋的人下象棋，他肯定是赢家，因为他有远见。创新是达到发展目标的有效手段，也可以说没有创新就没有发展。创新就是与众不同，出奇才能制胜，同样是炼钢工，其他人都是每班炼 18

炉钢，如果你能炼出 19 炉、20 炉来，你就是创新，在你的生产组织过程中，肯定会有高人一等的环节，会有比别人出奇的地方。

（7）围绕现场定标准，现场要“净”，标准要“高”。

管理就是要使企业不断发展、不断进步、不断提高的一种科学方法。现场管理也是这样，在不同时期、不同阶段要有不同的标准，清朝的时候男人都留长辫子，成了男人的标准。现在这个标准不也被我们废弃了吗！老线连铸平台是每天要定期打水、清扫，而新线连铸平台则是每班要拖上几遍的。过去一班拖一次可能过得去，现在每天拖三遍可能还达不到要求，要达到现场的干净，标准一定要高，而且要坚持。

（8）围绕服务抓作风，服务要“周”，作风要“正”。

作为管理者，首先要清楚你是为员工服务的，后勤管理者是为车间一线服务的，只有这样定位才能更好地工作。既然是服务，就要讲究周到，同样的管理者，领导的口碑不一样，在员工中的威信也就不一样，这就是他们服务的周到与否所起的作用。服务周到的人工作作风一定端正，否则他的作风就有问题。我们的管理者中与下属、与员工发脾气的人有之，粗话脏话者有之，不自律者有之，违章指挥者有之，严人宽已者有之。而这些对你的工作都会带来不良影响，作为管理者，我们的服务和工作必须做到“周、正”二字。

（2006 年炼钢厂班组长及科长主任培训教材，部分登载在《炼钢快讯》）

浅谈班组长对员工的业务传授

自古就有“以不教民战，是谓弃之”一说，意思是说，让没有经过训练的农民上战场打仗等于送死。那么要把企业生产比做打仗的话，我们的员工必须要经过安全、技术、生产、工艺、劳动纪律以及经营等各方面的培训学习才能使企业具有足够的竞争能力，并且使生产蒸蒸日上。

说到员工，与之最为接近的就是作为兵头将尾的班组长，他们对员工的行为起着很大的作用。不良的行为就来自于不良的管理，这也就说明了作为班组长的重要性。我们都知道，一个企业，它的生产、技术、设备、经营、安全等各项指标以及各项规章制度最终都要通过班组长贯彻落实到每位员工，所以，如何对员工进行业务教导是每位班组长的必修课。下面就浅谈一下班组长进行业务传授的五个步骤。

（1）了解员工。班组长对员工进行业务传授，首先要全面细致地了解自己的员工。有的人说：“我和员工在一起工作多年了，有什么不了解的。”是的，你是与员工在一起工作多年了，但你能对每一名员工的各项情况都了解吗？你知道班组长都应该了解员工的哪些情况吗？对于新员工来说，这一点更为重要。这里的了解是全员、全方位的了解。第一要了解本班员工的年龄、学历、政治面貌、家庭住址、家庭状况等基本情况。第二要了解每位员工的性格特点。第三要了解每位员工工作、学习、组织、语言表达、写作等各方面的能力。第四要了解每位员工的优缺点。这样才能在工作安排及岗位调整上做到适才适所与适所适才，也就是说适合干什么样工作的员工，就把他安排到什么岗位上，反之就是什么样的工作需要什么样的人来做，就把什么样的人安排在这个岗位上。这样班组才能发挥更大的战斗力，为企业创造更大的效益。

（2）学习准备。在员工开始学习之前，首先要做好学习准备，这一点在业务传授中也很重要。首先要让他平心静气，然后告诉他将做何种工作，并且掌握他对该项工作的了解程度，这是该步骤中一个重点的环节，如果他本人对自己将来要做的工作都搞不清楚，那么势必对下一步的学习以及试做带来不良后果。接下来是创造使之乐于学习的气氛，最后是让他进入正确的位置。

（3）工作传授。工作传授在业务传授中是最重要的一个步骤，也可以说是理论传授的过程。首先要将工作中的主要步骤讲给他听、写给他看、做给他看，让他做到从感性到理性认识的统一。其次是一定要强调要点，让他能记住，并且能够顺利地说出来，同时让他知道这么做的原因和好处。再次是要清楚地、完整地、耐心地指导。最后就是在指导讲解过程中力求做到通俗易懂，不要超过他的理解能力。

（4）试做。当一名员工经过充分的学习准备和系统的工作传授之后，接下来的就是试做。试做可以说是实践操作传授过程。首先是让他一边试做一边说出主要步骤，也就是让他掌握操作步骤，理解操作要点。并且在他试做过程中帮他改正错误。然后再让他做一次，同时说出要点。要教到他确实理解明白为止。

（5）检验。试做之后紧接着还有一个重要的环节，那就是检验。新员工通过了试做的步骤，对他工作的检验是必不可少的，我们有好多班组长在这个方面做得都不是很好，有人说，一个班十几、二十几个人，都在工作，我怎么能够检验的过来呢？是的，人多了你自己是检验不过来，但我们每分配到一名新员工，你都会给他指派一位师傅，那么如何教师傅带徒弟，这同样也有一个业务传授的过程，你要让每一位师傅都清楚业务传授的方法。检验首先是让他开始工作，并且指定协助他的人。再就是要经常检查，帮他改正错误，也就是我们所说的扶上马送一程。还要鼓励员工提问，必要时再进行指导，然后是逐步减少指导。

通过这五个步骤可以看出，在传授员工业务的同时也给班组长自己提出了更高的要求。首先作为班组长必须有过硬的操作技术和较高的理论功底，否则你在传授过程中你怎么把操作过程讲给员工听？做给员工看？你怎能给员工多次强调操作要点呢？你又怎能在他操作当中检查出错误并帮他改正呢？其次要有较高的语言表达能力和组织才能，否则你怎么能让员工平心静气地听你的传授，并且能讲得通俗易懂呢？再次要多方面、全方位地了解员工，否则你就没办法做到适所适才与适才适所。所以，作为班组长要不断地反省自己，没有反省就没有进步，不管任何时候，不管什么工作，也不管对哪位员工，都要记住一句话“如果对方没学好，那是你没教好”。

（刊登在2006年7月1日津西炼钢厂《炼钢快讯》第12期总第18期）

现场管理的金科玉律

了解并与现场保持密切的接触，是效率化管理生产线的第一步骤，因此，有五条现场管理的金科玉律要遵守：

（1）当问题（异常）发生时，要先去现场。

（2）检查现场（有关物件）。

（3）当场采取暂行处理措施。

（4）发现真正的原因并将它排除。

（5）标准化以防止再次发生。

每当发生问题或异常的状况时，班组长应该到现场检查现物。在现场对现物详细检查时，要重复地问“为什么？……”并且采用一般常识和低成本的方法，就应当能够确认出问题的原因，而用不着使用那些高深复杂的科技。

改善是从确定问题开始。一旦认识清楚了，那就已经成功了一半。班组长的工作之一，应当是要经常注意行动的现场，而且依照现场和现物的原则来确定问题所在。应用现场现物的原则及一般的常识，可以迅速地解决许多问题。好好地待在问题的现场，观察现物，而且下定决心找出问题的真正原因，许多与现场有关的问题，都可以即时当场予以解决。

发掘现场原因最有效的方法，就是持续地问“为什么？……”直到找到问题的原因为止。这一过程有时亦称为“问5个为什么”，因为问了5次为什么，就很有发掘问题原因的机会。

问题发生了，班组长和管理阶层就必须去解决。并且确定不会再因同样的理由而发生。一旦问题被解决后，新的作业和程序就必须标准化，接着就要进行“标准化—执行—检查—处置”的循环，否则，班组长和管理层就会整天忙于救火的工作。

综上所述，当现场发生问题时，首先必须依照现场现物的原则，详细观察问题。其次，必须找出问题的原因。最后，在确定解决问题的方法有效果之后，就必须将新的工作程序予以标准化。在这种模式下，任何的异常就会衍生出改善的主题，这一主题最终会导致引入新的标准或是提高现有的标准。“标准化”是用来确保改善的效果，使之能继续维持下去。

（刊登在2006年7月16日津西炼钢厂《炼钢快讯》第13期总第19期）

推广精细化管理应该解决的问题

随着市场经济步伐的高速推进，精细化管理已经成为全国各行各业目前以至今后的必经之路。今年我厂在张树江厂长的倡导下也开始研究并推行以“五细化，六到位”为主题的精细化管理。半年来，我们取得了一定的成效，但在有些单位精细化管理的推行大打折扣，所以说我们的精细化管理并不成熟，粗放型和精细化的界线并不明显。要想真正全面推行精细化管理并达到良好的管理效果，就目前存在的普遍现象，我本人认为应该解决好以下几个方面的问题。

一、解决员工自作主张和持怀疑态度的抵触行为的问题

在生产过程中，我们经常会发现，员工对上边布置的事情往往并不“理解”，认为那样做对他们并没有什么用，有的员工甚至按照自己的理解行事，甚至干脆就是我认为应该怎样做就怎样做，比如前两天4号炉初次冶炼195L，技术员让喂20米铝线，可炼钢工认为不够，在没有沟通和得到任何指示的情况下，喂完20米铝线后又喂了30米，结果造成连铸套眼，致使30吨钢回炉。

为此，让员工具备精细化管理的基本意识，让他们知道精细化管理的主要内容、基本方法及重要意义，大家形成统一的共识，知道什么是对，什么

是错，应该如何去做，为什么要这样去做，才能减少自作主张或持怀疑态度的抵触行为。

二、解决岗位“法码”不合理的问题

特别是基层员工，工作内容往往是由基础性工作、临时性工作、阶段性工作、协助性工作等多种方式构成的复合体，事情又多又杂，为了完成任务，应付考核，员工只好眉毛胡子一把抓。结果是“哪一样都抓，哪一样都抓不好”。

管理者应站在员工“执行状态”的角度，正确考虑员工承受专业难度和强度的“极限”，合理地设定岗位职责和工作量。超过了这个极限，就算是机器，也难免要“抛锚”。

（1）尽量不要超越“专业”极限。“简单的事情重复做”是精细化的特点。不熟悉的“异域之事”，未经过培训的“意外事件”，只会使应变能力有限的员工感到困惑。勉为其难，影响效率和效果，宁可另设岗位或深入培训，也不要乱了阵脚，才能达到高质高量的理想效果。

（2）工作量要适当。无论是动物、人，还是计算机，都有一个正常工作的时限和节奏。如钢水在多少度时拉速应该是多少，100 吨转炉多长时间能吹出一炉钢，浇钢工浇钢多长时间需要换换班，都有一个极限的标准。一味地追求挑战极限，让员工疲惫作战，只会让精细化变成粗放化。

三、解决补充性规划和部门性规划不力的问题

随着精细化管理在企业的推进，企业间的竞争日渐激烈，消费者对企业的要求越来越高，企业间竞争的背后往往隐藏着系统、周密的“预谋”。因此，做好补充性规划与部门性规划，不仅仅是为了赢得竞争的胜利，对我们的整体规划更起着调整、补充、提升的战略性作用。

（1）补充性规划。信息化、知识化、数字管理、过程控制的今天，市场瞬息万变，任何一项决策，都需要与时俱进，不断地进行计划—实施—检查—改进。企业必须坚持不懈地提升木桶的短板，填补木桶的漏洞、缝隙，并由专业的人员进行护理，水才会越来越满。反之，因为某个小小的漏洞、缝隙，或者根本就不懂补漏的人，导致“细水长流”，桶里的水定会越来越少。

（2）部门性规划。与工艺单位和操作者直接“面对面”沟通接触的职能

部门和单位领导，是构成木桶的一块重要的板。部门领导具有领导者与执行者的双重角色，但他们中的绝大多数更习惯于做一个执行者，规划对于他们来讲，并不是他们的专业长项或者说根本就抽不出时间。在这种情况下，规划部门必须给予技术指导。

没有经过精心规划就是粗放化，员工单凭个人经验和想法各自盲目上阵，终会弄得大小问题一大堆，砸了精细化管理的锅。部门管理者应该把好这个关，有困难应及时反映，争取协调与支持。

四、解决执行不到位的问题

“赢在执行”是一个陈旧却新鲜的话题。说其陈旧，是因为这个道理似乎高、中、基层领导无人不晓；说其新鲜，是因为执行不力而造成任务失败的事情太多。中国人有不求精的习惯。所以，我们必须强化员工的意识，特别是基层领导的意识，通过培训学习、考核等强制措施将以下几个要点在他们的脑海中打上烙印：

（1）布置不等于完成。人们往往有一个误区：只要方案好，其他问题就不用多考虑了。试问：把一个好的方案放在抽屉里，它会自动生效吗？答案显然是：不能，因为它必须要借助于不折不扣的执行。

一项工作，规划仅仅是事先的准备，工作的正式展开是从布置以后才开始的，工作的内容贯穿着执行始终的全过程，这个过程因实际的需要而长短不等，有的只需几分钟，有的却可长达数年，所以，布置仅仅是工作的第一步——预备。

布置完成以后，执行者是否就能立刻弄清执行的意图、要点、方法、步骤、技巧等，这还需要一个过程，较为复杂的执行更需要示范、演练、指导等。而我们只是制定了精细化管理细则，但贯彻、落实与执行的不是很理想。

（2）严格是保障。精细化管理是市场竞争的产物，执行者就像电子游戏中的主角，除了要战胜对手、虫兽的攻击，还须跨越火山、沟壑等自然障碍，没有较强的执行力，执行的效果定会大打折扣，甚至根本就执行不下去。

管理中，上纲上线是从情理的角度看问题，严格与否是从事理的角度看问题，只要有人开绿灯，就一定有人会效仿。这样的执行，从开始到结束，执行就会递减式地打折，最后，干脆就不执行了。所以，执行必须要严格，对于执行力不强的员工，可以通过培训、示范、演练、指导等方式进行提升，使其达标。对于顽固不化的害群之马，绝对不能姑息。

（3）过程控制是关键。“下级应付上级检查、上级检查走马观花”的社会现象在人们的心中由来已久，有人甚至对考核、检查的字眼持怀疑和不理的态度。所以，在执行的过程中，员工到底是在认真执行，还是在走马观花，还是在应付了事，什么样的动机都有可能存在。过程的控制应该重点考虑如下几件事情：

第一件事情，充分发挥班组长的作用，负责监督、指导各组员的执行工作，并直接对车间负责。

第二件事情，加强执行过程的跟踪。各职能科室要尽到监督职能，负责对各车间及小组的执行过程进行抽查和指导，对个别小组和车间可采取反复突击检查的行动。

第三件事情，加强执行的反馈。各小组对执行过程必须如实地进行总结和汇报，对遇到的问题要求及时反馈。

第四件事情，立竿见影、赏罚分明的措施。执行优秀者，当场就奖，可以树立榜样，激励众人。执行不力者，当场就罚，可以引以为戒，防患未然。

五、解决治标不治本的问题

所谓治标，是指针对病理现象进行治疗，让其消除，并不针对发病的诱因；所谓治本，是指从发病的诱因开始治疗，通过诱因的治疗而达到治疗病理现象的目的。说到底，治标是针对现象，治本则是针对本质。

（1）标本同治。管理、管理，管是手段，理才是目标。目标管理可以量化，这是它的优点，但一味地追求“量化”，就会让员工变成被动执行，并有生活在“皮鞭”下的感觉，不但会丧失主观能动性，甚至有人会钻制度的空子。

我们必须正确考虑管理中的非量化重要影响因素，在实施标准化管理的同时，适当地考虑以个性化管理手段进行补充，管理才能优化。尽量避免一刀切，充分调动领导、员工的主观能动性，只有将被动式管理转换为能动式管理，才能达到标本同治的效果。

（2）通过企业文化建设培养精细化管理的土壤。保险业需要“攻坚”

文化，服务业需要“微笑”文化，而对于实施精细化管理的单位，则需要培养勇于“挑战极限”的文化和“不折不扣”的执行文化。企业可以根据实际需要，分阶段、分层次地围绕这两种文化主题展开多形式的活动，培养精细化管理的土壤。

精细化管理是一项复杂、系统、艰巨且周而复始的工作，我们应该根据自身的人力现状和目前的现状，制定针对性较强的应对措施，既要重点突破，又要长期培养，精细化管理才能步步为赢。

（刊登在2006年12月18日津西炼钢厂《特钢快讯》第9期）

津西二十年厂庆庆祝现场（作者摄）

规范化管理的八个导向

目前从国内到国外，从中央到地方，各个行业都在流行一个时髦的词，叫做“规范化管理”。规范化管理就是企业成员通过系统思考，建立健全优化完善一套以人为本、上下认同、行之有效的管理体系来主导的管理。规范化管理的实质就是打造卓有成效的管理体系。但是在企业里，如果真正让规范化管理发挥作用，应该掌握好以下八个导向，否则规范化管理也会打折扣的。

（1）目标导向。任何一个企业，任何一个人都应该有目标。没有目标，员工就会把过程当成目标。目标管理贯穿于企业所有的系统和部门，不再是摸着石头过河，走到哪儿算哪儿。不管个人还是企业，如果没有目标，就没有前景。

下属都在忙，但是忙的不是部门的目标。您的团队有明确的目标吗，您说得出您的上司下几个月的目标吗，您说得出您下属下几个月的目标吗，您同意上司制定的团队必须全力以赴的团队目标吗，您有没有您的上司不同意的目标，您有没有您的下属不同意的目标，您团队的每一个成员是否都有目标，等等。如果有的话，每一位成员是不是都了解并同意这些目标。做出了这些回答之后，会有助于我们成为一位高效的经理人。

（2）市场导向。目标管理执行结构中的员工被授权自主的完成目标，站在金字塔最上端的是顾客，金字塔下端的是员工，管理者提供支持和指导来为员工进行更好的服务，以让员工为顾客进行更好的服务，这就是市场导向。

（3）人性化导向。工作上最大的人性化是无情化，管理就是严肃的爱。生活上最大的人性化就是家庭化，培训是给员工最大的福利。学习很贵，但不学习更贵。您可以不学习，但是您的竞争对手不会。人和人之间的差距，就是在每天的工作改善、每天的学习之中拉开的。那么一个企业和一个企业之间的学习型组织的建设，是更为重要的。在《三字经》中，有这样一段话：犬守夜，鸡司晨，苟不学，曷为人；蚕吐丝，蜂酿蜜，人不学，不如物。

张瑞敏在培训下属的时候说过这样一段话：下级素质低，不是您的责任，但是不能够提高下级的素质，就是管理者的责任。管理者就是培训者，管理者就是导师。

（4）程序化导向。每一个人都知道自己的目标，然后大家配合，每一个人的工作过程都有一个设计，都有一个程序的设计和控制。需要我们不断地优化我们的工作程序，提升组织的效率，提升效率是为了降低浪费。在保持简洁的前提下，最大限度地追求一种完美，注意到经营过程的每一个细节。任何一个工作中的细节都要标准化、流程化、程序化。

（5）标准化导向。目标制订中的精准原则：其一，目标制订必须具体；其二，目标责任制一定是可测量；其三，目标一定是可接受的，被管理者和员工双方可接受；其四，相关性目标和工作单位需要、员工的前程发展等有关联；最后，什么时间开始，什么时间结束，这就是目标制订原则中的精准原则。请用精准原则重新审视一下您的部门、您的单位的工作目标吧。没有精准就谈不上真正的管理，每项工作标准必须包含数量目标、质量目标、实现目标、成本目标4方面的内容。平衡积分卡的创始人卡普兰教授说过这样一段话：如果不能测评他，您就没有办法来管理他，您能够测评的就是您能够管理的。

（6）数字化导向。数字化、信息化，这是企业未来的一种管理趋势，所以在今天，很多的企业，不少的企业都在引进一种ERP系统，企业资源计划管理系统。采用更为科学系统的一种管理手段和方法，让企业和管理实现数字化的管理。

（7）细节化导向。细心、认真关注细节是一种习惯，制度培养行动，行动产生习惯，习惯形成性格，性格决定命运。企业的战略可以决定成败，执行也可以决定成败，细节也可以决定成败。高手之间的较量在于细节，营销的核心在于顾客的满意度。所以需要我们，尤其是一线人员、市场服务人员、销售人员、管理人员注重细节，需要细致入微的一种服务去打动，只有这样才能体现出公司的一种核心的东西来。

（8）沟通导向。沟通的目的是为了发现问题和解决问题。主管和下属可以通过沟通获得共同的进步，所以对于管理者来讲，通过沟通，我们可以帮助下属提升能力，可以掌握他的心态，可以客观评价他的业绩，最后可以提高员工的参与感、积极性和满意度。所以不要把绩效管理与薪酬挂钩的做法和改善管理双方关系的初衷，变为管理者和被管理者更为敌对的情绪。不要做监督者和被监督者，要做到上级是帮助者、辅导者和督促者，下级应该是被帮助者、被辅导者和被督促者。

（刊登在2014年8月《特钢快讯》第7期总第49期）

没有质量，一切都是负数

如果没有质量，一切都是负数。一道工序控制不到位，整条生产线生产的都是问题产品，材料浪费了，设备浪费了，人力浪费了，机会浪费了，此时生产是负数，收入是负数。问题产品如果溜出工厂，流到市场，顾客索赔，商家退货，媒体曝光，舆论抨击……特别是买过问题产品的商家，不仅不再回头消费，而且会一传十、十传百，带来的负面影响非常大，此时营销是负数，品牌是负数，广告也是负数。当质量与广告方向相反的时候，广告不仅是一种浪费，而且是一根“催命索”：广告越好，死得越快。评名牌，不如争民牌；拿奖杯不如树口碑。“金杯银杯，不如客户的口碑；金奖银奖，不如客户的夸奖”。

一所房子质量出了问题，受损失的仅仅是购房户主本人吗？不，是你一次性开发兴建的所有楼房，因一间房子的质量问题会影响一批楼房的价格；受损失的仅仅是这期楼房吗？不，是你开发的所有楼盘，甚至是股票和股民，因为随着你的房子质量问题影响房价后，你的股票就会随之下跌；受损失的仅仅是所有楼盘吗？不，是你的生存资格和发展机遇。反之，钢筋、建材出了问题，同样也会祸及建筑工地。

产品不出问题，只是质量的最低标准;产品满足需求，才是质量的最高标准。同样的劳动，优质产品换回的是“一本万利”，劣质产品换回的是“一本万害”。没有质量，一切都等于零，不，一切都等于负数。质量问题去年和今年给公司造成的直接损失和间接损失达几千万。我们扪心自问，公司几经周折征来土地，雇人盖起厂房，请人装上设备，招进工人，购进原料，哪点不是花的真金白银，结果，一着不慎，产品转眼间出了次品、废品，上千万的真金白银在我们昼夜忙乎、汗流浃背中变成了次品、废品，不但损失了钱财，而且损失了声誉，从中我们应该反思什么？反省什么？可是，有时候问题批量出现，我们自己的检验报告却依然显示：产品合格率接近100%。这与实际损失是不匹配的。因此，盖棺定论的时间要后移，我们要把检验口径放到市场链的末端：根据最终拿到的市场和消费者的反馈来评功判过。检验质量的唯一标准，应该从这句老话中寻找：天地之间有杆秤，那秤砣是客户是老百姓。

全面质量管理的核心思想是“一个中心”：企业的一切活动都围绕质量这个中心来进行。全面质量管理的基本特点是“三全”：全面、全员、全过程。质量控制涵盖检验阶段、制造阶段、设计阶段。质量是设计出来的、生产出来的，不是检验出来的，检验只是事后补救的“降落伞”。

质量是企业所有人的共同责任。凡是影响质量的人，一定要承担后果；与后果挂钩的责任是到位的，与后果脱钩的责任是苍白的。如果在出现质量事故时，股东赔钱，经营者、管理者受罚，生产者、操作者却工资照发，待遇照给，没有“战战兢兢”之态，那就很不正常。为什么会有企业家跳楼？因为他不仅要为企业承担经济责任，而且要承担法律责任：倾家荡产、妻离子散、精神崩溃、牢狱之灾。要想为质量提供“铁的靠山”，光有企业家一个人的“跳楼机制”是不够的，必须建立全员的“跳闸机制”：每出现一次质量事故，都要问责到所有相关层面——班组承担多少，车间承担多少，厂部承担多少，供销部门承担多少，质量部门承担多少，公司承担多少……要让责任最大的那个部门，吞下最多的苦果。所谓管理的学问，既含以少制多、以小博大的“四两拨千斤”，也含以多制少、以大博小的“千斤拨四两”。我们是否可以通过追究厂部来约束车间、通过追究车间来约束班组、通过班组来约束个人？也许，当整个班组被个人“诛连”的时候，班组这个“千斤”就会强有力地拨动个别人这个“四两”。

在质量函数中，人是最主要的变量，当人是负数的时候，质量必然是负数。在紧密储存的集体协作中，班组里只要出现一个“负数人”，其他人的劳动往往就会被变性为“负值”——这里没有“负负得正”，只有“一负百负”。决定人正负的是什么？是态度，也是方法。责任心不强是负数，知识技能不过关也是负数。

要想实现质量没有负数，首先要做到没有“负数人”。要想做到没有“负数人”，办法只有一个：谁创造的负数，谁负责吞下。

（刊登在 2014 年 9 月《特钢快讯》第 8 期总第 50 期）

培养积极心态十二法

有积极心态的人，当遇到问题、遇到麻烦的时候，他们不是怨天尤人，而是积极应对。在职场当中，很重要的一条，就是积极的心态，积极的心态是职业心态的首位。积极的人像太阳，走到哪里哪里亮，消极的人像月亮，初一十五不一样。

其实，塑造积极心态有很多种方法，这里给大家介绍十二种培养积极心态的方法，相信可以让你更好地保持积极的心态。

方法一：构筑正确的价值评估体系。一个人具有正确的是非观念、价值观念，能够确保自己塑造积极的心态。比如说你认为正确的价值评估体系当中有敬业，你是一个敬业的人，那么你会是一个有积极心态的人。也就是说，有正确的价值观念，有助于我们树立积极的心态。

方法二：要有开悟的精神。佛家也讲到开悟，实际上开悟也是我们做人的基本要求。什么是开悟？所谓开悟讲的就是把生命、把生活看透，当然不是看破。看透和看破有本质的区别，能够把生活看破的人，他们享受的是悲观和失望，而把生活看透的人，他就知道生命当中本身就有苦与乐，有乐就有苦，那么肯定就有烦恼。有开悟精神的人，当他们在遭遇挫折的时候，他们不是在那里怨天尤人，而是能够积极的应对。所以培养开悟的精神，能够有助于树立积极的心态。

方法三：增强抗挫折的耐力。一个人一定要有挫折意识，没有挫折意识的人，他肯定不会是一个成功者，所有成功者都是从遭遇挫折开始的，没有谁的一生会一帆风顺。如果说我们增强自己的抗挫折能力，那么在面临危机的时候，我们就能够淡然处之，我们就感觉到这是很正常的事情。

方法四：树立正面的思维。天堂和地狱，是由心理作用所产生的，你心里想的是天堂，那么结果就是天堂，你心里想的是地狱，结果也就是地狱。凡是遇到问题的时候，我们要善于看到积极的一面，不步入消极的误区。

方法五；学会享受过程。有很多时候不能够成功，那也没关系，如果说我们能够更好地享受过程，那也是一种快乐。

方法六：活在当下，全身心地投入。有挫折不可怕，你要学会全身心投入，去解决挫折。

方法七：要学会感恩。有感恩之心的人，也能够感恩生活，感恩企业，这样的人才能有积极的心态。

方法八：如果遇到倒霉的事情，遇到伤心的事情，不要去自责。你要相信，还有一些人比你更倒霉。

方法九：要学会压力管理。当压力太大的时候，要学会弯曲，有很多人被压垮了，原因在哪里？只因为他们不懂得拐弯，不懂得弯曲。

方法十：要培养远大的志向。尤其要培养宽广的胸怀，这样的人容易塑造积极的心态。

方法十一：要培养热爱生活、培养乐观的生活态度。

方法十二：坚定信念。人生总是充满苦与乐的，真如一句谚语讲到的，生活犹如洋葱，总有一瓣会让你落泪的。而我告诉大家，积极的心态，这是职业心态的首位，每一个员工都要牢牢地记住，当遭遇挫折的时候，不要在那里怨天尤人，而是要去积极地应对问题。

（刊登在 2014 年 10 月《特钢快讯》第 9 期总第 51 期）

质量管理：三种意识加两把武器

前一段时间，一位朋友给我来电，向我倾诉他工作上的烦恼。我朋友是从事生产管理的，但近期他们的产品质量经常出问题，有一段时间，他也严抓过品质，但是生产效率马上下滑；他又狠抓生产效率，但品质又出了问题！

朋友在苦恼之余，也苦读过生产管理和品质管理的书籍，但在工作中，效用一时无法显现。为了友情，我把它总结为三句话：培养三种意识，紧跟过程控制，再加两把武器！传授给了朋友。

第一步：培养三种意识。

一是自检意识。产品质量是制造出来的，而不是检验出来的。生产质量控制的秘诀是：让每个人做好自己的产品。要求员工对自己生产的产品，要自我进行检验，只有自己认为是合格的，才可以流向下道工序或车间，在自检中发现的不合格品，要自己做好标识并把它分开放置。

二是互检意识。对于上道工序或车间流过来的产品，必须要检验认为是合格品后，才可以进行生产。对查到上道工序或车间的质量问题，要及时反馈。坚决做到不制造不良品，不接收不良品，不传递不良品。

三是专检意识。做了自检和互检的运作后，生产主管就可以对专职检验员灌输了:员工要一边生产，一边做自检和专检的工作，做为专职的检验员，就更应该有强烈的质量控制意识。专职检验员如是你部门的下属，那更好沟通；假如不是你部门的人员，他也会接受你的教导。

第二步：紧跟过程控制。

在管理中，大家都看中结果。可是，没有好的过程，难有好的结果！对于品质的控制，我认为只有紧跟了过程控制，才可控制住品质。因此在向友人传授中，我让他一定要紧跟过程控制。

一是首检控制。在产品上线前，必须要求班组长、品检人员和员工，对要投入生产的物料，都要仔细核实；要使用的工装配备，要确认性能是否稳定完好。然后小批量生产，确认产品是否合格。合格后再批量生产，不合格要查找原因，直至合格才能批量生产。

二是巡检控制。在生产过程中，管理人员和品检要对产品进行抽查。要用 80% 的精力关注生产中的薄弱环节，如生手员工、关键设备、关键岗位等。

三是终检控制。在收线时，对于最后的产品要重点控制，往往此时员工的心态都比较急躁。本人曾碰到过一件事情，现在想想都害怕，一位员工快下班时，还缺一只产品装箱，他就找一只不合格品，叫人返修一下，没有经过检验人员就直接装箱。被班组长立马纠出，此只产品有严重质量缺陷。何况产品收线时，还有一部分产品等待返修，所以越是快完成的工作，更要严加控制！

第三步：再加两把武器。

生产过程中的品质控制，不是在上升，就是在下降。如果要实现品质管理的“长治久安”，管理人员就必须随身携带两把武器：“明刀”和“暗箭”。

第一把武器是“明刀”——“三分析三不放过”活动。我所传授的武器是有刀谱的“明刀”。每天生产早会上，都要分析昨日生产中出现和碰到的质量问题，深入分析这些质量问题的危害性，使大家充分认识到不合格品一旦出厂，不仅会对企业造成巨大的负面影响，而且将损害用户利益；接下来分析产生这些质量问题的原因，层层追溯，明确质量责任，找出漏洞；在此基础上，分析应采取的措施付诸实施，及时改进不足。整个活动过程要真正做到“原因未查清不放过，质量责任未明确不放过，纠正措施未落实不放过”。管理者每天手握“明刀”，每天追求质量提高一点点。

第二把武器是“暗箭”——人员质量意识试验法。俗话说暗箭难防，在品质控制中，如果没有这把“暗箭”，怎能杜绝员工麻痹大意的思想。人员质量意识试验法的实施过程是这样的：管理者不定期地找一些质量缺陷不明显的不合格品，记下编号或做好标识后，混入一大堆同类产品中间，看员工能否把它们及时、如数地检查出来。那些质量意识不强、工作不细致的员工，在碰到这种事先不打招呼，且随时随地都可能举行的“考试”时，就往往很难得到高分。所以，要想经受住“暗箭”的考验，只有一个办法，那就是在工作中时刻保持高度的警惕心和责任心，“不接来自上道工序的不合格品，不把不合格品传递给下道工序”。

（刊登在 2014 年 11 月《特钢快讯》第 10 期总第 52 期）

员工心目中的主管什么样

从管理角度上来讲，主管应该是强势的，“一只狮子带领的一群羊”会轻易击败“一只羊带领的一群狮子”。经营管理如同带兵打仗，作为团队领袖的主管，绝对需要稳定军心，挺起无论是精神上还是物质上的“主心骨”。缺乏强势，团队就缺乏士气和斗志，一个团队的强势是由这个团队的主管是否强势所决定的——虎啸震山岗，狮吼百兽惊！这种强势需要修炼，需要积累，需要底气，强势必有其强势的资本。身正、气正、心正、义正和公正的“五正”强势主管，会让员工心悦诚服。

身正——执行表率。主管的言行影响着其在部属心目中是强势还是弱势，正所谓“其身正，不令而行；其身不正，虽令不从”。一个身正的主管，一定是对自己要求严格的人，他要身先士卒做表率，言行一致做榜样。一位行得正做事端的主管，会在员工中享有强大的号召力和凝聚力，这样的主管带队，会令行禁止，步调一致，执行力强，正所谓强将手下无弱兵。

气正——立场坚定。这种气是浩然正气，“其为气也，至大至刚，以直养而无害，则塞於天地之间”。这种气，极端浩大，极端有力量，用正直去培养它而不加以伤害，就会充满天地之间。体现在企业中，就是看主管主导的文化导向。主管主导的是主流文化还是亚文化，是健康向上、雾里看花文化还是消极泄气的文化？浩然正气的主管带的必是浩然正气的团队，员工愿意跟随的也是浩然正气的主管。

心正——心中有灯。外在的心正是由内在的能力所决定的。“特格而后知至，知至而后意诚，意诚而后心正”，就是通过对万事万物的认识、研究后才能获得知识；获得知识后意念才能真诚；意念真诚后心思才能端正。这种“心正”=主管的“心明”，表现为主管能明事理辨是非，按基本的客观规律办事，心中永远有盏指引团队的明灯。每位员工都希望有全局意识、高瞻远瞩的主管给予自己以业务或工作的指导，能跟随主管不断成长和提高。

义正——敢于担当。义正辞严，敢于担当。这里的担当，不仅是体力上的担当，勇气上的担当，更重要的还有脑力、智力上的担当，尤其是热情和责任方面的担当。一个团队即使只剩最后一个敢于担当的主管，只要有主管在，一切可以重来。员工最怕的是不敢担当、责任面前临阵脱逃的“跑跑”主管。

公正——大公无私。千万不要以为是主管部门就可以在所管辖的一亩三分地里搞随心所欲式的一言九鼎，抬抬手就批意见，拍拍脑门就做决定，有时甚至凌驾于团队制度之外。越是主管越要带头遵循游戏规则，越要制定科学规范的制度并身体力行地带头践行。主管就是制度最坚决的捍卫者，甚至主管是以捍卫制度的执行来体现管理的强势，这种强势必须是公平公正大公无私的，任何夹杂进“私货”的主管在员工心目中相对其强势而言，其实是极其弱势的。

孔子曾说过:“君子之德风,小人之德草,草止之内必偃”。主管好比“风”,员工好比“草”,“风”吹到“草”,“草”就必定跟着倒。员工成长需要明智主管,公司发展需要得力干将，英雄的团队需要英雄的领路人，身正、气正、心正、义正和公正的“五正”主管是员工心目中的上乘主管。

（刊登在 2014 年 12 月《特钢快讯》第 1 期总第 53 期）

创业没有终点

常常听到这样一个观点：“创业难，守业更难”。

这是真的吗？

如果这是真的，那么，创业和守业的界限在哪里呢？销售额100亿之内是创业，100亿之外就是守业吗？诞生10年之内是创业，10年之外就是守业吗？品牌第二是创业，第一就是守业吗？

海尔不再创业，而只是在守业吗？微软不再创业，而只在守业吗？世界500强不再创业，而只在守业吗？

人类存在了100多万年，但今天仍在创业，从来没听谁说过地球人是在“守业”。美国人存在了200多年，但今天仍在创业，从来没听谁说过美国是在“守业”。爱迪生活到老发明到老，也从来没听谁说过爱迪生是在“守业”。

其实，创业和守业不是前后关系，不是并列关系，而是包含与被包含的关系：创业是永恒的，守业是相对而言的；守业是创业的另一种表现形式，一切守业都是创业的子集。

攻占新市场固然是创业，守住旧市场何尝不是创业！市场是变化的，客户是变化的，对手是变化的，自身也是变化的。不创造新产品，能守住吗？不创造新渠道，能守住吗？不开发新客户，能守住吗？以不变应万变，能守住吗？——守业，本身也是一种创业。那种“增长就是创业，不增长就是守业”的观念，实在是充满天真。

拿中国乳业市场来说，总的体量每年都在以两位数的速度膨胀，即便我们做到了市场占有率第一，仍然需要不断创业，才能与中国乳业同步发展。假使有一天，这个总体量进入高原期，膨胀系数在零线徘徊，那时，如果我们做到了市场占有率第一，是不是就进入所谓“守业”期了呢？不，那是创业智慧更需要升级的年代。今天，在乳业大潮中，我们只要“跟着走”就可以发展了；到那时，却需要“转着走”才能找到进军的缝隙。今天我们着眼“满足需求”就可以了，那时却需要“创造需求”才能前进；创业的难度更大。

况且，对于一个企业来说，除了本国市场，还有全球市场；除了一业至极，还有百业待兴。市场没有边界，业务没有边界。

把“创业”和“守业”视作两个不同范畴的概念是有害的，它会使许多人误解为：创业是需要“动”的，守业是需要“静”的；创业是需要“激情”的，守业是需要“寂寞”的；创业是需要“扩张”的，守业是需要“内敛”的；创业是需要“大刀阔斧”的，守业是需要“平平淡淡”的……一句话，创业比守业离创造更近，守业比创业离激情更远。

这是完全错误的。正是这种错误观念，让李闯王打进了北京便放下了枪，让商务通盛到极处便衰到极处，让成千上万的学子考入大学后便开始最不“大学”（相对于考前的大学特学）：他们以为可以松一口气了，于是罢橹停桨，结果一退千里。做企业，永远需要动，永远需要激情，永远需要创造、创造、再创造！一句话，永远需要处在“创业态”。

这世界只有“创业态”，没有“守业态”，创业是唯一的长生不老药，当你不再创业而妄想“守业”的时候，前面的路只剩下一条：萎缩、衰落、死亡。要么自我革命，要么被人革命，没有第三条道路！

（刊登在 2014 年 12 月《特钢快讯》第 2 期总第 54 期）

新手是这样脱颖而出的

一、处处留心有机会

2007年，刚刚走出大学校园的黄友祥，和十几名大学生一起被安排到钢铁厂“实习磨炼”。经理对他们说：“你们都是大学生，理论知识肯定有，不过缺乏经验，好好在这里度过自己的实习期，年轻人要少说多听，多学多做，公司将根据成绩，安排适合你们的岗位。”

这些大学生多是一些号称笔杆子的高才生，第一次面对高强度、快节奏的生产场面。站在数九寒天都可以穿短裤、打赤膊的炼铁炉边，面对新节奏的生产场面，新人们怨天尤人，感叹自己怀才不遇，黄友祥却在琢磨经理的话，为什么要把文科生放到搞生产的地方？仅仅像大家说的那样，打消大学生身上的傲气吗？试用期的成绩，又是依据什么来评价呢？苦熬有什么用，要用脑子作出成绩。

一有空，黄友祥就和师傅们攀谈，向车间主任请教，他还主动找到厂长，要求给自己安排力所能及的任务。当新人们躲在单身宿舍打牌时，黄友祥在工厂里四处走动，熟悉环境；当其他人跑到市区的餐馆里打牙祭时，黄友祥和工人们挤在食堂里吃大锅饭；当别人听着MP3、熬夜上网的时候，黄友祥却在翻阅厂里的奖惩条例……

试用期结束，大学生接受总公司的考核，谈谈自己对钢铁厂的感受。大家都满怀豪情地说，不怕苦、不怕累。可是，经理的几个问题，让他们目瞪口呆。经理说：“炼铁厂一共有多少职工？管理人员有多少？管理制度是怎样的？工厂有几个车间？有几道工序？有什么主要产品？产量是多少？工人们的工资在同行业处于什么水平？”就在其他人倒吸凉气的时候，黄友祥却对答如流，同时，他提出几点建议。经理连连点头，说：“我一听就知道你下了工夫。看来，我的那番话，只有你听懂了。”

黄友祥顺理成章地进入了总公司办公室。

二、小事赢得好信誉

一天下午，黄友祥请副总批阅材料。这时，一个电话打进来，副总一听，眉头紧皱。原来，前来洽谈业务的海外董先生，希望找到失散多年的亲人，他还拿出亲人分别时留下的一条核桃木手链。离开公司，董先生便赶到乡下，却发现手链不知去向，认为可能是他中午来公司时不小心丢失了。

副总把黄友祥和几个年轻人喊来，大家都说："中午这段时间，公司大楼打扫了两遍卫生。一个不起眼的手链，估计很难找到。”副总说："大家都是年轻人，脑子活，能否采取一点措施，来补偿这位重要客户。”大家七嘴八舌地议论开了。黄友祥走到副总身边，轻声地说:“您告诉董先生，不要着急，两个小时后，您再和他联系。我来试试，看一看能不能找到。”一个多小时后，放心不下的董先生，匆匆赶回公司。黄友祥赶忙过来问："董先生，是不是这条手链？”

望着失而复得的手链，董先生喜不自禁，拉着满头大汗的黄友祥，连声道谢。

副总非常满意，笑着问："你是从哪找到的？”黄友祥说："我想，手链要么躺在某个角落，要么就是被扫进垃圾箱里。咱们这个工业园区的垃圾，都是在下午 5 时之后才运走的，如果仔细查找，应该来得及。我买了几副胶皮手套和几个口罩，找到物业公司，请他们凑齐 12 个人，分头寻找手链，我给每人 50 元，找到手链者，再奖 100 元。我安排 5 个人去大楼和厂区，顺着董先生的路线仔细查找，其余的跟我去翻那些垃圾箱。不出所料，手链就在垃圾箱里。”

董先生和公司的合同签得异常顺利。董先生几乎对每个生意场的人都要提起这件事，他说："这样的公司，办事让人放心。”黄友祥的能力和素质，开始被公司管理层认可和重视。

三、先知先觉“知”音人

不久，公司准备合并几个科室，成立一个综合处室，用老总的话说:“合并之后，大家一起办公，都有机会接触不同的业务，有利于协调运作，精简繁琐的程序和重复的机构。”

新处室的竞聘上岗大会开始，其他人千篇一律地诵读如何好好工作的述职报告，黄友祥走上讲台，说：“今天，我希望借这个机会，向公司提出一份关于劳动人事管理工作的建议。”这句话让在座的几位经理们直起了身子。那段时间，公司正为一起劳资纠纷而头疼不已。黄友祥没有讲什么套话废话，而是列举出公司现行制度存在的隐患，提出解决的方案和依据的法规政策，还提出新建议。黄友祥讲得有条有理，经理们听得专注认真。同事们佩服不已：“黄友祥真行，这不是给老总们上课吗？”

当然，同事们想不到的事情还有很多。黄友祥早就从老总的话里听到弦外之音——虽然部门合并，但是，对专业人才的要求更高，这是一次洗牌的过程，意味着新的晋升机会来了。

黄友祥说，想来想去，我该专攻哪个方面呢？当时，公司人才贫乏，管理制度落后，人事部门听专家讲座，黄友祥在周日早上挤两个小时的公共汽车，赶到郊区的大学城去听课。黄友祥还舍得花钱，学习 200 元一节的高级人力资源管理课程，那里有先进的管理理念和工作方法。无论时间多紧，每天黄友祥都会抽出两个多小时，安心学习，自我充电，他是省图书馆自习室的常客。

最后，在公司的那批年轻人中，“没技术没特长”的黄友祥，第一个被提拔，从事高层管理工作，担任人事部副经理。黄友祥说：“干工作，不能只凭双手靠力气，不能领导说什么，你就干什么，那最多是一部听话的机器，而要用心去听，用心去体会。”

（刊登在 2015 年 3 月《特钢快讯》第 2 期总第 56 期）

如何培养骨干员工

转眼间，参加工作快 30 年了，公司虽然在不断升级发展，但人员流失和招工难却逐渐成了企业的难题，人才短缺也成为企业管理者的共识，这就给企业如何培养骨干员工提出了更高的要求。通过多年来的经验，就如何培养和留住员工的问题，斗胆谈一谈自己的看法。

一、要选择合适的人进行培养

军队入伍要通过目测、体检，高校招生要通过考试，企业招工要面试、体检，而我们培养高素质的骨干员工，应该选择什么样的人呢？我个人认为，对面试、体检过关的人还要进行进一步的筛选。第一讲文凭更讲水平；第二讲职称更讲称职；第三，讲阅历更讲能力；第四，讲资历更讲贡献；第五讲道德更讲风格；第六，讲苦劳更讲功劳；第七，讲做人更讲做事。

二、要告诉他应该会什么

要做什么的背后是要会什么，如果他知道做什么，但是又不会做，这样，很难把事情做好。做为一个中基层的管理人员或是一名生产技术骨干，到底应该会哪些东西？我认为，首先敬业是基础，第二是团队协作，第三要有形象气质，第四是工作方法，第五是阳光心态，第六是计划能力，第七是责任意识，第八是结果思维，第九是沟通表达，如果具备了以上这九条，他就能够轻松胜任中基层管理岗位或是生产技术骨干的工作。

三、告诉他做好的标准是什么

所有的好和不好都是比较出来的。如果没有标准，你凭什么说他态度不好，业绩不好，做得不到位？所以一定要建立一个告诉他什么是好、什么是不好的标准。说到标准就涉及绩效考核，绩效考核有三个重点：第一，结果是什么，考核的是结果，不是过程；第二，要有时间、有价位、可考核；第三，客户就是裁判。绩效考核的是结果，而绩效管理的是过程。

四、训练他怎样才能做好

很多人不做员工训练就想着他自己能做好，这怎么可能呢？每一个员工都是需要栽培和学习的，很多时候没有经过训练的员工会把你的客户活生生地干掉，并且员工见完客户回来后，他不可能会说是因为“我水平不够，能力不行，把客户伤害了”。他可能会说：“老板，这个客户不要做了，没胸怀、没格局、不讲诚信。”分析一下，这么多年有多少客户的流失是由于员工的不成长造成的。其实今天流失一个客户不可怕，而流失一名优秀员工的背后是无数优秀客户的流失。

五、放手让他去做

一定要学会放手让他去做，他可能会犯错误，诸多管理者针对员工犯错误的处理方式几乎只有一种，就是简单粗暴的责备和惩罚，这是最不合理的方式。应该把错误分类处理，性质不同处理方式也就不同。比如，一种是态度错误，这需要惩罚和教育；第二类可能是能力错误，那就需要有针对性地不断训练；第三类是创新性错误，需要采用的方法是鼓励和控制。

六、反复教练，直到他可以替代你

训练是一个长期的过程，优秀的员工是反复训练出来的，一件事要教很多遍才能接受，这是很正常的。即使教很多遍之后让他去尝试，可能还会有错误，这就需要你去引导和帮助他，这样他才能变得优秀。

七、让他也学会人才复制

“他”是谁？他是你的下属，你知道如何去训练下属，那么也要让你直接管理的下属去学会复制更多的人才。你一个人所能掌控的范围是非常有限的，但如果能够使“他”层层传递到每一个员工，想想看，你还会缺人才吗？

（刊登在2015年4月《特钢快讯》第3期总第57期）

优秀员工应具备的十个条件

公司的竞争就是人才的竞争，人才是企业的根本，是企业最宝贵的资源。因此，如何选择优秀的员工为公司工作，已经成为公司生存与发展的决定因素。换言之，从业人员素质的高低，极大地影响着企业的成败。一般说来企业所需要的人才，必须具备以下十个条件。

一、不能没有敬业态度

调查结果表明，工作态度及敬业精神是企业遴选人才时应优先考虑的条件。对企业忠诚和工作主动的人是企业最欢迎的人。而那些耐心不足、不虚心、办事不踏实的人，则是最不受欢迎的人。

很多领导认为，年轻的员工对待遇和福利的要求越来越高，对工作不安心并且对企业越来越不忠诚。目前这类员工频繁流动的现象让不少企业将保持员工队伍稳定性作为人事管理的最高目标。

一般来说，人的智力相差不会太大，工作成效的高低往往取决于对工作的负责态度，以及勇于承担任务的精神。在工作中遇到挫折而仍不屈不挠、坚持到底的员工，其成效必然较高，并因此受到公司领导和同事们的器重和信赖。

二、较高的专业能力或学习潜力

现代社会分工细致，各行各业所需的专业知识越来越专、越来越精。因此，专业知识及工作能力已成为企业招聘人才时重点考虑的问题。但在越来越多的企业重视教育训练、自行培养人才的趋势下，新进人员是否具备知识和工作经验已经不是企业选择人才所必须具备的条件。取而代之的是该人接受训练的可能性，即学习潜力如何。所谓具有学习潜力，是指素质不错，有极高的追求成功的动机、学习欲望和学习能力强的人。现在有越来越多的企业在选择人才时，倾向于选用有学习潜力的人，而不是已经有专业知识与能力的人。

三、道德品行好

道德品质是一个人为人处事的根本，也是公司对人才的基本要求。一个再有学问、再有能力的人，如果道德品质不好，将会对企业造成极大的损害。近年来，员工欺骗公司、在外行为不端、败坏公司形象等事件不断发生。舆论要求企业履行社会责任的呼声也日渐升高。企业为了本身的形象和发展，对应聘者的道德品质将会越来越重视。

四、反应能力强

对问题分析缜密、判断正确而且能够迅速作出反应的人，在处理问题时比较容易成功。尤其是私营公司的经营管理面临诸多变化，几乎整天都处在危机管理之中，只有抢先发现机遇，确切掌握时效，妥善应付各种局面，才能立于不败之地。一个分析能力很强、反应敏捷并且能迅速有效地解决问题的员工，将是企业十分重视而大有发展前途的人才。

五、愿意学习新东西

现代社会，科学技术的发展日新月异、市场的竞争瞬息万变，企业如要持续进步，只有不断创新。否则，保持现状即意味着落伍。企业所开展的一切工作都是以人为主体的，因此拥有学习意愿强、能够接受创新思想的员工，公司的发展必然比较迅速。

六、善于沟通

随着社会日趋开放和多元化，沟通能力已成为现代人们生产必备的能力。对一个企业的员工而言，必然需要面对老板、同事、客户等，甚至还需要处理企业与股东、同行、政府、社区居民的关系，平时经常会有与其他单位或个人进行协调、解说、宣传等工作。可见沟通的重要性。

七、能够合群

一个人再优秀、再杰出，仅凭自己的力量也难以取得事业的成功。凡是能够完成工作的人，必定要具有集体主义精神。员工在个性特点上要具有集体主义精神和合群性，几乎已成为各种企业的普遍要求。个人英雄主义色彩太浓的人在企业里不太容易立足。因为想要做好一件事情，绝不能仅凭个人爱好，独断专行。只有通过不断沟通、协调、讨论，优先从整体利益考虑，集合众人的智慧和力量，才能作出为大家所接受和支持的决定，才能把事情办好。

八、身体状况好

能够胜任工作的员工，除了品德、能力、个性等因素外，健康身体也是重要因素。身体健康的员工，做事精力充沛，干劲十足，并能担负繁重的任务，不致因体力不支而无法完成任务。

九、自我了解

对人生进行规划或设计的思想近来逐渐受到人们的重视。所谓人生设计，是指通过自我了解，选择适合的工作和事业，投身其中并为之奋斗，同时对财富、家庭、休闲、社交等进行切实可行的规划，以满足自己的期望。人生目的明确、自我能力强的员工，不会人云亦云，随波逐流。他们即使面对挫折，也能努力坚持，不会轻易退却，因而能在生产或其他工作中发挥主观能动性。

十、适应环境

企业在遴选人才时，必然注重所选人员适应环境的能力，避免提拔个性极端或太理想化的人，因为这样的人难与他人和睦相处，做事不够踏实，会影响其他人工作情绪和士气。新人初到一个公司，若能在最短期间内熟悉工作环境，并且能与同事和睦相处，取得大家认同和信任，其潜力必定会得到企业重视。反之，如果过于坚持己见，处处与人格格不入，即使满腹才学，也难以施展。

（刊登在 2015 年 5 月 16 日《特钢快讯》第 4 期总第 58 期）

为自己工作

有的人经常抱怨自己的工资低，并羡慕比自己工资高很多的工友，特别是看到和自己一同参加工作或比自己参加工作晚的工友比自己工资待遇或职务高时，更是一百个不满意，老是抱怨企业对自己不公平。

其实自己工资应该拿多少，主要取决于自己而不是企业。从表面上看，我们付出了劳动，公司发给相应的工资，公平交换，但在工作过程中我们所获得的经验、技能等东西与工资相比，其实际价值要高得多，公司支付你的是金钱，而我们在工作中所学到的却是可以令你终身受益的无价之宝；另外，你在公司工资的多少，不是取决于公司，而是取决于你自己，你在工作中总是拈轻怕重，技术不高，再加之责任心不强，工作中不断出现失误，你的工资当然不会高，如果你在工作中能吃苦、常学习、善钻研、肯努力，责任心强，对工作尽心尽力，不断给公司创造更多的价值，那你的工资肯定不会少。所以，不管是从你的经济收益和知识技术的收获来说，你都是在为自己工作。

在一次朋友聚会中，有位曾经在津西工作而后下海的朋友在谈及下海的经历时，感慨地说："在厂里干时总觉得亏，干得多，得到的太少，等一旦真正到了社会上，才发现从前在厂里干活时所掌握的许多经验和技术才是最有用、最有价值的东西，真后悔当初没有好好干，多学点东西……挣钱多少是次要的，自己学点东西才是真的。"

其实工作所给你的，要比你为它付出的更多。不管你的工资收入是多还是少，那只是你从工作中获得的一小部分，工资虽然可以减少人的不满，但却不能增加人的满足感，能够增加人的满足感的，还是工作本身。所以不要过分看重工资，应该用更多的时间去接受新知识，培养自己的能力，展现自己的才华，因为这些东西将成为自己的立身之本。如果你将工作视为一种积极学习经验的手段，那么你就不会总是为自己该拿多少工资而大伤脑筋了，你会发现你开始喜欢你的工作并且愿意把它做好。

既然是在为自己工作，那就应该尊重自己的工作。对于津西的员工，客观地讲，相信有一部分人的最初愿望并不是想成为一名传统上又脏又累的钢铁工人。所以他们从开始工作就瞧不起自己所从事的职业，感到工作乏味、辛苦，只把工作当作一种谋生的手段，进而对公司缺乏认同感，把自己和公司对立起来，当然也就无法投入全部热情，敷衍塞责、得过且过自然也就在所难免。

在这里要说的是，所有正当合法的工作都值得尊敬。如果你不能选择自己更喜欢的工作,那就要尽力喜欢眼前的这份工作。既然你选择了这份职业，就要认认真真地去对待，不要瞧不起它。“三百六十行、行行出状元”，每一个行业都需要有人去做，这样社会才能正常运转。穿衣需要有人给织布，吃饭需要有人给种粮,出门坐车需要有人给驾驶,下水道堵了需要有人疏通……任何一个环节出现问题都会引起社会的混乱。同样，在津西有炼钢工、看火工、炉前工、皮带工、制氧工、化验工、电工、钳工、仪表工、设备员、技术员、安全员、会计、库管等工种繁多，各道工序有各自对应的工种，没有哪个岗位是重要或不重要，体面或不体面的，五个手指，缺一不可，离了谁，都会给正常的生产经营带来影响。作为一名员工，你需要时刻提醒自己，“我是个有用的人”，没有人瞧不起你，关键是你如何看待自己的工作。其实每一件工作都值得我们去做，不要小看自己所从事的每一个工作，即使是最普通的事，也应该全力以赴、尽职尽责地去完成，工作本身没有贵贱之分，但工作态度却有好坏之别。

曾在世界上首次鉴定出遗传性乳光牙本质治病基因的中国科学院院士沈岩，当初是一个只有实验二年级文化基础、在实验室里刷试管、打扫卫生的普通技工，可他没有因自己的工作“低微”而自暴自弃、敷衍了事，而是认真负责、尽心尽力做好每一件事，刷试管，他比别人刷得快、刷得好、刷得多；领导让他做试验，他会非常认真地去查阅资料，弄明白其中的原理。在他眼里，没有把工作只当做谋生的手段，而是当作学习的种种机会，有事做才能进步，才能学到东西。干得越多，学得越多，进步越快。他每做好一件事，老师和领导就会对他增加一份信任，并给他更多的工作去做。从1980年开始，沈岩由技工到技师，又由技师到助理研究员、副研究员、研究员，到中国科学院院士，“麻雀变凤凰”的神话在他身上成为了现实。

看一个人能否做好事情，只要看他的工作态度，一个人的工作态度与其本人的性情、素质有着密切关系。所以，了解一个人的工作态度，从某种意义上说也就了解了这个人。不尊重自己工作的人，实际上是不尊重自己，害怕接受挑战，总在不断寻找拖拉和逃避的借口，这种人迟早会被企业淘汰。

每个人都是在为自己工作，不尊重自己的工作，就是自我淘汰。

（刊登在 2015 年 7 月 16 日《特钢快讯》第 6 期总第 60 期）

精细化管理之我见

理解企业精细化管理要弄清四个问题：一是什么是精细化管理；二是实施精细化管理的基础是什么；三是企业实施精细化管理的条件是什么；四是如何落实精细化管理。

对于什么是精细化管理,我的理解是:企业管理是对企业中“人”和“事”的管理,是如何将“人”与“事”结合。精细化管理是企业管理的一种形式,当然也是对“人”和“事”的管理,只不过是精细化的管理,是对“人”和“事”的精致、精确、细致、细化的管理。

构筑企业精细化管理的基础，首先是要把企业中的“事”精细化。企业中的“事”包罗万象,有“大事”“小事”,有“急事”“缓事”,有重要的“事”有不太重要的“事”，有的“事”一人负责就能完成，有的“事”需要多人才能完成。精细化“事”就是在对“事”整体考虑的前提下,对“事”进行“原子化”分解和整理。“原子化”分解就是把“事”分解为像原子一样小且相对独立的单位,分解到一个人能够完全完成的地步。其次,培养职业化的“人”。职业化就是工作规范化、专业化，包括工作素养、工作行为、工作技能的职业化。工作素养包括工作意识和思想等，工作行为包括工作语言和动作等，工作技能包括专业技能和人际处理技能等。当“人”的工作意识、工作思想、工作语言、工作动作、工作技能都达到规范化、专业化程度，按照精细化制度、流程完成工作时，实现精细化管理就有了“人”的准备。第三，编写精细管理制度，梳理完善精细化流程，打造适合的信息系统，做到制度与制度之间、流程与流程之间无缝连接。第四,用制度、流程、信息系统将“人”“事”结合，做到事事有人负责，事事完成的情况有人检查，事事完成的步骤、结果有据可查、有章可循。“原子化”的“事”，职业化的“人”，完善、精细的制度、流程，以及他们之间的匹配与联结，是企业实施精细化管理的基础。

对于精细化管理实施的条件,有两点非常重要。一是企业的战略要明确。精细化管理是为了更好地实现公司的战略目标，是为战略目标实现服务的。战略目标清晰有助于精细化管理的推进；精细化管理的实施，又能使公司战略目标更加清晰。二是企业中的“人”必须职业化。职业化的“人”能够认真按照精细化的制度、流程一步一步完成所规定完成的“事”；当然，精细化管理的推进又能够使“人”进一步职业化。企业中“人”的职业化和企业的精细化管理是相互促进的，当这种相互促进最终渗透到每一个“人”的血液当中时，就会形成一种精细化管理的企业文化。

当企业具备了精细化管理的基础和条件后，是否就可以说企业已经进行精细化管理了呢？答案是否定的。精细化的制度、流程必须加以落实、推进、持续完善即必须执行才是真正的精细化管理。强化精细化管理的执行力要从组织上、机制上予以保证，组织上应该设立专门的精细化管理领导小组和工作小组，机制上应该充分把精细化管理的推广应用和考核激励体系紧密联系起来。

只要具备了精细化管理的基础、条件，再加以强有力的执行，企业的精细化管理就能成功。

（刊登在 2015 年 8 月 15 日《特钢快讯》第 7 期总第 61 期）

第三部分

RENSHENG SIKAO NINGGANWU 人生思考凝感悟

（诗歌刊首篇）

人生就是一只杯子，刚出生时，杯子是空的，等见马克思的时候，杯子都是满的。每个人一生的任务就是用酸甜苦辣、喜怒哀乐、悲欢离合来把这个杯子装满，这样你才有资格到马克思那里去报到。因此说，人生的杯子应该如何装满，是值得我们每个人都认真思考的。

随着年龄的不断增长和人生经历的不断叠加，对人生的感悟也不断加深，对人生的态度也越来越明朗，不求轰轰烈烈，也不求名利兼收，但人活一世，总要有些许追求，总要活得有意义，有色彩，总要给社会和后人留下点什么，让他们用时间去咀嚼，去玩味，去思考……只有这样，在去马克思他老人家那里报到时，才能真正感到自己“不白活一回”。

2011 年作者在泰山留影

诗 歌

科学发展观赞歌

你不是高山
却有高山的雄壮巍峨
你不是大海
却有大海的气势磅礴
你不是诗歌
却有诗歌的丰富韵律
你不是乐曲
却有乐曲那独特的抑扬顿挫

在你高耸的山巅
让国人领略了东方巨人的伟岸
是你把强国的大旗插进奥运的五环
是你用宽广的胸怀
把肆虐的冰雪融化
把无情的水火征服

在你汹涌的波涛中
驶出了新城市功能区四艘战舰
南湖、空港、凤凰城
璀璨明珠曹妃甸
幸福之都建设展宏愿
绿化环保打造生态园

在你朗朗的读书声中
我们听到了“十七大”的心声
领悟到了创新发展的英明
品出了京东栗乡的纯情
景钟山滦河水为我们作证
和谐魅力山城已经不再是梦

在你悠扬的曲调声中
我们铸起了一座钢铁之城
万众一心绘成百年愿景
五百强企阐联五载圆梦
“四为文化”誉满神州华夏
节能减排、科学发展示范企业屡屡建功

仰视你的高耸，我们已在攀升
看到你的汹涌，我们发起冲锋
听到你的吟诵，我们学到真经
感受你的乐曲，我们看到成功

你是高山
我们就会沿着崎岖的山路一直攀登到顶峰
你是大海
我们就会在风浪暗礁中辨清航标永远前行
你是诗歌
我们就会在阵阵吟诵中让你的韵律更加生动
你是乐曲
我们就会把你的旋律唱出激情唱彻天空

（2009年收入迁西县“福春林杯”青年诗歌朗诵大赛诗影集《花开五月》，2010年收入紫风铃文丛之《魅力迁西》）

春

你是慈祥的母亲，
用一颗美丽而善良的心，
温暖着一家人，
让儿孙感觉不到一丝冬的寒意。

你是温柔的妻子，
穿上最漂亮的衣裳，
精心地饰弄、打扮，
让身躯泛出迷人的靓丽。

你是天真的孩子，
花光所有的压岁钱，
买上一只又一只的风筝，
放飞空中去享受阳光的沐浴。

你是酒醉的美术师，
任五颜六色的水彩，
由山坡流向田野，
惹得桃、杏、梨花跳到枝头嬉戏。

你是深情的歌手，
用最感人的旋律，
催下五洲歌迷的眼泪，
滋润着你宽敞的胸口。

你是农民朋友的希望，
在一片片的田野里，
播下一颗颗绿色的种子，
等待秋天收获的金黄。

（2010年收入紫风铃文丛之《魅力迁西》）

清　晨

你又穿起蔚蓝色的连衣裙
甩动着满头的金发
脸色绯红
远远地向我奔来
我喜欢你
向你敞开胸怀
伸出双臂——
等待……

（2010年收入紫风铃文丛之《魅力迁西》）

别了，垂柳

从你齐眉的绿发下走
你打开天然的遮阳伞
用纤细柔软的小手
不时地摸着我的头
像母亲的爱抚
又像恋人的温情
不知什么时候
你收起了阳伞
绿发也随风飘向脑后，
驻足回眸
你微笑地向我挥手
感激中读懂
绿荫下没有幸福的永久
噢，别了垂柳

（2010年收入紫风铃文丛之《魅力迁西》）

津西颂歌

你——
从绿色的田野中走来
满身麦花
带着山村汉子的粗犷、豪放
和实实在在的坦诚
生根于燕山脚下

你——
从层层山岭中走来
满面灰尘
带着永远磨不掉的坚韧、刚强
和满腔的激情
在滦河岸边发芽

你——
从改革的春风中走来
天真烂漫的年龄
带着孕育已久的理想、希望
和雄浑的主旋律
在巍峨秀丽的景钟山下开花

四百八十年前
民族英雄戚继光
曾在这里写下抗击倭寇的不朽历史
四十八年前

我们的父辈
也曾在这里勾划过钢城的蓝图美景

二十三年前
是你又把钢城建设的大旗
插在这片前人奋斗过的沃土上

创业中
你越低谷、渡难关
市场滑坡、金融危机
没能动摇你的坚定信念
发展中
你转机制、上规模
在改革春风中英姿勃发
前进中
你提水平、上台阶
与同行业的距离缩短了五十年
奋斗中
你抓机遇、闯市场、冲出国门
将钢铁之歌在世界唱响

二十三年
你竖起了一个又一个历史丰碑
铸就了一个又一个辉煌业绩
你圆了父辈五十年前的钢铁梦
为昔日民族英雄抗击侵略者的山城重镇
又增添了一道喜人的靓丽风景

二十三年
你把汗水融进熊熊炉火

让铁水奔流如云、钢花飞舞如电
让云电交织成一幅美丽钢城的画卷
你成了省内海外上市第一家
你勾画出东方钢铁巨龙的骨架
巨龙腾飞的今天
你——
已享誉九州
名冠华夏

（2010 年收入紫风铃文丛之《魅力迁西》，同年收入《迁西真好》）

津西二十年厂庆时寓意吉祥、和平、昌盛的青铜“合力宝鼎”

迟来的恋情

——写给易中创业《内刊》

与你的相识
是一个偶然的机会
你就像一个美丽的姑娘
悄悄地走到了我的身旁
羞涩地向我诉说你迟来的理由
你把智慧和哲理
输进了我的心房
三次不情愿的相约
你带来我不可缺少的营养
从此我发誓
爱你一生一世

致家属

您的嘱咐就是平安钟，
时时让我遵守制度。
您的叮咛就是保险卡，
刻刻叫我不再盲目。
您的理解就是护身符，
能够让我远离事故。
您的关爱是对我生命的呵护，
我的微笑会是你最大的幸福。

“研习营”有感

闭关二三日，
艺学四五重。
领悟六七处，
争立八九功。

（刊登在 2008 年 8 月 28 日《津西人》报第 187 期）

2006 年津西“熔炼团队研讨营”活动中凝心队做团队展示

天　　堂

——剑桥颂

这里是园丁展示才华的舞台，
这里是孩子放飞童真的乐园，
这里是父母寄托希望的天堂，
这里处处充满春日的晨光。
送来孩子、送来希望，
天使在这里茁壮成长。
留下天真、留下梦想，
童话会带你到神奇的天堂。
带着欢笑、尽情歌唱，
知识和艺术与你共享。
献出爱心、展示理想，
人生会因此而灿烂辉煌。
培养人才、造福社会，
剑桥为此而无上荣光。

咏栗乡

燕山古岩透时空，
长城脚下鼓角鸣；
景忠永恋滦河水，
紫玉常奏和谐声。

（刊登在 2010 年 12 月 30 日《津西人》报第 307 期）

再展雄风

春风十里沐钢城，
回首沧桑自有情。
产权改制基础固，
海外上市更峥嵘。
四为文化引方向，
一流业绩耀苍穹。
七载蝉联强劲企，
百年大业史留名。

（获公司建企业二十三周年“颂津西”诗歌创作有奖赛二等奖，刊登在 2009 年 10 月 22 日《津西人》报第 246 期）

河北津西钢铁集团股份有限公司厂区全景图

道德模范颂

透过历史
民族文化　一脉相承
穿越时空
精神文明　步步攀升
古有圣贤孔夫子
今有无数活雷锋
和谐社会
与时俱进　华夏出盛景
魅力山城
政通仁和　道德开民风

迁西县第九届道德模范津西股份
总经理：于利峰

明亮的街道　崭新的市容
环卫工人荣功从来不争功
山城的各所小学里
到处可见俊文、玉山　古稀老人义务宣讲的身影
兰、艳、芳三姐妹孝老爱亲竞相传佳话
孝感动天　大爱如山　至善品质永驻世人心中
凤侠常感怀　顺海谢天恩
不管风风雨雨　磕磕绊绊　只要有爱　白头偕老的誓言永不改变
全民来健身　桂芝做奉献
欢乐中收获健康　并把幸福一同体验
绍忠留清史　起山高风范
三尺讲台论天下　桃李芬芳满人间是一生不变的夙愿
香国、秀华、毕向锋　白衣天使留美名
患者齐声来称颂　医德高尚技术精

宏伟、春梅与春静　拾金不昧显真情
不义之财不可取　诚实守信不能扔
王连义见义勇为涉水救人在严冬
刘桂兰舍生取义车轮滚滚救儿童
建设社会主义新农村
董军、金友是治富奔小康的带头人
景瑞、万民、于桂新
人民公仆为人民
文福、连泉敢当大任开矿兴企传福音
科学办矿　变废为宝　顽石也能点成金
08.5.12 汶川与全国人民心连心
我们不会忘记　两次入川救援的范文军
津西员工吴志伟　用辛勤点燃激情
要做就做最好　四载拼争　全国行业技术能手圆梦
1.16 太平寨西沟专案组干警
危难之际舍生忘死用忠贞撼卫使命

也许我们不能永远记住他们的名字
但是他们的事迹会让我们刻骨铭心
这就是榜样的力量
这就是道德的力量
这种力量可以感动世界　感动栗乡
这种力量能够流传百世　万古留芳

（2010 年收入紫风铃文丛之《魅力迁西》）

快讯刊首语

愿你有一点傲气

不是让你自我陶醉、自我膨胀、自我吹嘘，我想对你说，愿你有一点傲骨，有一点傲气。

莫做长藤依附大树，行星环绕太阳，蜗牛寄生蜗居。人要自尊、自爱、自强、自立，迎着飞雪、迎着雷电、迎着风雨，小树才能舒舒展展、郁郁葱葱、层层碧碧，不畏夜幕、不畏黑暗、不畏冷寂，星儿才能闪闪亮亮、光光灿灿、明明丽丽。既然降生地球、降生自然、降生社会、降生人世，你就应该以你的智慧、你的才华、你的胆略、你的毅力，开垦、开拓、开辟出一块属于你自己的土地。

愿你有一点傲骨，有一点傲气。就像楼房需要钢筋支撑，绿叶需要枝干依托，船帆需要桅杆的扶持。当你事业受挫、遇到打击、遭遇欺骗……你应该稳足挺胸，昂首而立。你的嘴角和眉梢应该挂着微笑，走到人群中间去向人表明，你不会退缩、不会逃避、不会沉沦、不会萎靡。你只要用坚强、用信念、用奋发来塑造自己，生活就会把希望给你，把成果给你，把幸福给你。

（刊登在2006年4月1日津西炼钢厂《炼钢快讯》第6期总第12期）

终点和起点

二十年来，我们由一个又一个的起点，跑到了一个又一个的终点，把产能从14万吨的生铁改变为400万吨的钢。每一座座高炉、转炉和每一台台烧结机、铸铁机热试投产的成功，都给我们带来了一份惊喜，一份冲动，一份激情……每一次都是刚刚闯过一个终点，就又拼命地扑向更远的一个终点，追求另一个更高的目标，我们就是这样把明天的终点作为今天的起点，不停地跑下去……虽然终点是永远的永远，但是回首我们走过的路，已经记下了一个又一个的起点，那就是津西历史上一块又一块不朽的丰碑！

（刊登在2006年4月15日津西炼钢厂《炼钢快讯》第7期总第13期）

我们的节日

在我们的日常生活中，属于我们的节日着实不少。春节、清明节、青年节、劳动节、教师节、端午节、劳动节、儿童节、建军节、国庆节等等，每一个节日都有着一个通俗而神奇的故事，每一个故事都有一个深刻的纪念意义。如今每一个节日的到来，都要有一番庆祝，庆祝的形式各种各样，有的唱歌，有的跳舞，有的演习，有的旅游，有的……。而对于我们这些工人阶级来说，真正属于我们自己的节日，就是五一国际劳动节，我们用我们特有的形式来庆祝这个节日，那就是毫不犹豫地冲到生产第一线，劳动，劳动，再劳动。我们不是不想到名山大川去游山玩水，也不是不想去享受那都市的灯红酒绿，更不是不想开上老爷车到郊外去兜风，而是我们有着更加神圣的使命，那就是百年津西的大业容不得我们半点的懈怠，这是历史赋予我们的责任，这是津西交给我们的任务，能够为这个神圣的使命尽自己一份力量，即便是苦点儿、累点儿，那也是幸福的、快乐的！

（刊登在2006年5月1日津西炼钢厂《炼钢快讯》第8期总第14期）

历经风雨见彩虹

有一首歌这样唱到“不经历风雨怎么见彩虹，没有人能随随便便成功”，它道出了人生的哲理。彩虹固然美丽，但只能在经过风雨之后才能欣赏她的美。每个人都希望自己能够成功，但必须要有艰苦的付出做铺垫。企业搞生产也是如此，进入四月份，2座50吨转炉的先后热试、异型连铸的投产、单流板坯的竣工，1号、2号混铁炉、4号、5号转炉以及煤气柜的大修、除尘改造，炼钢总厂的技改和大修项目接连不断，既要保证技改工程的顺利完工，还要确保大修项目的提前结束，更要实现生产任务的突破，这无形中为炼钢生产协调的组织带来了很大的困难。这是炼钢有史以来技改、大修与生产交叉最多的一个阶段，也可以说是炼钢总厂经历的一次最大的暴风雨。但是炼钢总厂以张树江为首的一班人坚信风雨过后有彩虹，带领着全厂1800名干部员工接连打攻坚战，到目前为止，除2号混铁炉和煤气柜大修尚在进行中外，其他项目均已完成，单流板坯、异型连铸基本顺产，4号、5号、7号、8号转炉顺利开炉，除尘效果很好，3座小转炉光荣退役，产量节节攀升。可以说，风雨已经过去，炼钢人已经见到了美丽的彩虹。

（刊登在2006年5月15日津西炼钢厂《炼钢快讯》第9期总第15期）

阳光总在风雨后

“阳光总在风雨后，请相信有彩虹，风风雨雨都接受，我一直会在你的左右”。每每听到这首歌时，都会为中国运动健儿在奥运赛场上的拼搏精神而感到一种无穷的鼓舞。每到这时，无论有多大的困难，都会坚定我们必胜的信心。炼钢总厂经过四、五月份的风风雨雨之后，迎来了绚丽的彩虹和多彩的阳光，但是我们没有刻意地去享受，而是精心地编织着属于炼钢人自己的彩虹，就像刚刚从赛场上归来的体育健儿又投入到新目标的追求之中。我们规划了两个月的对标学习，并着手下半年的培训计划；制定了新品种开发方案，在技术上提出了精料入炉，在吹炼过程中提出了变压操作，无论是生产、经营、技改、班组劳动竞赛等各个方面，都提出了精细化管理的新目标，因为我们追求的是风雨后的阳光。

（刊登在2006年6月1日津西炼钢厂《炼钢快讯》第10期总第16期）

准　备

站在船头，望着天边自由自在的白云，遥想那胜利的彼岸、幸福的港湾。暗自高兴之余不禁自问：那幸福的港湾是属于你的吗？为了明天胜利的彼岸和幸福的港湾你准备好了吗？虽然今天是晴空日朗，风平浪静，可明天会不会有风暴？前面会不会有暗礁？你的这条船是否结实，你的船员技术如何，能否应付这些随时都可能到来的困难？所有这些都要做到心中有数，有过硬的措施、十分的把握和坚定的信心才能在困难来临之时应对自如，并且化险为夷，才能到达彼岸领略胜利的喜悦和幸福。今天我们大张旗鼓地开展班组劳动竞赛活动，全面推行精细化管理，开展各种各样的技术比武活动，全方位地进行管理理论培训正是为了顺利达到明天的彼岸而做好充分的准备工作。如今我们的装备先进了，那么要驾驭这先进的设备，完成更好的指标，创造更大的效益，我们需要的正是技术操作水平的提高、思维意识的创新和拼搏无畏的精神。

（刊登在2006年6月15日津西炼钢厂《炼钢快讯》
第11期总第17期）

培训是员工最大的福利

以往，一说到福利，员工们自然想到的是工资、奖金、保险、住房等。如今，我们把培训视为员工最大的福利，这种福利观着实让人欣喜。

岗位技能与管理培训是一种技能素质和管理水平的培养，生存能力的提高。在科技发展日新月异的今天，企业的生产，特别是冶金企业已广泛运用了新科技，从设备到产品技术含量越来越高，员工的技能稍慢半拍，就有落伍之忧和被淘汰之险。而对于企业来说，培训也是生产发展、市场取胜的长远战略。市场的竞争，归根结底就是技术的较量，这种技术不只是产品技术，也是员工的技能。有了高技能的员工队伍，企业才能生产出高技术、高质量的产品，才能在科技发展中与市场同步。由此可见，培训不仅是员工最好的福利，也是企业最大的效益。

然而，在一些员工中，还缺乏这种“福利观”。一说到福利，只是希望多得到物质上的实惠，很少考虑到培训是福利，甚至认为培训是一种负担。所以，一提到培训，有的员工是害怕考核出于应付才不得不参加，有的员工更是找出各种借口请假，所以有的员工虽然工作了十几年，技术仍然没有多大的提高，这样一旦遇到新产品、新设备就会束手无策。这样的员工，不但不会给企业提高竞争力，即使下岗了也很难重新找到工作。

因此，不论是对企业，还是对员工，技术以及管理培训都是一种能量的补充，有了能量，企业才有活力，员工才有饭碗。随着科技的发展与进步，任何一种职业、任何一个岗位都离不开专业技术，靠苦力吃饭已成了历史，有技术才有生存的条件与希望。但愿“培训是最好的福利”能成为每个员工的共识，让培训给员工带来更多更好的福利。

（刊登在2006年7月1日津西炼钢厂《炼钢快讯》第12期总第18期）

精细化管理需要全员重视

精细化管理说起来容易,做起来却很难。它不单单是管理者的一个口号，企业制定的一个规定，也不单单是一次交流、一次汇报，更不单单是哪一个部门、哪一层管理者的事。重要的是全员参与、全员重视。

我们的企业从生产到设备，工序岗位有很多，每个岗位每个管理者，每天都在一次又一次地重复着近乎同样的操作。可看似同样的操作，这次与那次有什么不同，今天与明天的什么不同，结果又有什么变化。我想，我们每个岗位的员工在这日复一日、年复一年的重复操作中，肯定会有新的发现。所谓的精细化管理也就是把我们每一种作业重复操作中的最好的方法记录下来，然后让从事同一工种的每名员工都去遵守，都去学习，所以精细化管理必须充分发挥每位员工的聪明才智，如果每人提出一条好的意见和建议或者工作方法，那么我们的精细化管理就一定会收到好的效果，因为员工自己制定的规则，员工自己执行起来效率和效益肯定会超出你的想象，所以说精细化管理只有上下同心，全员重视，把工作做到实处才会收到令人满意的结果。

（刊登在2006年7月16日津西炼钢厂《炼钢快讯》第13期总第19期）

追求卓越

面对日趋激烈的市场竞争，整个经济已进入到微利时代，这需要我们企业在管理思路和观念上及时进行转变，同时还需要我们进行更精细的管理。追求卓越就是我们实现这种精细化管理的过程。

"不积跬步，无以至千里""细节决定成败"，我们一般最容易忽视的就是那些看似简单、细小、琐碎而实际上却很重要的事情，所以我们都应该尽可能地做好每件小事，不要这山望着那山高，凡事只有三分钟热度，或浅尝辄止，不能善始善终，或跟在人家中间随大流，这都是要不得的。只有立足本职，不断创新工作，认真地从日常每一件小事做起，并把每一件平常小事做到不平常，卓越才不会高不可攀、遥不可及。

（刊登在2006年8月4日津西炼钢厂《炼钢快讯》第14期总第20期）

把自己看作团队

——有感于“熔炼团队”企业文化研讨营活动

过电网的拓展项目

为期 4 天的“熔炼团队”企业文化研讨营活动，让我更近一步地理解了团队的涵义，同时也更加清楚地明白了个人与团队的关系。特别是通过完成“过电网”的拓展项目，更让人感到团队的每个人，无论他是干部还是员工，都应该把自己看作团队。只有这样，才能让每个团队成员有强烈的归属感和集体感，才能真正感到自己是团队当中的一分子，才能把个人工作和团队目标联系在一起，才能感到只要有一个人没有过网，团队的任务就不能算完成。只有这样，团队成员才能对团队表现出一种忠诚，对团队的业绩表现出一种荣誉感，对团队的成功表现出一种骄傲，对团队的困境表现出一种忧虑。也只有这样，团队和团队成员之间才能表现出协作和统一，团队成员之间彼此才能宽容；才能尊重个性的差异；才能彼此信任，待人真诚，遵守承诺；才能相互帮助，共同提高；才能做到利益成就共享，责任共担。

一个人不能完全代表团队，但他足可以影响团队。刘翔取得了世界 110 米栏冠军，成了全中国的骄傲。李春静拣到 10 万元巨款归还失主而不留姓名，成了全公司甚至迁西人民的骄傲。在“过电网”的项目中，你认为你自己太高、太胖，哪个网孔也过不去，怕影响团队的成绩，因此放弃自己过网的机会，看似是为团队分忧，其实是对团队最大的不负责任，也是对团队不信任的表现，因为结果是你一个人没有过网而团队不能完成任务。或者你练过杂技，不用任何人帮助，自己一跃身即轻松过网，所以你就不去帮助任何一个人，你能保证整个团队能够全部轻松过网吗？那是典型的个人英雄主义，事不关己，高高挂起，心中根本没有团队的利益。

我所说的把自己看作团队，不是完全意义上的“我是团队”，而是说作为团队的一员必须时刻从团队的整体利益上出发，过网一个人与过网十个人一样，只要有一个没有过网结果都等于一个没过。所以只有把自己看作团队，时刻按团队的标准要求自己，时刻把团队的目标和任务当作自己的目标和任务，你才能为了这个目标和任务全力以赴，不管多大的困难，多大的风险，即使是冒着生命危险和全军覆没的可能，也要想尽一切办法，无论是自己不想过的，身体有伤、带病的，也不管你是配合不配合的，都要把队友一个个地抬过网、举过网，而保证不触电。这是团队的任务，也自然是你的任务。只有心中时刻装着团队，才能对团队的事务尽心尽力并全身心、全方位地投入，才能使团队具有高昂的士气，才能达到团队全部安全过网的目的，才能实现团队的各项目标和任务。同时团队也会给自己带来无上的荣誉。

（刊登在 2006 年津西炼钢厂《钢讯》第 2 期）

走进不惑

一万四千六百天，弹指一挥间，一不小心走到了不惑之年。回首从前，一半属于自己，一半属于津西，想来也是该为人生的书页画上分号的时候了，在这个特定的时间里，把工作一分为二，也把短暂的人生一分为二。

人总是这样，拥有的时候不知道珍惜，一旦失去，才知道时间的宝贵。虽然寒窗苦读、花前月下似乎就是昨天的事，但读书朗朗、三十而立已经真的不再属于自己。越是这样，对尘封已久的往事越是留恋不已。幼儿时代的幼稚和天真，学生时代的理想和抱负，年轻时期浪漫的恋情，工作以来的敬业和执着，都将成为历史的珍藏。

过去的一半人生，虽然没有惊人的壮举，但也留下了生命的轨迹，见证了津西的兴起与发展；余下的一半人生将如何走完，非常让人值得思考。

没有杉树的婆娑，也没有松柏的挺拔，但可以像小草一样装扮每个角落，点缀锦绣山河；没有牡丹的艳丽，也没有玫瑰的芬芳，但可以做一枚普通的绿叶永远陪衬在鲜花的一旁；没有山一样的脊梁，也没有海一样的胸膛，但可以做一把泥土、一粒沙石铺在通往成功的道路上，让人们踩着肩膀冲向前方。下半生已经不属于自己，一半属于津西，一半属于社会，那时人生的书页才算画上完整的句号。

（刊登在 2006 年津西炼钢厂《钢讯》第 3 期，2008 年收入滦河文学论坛优秀作品选《在河之洲》一书）

别忘了为自己喝彩

生活中，我们经常为别人喝彩。中国队在世界上拿了金牌，国人会为他们欢呼；演员演了一出好戏，影迷会为他鼓掌；歌手唱出一首好歌，歌迷们会为之雀跃；同伴们搞出一项革新，我们也会竖起拇指说声“OK”；孩子取得好成绩，会得到父母的夸奖。当你徘徊于成功者荣耀光环之外的时候，是否想到过为自己喝彩？

儿子 5 岁时非常喜欢画画，家里的墙壁上都被他涂得乱七八糟。后来我不堪其苦给他划出一块练笔的“自留地”，但他仍然屡屡得意之时越过“雷池”。没办法，我就说：“儿子乖，听话，画画不能超过你的‘画板’，要不，即使你画得再好，爸爸也不表扬你了。”儿子一听，满脸的不在乎，小嘴一撅说：“你不表扬，我自己可以表扬自己。”一句话让我也不知如何作答。

儿子虽小，但说的话却有一定道理。在现实生活中，我们确实需要在适当的时候来表扬一下自己。人生就是一个大舞台，并不是每个人都能成为“独领风骚”的人物。然而，在自己的人生舞台上，每个人都是主角。作为一个普通的人，如何使自己的人生更精彩，我想，像孩子那样，学会为自己加油、为自己喝彩也是十分重要的。

为自己喝彩，是一种自信，但绝不是盲目自大，自我陶醉，也不是“苦”

炼钢厂员工在篮球场外为队员加油

中寻“乐”，麻痹神经，而是对自己的客观评价和充分认可。多年前，美国人富尔顿潜心制造以蒸汽为动力的轮船，经过无数次试验，皆告失败。于是，人们嘲笑蒸汽动力船为“富尔顿的蠢物”。但富尔顿没有因此而一蹶不振，也没有忘记为自己喝彩。他在每一次失败后，总是这样告诉自己：“蒸汽动力船一旦成功，将是世界船舶史上最伟大的发明之一。我能行！”正是这种不服输的性格和执著的自信，使富尔顿最终一举成名。

任何人在成功之前，都是默默无闻的，普通的不能再普通，犹如大海里的一滴水，但如果保持一种平稳的心态，时时记得为自己喝彩，多给自己一点信心，并无怨无悔地坚持下去，那么，总有一天，成功会属于你的。

（刊登在2006年津西炼钢厂《钢讯》第4期）

我们正年轻

二十年，在历史的长河中，不过是沧海一粟；二十岁，在生活的道路上，也不过是刚刚走向社会，开始人生的闯荡；但津西的二十年，却已是硕果累累，满目辉煌。

二十年的艰苦奋斗，我们由方圆几里的小铁厂发展到现在方圆几十里的钢城，高举立县大旗，从容闯入市十强、省百强工业企业。

二十年的不懈努力，我们由年产14万吨生铁到年产铁、钢、材各400万吨，一路杀进全国工业企业500强。

二十年的科技创新，我们从生铁到炼钢，从窄带、中宽带到H型钢，

津西二十年厂庆“合力宝鼎”揭幕现场（作者摄）

从无到有，从弱到强，将钢铁之歌在世界唱响。

二十年，我们在这片热土上找回了先祖抗倭时荡气回肠的光辉形象，圆了父辈们在这里构筑钢城的世纪梦想。

二十岁，我们正年轻，但是，经过二十年市场风雨的洗礼，我们已经具备了钢铁战士的成熟和顽强，深知肩负使命的神圣和全县三十五万父老乡亲的殷切希望。我们决不会在成绩面前自我满足，更不会在辉煌时刻贪图享受。我们坚信，有“诚信创新，团结高效”的企业精神，有“从严从实 ，高能高效”的企业作风，有运筹帷幄、决胜千里的公司领导和精诚团结、务实创新的高效团队，我们的百年大业就一定能够实现。

我们正年轻，津西的明天属于我们，我们就是津西明天的希望。

（刊登在 2006 年津西炼钢厂《钢讯》第 6 期）

管理如“耕”

下班的路上，看到路边田野里的旋耕机在耕地时才忽然想到秋天已过，冬天快到了。是的，每到这个季节，农民朋友们总是在忙完秋天的收获后，不惜花点机耕费将自己仅有的几分田地耕耘一番，让劳累了一年的土地在冬天寒冷肆虐的时候好好地休息一下，为来年的春耕、夏忙和秋收做好精神和思想上的准备。这样才有农民朋友们祖祖辈辈春耕的无怨、夏忙的无悔和秋天丰收的喜悦。

农民经营土地是这样，我们经营企业又何尝不是如此呢？但我们有些人则不是这样想：有的人认为忙忙碌碌一年了，眼看到头了，认为可以歇歇了；有的人认为明年自有明年的安排，现在没有必要着那个急；更有甚者则认为今年我的任务完成了，明年还不定谁来干呢，我操哪门子心哪。其实不然，朋友，您错了，再好的地，一年不耕也会发板，春天不去播种，秋天也不会有收获，即使是播了种如果不好好去经营，也不会有秋天的大丰收。

这一点炼钢厂就做得很好，2006 年 390 万吨的生产任务按目前的生产现状来看，已经胜券在握，可是以张树江为首的厂领导一班人并没有因此而沾沾自喜，而是悄悄地在开始规划明年的工作目标、生产任务和应对措施。11 月 10 日下午厂长张树江亲自组织各单位正职就 2007 年工作目标规划进行了全面的座谈和交流就充分地说明了这一点。这正是在为明年的"秋收"作好"耕地"的准备工作。作为农民出身的我们，都深深知道什么时间应该耕地，什么时间应该播种，什么时间应该浇水，什么时间应该施肥，什么时间应该锄草……只有这每个环节都精心地呵护、精心地侍弄，才会有秋后那让人合不拢嘴的笑容。所以我们生产也是这样，每年都要有新目标，每年都要有新思想，每年都要有新思路，每年都要有新收获，不但要精心经营好每一年，更要精心经营好每一天，否则，明天的收获就不会属于我们。

（刊登在 2006 年津西炼钢厂《钢讯》第 7 期，2008 年收入滦河文学论坛优秀作品选《在河之洲》一书）

管理如“棋”

下班回到家，看到儿子的象棋放在炕上，只知道“马走日，相飞田”的我一时来了兴致，让一“车”一“炮”两个子和儿子对了一局，眼看儿子要输了，这时爱人来给儿子助阵，最终以我只剩下老将这“光杆司令”而败北。

通过下棋，我想到了管理。至少有三点与管理是极为相似的。

管理如棋一：规则与制度相同。“马走日，相飞田，卒子一去不回头；炮打隔山子儿，车吃一溜烟；士、相保老将，主帅坐阵不出关。”这是下棋的规则，无论男女老幼，棋圣、学童，任何人下棋都要无条件遵守的，如有违反，再大的“腕”，也不够资格，也会被逐出棋局。而我们的管理中也有许多规章制度，就如同象棋中的规则，但我们有些人遵守的不是很好，纠其原因，一是有些人根本就没有搞清楚“马走日，相飞田”是怎么回事，就试图“下棋”；二是个别人明明知道“炮打隔山子儿，车吃一溜烟”的制度，就因为没有直接被“逐出棋局”的危险，所以时不时地在制度上“溜号”；三是更有甚者认为自己比制度还大，竟敢公然站出来与制度作对。其实下棋和管理是一理，关键就是要营造一个让干部员工都能无条件遵守规章制度的文化氛围。

管理如棋二：将士兵卒如团队。下棋的每一方，看似只有16个棋子，但却都是一个团队，每一方都有一个共同的目的，那就是战败对方。虽然主帅从不出关争战，但他的存在却是团队胜利的希望。车、马、炮，象、士、卒各有“看家本领”“传世秘笈”，但他们都以直捣对方“黄龙”和保护主帅为己任。古人就有“上下同欲者胜”的说法，在今天的企业管理中，我们需要的正是这种团队精神，只有每个干部员工把自己的目标与公司的目标统一起来，上下同心，那才是一个拖不垮、打不烂、战不败的坚实团队。

管理如棋三：作为管理者要随时随地善待下属，没有基层的领导永远是“孤家寡人”。我们都知道，主帅虽然是三军的希望，但是没有三军的密切配合，浴血奋战，光凭主帅自己是根本无法取胜的。管理又何尝不是这样呢？管理者的目标是靠广大干部员工共同奋斗来实现的，管理者心中如果只有自己，而忽视基层员工的存在，那么结果就只有“缴枪”的份儿了。

（刊登在2006年津西炼钢厂《钢讯》第8期，2008年收入滦河文学论坛优秀作品选《在河之洲》一书）

新的起点

津西拓展培训中的空中过桥项目（作者摄）

瑞雪纷飞辞旧岁，辉煌业绩贺新年。新年的钟声已经敲响，愿这吉祥的钟声能为你及你的家人带来平安、幸福、健康和快乐。每当这个时候我们都是匆匆忙忙地走过了昨天，站在了今天，又即将走向明天，每一个今天都是一个新的起点。

过去的一年，我们付出的很多，用智慧和力量战胜了无数挑战，丰硕的收获让我们为之欣慰和高兴。但那已成为翻过去的历史，今天我们面对的仍然是新的挑战，我们没有理由在昨天的成绩中趾高气扬，也没有理由把昨天的成绩当成今天的资本，而是要把昨天的工作进行详细的梳理，从中找出失误的原因和成功的理由，来作为今后的工作指导，以便我们把今天乃至今后的工作做得更出色。

今天的炼钢人是用激情刚刚冲过365天马拉松终点的选手，但是在我们的前面永远都是终点，我们的脚下永远都是每一个终点的起点，我们走出这个终点的同时就意味着又站在了另一个起点。那么,就让我们带着新的希望,怀着新的梦想，站在新的起点，用新的思维、新的理念、新的作风、新的态度，朝着新的目标，鼓足勇气，迈出新的步伐，去创造新的业绩，迎接新的收获，打造新的辉煌！

（刊登在 2006 年津西炼钢厂《钢讯》第 10 期，2008 年收入滦河文学论坛优秀作品选《在河之洲》一书）

精细管理的核心

致力于专业化、标准化、制度化建设的万科房地产公司董事长王石说:“精细化管理是中国企业未来十年的必经之路。”去年，厂长张树江同志在 2005 年“五细化、六到位”的班组安全管理模式的基础上也提出了生产、技术、设备、经营、安全等各方面全方位的精细化管理，在下半年的推行过程中,精细化管理精、准、细、严的四个操作特征显得越来越明显。

精就是做精,精益求精。精是最佳、最优,是追求最好。不仅把产品做精,也要把服务管理做精。炼钢在这方面做了大量的工作，本着“下道工序的工作要求就是上道工序的工作标准”的质量宗旨长期对轧钢的生产情况进行跟踪，特别是新品种开发过程中，派技术管理人员到带钢轧制厂家进行跟踪服务等，对提高产品质量起到了很大作用。

准就是准确，准时。领导层对事态判断准确，决策、计划准确，指令传递准确，执行指令准确。2006 年炼钢厂适时提出了精料入炉，标准化操作，开展班组劳动竞赛，淘汰了落后装备，实现了炼钢第一个安全年，全面完成了年初制定的工作计划。所有这些都充分证明了厂部决策、计划的准确性。

细是做细，把工作做细，把管理做细。细是操作细化，管理细化特别是执行细化。厂部提出的“五细化、六到位”就是要求细化到每一个人、每一个工艺环节、每一件事、每一分钟、每一项制度；六到位即网络体制健全到位、隐患排查整改到位、制度预控预案考核到位等，这正是把工作做细把管理做细的体现。

严是严格控制偏差，严格执行标准和制度。2006年炼钢以严格落实经济责任制和责任事故追究制等一系列制度，换取了炼钢稳定发展的局面。可以说在企业里，严格就等于精细化，凡不严格的企业，大都是粗放管理。

精、准、细、严包括了管理过程的各个环节，也是精细化管理的核心思想。它以科学管理为基础，以精细操作为特征，通过充分运用企业的各种资源，强化协作，提高组织的执行力，从而提高企业整体效益。

（刊登在2006年津西炼钢厂《钢讯》第11期）

什么样的员工受欢迎

在任何一个企业里，老板都希望自己的员工是积极向上的，工作是出色的，在同行业里是最优秀的，而且在近代历史上也出现了像王进喜、张秉贵、李素丽这样的楷模人物，在一定程度上，他们是一个历史时期优秀员工的代表。现在社会上又兴起了培训热、学习热，一些如《没有任何借口》《主动服从》《你在为谁工作》《细节决定成败》《敬业确实有道理》《向解放军学习》等培训书籍也就应运而生。可以说，任何国家任何企业都需要好员工，但是，在我们的员工当中仍然有个别人在工作中缺乏责任心、缺乏热情、得过且过，这样的员工是企业极不欢迎的。那么到底什么样的员工受欢迎呢？这一点，作为四十岁的我，在津西工作了二十年，目睹了津西的发展和日益凝成的企业文化，斗胆谈一谈自己的拙见。

不断加强自我修炼做到“六自”，严格要求做到“五高”，努力学做新的“四有员工”，时刻具备“三种意识”，这样的员工就是受欢迎的员工。

“六自”是自省、自重、自爱、自信、自强、自立。作为企业员工，每个人都应该深刻地反省一下自己，过去在哪些问题上出现了错误，现在距离企业的标准要求还差多少，今后应该在哪些方面多下工夫；要正确看待自己，做到自我尊重、自我重视；珍惜自己的生命，热爱自己的职业，相信自己的能力，只有这样才能做到爱岗敬业。自信才能有勇气，自强才能战胜困难，自立才能让人刮目相看。无论到什么时候，一定要相信，只要自己不垮下去，就没有人能够打垮自己。

“五高”是做人高素质，做事高起点，制定高目标，明确高标准，工作高效率。每个人的自身素质都不一样，做事、看问题的角度也不一样，但是，每个领导都喜欢高目标、高标准、高效率的员工。作为一名优秀员工，首先应该明辨是非，搞准对错，这对确定目标、制定标准是至关重要的。只有高占位高起点才能制定出高目标和高标准。只有具有较高的自身素质才能有较高的工作效率。有了工作的高效率，实现高标准、高目标也就不成问题了，所以提高自身素质至关重要。

我定义的新的“四有员工”是：有严格的时间观念、有爱岗敬业精神、有高度的责任心、有极强的创新能力。时间就是金钱，效率就是生命。作为一名员工，没有时间观念，做事必将一塌糊涂；没有敬业精神，工作就会消极倦怠；没有责任心，任务就没有保证；没有创新能力，工作就没有进步和提高。津西能有今天，炼钢能有今天，正是一大批守时如金、爱岗敬业、责任心强、勇于创新的干部员工不懈努力的结果，所以我们一定要向他们学习做新的四有员工。

时刻具备“三种意识”即服务意识、团队意识和竞争意识。大夫服务于患者、教师服务于学生。作为一名员工时刻都要具备服务岗位、服务下道工序、服务企业、服务客户、服务社会的意识，这是做好每一项工作的必备前提。在任何一个企业里，任何一名员工都不能无视他人的存在，否则他将一事无成。一个人浑身是铁能碾几根钉？“众人拾柴火焰高”，只有置身于团队，并把自己融入团队，把团队的目标看作是自己的目标，把企业的使命看成是自己的使命，只有这样，才能轻轻松松实现自己的目标，并且在不知不觉中充分体现自身的价值。没有竞争就没有进步，没有竞争就没有发展，中国五千年的历史就是在无数次竞

炼钢厂一厂炼钢工
状元陆中林

争中走过来的，在残酷的竞争中，有多少知名企业走了下坡路，那是弱者的表现，津西在竞争中居然走出了困境，走过了辉煌，走向了世界，成了强者的象征。作为员工也应该随时具备这种竞争意识，各个岗位、各个层次无论是工艺技术、设备操作、组织协调，车间与车间、班组与班组、岗位与岗位、个人与个人都要有竞争意识，这样，才会有优劣、有进步、有发展、有纪录、有奇迹，才会有意想不到的好的结果。

每一名员工都想成为企业所喜欢的人，都想得到企业的赏识和重用，那么，看看你是否具备以上的条件，如果没有，或者在哪些方面还有欠缺，请马上行动吧，一旦你具备了这四方面条件，你的收获也将是意想不到的。

（刊登在2007年津西炼钢厂《钢讯》第2期总第12期）

春节意味着什么

一年一度的春节是中国的传统节日，人们总是在这个时候相互交流、增进感情、亲朋聚会、联欢庆祝，而且是越演越烈。当你在家庭聚会的餐桌上，当你在联欢晚会的电视机旁，当你在欣赏着五颜六色的烟花爆竹时，你想过没有，春节除了岁尾年初欢庆祝福以外还意味着什么？

津西春节前在办公楼前张挂灯笼，以示喜庆

在我看来，除了上述以外，春节还意味着在新的一年到来之际，要很好地总结过去，计划未来，让今后的每一天、每一年都有新的进步和提高。儒家经典《论语》中有“苟日新，日日新，又日新”的名句，这也正是海尔成为中外名企的管理精髓。老子在《道德经》中说“合抱之木生于毫末，九层之台起于累土，千里之行始于足下”，伟大领袖毛泽东有“好好学习，天天向上”

的至理名言。其实如果真正实践起来，这个“天天向上”是个非常难以达到的境界。但是一个组织如果不能“天天向上”，这个组织就很可能失去竞争地位；一个人如果不能“天天向上”，这个人就不会有多大成功的希望。凡是成功的企业都是不断总结、善于创新的。人不能在同一个地方常摔跟头，同样，我们也应该知道：哪种方式、哪条路是适合自己的正确的方式和道路。任何一个新兴的企业，在市场竞争中都不可能一帆风顺，如果不经过失败和挫折，不经历市场低谷和经济危机的洗礼，不在失败中总结经验，不在总结中不断创新，是不可能成为百年老店的。

美国企业管理学家戴明让日本企业的质量做到世界一流的“秘诀”就是“每天进步1%”。鉴于此，本人认为春节正是一个很好地分析、总结、计划的时候，只要我们认真抓住这个时机，在欢庆的气氛中挤出一点点时间对我们过去的工作做一下梳理，从中找出缺点和不足，优点和长处，扬长避短，在不足中吸取教训，把优点继续发扬，我相信我们要达到“今天的工作必须今天完成，今天完成的事情必须比昨天有质的提高，明天的目标必须比今天更高”也不是一件很困难的事，到那时，恐怕我们每天的进步还远不止是1%。

（刊登在2007年津西炼钢厂《钢讯》第3期总第13期）

请记住你的使命

“马”参谋与“车”先锋商量说：“你我二人，南征北战，东挡西杀，为元帅拼命，而他自己却连大帐都不出，坐享其成，我们这样做不值啊”，于是二人决定“按兵不动”。结果，一场大战，全军覆没，二人与元帅及其他士兵一起成了对方的俘虏。

本来，在同一团体时，只有精诚合作，才能共享所创造的利益，如果各自为政，不互相理解、互相信任，最终每个成员的利益都会受到损害。大到企业，小到家庭，这都是放之四海而皆准的真理。“马”参谋、“车”先锋与主帅是息息相关的同一个团体的成员，但它们却因为分工不同而由抱怨进而

生恨，忘记了自己肩负的使命，忘记了“一损俱损，一荣俱荣”的道理，相互攀比，搞分裂，闹矛盾。这样，于人于己，于公于私，都谈不到一丝的好处。上到公司，下到班组，一个单位就是一个整体，是一盘棋，单位的每一个成员都是棋子。如何让这些棋子都能充分发挥自己的作用，这是管理者指挥方略中的重点。要想把每个棋子都激活，就要让每个人都肩负起团队的神圣使命，这就必须做到因事设人，各就其位。事业为本，人才为重，人事两宜是用人的重要原则，一是按照需要量才使用，二是要了解人，而且要彻底地了解，量才适用，适才所用。高明的管理人，总是根据人才的潜能、特长和品德合理地使用他们，分配给人才使用的权力必须足够使其发挥作用。同时要让他们明白自己对团队的重要性，让他知道每个人肩负的都是团队的使命，每个人都代表着自己的团队。只有这样，这个团队才有凝聚力，才有竞争力，才更有战斗力。

（刊登在 2007 年津西炼钢厂《钢讯》第 5 期总第 15 期，2008 年收入滦河文学论坛优秀作品选《在河之洲》一书）

如何设定自己的愿景

最近，公司工会下发了《关于创建“学习型”企业实施办法》，厂部出台了相关的文件，要求各单位、各班组以及员工个人都要在创建“学习型”企业活动的实际开展中，为本单位、本班组和个人制定自己的学习愿景。由此我想，既然学习目标可以设定自己的愿景，那么，我们的工作目标也同样可以设定自己的愿景，这个愿景目标应该怎样设定呢？

一位日本的企业家说，如果给下属 80% 的工作，他的能力会退步，如果给下属 100% 的工作，他的能力会停步不前，如果给下属 120% 的工作，会使他的能力有突破性的进展。也就是说我们自己制定的不管是学习目标还是工作目标，在结合现实的基础上，也应该是跳起来才能够得着的。“跳起来够得着”包含两层意思，首先，这个目标必须要跳起来才能完成，躺着不行、坐着不行、站着也不行，目标要具有一定的挑战性，只有积蓄能量，奋力一跃才能实现；其次，这个目标必须是够得着的，可操作的，如果跳起来还是够不着，这样的目标就暂不用考虑了。

在管理学上，有一个“不值得”定律，核心内容是：不值得做的事情，就不值得做好。也就是说太容易的目标会让人失去斗志。所以，设定目标要具有吸引力，能真正起到让人积极向上、不断奋进的激励作用。爱立信的员工每年都会给自己设定一个不同级别的年度目标，其中的最高目标就是要“跳起来才能够得着”的，这个目标不容易实现，但是具有实现的可能。只有不断地跳，才能触碰到它。

一群老鼠吃尽了猫的苦头，它们召开全体大会，商量对付猫的万全之策，最后，还是一个老奸巨猾的老鼠出的主意是：给猫的脖子上挂上个铃铛，只要猫一动，就有响声，大家就可事先得到警报，躲起来。这一方案得到了一致赞同。但是，在执行的时候却没有任何一只老鼠能够并敢于将铃铛系到猫的脖子上。至今，老鼠们还在争辩不休，不相信这样的好主意不能执行下去……

由此可见，为自己设定一个有效的目标：一是要针对现实，也就是说自己设定的目标不能脱离公司的愿景和厂部的总体规划，并且要结合社会、公司及厂部开展的各项工作，如职业技术工种技能鉴定、专业技术工种技能比武大赛、员工职业生涯管理、培训管理等。二是要有挑战性。不要总是看到别人取得了成绩就觉得是他们能力强，技术高，那都是他们经过很多的努力才得到的，只要肯付出，谁都能够取得自己意想不到的成功。远的不说，我们的董事长就是个钳工出身，现在的厂长、处长们，又有哪个不是在生产一线摸爬滚打历练出来的呢，如果董事长当年的愿景只停留在当个钳工上，我想，我们的今天可能不是这样。三是要有操作性。如果你想明天就当上厂长或总经理，那只能是空想，但谁敢说你五年、十年之后当不上厂长、经理呢？拿破仑曾经说过“不想当将军的士兵不是好士兵”。而我要说，一个好士兵不一定能当上将军，但一个将军一定是个好士兵。所以，要想当上将军，就必须先把士兵当好，否则你永远与将军无缘。我们每年涌现出的技术状元、高级工、取得职称的工程技术人员，取得学历的专科、本科生对我们来说应该是现实的，设定自己什么时间当上技术状元，什么时间考上高级工，什么时间拿到什么职称，取得什么文凭，这正是我们跳起来才能够得着，即有挑战性又有操作性，又很具现实意义的目标。

（刊登在2007年津西炼钢厂《钢讯》第7期总第17期）

由“学习型企业”说开去

随着公司“学习型企业”的号召，创“学习型单位”“学习型车间”“学习型班组”，做“学习型员工”，在公司上下已经蔚然成风，可以说是公司继“营造星级服务、创建和谐企业”以来的第二支交响乐。然而，两个多月来，有的人时间抓得不紧，功夫下得不够，有的“八小时以外”大部分用在了泡酒桌、洗桑拿、“斗地主”上了，有的人即便参加有组织的培训学习，也是应付了事，不善于思考，还有的人虽能读书，但格调不高，对“言情”“武侠”乐此不疲，对技术理论、业务知识却很少问津。诸此种种，都需要注意。

企业长期实践证明，加强学习是打牢思想理论基础的根本。学习是工作的组成部分，学习的投入与工作的业绩、思想的进步成正比。津西的事业，既需要学习型、创新型干部，又需要学习型、实干型员工，所以我们都要把学习作为一种政治责任，一种神圣义务，一种价值追求，一种精神境界，做到边工作边学习，边学习边提高。

无论是管理者还是员工，不仅要积极参加公司、厂部及各单位组织的学习培训，更要在工作实践和日常生活中，自觉学习、善于学习、勤于学习。就目前来说，学习的途径很多，但能不能学有所得，学有所进，关键在于刻苦的态度和科学的方法。一是要把学习与思考结合起来。既要勤学，又要深思，带着问题学，用眼睛看问题，用耳朵听问题，用脑子想问题，用嘴巴讲问题。此外，学习要有主见，既要钻进去，又要跳出来。二是要把学习与工作需要结合起来。读书是学习，使用也是学习，而且是更重要的学习，如果我们学习不能与实际工作相结合，就不会有好的学习效果。所以我们讲学习必须与实践联系起来，为工作而学习，为现实需要而学习，为找到解决现实问题的办法而学习，我们目前乃至今后一段时间的工作是弘扬企业文化，推广精细化管理，营造星级服务，创建和谐企业，强化技术攻关、班组竞赛、现场管理、培训学习、绩效考核等内容，并通过这些工作项目来保证全年生产任务的顺利完成。我们只有把学习与这些工作紧密结合起来，才能切实增强学习的目的性、针对性和实效性。三是把学习与改进作风结合起来。工作需要求真务实，学习也要求真务实，我们的干部员工中尚有些人工作不扎实，学习也不认真，这些人就更需要这种求真务实的精神。缺乏求真务实的精神和作风，缺乏干什么、务什么、钻什么的思想基础，学习就实不起来，学习态度就好不起来。四是要把学习与磨炼意志品质结合起来。古人云：“书山有路勤为径，学海无涯苦作舟”。悬梁刺股、凿壁偷光、孙康映雪等苦读的故事，对我们今天端正学习态度仍有借鉴意义。苦尽甘来我们都知道它的含义，没有苦尽，哪有甘来？“宝剑锋自磨砺出，梅花香自苦寒来”。学习能吃苦换来的是素质的提升，砥砺出的是高尚的人格，磨炼出的是坚强的意志。

（刊登在2007年津西炼钢厂《钢讯》第8期总第18期）

小议“廉洁”

廉洁从古到今，无论是领导阶层，还是普通群众，始终是人们崇尚和追求的一种优良的民族品质和美德。历史证明：清正廉洁盛行之日，则国家昌盛；贪污腐败猖獗之时，则国势衰微。在字典中，“廉”的含义是品行正，不贪污；“洁”的含义是干净，喻清白，不贪污。廉洁指不贪污、腐化，不奢侈浪费，不以权谋私，贪赃枉法，同时也指有道德修养，行为纯洁，不随便索取不应有的报酬和不正当的财产，并以身作则，同腐败现象做斗争。廉洁是国之愿望，民之愿望。在津西，我们不能忽视廉洁行为在管理中的重要性，廉政才能取信于员工。如何能够清除腐败，保持廉洁，重要的是看我们的行动，现在公司已经明确了态度、出台了制度，加大了力度。只有我们全方位、多角度进行自查、互查，联系个人实际，检查学习、工作状况和生活、交际、娱乐等方面，找出在思想、学习、工作、领导、生活作风等方面存在的问题，切实找到解决这些问题的具体办法和得力措施，进行彻底的整改，才能收到预期的效果。特别是党员干部要做好表率作用，要深入开展党纪和国家法律法规教育，树立社会主义荣辱观，加强廉政文化建设，不断把作风建设引向深入。

此外在活动中要抓住先进典型，以点带面。廉洁不但是一种品质，更是一种美德。我们不但以前需要，现在需要，以至将来，我们永远都需要有一种廉洁的思想和作风，这样才能保证津西的基业常青。

（刊登在 2007 年津西炼钢厂《钢讯》第 9 期总第 19 期）

尊重每一位员工

狐狸请鹤吃饭，他准备了一锅豆子做的浓汤，而且那锅又大又浅又平，鹤每低头喝一口汤，汤便从长嘴中流出来，鹤很着急，狐狸看了却非常开心。第二天，鹤回请狐狸，它把食物装在小口的长颈瓶里。鹤把它的嘴插进瓶子里，很容易就能吃到东西，而狐狸却一口也尝不到，困窘极了。

像狐狸这样的“聪明人”，不应一味地埋怨鹤的无礼，恰恰应当好好地反省一下自己。人际交往崇尚礼尚往来，有意刁难别人，也会被别人刁难；善待别人，别人才能善待你。

无论是干部还是员工，对于企业来说，使命和义务都是一样的。员工对待企业的态度，在很大程度上取决于企业管理者对员工的态度。如果作为一名企业的领导，动辄就以领导“特权”而自居，对员工一味地呼来呵去，指手画脚，怎么能让员工自主、积极、开拓创新更好地完成工作呢？我们每个人都需要受到他人的尊重，这是本能的一种需求，如果在生产、生活中员工得到了同事、领导的尊重，他就会把自己所有的能力都毫无保留地释放出来。如果管理者在日常的工作中不是对员工尊重有佳，又怎能奢求得到员工的尊重呢？

因此企业管理者在日常的管理工作中，要力求与下属多沟通，善待下属，下属才会善待领导。沟通说起来容易，理解起来也不难，但真正做好沟通却不是很容易的事情。首先，管理者要做到身体力行，不能采取传达的方式，亲自出手比任何人代替都要好的多。这一点做上一次两次，可能谁都能够做到，但坚持经常就不那么容易了。其次，个人沟通在时间上要多安排一点，不能仅在好的、大的场合随意做一个形式，有些外企的老板每天着工装与员工一起参加升旗仪式、每天与一名员工一起就餐等都能够充分体现领导对员工的尊重。这样，员工才能够真正从心里感到领导是贴近员工的。再次领导在与员工个人沟通中带一些鼓励、表扬的话或奖励的举动会更好。领导一句鼓励、一个表扬，会使员工很受启发和感动，甚至于比过年还要高兴，这个时候企业的思想、文化、制度、目标还有什么不能实现的呢？此外，管理者在进行个人式沟通时要放下管理人的架子，要到员工中间去，最好不用“俯视”，多用“平视”和“仰视”，给员工一种亲切感，只有让员工感到他在你的心中占据一定的位置，那么，在他的心中才会给你留出位置，他才会感到领导与自己永远是在一起的。这样才会使企业真正形成一个整体、才能打造一个坚强的团队，只有这样的团队才是不可战胜的。也就是说，打造坚实的团队从尊重员工开始。

（刊登在2007年津西炼钢厂《钢讯》第10期总第20期）

没有量化就没有精细化

随着管理学的不断发展，继6S、精益生产、ISO9000认证、6σ 等一系列先进科学的管理方法以后，精细化管理又摆在了管理者面前，也可以说，这是我国企业管理缺乏精准细、缺乏规范管理的产物。尽管大部分企业在这方面下了很大的工夫，但从严格的细化、量化、流程化、标准化程度来说，做得尚且不够。

麦当劳规定，汉堡包必须在10分钟内卖掉，也就是说必须在它变冷变硬之前，提供给消费者享用。超过10分钟还没卖掉的，就毫不可惜地扔掉。这就是麦当劳的量化管理——产品、服务、管理的量化。我公司也有很多制度和规程方面的文件。但相比之下缺乏量化的内容，尽管有些制度规程有量化的痕迹，但还不够精细。

量化是精细化管理的一个重要方面，它是科学管理的重要手段，是细化深入，是实行严格管理的重要条件，同时也是实行标准化管理的重要工作。量化的管理方法，可以应用在管理工作的方方面面，如目标量化、分配任务量化、计划工作量化、工作检查量化、考核量化、奖惩机制量化等。总之精细化管理的精、准、细、严都离不开量化。我们在各项工作中，各种书面材料上，各种信息交流沟通中，数据随处可见，量化倾向十分明显，如月产量保多少、争多少、成本节余多少、铸坯合格率需完成多少、合金加入量控制在多少、出钢温度在多少合适、绩效扣分、考核扣工资等都是工作量化的一种体现。虽然有了这些量化的数据，但我们在执行和落实的过程中又做得怎样呢？显然不是很到位。这一点作为管理者有深切的体会，生产人员的量化管理比较容易，产品的产量、质量、工作成果比较容易测量。对职能部门的员工、干部和服务人员的量化管理，就比较困难了，其工作的成果、工作的数量和质量，很难直观体现和测量。所以对非生产人员的考核，已成为长期困扰企业领导人的一大头疼的问题，它是量化管理的重点和难点。因此，实行量化考核，须具备四个前提条件：

第一，各级管理者要具有公正、公平、无私的责任感。第二，各级管理者要具有不懈地探究客观事实、热衷于追寻不可摇撼的真实情况的实证主义态度。第三，各级管理者要能熟练地使用各种实用的量化工具。第四是平时的基础资料、数据、原始记录积累充分。很多人平时不重视个人资料的积累，所以到了月底、年底总结、考核时就束手无策，我们现行的好多软件都可以说是量化的基础，但是有很多人没有对此引起重视，所以检查起来总是不如意的多。我们做工作有的出于应付，所以本来已经量化的工作被搞得一塌糊涂，那原本没有量化的工作也就可想而知了。因此量化也要讲究一定的方法。企业里的许多现象都具有不确定性，因人而异、因地而异、因事而异的情况十分普遍，要消除这些不确定性，寻求客观性，最有力的工具就是数理统计，熟练运用和掌握数理统计的方法是我们进行量化管理的重要一环。此外，还要掌握模糊数量的处理，在企业里，模糊概念数量大量存在，如敬业、忠诚、努力、认真、自私、能力、执行力等等都是模糊数学概念，这些问题我们可以用评分法或程度等级等方法来分析。对于统计方法和模糊数学的方法，许多管理人员并不是不懂，只是缺乏有意识地、熟练地随时随地地加以运用。如我们每年实行的干部民主评议就属于评分法，而民主评议中干部的优秀、合格、不合格就属于程度等级。如果管理者把量化的内容都掌握了并能够熟练运用，那么我们的精细化管理就离成功不远了。

（刊登在2007年津西炼钢厂《钢讯》第11期总第21期）

感受《国歌》

“起来，不愿做奴隶的人们，把我们的血肉，筑成我们新的长城。中华民族到了最危险的时候，每个人都被迫发出最后的吼声：起来！起来！起来！我们万众一心，冒着敌人的炮火，前进！冒着敌人的炮火，前进！前进！前进进！”这首家喻户晓的《国歌》几乎人人都会唱，即便不会唱歌词，也能够哼上调子。这首歌鼓舞了中国的几代人，可以说中国人是唱着这首歌由受压迫走向解放，从贫穷走向富强。无论在哪里，只要听到这首歌，就会让人感到振奋，浑身有使不完的力量。每次听到这首歌，都会让我有新的感悟。

6 月 30 日上午 9 时整，当这首歌在公司七楼会议室公司“纪念建党 86 周年暨 2007 年党建工作表彰会”上雄壮地响起来时，我的心血又一次沸腾了。短短的几分钟，我党艰苦的革命历程又一幕幕闪现在眼前。透过歌声，我听到了解放军在阵地上冲锋的喊杀声，看到了铁道游击队扒火车、炸桥梁的身影；听到了伟大领袖毛主席站在天安门城楼上庄严的宣誓，看到了举国上下开放搞活的繁荣景象；听到了奥运赛场一次次响起的嘹亮的《国歌》声，看到了神五、神六发射成功；听到了二十年前津西工地喧闹的建筑声，看到了津西建企以来树起的一个又一个不朽的丰碑和取得的一个又一个骄人的业绩。所有的生与死、喜与悲、成与败、荣与辱，在铿锵的旋律中都能找到合理的解释。沿着津西人无悔的追求和国人不倦努力，歌声会带我们领略百年后钢城的雄姿，黄河、长江的壮观和万里长城的巍峨。

（刊登在 2007 年津西炼钢厂《钢讯》第 12 期总第 22 期）

准备好了吗?

“准备好了吗？时刻准备着，我们都是共产儿童团。打倒军阀地主，保卫苏维埃，嗒嘀嗒嘀嗒，嘀嘀嗒嘀嗒。”这是抗战时期反映儿童团积极参与抗战的一首儿歌，短短的几句歌词，把当代儿童的精神风貌、理想目标、神圣使命写得淋漓尽致，而且足以看出，他们的目标、使命与整个国家的目标、使命是一致的。这首歌激励了一代又一代人，他们为社会主义祖国的解放、进步发展和改革开放做出了应有的贡献。

与他们相比，我们都是成年人了，无论从思想上、知识上、环境以及条件上，我们都十倍百倍的优于他们，但我们的理想目标、肩负的使命又是什么呢？能够比他们更高尚吗？能够比他们更神圣吗？前几天到唐山参加市能源职业学院组织的“打造一流职业员工”培训时，当授课教授问大家“十年以后你在哪儿”“十年以后你在干什么”的问题时，很少有人能够痛痛快快地答出这个问题，很多人都不知道自己十年以后在哪里，在干什么。这可不可以说是这些人的悲哀呢？前段时间，公司提出了打造学习型企业，我们有些人不知道如何给自己设定学习愿景，足可以见这些人思想意识、知识能量、长远规划、综合素质的缺失。其实如果我们听懂了上面的儿歌，也就能够正确地为自己设定目标，就会知道自己的愿景是什么、在哪里了。2005 年公司正式提出了“凝聚钢铁意志，打造百年津西”的企业愿景。今年公司又提出了以“为社会创造繁荣，为股东创造回报，为企业创造财富，为员工创造前途”的企业使命为主题的“四为”企业文化，足以说明公司的目标愿景与社会和国家的愿景是一致的。只要我们的目标愿景与公司和社会的目标愿景统一在一起，那么，企业的明天就会更加光辉灿烂。如果确定了自己的目标愿景，那就要看我们为了明天的辉煌是否做好了准备。明天的美丽要靠今天的努力去创造。那么，我们就要在今天做好思想上、知识上、素质上、技术上、能力上和精神上的准备，并竭尽全力为明天的冲锋吹响战斗的号角。

（刊登在2007年津西炼钢厂《钢讯》第13期总第23期）

“6S”管理从我做起

“6S”管理是现场管理工作的基础，对于提升企业形象、提升员工归属感、减少浪费、保障安全、提升效率、保障品质、改善工作现场环境、秩序等具有重要作用，最终提高员工的职业素养。随着“6S”的推行，员工发现问题与解决问题的能力会得到提升，每个员工的创意和工作热情都被很好地激发起来。

炼钢厂从下半年开始推行“6S”管理活动，这对企业文化建设也具有举足轻重的作用。但是，如果仅仅是工作现场在变，而人的意识不变，企业的文化不变，那么“6S”管理的推行也是不成功的。如何能够把“6S”管理推广开来，的确是让人值得思考的事情。有的企业也曾经搞过“6S”管理，但效果不是很好。所以我们应该深刻意识到，“6S”管理是一项长期的、全员性的管理活动，而不单单是哪一级领导或哪一个部门的事情。既然是全员性的活动，也就是说我们每位员工都有一份责任，都应该为这项活动贡献自己的聪明才智。都应该从我做起，从现在做起。都要将“‘6S’管理，让我怎么干我就怎么干”的思维转变为“按照‘6S’管理的要求，我应该怎么干”，“‘6S’有限，创意无限”。这就需要钢厂的每一名员工都必须清楚“6S”管理的概念、意义、作用和操作方法，因此，厂部从去年下半年开始，就着手对中层干部和班组长进行“6S”管理实战的培训和学习，并通过班前会向全体员工灌输“6S”管理的思想。这样才有利于所有员工在“6S”管理中大显身手，体现自身的价值。

同时在“6S”管理推行过程中，我们建立了一个比较好的管理体系，制定了较为详细的安排意见，提倡按照规定办事，提升品质文化，提高人的能力，追求一流的生产环境。此外，员工也要进行一下换位思考，就是说每位员工都应该站在管理者的角度上考虑问题，更准确地说就是员工都要把这项工作当作自己的事情来做，这样更有利于“6S”管理的推进。这样才能够培养员工对待每一件小事的习惯，克服马马虎虎的毛病；才能够促使员工培养起按照规定办事的良好习惯，减少不规范作业；才能改变环境，并在环境改善的同时，工作现场也得以规范。物品存放的地点、数量和存取规定都有记录和标识，才能使员工行为规范与否能够一目了然，才能使得每个员工自觉地按照规定去做。只有我们这样认真地对待每一件事，才能使自身的品质得以提升，使企业文化得以升华。

（刊登在2007年津西炼钢厂《钢讯》第14期总第24期）

搞好“6S”管理重在养成良好习惯

一位老教授退休后，到偏远山区的学校传授教学经验。由于老教授的爱心及和蔼可亲，在教授即将离校时，许多学生依依不舍，所以老教授答应学生，下次再来时，只要他们能将自己的课桌椅收拾整洁，就送给该校学生一份神秘礼物。

在老教授离去后，每到星期三早上，所有学生一定将自己的桌面收拾干净，因为星期三是每个月教授例行前来拜访的日子，只是不确定教授会在哪一个星期三来到。其中有一个学生想法和其他同学不一样，他一心想得到教授的礼物留作纪念，生怕教授会临时在星期三以外的日子突然带着神秘礼物来到，于是他每天早上都将自己的桌椅收拾整齐。但往往上午收拾妥善的桌面，到了下午又是一片凌乱，这个学生又担心教授会在下午来到，于是在下午又收拾了一次。想想又觉得不安，如果教授在一个小时后出现在教室，仍会看到他的桌面凌乱不堪，便决定每个小时收拾一次。

到最后，教授也没有再来，但他终于明白，他已经得到这份神秘礼物，因为只有他养成了时刻保持自己桌面整洁的良好习惯。

养成良好的习惯是人一生的财富。“6S”管理就是要员工都养成良好的习惯，在良好的习惯形成之时，你就会看到自己的收获，企业也会因此而有很大的改进和提高。这一点我们在上面这个故事里可以找到良好习惯的价值。

自炼钢总厂典型推开“6S”管理以来，各试点单位都行动了起来，并且收到了明显的效果。但仍然有个别人对“6S”管理了解不多，有的对“6S”管理的实质不清楚，所以还在观望。“6S”管理的最终目的就是提升人的品质。人的品质是人的言行以及对待各种环境的社会责任感。而在“6S”管理中,“人的品质”的具体内容主要有三点：第一，革除做事粗心马虎的毛病，养成凡事认真的习惯，即认真对待每一件事情；第二，遵守规定，养成按照规定去办事的习惯；第三，文明礼貌的习惯 。通过推行“6S”管理，能够在这三个方面取得非常大的成效。现在特别是在四个试点车间的现场，随时你都能看到有员工在清理现场、扫平台、擦拭栏杆。我曾经问过现场擦栏杆的员工，一个班擦几遍，他们回答是“只要有空就擦”，一句简单的回答足以说明我们的员工已经养成了主动工作的良好习惯，而不是“推推动动，不推不动”。不难看出,人的三点品质中有一个共同点就是养成良好的习惯。可以说养成良好的习惯是一个人一生取之不尽的财富。

人可以改变环境，环境也可以培养一个人，这就是所谓的“人造环境、环境育人”。人与环境的关系是一个相互影响的过程。过去那种杂乱不堪的现场，你身在其中并不觉得怎么乱，因你已经习惯了这种环境，而现在干净整洁的现场让人有一种说不出的自豪感，稍稍有点不干净，就会让人感到不舒服、不协调、不自在。一次我下现场在连铸平台上，一位班长拉着我们手要我给他们干净的平台照相，并让我给他们提意见，从中不难看出，他们的人在变，思想在变，态度在变，行动在变，习惯在变，现场在变。这让想起了去年去重庆学习时，参观可口可乐公司，在公司院内一位山西的学员随手将刚刚抽完的烟头扔在了干干净净的水泥地面上，可是没有几秒种，他又拣了起来，一直到我们坐上车，走出院门口，他才把烟头扔出车窗外。这一举动让我看个正着，没有人让他把烟头拣起来，我想他一定是看到这个烟头与如镜的地面太不谐调才为自己的行为检讨。可见环境对人的行为习惯的作用。

在我们的生产生活中，就是要随时随地养成良好的习惯，这样，“6S”管理的素养也就达到了。

（刊登在2007年津西炼钢厂《钢讯》第16期总第26期）

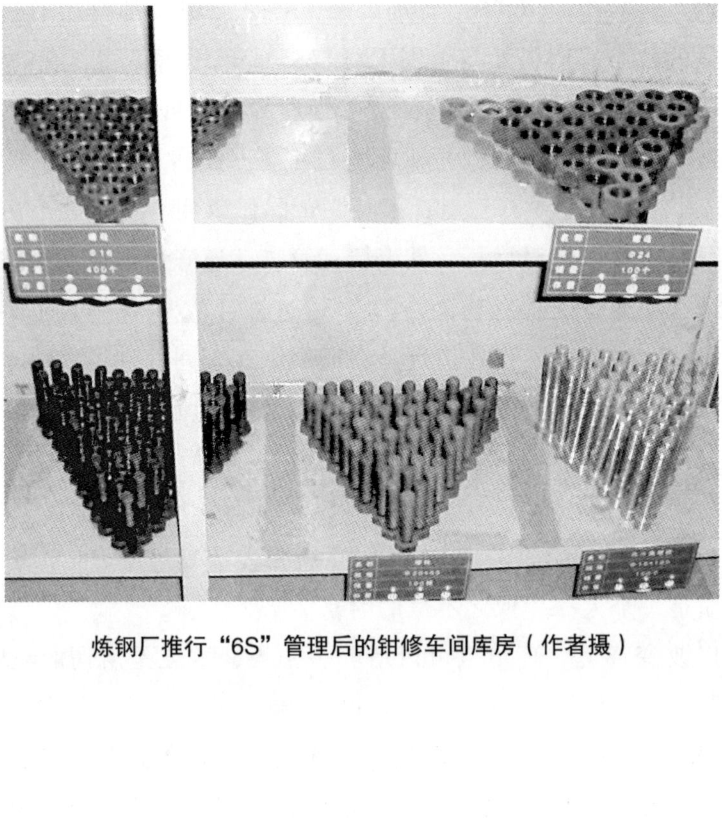

炼钢厂推行“6S”管理后的钳修车间库房（作者摄）

感悟人生

有人说人生是一首歌，悲中有喜，喜中有悲，不管是悲是喜都要唱完；有人说人生是一杯酒，甘醇可口，辛辣开胃，不管甘醇辛辣都得下咽；有人说人生是一幅画，美的让人陶醉，丑的让人生厌，无论是美是丑都要画全。人生总是这样，希望好的时候，不一定马上兑现，可不希望坏的时候，有时却不约而至。

我相信躺在医院的每一位患者，谁都不想自己生病，但这是你必须接受的事实，每个人都不希望自己的一生当中有痛苦、不愉快和灾难发生，但又有谁能够保证在自己一生当中就不会出现这些事呢？也就是说，不管是酸甜苦辣、喜怒哀乐、悲欢离合，每个人都得去经历，只不过是经历的多少而已。任何人也不可能一生都是高兴的事，也不可能一生都是烦心的事。因此在我看来，人生就是一只杯子，刚出生的时候，杯子是空的，等去见马克思的时候，杯子都是满的。每个人一生的任务就是用酸甜苦辣、喜怒哀乐、悲欢离合来把这个杯子装满，这样你才有资格到马克思那去报到。这样看来，我们完全有权力选择自己的杯子该如何装满。有的人只想在自己的杯子里装一些甜美的、喜悦的、欢乐的事情，而且总觉得装得不够，可是装来装去，最后剩下的都是苦闷、愤怒、悲痛的事，不愿意装也没有别的办法，否则马克思是拒绝接收的。所以他们恨老天不公，对人的待遇不平等，他们永远都不会知足，结果到马克思那里又落得个贪心太重的罪名。有的人总是情愿在自己杯子里把那些苦闷、愤怒、悲痛的事先装进去，甚至于想用这些把杯子装满，可到头来剩下的却都是甜美的、喜悦的、欢乐的事情，你不装都不成。等你把杯子装满后，马克思对你却像上宾一样，他们总会感觉上天很礼待他们，知足常乐可能就是指这些人说的吧。

我想“苦尽甘来”“能吃多大苦就能享多大福”“历经风雨见彩虹”“有舍才有得”这些道理人们都能够明白，但有些人在选择自己人生该如何走完时却显得不那么明智。也许你读了上边的内容就会知道自己人生的杯子该如何装满。

（刊登在2007年津西炼钢厂《钢讯》第17期总第27期，2008年收入滦河文学论坛优秀作品选《在河之洲》一书）

“6S”管理之我见

随着企业管理文化的发展，“6S”管理似乎又成了企业界的时尚，一提起“6S”，几乎每个人都能够知道整理、整顿、清洁、清扫、安全、素养这六项基本内容。也都知道这是一种比较理想的、科学的管理方法，但是要提到“提升企业形象、提升员工归属感、减少浪费、保障安全、提升效率、保障品质”这6项主要作用，知道的人可能就不会有那么多了。“6S”管理之所以好，就是因为这六项作用正是企业所需要的，老板们日益追求的目标。但要真正搞好“6S”管理决非作个报告、发个文件、提几点要求、喊几句口号、挂几条标语、写几篇文章就能解决问题的。这里简单谈一谈自己不成熟的建议：

（1）要从上到下逐层次全面培训“6S”管理方面的内容。因为“6S”管理不是哪一个人或哪一个部门的事情，而是全员共同参与的管理方法，所以必须先让员工认识并且接受，改变原有的思维模式，充分认识自己的不良行为和不良习惯，敢于否定自己。这样推行起来才会有良好的效果。就如同企业的奋斗目标一样，只有让员工都明白企业的整体目标，并且在能够认同的基础上，这个目标实现起来才更快。

（2）应该有专门的组织管理机构，对“6S”管理的培训、调查、分析、制定方案、组织实施、检查指导、考核验收、总结评比、改进提高等工作专职负责。“6S”管理是企业一项长期甚至永久的工作，不是三分钟热度，也不是做做样子给谁看，可以说只要企业要生存、要发展，就离不开“6S”管理实务，因此如果把这项工作靠挂在哪一个部门或者由哪个单位兼职，势必会影响工作效果或半途而废。

（3）在“6S”管理推行过程中，应该在条件较好一些、人员素质相对较高的个别单位试点推行，以点带面。就拿我们现在吃西红柿，当时刚引进我国时，有人认为它是一种武器，还有人认为它是一种毒品，后来经过老外再三说明它的好处，并且亲自吃给大家看，人们才一点一点地接受了这世上的美味。“6S”管理对我们大部分人来说都是一个新生事物，都没有经验，只能在推行中不断总结积累，寻求捷径，待有了样板后再全面推开，多组织内外部的参观学习，使其他单位有学习的目标，能够很大地提高效率。

（4）在活动开展过程中，干部要给以高度的重视。正确的政策制定以后，干部起决定性因素。并且要率先接受、学习“6S”管理的相关知识，以正确引导员工开展工作，否则将会影响整个活动的开展。

（5）在整个活动的推广过程中，自始至终要坚持发动所有员工的聪明才智，把他们敏锐的思想开动起来。让他们参与进来，并且让他们唱主角，到那时“6S”管理活动收获的将是意想不到的非常好的结果。

（6）在“6S”管理推广过程中，要制定一套严格的奖罚制度和检查制度，按期检查如实考核。有的企业之所以在很短时间内走下坡路，很大程度上不是缺少制度，而是缺少不折不扣的检查，加之国人特有的惰性，久而久之，制度也就失去了应有的效力，形同虚设了。

总之，“6S”管理是基础管理的基础，现场不推行“6S”管理，其他的基础管理就是空中楼阁。随着“6S”的推行，员工发现问题与解决问题的能力就会得到提升，每个员工的创意和工作热情都被很好地激发起来。这对良好企业文化的塑造无疑具有举足轻重的作用。但是，如果仅仅是工作现场在变，而人的意识不变，企业的文化不变，那么“6S”管理的推行也是不成功的。关键在于企业是否创造了一种追求卓越、追求细节的文化，是否提高了员工的品质意识。

（刊登在2007年津西炼钢厂《钢讯》第18期总第28期）

不要淘汰自己

在我们周围，很多人因自己工资低而思想消极，“既然给我这样少，我就干得少”，这样做虽然短期内对公司造成了一些损害，但长此以往，消极的思想会令他看不到自己的前途和潜力，失去动力和自信，会使他失去许多宝贵的机会，只能浑浑噩噩、碌碌无为地浪费生命，一事无成，埋没了自己的才能，结果很可能被企业所淘汰，最后受伤害的其实是自己。

从表面上看，我们付出了劳动，企业发给相应的工资，公平交换，但在工作过程中我们所获得的经验、技能等东西与工资相比，其实际价值要高得多。企业支付给我们的是金钱，而我们在工作中所学到的却是可以令你终身受益的无价之宝，所以说，工作是为了自己。那么由于自己工作不努力而遭淘汰，能怨得上别人吗?

其实工作给我们的，要比你为它付出的更多，不管你的工资收入是多是少，那只是你从工作中获得的一小部分，提高工资虽然可以减少人的不满，但却不能增加人的满足感，能够增加人满足感的，还是工作本身，所以不要过分看中工资，应用更多时间接受新知识，培养自己的能力，展现自己的才华，因为这些东西将成为自己的立身之本，如果你将工作视为一种学习经验的积极手段，那么你就不会总是为自己该拿多少工资而大伤脑筋了。你会发现你开始喜欢你的工作并且愿意把它做好。

作为一名员工，你需要时刻提醒自己，“我是个有用的人”，没有人瞧不起你，关键是你如何看待自己的工作。其实每一件工作都值得我们去做，不要小看自己所从事的每件工作，即使是最普通的事，也应该全力以赴，尽职尽责地去完成，工作本身没有贵贱之分，但工作态度却有好坏之别。看一个人能否做好事情，只要看他的工作态度，一个人的工作态度与其本人的性情、素质有着密切的关系，所以了解一个人的工作态度，从某种意义上说也就了解了这个人。不尊重自己工作的人，实际上是不尊重自己，害怕接受挑战者，总在不断寻找拖拉和逃避的借口，这种人迟早会被企业所淘汰。换句话说，这种人其实是被自己淘汰的。由此可见，淘汰并不是哪一个人或哪一个部门所能决定的事，而是完全掌握在自己的手中，那么如果我们不想淘汰自己就应该用心去对待每一项工作。

（刊登在2007年津西炼钢厂《钢讯》第19期总第29期，2008年收入滦河文学论坛优秀作品选《在河之洲》一书）

为了亲人和自己，开车悠着点儿

无论是以前骑摩托车，还是现在开汽车，凡搭乘过我车的亲戚朋友，都说我驾车比较稳当，坐我的车放心。而我独自驾车时，熟人却说我开车的速度太快，让我悠着点儿。

为何都是我驾车，乘车的和看我驾车的人却有两种截然不同的评价呢?

静心反思，我找到了答案：原来，我自己驾车时，总有一种放纵感，认为速度快点儿才有激情、才爽。在追求这种快感的同时，戒心就会渐渐消失，取而代之的是车速越来越快。这样，一旦遇到突发状况，就难于控制。

而当有人搭乘车时，我总有一种无形的压力，驾车比较谨慎。在我看来，他们的安全就是我的责任，再加上他们也不时地提醒我："这路不好走，慢点儿；那里人多，要小心。"车速自然就快不起来了。尤其是行车途中，亲眼目睹过几次因开快车导致事故的惨景后，血淋淋的场面使我终生难忘，我更加觉得没有什么比安全更重要的了。那些提醒我开车慢一点儿的朋友，其实也是出于对我的关心爱护。

现在，无论有没有人搭车，我都会把车速控制在安全行驶的范围内。一旦后面有车超过自己，也想逞强加速时，耳旁就会响起亲人叮嘱的话，就想象一下如果身边坐着亲人朋友自己该怎么办？于是，理智就战胜了斗气的冲动，车依然开得很稳。

随着社会的进步，时代的发展，人们富裕了，路宽了，各种各样的机动车也多了起来。随之各种交通事故也多了起来。人们常说："十次事故九次快"。那是因为驾驶人在高速行驶时，由于头脑发热，不但对所驾车辆速度不能正确判断，而且对行人、非机动车、其他机动车速度也会估算不准。因此，在超越前车时，就容易低估对面来车的速度、距离和要超越前车的相持距离。当发现情况时，往往容易因措施不当发生相撞或刮擦事故。如果我们总是把速度控制在安全范围内，若遇到突发事件，就能冷静处置，在事故之前把车速降下来，把车辆控制好，就能保证自己和他人的行车安全。

每个人都应该明白，在你的身上，承载着家人的幸福和希望，肩负着家庭和社会的责任。因此，不论你何时何因驾车出行，都应该时刻把安全放在第一位，时刻把亲人和朋友的嘱托放在心上，让亲人为你的安全站岗。

（刊登在 2010 年 3 月 18 日《津西人》报第 266 期）

津西让我梦想成真

小的时候，我有许多理想。

上学的时候，我的理想是将来能够成为一名大学生。但由于受家庭生活条件的限制，从小学到初中一直当班长的我，被迫放弃中考走出学校大门，上大学也就变成了梦想。

作者（中）与工友在元旦晚会上为员工演唱

第一次在电视上看春节晚会时，那一个个精彩的节目又让我冒出一个有一天也能在春节晚会上演出，为大家送去欢乐的理想；听着电视里的歌星演唱会，就想到有朝一日自己也能站在舞台上为大家唱上一首自己写的歌；过春节看到家家门口贴的对联，就想什么时候也能把我作的对联贴在门口……

可所有这些理想，随着岁月的流逝，几乎都变成了梦想。

1986 年，我有幸成了津西的一名员工，开始步入了人生的一个新天地。

转眼间，二十年过去了。在津西的二十年，我所有的梦想都变成了现实。在别人眼里，津西可能就是一个钢铁企业，但在我心中，她不仅是一个企业，更是一所大学。在这里，不但能学到大学里的各种理论知识，更能学到大学里学不到的人生真谛。1992 年到 1995 年，我在单位的帮助和支持下，在迁西电大读完了文秘中专课程，实现了我中专的梦想，弥补了我被迫初中辍学的遗憾。2001 年，我又荣幸地被公司安排参加了中层干部大专学习班。2002 年顺利通过成人高考。2005 年拿到河北理工大学的毕业证书，圆了我学生时代的大学梦。

在津西，始终坚持物质文明与精神文明相结合的企业文化理念，每年都组织各种各样、丰富多彩的文化娱乐活动，让员工从内心感受到家的温暖。由于我爱好文艺，所以也就成了公司文化活动的骨干。1994 年，在迁西县第一届“卡拉 OK 青年歌手大奖赛”上，我取得第一名的成绩，在听众如雷的掌声里，我第一次过了把“歌星”瘾，为大家送去欢乐。2006 年春节，由于公司的推荐，我又在迁西第一届春节晚会“津西之春”上登台表演，并且在舞台上第一次为大家演唱自己写的歌《没有安全就没有欢乐幸福的家》，实现了我在春节晚会上把自己写的歌奉献给千家万户的愿望。二十年来，在工作之余，我得过交谊舞、曲艺作品创作、相声表演、剪纸、对联等多个第一，我拟的对联在 2006 年的公司团拜会场高高悬挂，并荣获一等奖。这些对于初中毕业的我来说，原本都是一个个的梦想，但津西让我的每一个梦都变成了现实。

因此，我没有理由不以一颗感恩的心从事工作———挑灯写作、编辑厂刊、奉献假日、办培训班，并连续两年被评为公司优秀通讯员……

面对公司一日千里的发展，日新月异的变化，如花似锦的前程，作为一个津西人，我感到无比幸福、骄傲和自豪。我的经历充分说明，津西的前途就是我们的希望。只要我们与之休戚与共、唇齿相依，全身心地投入到她的建设之中，津西就能够让你在任何一个平台上找准自己的位置，就能让你在自己的岗位上展现人生价值，就能让你的梦想成真。

（在 2006 年“津西创业二十周年有奖征文”活动中获二等奖，刊登在 2006 年 6 月 2 日《津西人》报第 76 期，同年 10 月收入津西企创业二十周年纪略《腾飞之路》）

小小说

感　　恩

周末的晚上，儿子带着爱人和孩子回到了老家。饭桌上，一家人高高兴兴，父子两个推杯换盏，享受着和睦的气氛。

儿子说："这几年，我在津西上班，很少回家，今天好容易聚在一起，咱爷俩多喝几杯。"说着，给父亲倒上了自己刚带回来的"剑南春"。父亲说道："今后你不要买这么贵的酒了，挣点钱不容易，你还得养活孩子老婆呢。"儿子说："酒贵点没关系，好歹我也是个小头头，供您喝酒的钱还是有的，再说，您小时候就光受苦了，又把我们从小拉扯大多不容易呀。"

父亲年少时正赶上"文革"，那个时候，家里困难，吃不上穿不上，儿时的父亲是村上的邻居东一顿西一顿，这家给条旧裤子，那家给条旧褂子，可以说父亲是吃百家饭长大的，所以父亲长大后，总是怀着一颗感恩的心对待村上的每一个人。父亲是农医，只要有人找他，不管什么时候，抬脚就走，有时连饭都顾不上吃，他说看病要紧。能用 1 元钱治好的病他绝不卖给人 10 元钱的药。后来父亲娶了母亲，有了儿子，可是老天不作美，儿子 3 岁起就没了母亲，父亲是又当爹又当娘，只凭自己干农医挣钱维持这个家。按说父亲后来本可以再续上一房媳妇，可他怕后妈对儿子不好，所以就一直独身。并且省吃节用供儿子念完了大学。儿子正是因为有这样的父亲而感到骄傲，并且心存感激，所以每次回老家都大包小包地给父亲买上好多吃的、喝的，就像对待自己的儿子一样，他知道父亲喜欢杯中之物，因此每次都忘不了花上几张"100"给父亲买上一箱"剑南春"，让他老人家天天享上过年的福（第一次买酒回家，父亲高兴地说："以前，连过年都没喝过这样的好酒"）。

酒过三巡，菜过五味。儿子想起了前几天的一件事，郑重地对父亲说：“爸爸，您愿意儿子每月挣三千呢，还是每月挣三万呢？”

“什么意思？”父亲正喝的高兴，一听这话愣住了“你没吃错药吧，啥好事人家一个月给你三万哪，不是倒‘粉’吧，那事咱可不能干！”

2017 年将《感恩》改编成小品搬上了津西春晚（作者摄）

“不是，前几天河南有人找过我，他们那新建的钢厂，让我到他们那去干，月薪三万”。

这话一说不要紧，父亲一听就火了：“你小子翅膀硬了吧，还反了你了，人家给你钱多，你就到人家那干？你知道这叫什么吗？这叫忘恩负义，你忘了你刚毕业那时候找工作有多难了吗？可到建筑公司干了两个月，结果一开工资一共给了你 15 元钱，急得你连哭都找不着调。在你最困难的时候，是津西收留了你、帮助了你、成就了你，现在以为你会挣钱了，发达了，你就要另谋高就了。我告诉你，你要想去，你得先把我打发喽，反正连津西对你都没用了，我就更没用了，你自己看着办吧。”

看着父亲发这一通火，儿子“噗哧”一下乐了。对父亲说道：“瞧您急的，儿子跟了您这么长时间，你还是不知道我的性格。可我非常了解您，全村人都对您有恩，对咱家有恩，您就知恩图报，那么，您对我有恩，儿子怎么会忘呢？津西对我有恩，我更不能忘。要那样我还是您儿子吗？您放心，我早已经告诉他们了，给多少钱也不去，津西就是我的家，外边再好也不如家好。”

“那你刚才这是……”父亲一时间成了“丈二的和尚”。

“我只是想试探您一下。”

父亲一听，在儿子头上“表示”了一下，“你这个坏小子”。然后，端起酒杯和儿子一撞“干”。

（2006 年 10 月收入津西企创业二十周年纪略《腾飞之路》，2010 年收入紫风铃文丛之《魅力迁西》）

喇叭花

通往军营的山路上，飘溢着花的芳香。田野里、草丛中满是红的、白的、紫的鲜花，像一群顽皮的孩子缠着大人们嬉笑着，追逐着。路边那些半人高的小矮树上爬满了可爱的喇叭花，像身穿连衣花裙热恋中的姑娘紧紧地拥抱着即将远行的爱人，生怕他要跑掉似的。

一位年轻的母亲用一辆小童车推着她刚满一周岁的女儿缓缓地向半山腰中的军营走着。她的丈夫———一位英雄的排长，在5月份抗震抢险中，为了抢救群众，献出了年轻的生命。

母亲边走边教女儿："兰兰，叫妈妈。"小兰兰回过头来，胖乎乎的小手指从嘴里拿出来，两只水晶般的大眼睛来回转了两圈，愣了一下，甜甜地叫了一声："爸———爸。""兰兰听话，叫妈妈"，随之又是甜甜的一声"爸———爸"。母亲显然有些慌了，但旋即又俯下身去，勉强装着笑脸问道："兰兰想爸爸了吗？"兰兰用胖乎乎的小手拍拍自己的小肚皮儿，嘴里依然喊着："爸———爸、爸———爸"。母亲茫然了，如果告诉她爸爸再也不会回来了，那对纯真的孩子真是太残酷了，孩子还在渴望她本来应该得到的父爱。母亲抬头看看远处天边的浮云，看看眼前的喇叭花，又低头看看兰兰。当她发现女儿正用期待的眼神看自己时，眼一热，鼻子一酸，眼泪在眼眶里转了两圈，但终于没有让它流出来。

"不能让兰兰纯真的心灵受到感情的伤害。"母亲这样想着。她耐心地对女儿说："兰兰，爸爸到很远的地方去了，你想爸爸，爸爸也会想你呀。"说到这儿，她用手指了指路边小树上的喇叭花。"你看那路边的喇叭花，只要你吹响那小喇叭，爸爸听到喇叭声，就会回来看小兰兰的。"说完母亲把兰兰推到了路边长满喇叭花的草丛前。小兰兰用一只胖乎乎的小手抓住一只红色喇叭花，回头望一望母亲。母亲点点头："兰兰揪下来，吹响它！"兰兰吃力地揪下一只喇叭花，放在嘴边使劲地吹了起来，喇叭花吹破了。她又去揪第二只白的，第三支紫的……

望着天真、烂漫、可爱的小兰兰扔下一个又一个吹坏的“喇叭”，又不甘心地一个接一个地去揪，母亲的心碎了。她强忍着受伤的心告诉女儿：“兰兰吹响了，兰兰吹得真响，爸爸一定听到了兰兰的喇叭声，很快就会回来看我们的宝贝兰兰了。”说完，再也控制不住内心的悲痛，背过脸去，眼泪涮地流了下来。

小兰兰听见母亲的话，停下手中的“喇叭”，“咯咯咯”地笑了，笑得那样的开心，那样的天真。

咯咯的笑声，默默的哭声，无旋律的“喇叭”声和醉人的花香，随着无力的风，使劲地向远方飘去，飘去……

（2006 年 10 月收入津西企创业二十周年纪略《腾飞之路》，2010 年收入紫风铃文丛之《魅力迁西》）

百元背后

自执行“生产调度会上禁止手机铃响和接打手机，否则每响铃一次或接打手机一次，交现金罚款一百元到考核办”的规定以来，干部们都已养成了在会前把手机关掉或打到振动上或遇有紧急电话走到会议室外接打的良好习惯。这不仅维持了会议的正常秩序，而且提高了会议的质量和效率。然而，这一年多来也发生了两次让人忍俊不已的事。

有一次早调会上，刚刚值完夜班的老郭，聚精会神地听领导安排布置白天的工作，以便回去认真组织落实，并按时按质按量地完成任务。当熟悉而又悦耳的铃音“2002 年的第一场雪”飘起来的时候，他还傻乎乎地看别人呢，心想谁还有这么大的胆子呢？随着铃音增大，他看清了，也听清了：大家把目光都瞄向了自己，自己也发现：铃声就来自上衣口袋的手机……一阵惊慌失措，一阵手忙脚落……“唉，全怪自己昨日值班后忘了关掉手机，来得更晚一些的那场雪让我掏了百元清扫费。”

还有一次，孙助理的手机电量不足了，那块备用电池还未充满，又怕关机后有人打电话或有事找，于是就让手机“挺”着吧。没想到，早调会快结束了，他的手机却响铃了，不是有人打，也没有事找他，原来是手机没电后，自动关机所发出的提示铃声……孙助的脸红了，像熟透的苹果……会议刚一结束，他马上宣布：“会后我主动到考核办交百元现金。”之后他又自言自语地说：“看来，让设备‘挺着’作业没啥好处，计划性检修必须坚持呀。”

会上手机铃响或是接打手机，本是一件非常平凡的小事，为什么炼钢总厂却如此严格地要求，还以百元现金来落实考核呢？厂长张树江的一席话给了我明确的答案：这样的小事一点也不能含糊，落实起来也必须严肃，坚持制度面前人人平等是我们落实制度的根本原则，尤其是干部们，更应一丝不苟地执行到位，如果连这样的小事都做不好，又怎么能约束管理好手下的弟兄呢？换句话说，这样的小事都不能身先士卒，又怎么会带出一支“军令如山倒、团结齐向前”的团队呢？由此及彼，整个队伍还谈什么日常精细化管理，还搞什么生产经营呢？……

看来事情虽小，意义蛮大哩，原来这百元背后还有这样的玄奥所在呢！

（刊登在2006年6月1日津西炼钢厂《炼钢快讯》第10期总第16期）

第四部分

RENSHENG XIEQU HUANLEDUO 人生撷趣欢乐多

（曲艺篇）

孔子说：未知生，焉知死。也就是说要想知道死，就要懂得生。每个人对生命的解读不同，对事物的看法也完全不同。这完全取决于每个人看待事物的角度和个人的心态。生活中任何事情都有正反两方面的结果，好坏、对错、欢乐与痛苦都是相对的，只要你找对角度，端正态度，以乐观的心态去面对一切，你的人生就一定不乏幸福和快乐，这样，你既可以自己享受快乐，还可以与他人分享快乐。

2017 年作者（左一）在迁西县“五一劳动者红歌演唱会”的小品中客串出租司机时与小品剧组全体人员合影

相　　声

爱　　好

（1990 年）

乙：今天是元旦，也就是新年，我在这为大家说段相声。相声吗，它是语言艺术……

甲：哎嘿，哎嘿……

乙：（大声说）别唱了！

甲：（一机灵）干吗呀，你吓我一跳。

乙：干吗？我还问你呢，你在这干吗呢？

甲：问我呀，我在唱歌呀。

乙：让大家听听，这调没个调，味没点味，是唱歌吗？

甲：不是唱歌是什么？

乙：我听着像头驴在叫。

甲：你们家驴都这样叫哇？像话吗？

乙：我不是这个意思，我是说，这里是晚会，这会儿该我为大家表演了，你呀，就别在这唱了。

甲：你庆你的元旦，我迎我的新年，咱谁也不碍谁，再者说，我一生最大的爱好就是唱歌，不让我在这唱，你给我找个地方。

乙：可以呀，今天大吉大利，是新郎新娘喜结良缘的好日子，结婚的少不了，你呀，到婚礼仪式上去唱。

甲：行，可到别处去不方便，我看就在你的婚礼上唱一唱吧。

乙：别扯了，我孩子都好几岁了，才举行婚礼啊？

甲：别吵吵，这未婚先育可是计划生育政策所不允许的，当心计生办罚你的款。

乙：谁呀，我是说我早已经结过婚了。

甲：这不是打比方吗。

乙：那你也说清楚哇。

甲：咱现在就开始：一拜天地，二拜高堂，夫妻对拜，不入洞房。

乙：天地都拜了，怎么不入洞房啊？

甲：(《愁哇愁》调）愁哇愁，愁就白了头，如果我与你入了洞房，就如同住进监狱的楼。

乙：去你的吧。

甲：你看，这挺好的洞房变牢房了不是，我看就这唱歌最合适，有灯光，有乐队，还有这么多观众，来，乐队！

乙：你就别喊了，不行。

甲：你这人怎么回事，我可告诉你，今天你要不让我在这唱呀——

乙：怎么着？

甲：我就不走了。

乙：这不成心捣乱吗？

甲：这怎么叫捣乱呢？我这下班没事，在这唱歌你们不让，那班上不好好干活的你们怎么不管呢？

乙：有这事吗？

甲：一次我叫维修的李师傅去干活，(《北国之春》调）我走过去，看一看，李师傅他正在那里。

乙：干什么活告诉他吧。

甲：（唱）李师傅你把九号皮带机地角给焊焊去。

乙：他去了吗？

甲：不用焊，用象舔吧。

乙：有老虎没有哇？

甲：老虎干吗呀？

乙：那你这大象是怎么回事啊？

甲：是啊，我也奇怪呀，我刚要去看看，李师傅一句话吓了我一跳。

乙：什么话？

甲：别动，动你就死了。

乙：还有生命危险哪，怎么办？

甲：生命诚可贵，青春也美好，若为生产故，二者皆可抛。

乙：好样的。

甲：我近前一看，(《阿里巴巴》调）阿李，阿李师傅，阿李师傅正在下象棋，飞象、跳马、出车、拱卒，阿李，阿李师傅，阿李师傅一步将军，你别动了，动没命了，缴枪不杀，你算输了。

乙：原来是下棋呀？

甲：就是啊。

乙：还有干别的吗？

甲：有哇，看书的。

乙：是吗？

甲：告诉你一个窍门，如果你了解了一个人的爱好，光看人就能知道他看的书作者是谁。

乙：真的？

甲：没错。

乙：那你说小张看的什么书？

甲：(《上海滩》调）不用看，不用瞧，言情小说，作者是琼遥。

乙：你怎么知道？

甲：（唱）因为他很崇拜，琼瑶的小说。

乙：那小李看的呢？

甲：（唱）武侠小说。

乙：作者？

甲：（唱）金庸写的。

乙：这很简单吗？

甲：是吗？今天小李又在看书，你知道是谁写的吗？

乙：金庸写的武侠小说。

甲：错了。

乙：没错。

甲：错了。

乙：那他看的什么书呢？

甲：他看的是《炼铁学》。

乙：他不是很崇拜武侠小说吗？

甲：那是以前，现在的小李，经过厂情教育和劳动纪律教育，思想上有了180度的大转弯，从此开始钻研专业技术，不信你问问工会的魏大姐，图书室的那些工具书几乎让他看遍了。

乙：这就对了，年轻人就要有朝气，好学上进是好样的。哎你都看些什么书哇？

甲：（《我是一个兵》调）我不爱看书，我只爱唱歌，一天从早唱到晚，梦里也不闲着，来！来！来！干什么，唱什么，唱什么，干什么，谁要不让我唱——

乙：怎么样？

甲：（唱）坚决打他不留情。

乙：嚯，你看这位还真是牛皮不漏——

甲：怎么讲？

乙：只管吹呀，就你这德行，还干什么唱什么呢？

甲：这德行那点不好？不信是不？

乙：看不出来。

甲：那好，今天就在这试试。

乙：行啊，但可别丢了面子。

甲：你这就叫河塘里面虾米少——

乙：怎么讲？

甲：多鱼（余）呀。

乙：看来这位还真有两下子。

甲：什么叫有两下子呀，原来有三下子呢，到邯郸培训去一次，丢那了一下子。

乙：那你就先由早晨开始时唱吧。

甲：（《清晨》调）清早听到公鸡叫喔喔，推开窗门迎接晨曦到，洗脸刷牙吃个饱哦哦，骑上狮子就去上班了。

乙：等等，你骑什么上班？

甲：狮子啊。

乙：你骑狮子上班也不怕它咬你呀？

甲：咳。我的自行车是金狮牌的。

乙：原来是这样，往下唱吧。

甲：（唱）路上的行人多高兴，那红彤彤的太阳对我笑，新鲜的空气多么好，呀（一惊），津西铁厂已在眼前了。

乙：这就到了，你在哪个车间上班呀？

甲：（《椰子树下》调）你问我的工作单位是哪个，我要轻轻告诉你是原料，你问我的工作岗位是什么，我的职称皮带操作。

乙：就这还职称呢？

甲：（唱）换上工作服，戴上安全帽，脚下蹬翻毛，先试信号铃，后试皮带机，然后再要料。

乙：安全生产，时刻不忘，说干就干。

甲：（唱）先要一遍是那个垫底料。

乙：后来呢？

甲：再要一遍是那个混合料，一遍两遍三遍，七八遍，转眼中午我的肚子叫。

乙：他还饿了，那就回家吃饭吧。

甲：（《沈阳我的故乡》调）朋友你不知道我们的情况，规定上不让脱岗。

乙：那怎么办呢？

甲：（唱）不知不觉地溜回家中，填饱肚子我再来上岗。

乙：查到你可是要填违纪卡的？

甲：（唱）你守北门，我出南门，这样他不会碰上。

乙：看他到蛮有经验的。

甲：（唱）用不上二十、三十分钟，我又回到我的岗位上。

乙：接着要料吧。

甲：（《老椰子树下》调）要过朦锅料，大事完毕，巡回检查设备不能忘记。

乙：对。

甲：（唱）清清托辊，卫生扫净，到浴池洗洗澡，只等交班。

乙：交了班，就回家吧？

甲：（《打靶归来》调）日落西山红霞飞，骑上狮子把家归，把家归，胸前的厂徽迎彩霞，我的歌声满天飞，米索拉米索，拉索米多来，我的歌声满天飞，一、二、三、啪叽。

乙：想吃扒鸡呀，那得下饭店。

甲：不是扒鸡。

乙：不吃扒鸡，还想吃烤鸡？

甲：也不是烤鸡。

乙：那就涮羊肉吧。

甲：都什么乱七八糟的？

乙：你不说扒鸡吗？

甲：那儿呀，我一高兴，双手把车把一撒，啪叽摔在马路牙子上了。

乙：咳，你也小心点呀。我说你唱一天了，晚上该休息了吧？

甲：（《半梦半醒之间》调）就在半梦半醒之间，我又来到你的面前，如果你还不让我唱，今天我就跟你——

乙：怎么样？

甲：（唱）没完。

乙：看起来你还真是个歌迷呀。

甲：就这么说吧，就连我写情书都用歌名来写。

乙：看这位是越吹越大发。

甲：不信是不是？

乙：这话我也会说。

甲：光说不行，今天我就给我们那位写了一封。

乙：（对观众）看来这位没有栽过跟头，今天咱得让他在这现现眼，（对甲）看来今天我是遇上高人了，即是这样，你能不能给大家念念？

甲：在哪儿？

乙：在这呗。

甲：不行不行。

乙：没本事就别在这装大瓣儿蒜。

甲：不是，您说我给我们那位写的信，在这里给大家读，多难为情啊！

乙：您看，咱今天来的员工没结婚的青年男女也不少，在这念念，不正好也让他们学习学习吗。

甲：要不就在这念念？

乙：念念。

甲：好，正好我的信还没有寄出，今天就让您见识见识什么叫高手，你可听好了。

乙：您好就来吧。

甲：（掏出信）安娜：

你好，我寄给你的那张《空白明信片》,《你收到了吗》？《安娜》,《不一样的女孩》,《你知道不知道》,《静静的夜晚》,《当我想你的时候》,《独行》在《无边的海岸》,《声声呼唤》《你的名字》，你是我《唯一的思念》，除了对你的《思念》，我《一无所有》。《一生何求》，我《只愿一生爱一人》。安娜，只有你《永远在我心里》,《我爱你》,《真的爱你》，此情《千载不变》，我愿《倾我今生》，只《愿你长相伴》。奉上我衷心《祝福》千串，《祝你快乐》,《愿友谊地久天长》。

《捕风汉子》于《夜半一点钟》

乙：嚯！

对 对 联

（1999 年）

甲：刚才的节目太好了。

乙：对，是很精彩。

甲：接下来就该咱俩现眼了。

乙：你才丢人呢！

甲：瞧您的，急什么呀，我是说，该咱俩现场表演了。

乙：您直接这么说不就完了吗？

甲：这不是抄点近吗。

乙：您这一抄近，我可费劲了。

甲：今天是什么日子，您知道吗？

乙：这还用说，今天是元旦哪！

甲：对，也就是我们所说的阳历年，每到这个时候，人们都要贴条幅，挂对联，以示庆贺。

乙：过年吗，嗯……刚才您说什么？

甲：贴条幅，挂对联呀。

乙：不对，应该是挂对联，贴条幅。

甲：这不一样吗？

乙：咳，我也让您给搞糊涂了。

甲：应该是贴对联，挂条幅。

乙：哎，这就对了。您还记得去年炼钢投产在职教中心前面挂的两道条幅吗？

甲：记得，哎呀，那条幅写得好，带劲。

乙：上联写的什么？

甲：上联写“十五万吨立丰碑，只是宏图初展”。

乙：下联写“四十万吨起钢城，方算大略始成”。

甲：好不好？

乙：好！

甲：我写的。

乙：您……

甲：我们厂办室主任李金山他写的。

乙：这么说您对对联很感兴趣的？

甲：何止感兴趣，经过我几年潜心研究，一般简单的，您有上联，我就能给您对出下联。

乙：那难的，复杂的呢？

甲：几年来，我还没有遇到难的、复杂的呢。

乙：（对观众）太好了，我都棒了好几年了，今儿可算遇上一个顶棒的，（对甲）既然如此，咱就在这对几个怎样？

甲：在这啊，我看就别对了，大家还要看节目呢是不是？

乙：大家说，是不是得让他在这落落脸？

甲：那既然大家这么热情，也就只好对几个了，现大眼才能落大脸吗。

乙：我说上句，您说下句怎么样？

甲：您怎么说，我就给您怎么对。

乙：那我就给您说个“新”。

甲：我给您对“旧”。

乙：我这是“新年”。

甲：我这是“旧岁”。

乙：我这“迎新年”。

甲：我对“辞旧岁”。

乙：我说“海为龙世界”。我这是海中龙。

甲：我对“云是鹤故乡”，我这是云中鹤。

乙：行啊，您再听这个，说“画上荷花和尚画”。我这上联可有特点。

甲：什么特点？

乙：我这联它正反一样。

甲：是吗？

乙：是啊，您看，它反过来也是“画上荷花和尚画”。

甲：真是的，这有点意思，哎，您说这和尚也是，没事您念念经好不好，画哪门子画呀？

乙：这你就甭管了，对下联！

甲：对，对是没有问题呀，我看这样的和尚来气，他不务正业呀！

乙：您跟那和尚较什么劲哪？

甲：哎！（一拍乙）有了。

乙：（一惊）什么就有了。

甲：您说这荷花是和尚画的，对吧？

乙：是呀！

甲：哎，他画完了荷花，接着就画山哪，画水呀，画景物哇。

乙：好，您就别画了，这下联呢？

甲：下联就在这画里了，“山中景色景中山”。

乙：这……山中景色景中山，还行，勉强吧，这回呀，我有个要求。

甲：有什么要求？

乙：这回呀，咱的上联、下联都必须和我厂有联系。

甲：行，这回我出上联，您对下联。

乙：您出我对，您不净刁难我呀，不行，还得我出您对。

甲：您倒是挺机灵的，好吧，您接着出吧。

乙：我说“龙腾虎跃”。

甲：龙腾虎跃，嗯，我给您对一个“鬼哭狼嚎”，怎么样？（得意）

乙：我说有阎王爷没有哇？

甲：要阎王爷干嘛呀？

乙：您这小鬼都出来了，还不得有阎王爷。真是无理取闹，再者说，您这下联和我厂也没联系啊。

甲：您这上联也没有联系呀？

乙：怎么没有，这是我厂员工夜以继日搞生产那动人的场面龙腾虎跃的。

甲：这样啊，那我换一个。

乙：赶紧换一个，听着怪吓人的。

甲：我给您对一个“燕语莺声”。

乙：这个与我厂有联系吗？

甲：有哇，您看我厂的姑娘、小伙儿，下班后相互一约。

乙：干嘛呀？

甲：两人谈上了，溜马路，说起那悄悄话来呀，燕语莺声的。

乙：有您的啊，您听这个“孙大圣上天搞个体，日进斗金发神财，神财常发”。

甲：好，很有时代气息，这大圣也停薪留职干个体了，您说这唐僧也是，这样的人才他也放（嗯）？

乙：怎么了？

甲：说了半天，到《西游记》了，这与我厂也不沾边呀。

乙：怎么不沾边呀，我这第一个字和后两个字和起来是孙常发。

甲：孙常发？他是我们车间的核算员哪！

乙：有联系吧？

甲：有。

乙：那您就对吧。

甲：好，孙大圣，是个男性，既然是对对儿，我就给您找个媳妇得了。

乙：打住，打住，让您对对联，您找哪门子媳妇，再者说了，找多了我们那口子也不愿意呀。

甲：您以为我给您找哇？

乙：那您给谁找哇？

甲：看您脸上那二两肉，配吗，我说是给孙大圣找。

乙：给他呀。

甲：啊，您说这吴承恩也真是，这要是给他找个媳妇，生个百八十个小悟空，该多好哇。

乙：您呀，还是先说媳妇吧，对下联！

甲：我给他找一个历史人物，绝代佳人。

乙：行了，您就快对吧。

甲：您听着，说崔莺莺，怎么样，门当户对吧？

乙：后面呢？

甲：有哇。说“崔莺莺下海办公司，年年创新搞改革，改革永进”。

乙：这两口子倒好，一个天上，一个地下，两地分居，也够苦的，嗯？不对呀？

甲：怎么不对？崔莺莺您还想要哇？

乙：又来劲了不是，我说您这下联与我厂可没联系呀。

甲：怎么会？我厂没有创新精神吗？

乙：有哇！

甲：搞没搞改革？

乙：搞了！

甲：这就对了，崔莺莺那改革创新的经验就是由我厂学去的。

乙：这个呀。

甲：还有，我这前一个字与后两个字合起来呢？

乙：崔……永进，崔永进哪！

甲：生产厂长，这不就联系上了吗？

乙：您再听这个“留清史，岳飞抗金，精忠报国志永存”，怎么样？

甲：好！太好了。

乙：那就对吧。

甲：换一个。

乙：怎么？对不上了吧？

甲：您这岳飞抗金是不错，可我厂只产生铁，他不用抗金哪！

乙：我这第一个字和后两个字联系起来可是刘永存。

甲：啊，原来您把炼钢的经营副厂长给藏在岳飞家了。

乙：哎，您就对吧！

甲：咱换一个怎样？

乙：不用，就这个，对！

甲：对就对呗，神气什么，这回我给您对个现代人物。

乙：来吧。

甲：说……现代人物啊。

乙：对呀？

甲：是对呀，说好了就对，说“高风尚繁森居官，一心为民春长在”，怎么样？

乙：没联系。

甲：有哇，孔繁森您不知道吗？

乙：知道，可他不是我厂的人哪。

甲：可我厂的党员干部都学过他的事迹，另外，我这前一字与后两个字连起来可是高长在呀。

乙：啊，我厂的设备厂长。

甲：并且我们的高厂长就是孔繁森式的好干部。

乙：您再听这个，“理直气壮捉白蛇，水漫金山”，这前后合起来是厂办主任李金山。

甲：我给您对“张灯结彩庆新年，古往今来”，我前后合起来是经营厂长张金来。

乙：“少华山中华武术少林寺，四海名扬”，我这后面和前面相连是机修厂长杨少华。

甲：等等……

乙：怎么了，这回对不上了吧？

甲：您这杨少华不假，可这少林寺怎么跑少华山去了？

乙：这您就甭管了，我把它搬过去的。

甲：这也算哪，您听着“敬远舰甲午海战惊敌胆，胆颤心寒”，这前后反联是我们的厂长韩敬远。

乙：我记得电影《甲午风云》是致远舰吧？

甲：这您就不知道了，本来吧，应该是敬远舰，可拍电影时愣是找不到敬远号，最后导演一急，得，就用致远号吧。

乙：看您说的跟真的似的。

甲：您就来吧！

乙：这回我来个实的“混筒”。

甲：我给您对个真的“筛分”。

乙：地坑。

甲：高架。

乙：一号球盘，二号球盘，三号球盘，四号球盘，银球飞转创高产。

甲：一号皮带，二号皮带，三号皮带，四号皮带，上料供应保需求。

乙：一号井，二号井，三号井，三级泵站。

甲：一号炉，二号炉，三号炉，两组热风。

乙：等等，您哪来的三号炉哇？

甲：您不知道，我厂第三座1280立方米的高炉已经立项，施工生产就指日可待了。

乙：还满有超前意识的。

甲：放眼未来吗，接着来。

乙：我说“工会”。

甲：我对“三产”。

乙：我这有“发电厂”。

甲：我这有“制氧站”。

乙：“话务室、机要室、档案室、厂长办公室”。

甲：“财务科、劳资科、保卫科、计量节能科”。

乙：“马达声声振四方，铁厂放异彩”。

甲：“汽笛长鸣冲九宵，钢城添锦秀”怎么样？

乙：好，“我上班时穿劳保、戴劳保，从头到脚穿戴劳保”。

甲：嗯……“我工作中要安全，保安全，班上班下要保安全”。

乙：有您的！

教　　训

谢小贺　王继祥

乙：（边上台边说）你说也真是的，都这时候了，这人还没来呢，各位领导，同志们，真对不起，本来这个节目是我们两个人表演，可是不知怎么，我们那个搭档现在还没来，那么就只能由我自己给大家表演了，请大家见谅！

甲：（急急忙忙）哎哟，小王，对不起，我来晚了，（对观众）见谅，见谅。

乙：你干什么去了？

甲：哎，这不白天工作太忙，没时间，晚上抓时间到医院去了一趟。

乙：怎么，你爱人住院了？

甲：你爱人才有病了呢！

乙：没病去医院干什么呀？

甲：还不是我们单位那小张，昨天出点事吗，住医院了。

乙：出什么事了？

甲：实际也没什么事。

乙；那怎么说呢？

甲：就是亲了个嘴儿。

乙；啊！让人打了？

甲；什么叫让人打了？

乙：是不是和别的女人亲嘴，让人给打了？

甲：他没跟女人亲嘴儿。

乙：那和男人亲嘴就更不应该了？

甲：他也没跟男人亲嘴。

乙：那到底是怎么回事？

甲：昨天上大夜，他前半夜没睡觉，困得不行，在进厂房时，自己和水泥柱子亲了一下，头也破了，嘴也肿了。

乙：这人怎么这样。

甲：要说小张啊，还得从头说起，他有两个绰号，一说你就明白了。

乙：什么绰号？

甲：一个是“单调二饼”，一个是“半斤迷糊”。

乙：可倒好，两个都是日本名字，怎么叫这么俩名呢？

甲：你不知道，小张天生爱打麻将，而且最爱二饼调将。

乙：那“半斤迷糊”呢？

甲：除打麻将外，就喜欢喝酒，半斤酒下肚，就迷迷糊糊找不着北了。

乙：这怎么能行呢？

甲：哎，这你甭耽心，小张就这手好，不耽误工作，时间安排的非常合理。

乙：怎么呢？

甲：有日程安排呀，（掏出手机）晚饭后马上联系：喂！是“红中”吗？你叫上“幺鸡”七点整，“白板”家集合。

乙：这就联系上了。

甲：七点钟准时集合，麻将一打，到后半夜两点多，散场了。

乙：赶紧睡觉吧，明天还得上班呢！

甲：对抓紧时间休息，一觉到七点二十。

乙：快起床吧，要晚了！

甲：没事，一分钟起床，穿衣、戴帽，走！

乙：还没洗脸呢？

甲：不洗了，没时间。

乙：吃饭哪！

甲：不吃了，没时间。

乙：总得把被叠上吧？

甲：不叠了，没时间。

乙：那就上班吧？

甲；不上了，没时间。

乙：那就别上了？

甲：哎，你都把我给绕进去了，这时间上班还是够用的。小张他一路小跑，到值班室去开班前会，刚到门口“啪”一个立正“到”！

乙：晚了应该喊报告。

甲：没晚，班长刚好点名到小张这，恰好不迟到，你看这时间安排得多紧哪。

乙：是够紧的！

甲：进屋后，班长在前面讲话，小张赶紧整理自己的劳保，把安全帽摘下来，重新戴，先把头发压一压。

乙：为什么？

甲：头发长啊，不压，头发就从安全帽顶上钻出来了，像长出撮韭菜。

乙：那是为什么啊？

甲：小张安全帽顶上有个洞！

乙：怎么会有洞呢？

甲：当座儿坐的。帽子戴好了，又满地找“哪去了，怎么不够了呢？”

乙：又找什么呢？

甲：铁丝。

乙：找铁丝干吗？

甲：系工作服哇！工作服系好了，系工作鞋，铁丝一拧，妥了，可一看鞋……嘿嘿！他乐了。

乙：怎么了？

甲：前面露枣，后面露梨。

乙：那怎么穿哪？

甲：没关系，还有鞋底呢！

乙：他的劳保怎么这样啊？没有给他发劳保吗？

甲：发了，他都给卖了。

乙：工作服？

甲：卖！

乙：工作鞋？

甲：卖！

乙：安全帽？

甲：卖！

乙：麻将牌？

甲：卖！嗯，这个不卖，卖了工作服，还得打麻将赢钱呢。

乙：那赢了钱，该买工作服了吧？

甲：工作服不着急，有穿的就行。

乙：哪赢的钱都干吗啊？

甲：喝酒，饭店一坐，推杯换盏，一醉方休。

乙：哎哎，现在有禁酒令不让喝酒哇。

甲：他们都是在班下喝。一会儿会开完了！

乙：那就接班吧？

甲：对，接班，把车接过来，抓紧时间完成自己的工作，大小车，主付钩连动配合。一边开车还一边嘀咕呢。

乙：嘀咕什么呀？

甲：怎么搞的，这车怎么这么慢呢？五个档还不到 80 迈车。

乙：80 迈那是汽车！

甲：昨天我回家还开 60 迈呢。

乙：咳！那能跟这比吗？那是摩托车。

甲：实际上天车没问题，可小张心里着急呀，早起没吃饭，饿呀，他想买块煎饼吃。

乙：有时间吗？

甲：挤呀！夜间没睡好，困，睡一觉，

乙：有时间吗？

甲：挤呀！睡醒了觉得口渴，买瓶饮料喝。

乙：有时间吗？

甲、乙：挤呀！

甲：你也这样啊？

乙：什么呀，就这样上班行吗？

甲：就这点好，地面上工作人员很理解他，没有特殊情况是不叫他的。

乙：为什么？

甲：因为他开车，别人不敢着边呀。

乙：这怎么能行呢？

甲：我们领导也看到了，就找他做工作，讲道理。

乙：小张态度怎么样？

甲：态度很好，虚心接受批评，认真承认错误，坚决表示改正。

乙：这下好了？

甲：第二天，还那样。

乙：是吗？

甲：虚心接受，屡教不改。

乙：那早晚要出事的。

甲：人都说不撞南墙不回头，我看他呀是不亲柱子不回头哇。

乙：这回知道错了？

甲：这不，刚才我去医院看他，他正在床上对照二十条不安全行为反醒呢。

乙：是吗？

甲：看我去了，他一把给我拉到床头上，激动的嘴直颤，手直抖，定了定神，对着我就唱上了。

乙：怎么唱的，你学学。

甲：在这儿学学？

乙：学学。

甲：你听着啊。“叫声大哥”（《再也不能这样活》曲调）

乙：干啥呀？

甲：“你听我说”

乙：我听着呢。

甲：“麻将害人”

乙：对！

甲：“喝酒惹祸”

乙：就是。

甲：“后悔自己当初没听你们劝”

乙：明白了。

甲：“稀里糊涂撞了个鼻青脸又破”

乙：出事了不是？

甲：“麻将牌也玩不成了，老白干也不能喝”

乙：别惦着了。

甲：“安安心心养伤，回到岗位好好开车”

乙：这就对了。

甲：“再也不能这样活，再也不能这样过，时时刻刻安全工作，操作规程要记得，违章违纪不能要，事故教训要记牢，从今以后一定要把，麻将和白酒全都”

乙：怎么样？

甲：“戒掉！”

乙：好样的。

争 功

（群口相声）

甲：各位领导、员工同志们，晚上好！今天是个喜庆的日子，今年也是喜庆的一年，公司投资1.8亿元的年产80万吨钢的配套技改项目截止8月份都先后相继建成投产。今天在这里我想与大家讨论一个问题，我们都知道，今年整个的技改工程涉及烧结、炼铁、炼钢、制氧和后勤各个服务单位，那么，在整个工程中，哪个单位表现得最好，哪个单位功劳最大呢？哎，哪位同志来说说？想说就站起来，到我这儿来说。哪位？好，1、2、3、4、5咱就请这五位同志来说说，请到台上来。就刚才的问题您先说说（指乙）。

乙：这个问题让我说吗，炼钢表现很不错。

甲：那您认为是炼钢功劳大了？

乙：但他是靠吃铁水过日子的，从这一点上说，炼铁功劳大。

甲：那就是炼铁功劳大了？

乙：但炼铁是靠吃烧结矿生产的，所以说应该是原料功劳大，炼铁不抓料等于瞎胡闹吗。

甲：似乎有点道理，你是哪个单位的？

乙：烧结厂的。

甲：感情您这是王婆卖瓜呀！这位您好，你来说说（指丙）。

丙：让我说呀，刚才他说的根本没有抓住关键。

甲：为什么呢？

丙：您想啊，炼钢的主要原料是什么？

甲：铁水啊！

丙：对呀，您把烧结的球团矿放到转炉里能炼出钢来吗？

甲：到目前为止我们还没有这个水平。

丙：这就对了，关键要把球团炼成铁水才能炼钢，所以说，炼铁应该是功劳最大的。

甲：嗯…，好像是顺理成章，您是哪个单位的？

丙：我是炼铁的。

甲：好吗，卖瓜从不说瓜苦就是这个道理。

丙：我们是实事求是啊！

甲：我怎么没看出来呢？您来说说看（指丁）。

丁：我说就我说，要说看问题就得实事求是，好就是好，不好就是不好，我不跟他们二位一样，明知道自己不如别人，愣说自己比别人强，如果真的是好，也不用自己说，大家的眼睛是雪亮的。

甲：这就对了。

丁：您看炼钢一个月盈利好几百万，什么时候表白过自己怎么怎么好，怎么怎么有功啊。

群：按您的说法，这功劳最大的就应该是炼钢了？

丁：您看，我说嘛，真的有功劳不用自己说吧，连他们二位都承认了。

群：什么就承认了，甭问，您准是炼钢厂的了？

丁：那是！

群：呸！早就看出您是炼钢的了。

甲：别激动，别激动，先消消气，您来说说（指戊）。

戊：我这个人就是直来直去，不会拐弯抹角，我是制氧厂员工，我就认为是制氧功劳大。

甲：干脆，爽快，毫不隐瞒，孩子都是看着自己的好，老婆总是瞧着别人的俊。您也说说（指已）。

已：我和他们不一样。

甲：怎么个不一样啊？

已：人吗，总要有自知之明，不能见了好处就往前，遇到困难就后退，这功劳大小不是靠嘴说的。

甲：这还差不多。

已：不能干点工作就向领导表功。

甲：就是。

已：您看，烧结、炼铁、炼钢、制氧都有技改项目，规模都扩大了，也都投产了，但是您看看…

甲：看什么呢？

已：这四个单位到外地学习送工资的时候，小车班的司机为了学员们早一天拿上工资，开车一跑就是十几、二十几个小时不合眼，把钱送到培训队。

甲：够辛苦的。

已：可您听他们说什么了吗？

甲：没有。

已：机动处、技术处、供应处，为了催设备、跑图纸、进材料，没日没夜地工作、出差，今天上海，明天北京，后天广州，吃不好，睡不香。

甲：也真是难为他们了。

乙：可您听他们说什么了吗？

甲：没有。

已：所以说，要说谁的功劳大呀，咱们不能偏心眼儿，我说呀，应该是后勤服务处室的功劳大。

群：甭说您准是后勤处室的？

已：我是公司办公室的。

群：您呀，先边上凉快凉快去吧。

丙：要说我们炼铁功劳大，那是有道理的。

群：什么道理呀？

丙：我们新建的380立方米的高炉投资9千万元，从开工到投产只用了206天，是全国同等炉型中投资最低、工期最短的一家。

乙：那是工程建设者努力奋斗的结果，我们烧结厂为了确保高炉如期投产，干部日夜盯办在现场，员工更是几天不休息，终于比炼铁提前两个月投产，为380立方米高炉做好了准备工作，所以说还应该是我们的功劳大，而且这一点董事长也是给以肯定的。

群：董事长怎么肯定的？

乙：董事长说："我们的全部技改工程，最关键的还是原料环烧，你们必须打响第一炮，按期投产，否则，后面的工期就没有保证。"

丁：这就说明你们的功劳大了？

乙：我们最关键吗。功劳就大呀？

丁：要说功劳大必须看影响，您看炼铁380高炉投资最少，工期最短，全国第一，那多大影响。

丙：这还差不多。

丁：咱不能把脂粉都往自己脸上抹对不对？炼铁的功劳就是大。

丙：谢谢，谢谢。

丁：最起码比烧结厂功劳大，但是，要说功劳最大，那还得看贡献。

甲：那么您认为谁的贡献最大呢？

丁：当然是炼钢贡献大了！

丙：我以为他把脂粉抹我脸上了呢。

已：要我说呀，炼钢的功劳就是不小。

丁：哎，这才是公道话。

已：炼钢3号炉一生产，蒸气唰唰响，就连镇中的学生都没办法上课，三屯的村民都睡不好觉，这贡献有多大呀。

丁：这还不都是你们机动处盯办消声器不到位的结果，但这并不影响我们的贡献呀。

群：这话我们不明白。

丁：哎，您没听董事长在中层干部会上说"8月30日，炼钢3号转炉投产了，这标志着我们年产80万吨钢的配套工程全部完工，同时也标志着我们摆脱了国家宏观控制的圈子，在全国地方钢铁企业中，我们的规模是第一位的，我们与石钢、邢钢不相上下，炼钢的投产使我们又迈进了二十年，现在炼钢日产钢2000多吨，一天的效益就是几十万,一天一辆皇冠轿车，这样算来，十年后，我们公司每人都能有一辆皇冠车，我们要树立全公司保炼钢，炼钢保全公司的思想。”

群：这是董事长说的？

丁：后面是我说的，但这是事实啊，你说，你们的烧结矿如果外卖，一天能不能赚　辆皇冠车？

乙：不知道。

丁：不是不知道，是不可能。你们的生铁又如何呢？

丙：不清楚。

丁：不是不清楚，而是办不到。

丙：你们炼钢这么挣钱为什么还铸铁呢？

丁：这是生产的需要，3号炉现在是试产阶段，如果我们不铸铁，你们的5号高炉非憋放炮不可。

丙：难怪于总这样说你们“产量低了你们说没铁，有铁水了你们又铸铁，明天干脆叫你们铸铁厂得了，连经理都这么说，你说我们要不给你们铁水你拿什么炼钢啊？”

丁：不给我们铁水可以，但是，你们想拿铁水换皇冠车可没人给呀！

戊：这么说还是你们功劳大呀？

丁：是啊！

戊：那你们把铁水倒在炉子里再倒出来就成了钢了？

丙：这不废话吗，你得吹氧啊。

戊：对呀,你们有铁水,他们有炉子,要想出钢,还得用我们的氧气不是，那周瑜火烧战船没有孔明借东风他能成功吗？

丁：您还别给我提这氧气，一提我就来气。

群：怎么了？

丁：8月28日，原计划下午2点兑铁炼钢，因设备调试有问题，改到下午6点，可刚把设备调试好，准备炼钢了，你们2号制氧机突然停电，一停就是好几个小时，闹得县委书记安树彦、副书记韩敬远，公司经理、各处室领导白白等了一大晚上，没能出钢，这还不都是你们闹的？

戊：让你这么一说，我们干部员工为赶工期、抢进度，日夜调试把我们厂长都累得住进了医院，我们就白忙活了？

已：行了，你们都别说了！

群：你发什么脾气啊？

已：发脾气？我这火憋了半天了，我问你们，你们的大宗设备，哪件是你们自己订的？

群：不是。

已：各种备品备件，有哪个是你们进来的？

群：没有。

已：你们用的各种原辅材料有多少是你们买来的？

群：没有多少。

已：你们各单位的师傅有几个是你们自己用车接来的？

群：没有几个。

已：你们用的那什么，有多少是那什么……啊？

群：什么呀！

已：总之，你们不能太自私了，这些咱都不说，为了工作，谁让咱们是干这个的呢？

群：这些要都我们自己干了，还用你们干什么呀？

已：这是我们应该做的，那我们就没有功劳了吗？再者说，你们说调试投产二十四小时、四十八小时地连续工作，顺产了，也就正常了，可我们呢，我们的经理、机动处、供销处、生产处、后勤处，为了保证试投产安全顺利一次成功，我们首先是烧结厂，随后是炼铁，接下来是制氧，最后是炼钢，合在一起是多少个二十四小时、四十八小时啊，我看那，这最大的功劳就是我们的了。

乙：你这人是不讲道理。

丙：你这是强词夺理。

丁：你这是没理想辩三分理。

戊：你这人是……不得无理！

已：怎么都朝我来呀，真是岂有此理。

甲：好了，大家都说得差不多了，我看你们是公说公有功，婆说婆有功，但都有自己的道理，谁的功劳最大，我也有底了。

群：应该是谁呀？

甲：我们的公司就好比一个人，有手、有脚、有大脑，有五官，有血、有肉、有骨骼，它们各有各的作用，各有各的功能，眼睛坏了是瞎子，腿坏了是拐子，大脑坏了是呆子，心眼儿坏了是傻子，耳朵坏了是聋子，声道坏了是哑子，你们能说清楚哪个部位最重要吗？

群：说不清楚。

甲：要说功劳最大呀，应该是我们大家，是参与我们80万吨配套技改工程建设的施工工程设计人员，设备安装人员，是所有参与和支持全部技改工程的党员干部、工程技术人员，所有服务于技改工程的员工同志们，是所有坚守在各个生产岗位上的设备操作人员和维修管理人员，在此，让我们对大家表示最衷心的感谢和最真诚的问候。

群：你们辛苦了！

巧 对 联

（作于2001年十五年厂庆）

乙：（先上）各位领导，各位来宾，工友们，大家好！今天是我公司十五岁生日，下面我给大家表演一段相声。这相声吗，讲究说学逗唱，说要说得好，学要学得像。

甲：哎，老兄（握手），您好，您好，您在这现眼哪？

乙：啊！（醒悟）这叫什么话！

甲：我说，您又在这儿现眼哪！

乙：得，我先还在哪丢人了。

甲：不是，我是说您又在这现场表演哪？

乙：这还差不多。

甲：哎，要说表演哪，自从咱俩有了上次那一回，不知怎么回事，我还就愿意和你配对。

乙：什么配对，还结婚哪！如果是这样，你找错地方了，再说，这对象也不合适呀（拍胸脯）。

甲：我不是那个意思。

乙：那是什么意思？

甲：我是说我想和您搭个伴一起表演。

乙：那您那“有了上次那一回”是怎么回事？还神神秘秘的？

甲：哎，那不是去年元旦晚会，咱们在一起配合演出吗？

乙：是有那么一回，您这样说就明白了，按您刚才的口气，不知道的还以为咱俩是同性恋呢。

甲：没那么严重吧？

乙：您的意思是说，您要和我一起表演相声？

甲：对呀！

乙：您行吗？

甲：什么叫行吗，您忘了上次咱俩合作时，您忘了词，急得满头冒汗，还是我给您提的词。

乙：对，是有这事，那就对付着吧。

甲：这叫什么话，还对付着，如果没有我，您不定又出什么洋相呢，没准一忘词就给您晒在这了。

乙：别哪壶不开提哪壶哇。

甲：那咱们就开始？

乙：开始，今天是我公司十五年厂庆晚会，下面我出个主意。

甲：什么主意？

乙：咱们来个巧对对联，你看怎么样？

甲：好，您还别说，我还就对这个拿手。

乙：看见没有，说他脚小，他还就扭上了。

甲：这叫什么话，想当初，咱在公司征联活动中也是获过大奖的。

乙：就您这水平，还能写出什么好联来吗？

甲：不信是不，今儿就让你见识见识当年获奖的对联。

乙：说来听听。

甲：这上联是“炉火炼就钢筋骨”。

乙：下联呢？

甲：下联是“汗水铸成津铁魂”。怎么样？

乙：还有点意思。

甲：什么叫有点意思，就这幅联要您对就得琢磨俩月。

乙：不过，咱今天对联可有要求。

甲：什么要求？

乙：一要现编现对。

甲：二呢？

乙：二要结合我公司十五年发展情况。

甲：三呢？

乙：为了验证咱的水平，咱俩人我出上联，您对下联，看看是编得好，还是对得精。

甲：四呢？

乙：没四了。

甲：就这个呀，没问题，咱就这么说吧，不管是对人，还是对事，咱都能出口成章，对答如流，恰如其分，严丝合缝。

乙：那我得先考考您，看您是不是真佛。

甲：那您就出题吧。

乙：哎，您就以今天的晚会在这儿编个对联怎样？

甲：不就是今天的晚会吗？

乙：啊，编吧？

甲：您竖着耳朵听好了。

乙：听着呢。

甲：上联是：歌舞声平，节目精彩，歌颂津西发展史。

乙：不错，下联呢？

甲：干群欢聚，笑逐颜开，唱响钢城创业歌。

乙：还真是老虾吞蝇子。

甲：怎么讲？

乙：张嘴就来呀！

甲：这就是水平。

乙：您能把您自己编个联吗？

甲：拿我自己编个联？

乙：对呀，行吗？

甲：太容易了，上联“博学多才”，下联“出口成章”，横批“好手”。

乙：这也叫对联？能给我编一个吗？

甲：那更容易了，上联“一知半解”，下联“滥竽充数”，横批“配搭”。

乙：什么？配搭？啊，您就博学多才，我就一知半解，您那就好手，我这就配搭，不像话。

甲：怎么？有意见哪？

乙：不公平！

甲：那咱可以换换。

乙：怎么个换法？

甲：把咱俩的联换换。

乙：把您的博学多才，出口成章给我？

甲：把您的一知半解，滥竽充数给我。

乙：那我就是那“好手”。

甲：您就是那“假货”。

乙：啊，到我这儿横批就变了？

甲：咱总得实事求是呀。

乙：那您就是那“配搭”了？

甲：在您那儿是配搭。

乙：到您那儿呢？

甲：到我这儿横批就是“谦虚”。

乙：好，我不跟您斗嘴，这回我出上联，您来对，咱看看到底谁是配搭。

甲：没问题，说您配搭，就是配搭，不用不服气，出联吧！

乙：听着，“铁水奔流漫五岳”，我说的是炼铁，您对吧。

甲：就这个吗？

乙：怎么样？

甲：好说，您说炼铁，我给您对炼钢，听着，“钢花飞舞映三山”，怎么样？是不是严丝合缝，对仗工整，您“铁水”，我“钢花”，您“奔流”，我“飞舞”，您“漫五岳”，我“映三山”。

乙：还行，您听这个，“龙腾舞金花，映红大地”，我这既有炼铁又有炼钢。

甲：好，我给您对“虎跃淋汗水，倾注钢城”，我这是员工共同奋战。

乙：您再听这个，“竖炉烧结细操作，送精料入炉”，我说的是烧结厂。

甲：我给您对“干部员工齐奋战，保高炉顺行”。

乙：动力厂“风水电气保供应，全线创高产”。

甲：我这是“春夏秋冬稳操作，设备保精良”。

乙：汽轮机昼夜运转，长年唱赞歌。

甲：发电量月月盘升，永远谱新曲。

乙：质管处，取样制样勤化验，样样到位。

甲：物管科，收料放料严把关，料料达标。

乙：站磅房，精心目检千车料。

甲：守岗位，认真称量万吨钢。

乙：轻施韬略，千家同行争榜首。

甲：巧驾方舟，万里惊涛立潮头。

乙：披星戴月，日日奋战夺高产。

甲：挥汗如雨，月月拼搏创纪录。

乙：团结奋进闯市场，喜结硕果。

甲：从严求实速发展，再创辉煌。

乙：我是出口成章。

甲：我是对答如流。

乙：我是恰如其分。

甲：我是严丝合缝。

乙：好，还算可以，有两下子。

甲：告诉你吧，这只是一下子，家里还有一下子呢。

乙：这回呀，您听这个。

甲：您就来吧。

乙：我说“水”。

甲：我对……，啊您就一个字啊？

乙：就一个字。

甲：那我给您对“缸”。

乙：对缸干嘛呀？

甲：您就一个字水，我只有对缸，好装您那水呀。

乙：啊，一个字的不行。

甲：它没法对呀。

乙：那我这是“铁水”。

甲：我给您对“钢花”。

乙：我这儿还可以加字。

甲：我这儿可以添词。

乙：我加字是“铁水奔流”。

甲：我添词是“钢花飞舞”。

乙：我这是“铁水奔流津西”。

甲：我这是“钢花飞舞钢城”。

乙：我这儿还可以加。

甲：我这儿也可以添。

乙：铁水奔流，津西勇士创奇迹。

甲：钢花飞舞，钢城英雄谱新篇。

乙：不错，还有那么点儿水平，但比我还差点儿。

甲：对付您这假冒伪劣的配搭，我看，只用半下子就足够了。

乙：好，您再听这个，我说“山城小镇”。

甲：我给您对“津西钢城”，我这可比您大多了。

乙：您的钢城再大也是在我小镇的范围内。

甲：但您的小镇是靠我这钢城出的名儿。

乙：我这是“山城小镇踞雄狮”。

甲：我这是“津西钢城藏麒麟”。

乙：“山城小镇踞雄狮”后面加字是四千铁人。

甲：“津西钢城藏麒麟”后面加字是两千盛世。

乙：我这后面还可以加字。

甲：我这后面仍可以添词。

乙：我这是“山城小镇踞雄狮，四千铁人奋力拼搏造大船”。

甲：我这是“津西钢城藏麒麟，两千盛世同舟共济闯商海”。

乙：怎么样，再加还行吗？

甲：没问题，随便您怎么加都成。

乙：好，您听着，我这是“山城小镇踞雄狮，四千铁人奋力拼搏造大船，共兴伟业”。

甲：看我的，我这是“津西钢城藏麒麟，两千盛世同舟共济闯商海，再创辉煌”。

乙：横批。

甲：前程似锦。

我这十五年

（2001 年）

甲：哎哟，老兄，您好！（握手）

乙：您好，您是？

甲：怎么您不认识我了？我可认识您。

乙：是吗？

甲：可不，上次我们举办消夏晚会，您唱《咱当兵的人》，我一直在下边给您鼓掌。

乙：对。

甲：您没见我直向您招手吗？

乙：啊！

甲：这回想起来了吧？

乙：我还是不知道。

甲：真是贵人多忘事，不过，我是谁并不重要，只要您歌唱得好就行了。

乙：敢情是我的歌迷。

甲：哎，您今年多大了？

乙：三十岁。

甲：什么？三十？不像。

乙：不像？

甲：不像。

乙：那您看我有多大？

甲：我看像十三的，让大家看看，怎么您也比我年轻吧？

乙：那您多大了？

甲：我，十五。

乙：就这模样，还十五呢？

甲：怎么样？

乙：我看像五十的。

甲：这就对了。

乙：怎么呢？

甲：那都是做生意累的。

乙：刚十五就做生意呀？

甲：这方面我早熟，别看我年龄小，可做生意时间可不短了。

乙：刚十五就做生意，能有多长时间呢？

甲：告诉你吧，到今天为止，我已经做生意十五年了。

乙：噢，您的意思是说，生下来就会做生意？

甲：对呀，我出生就开始做生意，今天是我的十五岁生日，您说我是不是整十五岁？

乙：那倒也是，那您都做什么大生意呢？

甲：什么大生意呀，就是小打小闹，小本经营，做点面包、油条、炸饼、豆浆卖卖而已。

乙：神童啊，生下来就做生意，您会吗？还而已。

甲：不会做，学呀，干什么不是得学呀，哪有生下来就会的？

乙：您不是生下来就会吗？

甲：对，我生下来就会。不对，我生下来也不会，但我会学，一开始学点儿简单生意。

乙：干什么呀？

甲：打面包卖。

乙：这对您来说也够难的呀？

甲：就是呀，由于操作水平差，质量意识不强等原因，连续两年亏损。

乙：不亏才怪呢。

甲：也就是我这小生意，要是大买卖可就亏惨了。

乙：那这两年您也亏不少钱吧？

甲：不多。

乙：亏多少？

甲：就五、六百。

乙：五、六百是不多，一天还不到一元钱哪。

甲：万元。

乙：啊！五、六百万哪，这还不多？

甲：两年以后，我是抓技术、严管理、打水平、上台阶，您猜怎么着？

乙：怎么了？

甲：功夫不负有心人，我盈利了。

乙：是吗？

甲：质量好了，产量也高了，市场也拓宽了。

乙：都往哪儿销啊？

甲：唐山、上海、天津、北京，还有韩国、日本、越南。

乙：还出口哇？

甲：对！

乙：都出口什么呀？

甲：出口的都是进口货。

乙：闹半天还是个二道贩子。

甲：什么呀，您才是投机商呢！

乙：您不是说“出口的都是进口货”，先低价进口，再高价出口，这不是投机倒把吗？

甲：我说的是，我的产品是进口货。

乙：进口货怎么又成了国产的了？

甲：呀，您说，面包、油条、浆子、炸饼不都是进口货吗？

乙：噢，原来是这么个进口哇。

甲：这些都是我的产品。

乙：这些都出口吗？

甲：出口面包和油条，浆子、炸饼自己吃。

乙：外国人缺这个？

甲：缺，而且还大受欢迎，乐得老外直夸呢。

乙：怎么夸的？

甲：你的面包，太好了，胜过狗不理包子。

乙：这老外还什么都知道。

甲：你的面包，大大的好，我的拿来。

乙：怎么又这味儿了？

甲：韩国、日本都特别喜欢。

乙：那越南呢？

甲：出口越南的是油条。

乙：还真有一套。

甲：这就叫面包、油条价不贵，却能大把挣外汇。

乙：你的面包多少钱一个？

甲：我的面包不论个卖。

乙：那怎么卖呀？

甲：论吨卖。

乙：那油条多少钱一根？

甲：油条也不论根卖。

乙：怎么卖？

甲：油条也论吨卖。

乙：那浆子多少钱一碗哪？

甲：浆子也不论碗卖。

乙：那怎么卖呀？

甲：浆子也论吨卖。

乙：炸饼多少钱一张啊？

甲：炸饼不论张卖。

乙：那炸饼怎么卖呀？

甲、乙合：炸饼也论吨卖。

甲：您也知道哇？

乙：什么我就知道哇！面包论个，油条论根，浆子论碗，炸饼论张，这谁都知道，再多买也就是上秤约，论斤，也没听说论吨卖的。

甲：我这儿就这么卖。

乙：噢，就这样（学）：您好，师傅，给来一吨浆子，两吨油条。

甲：够吗？

乙：不够，再来一吨面包，这多别扭哇。

甲：我都没遇上您这样买东西的。

乙：怎么了？

甲：我都没卖过一吨、两吨的。

乙：对呀，买那么多，哪儿吃得了哇。

甲：在我这儿购买都是先交款后给货。

乙：买这么点儿货就赊账也不值得呀。

甲：少的是千、八百吨，多的都上万吨。

乙：啊！这是买油条吗？

甲：面包、油条、炸饼都这么卖。

乙：那你的货一定便宜。

甲：太便宜了。

乙：多少钱？

甲：就这么说吧，比现在市场上价格要便宜一半儿还多。

乙：才几毛钱一吨哪？

甲：不，一千多元一吨。

乙：这还便宜呀？

甲：怎么不便宜，现在市场上油条多少钱一斤？

乙：两元钱一斤。

甲：要买一吨呢？

乙：那……要四千多元。

甲：您说是不是很便宜呀？

乙：那不是要亏本的吗？

甲：不会，我不但没亏，而且大有盈余，越干越红火，并且扩大再生产，开了工厂。

乙：什么工厂？

甲：面包厂。

乙：面包厂怎么还卖油条哇？

甲：那是后来面包滞销，大家集思广益，顺应市场，由面包转产豆浆、油条，现在还兼营炸饼。

乙：现在生意怎么样？

甲：还行，过得去。

乙：一天能挣个千、八百的？

甲：没有。

乙：五、六百？

甲：不够。

乙：一、二百总没问题吧？

甲：不到。

乙：怎么也能挣个三、五十吧？

甲：差远着呢。

乙：那您一天到底能挣多少钱哪？

甲：也就是百八十万吧。

乙：呸！您拿我当二百五哪。

甲：不，您不是二百五。

乙：就是。

甲：您比二百五还二百五。

乙：这是什么话呀？

甲：这么跟您说吧，我们现在光固定资产就有8亿元，员工4800人，规模也大了，产量也高了，名字也改了。

乙：改叫食品公司了？

甲：俗气，不行。

乙：那叫连锁店了？

甲：没有新意，不行。

乙：那改叫什么名儿呀？

甲：改叫钢城。

乙：钢城？

甲：对，这是小名儿。

乙：就一卖油条的，叫什么钢城，还小儿名，那大儿名呢？

甲：大名儿就叫“河北津西钢铁股份有限公司”。

乙：整个一个精神病，卖油条与钢铁公司挨得上吗？

甲：怎么挨不上？

乙：那您先前那面包是怎么回事？

甲：开始我们叫津西铁厂，生产铁面包。

乙：那叫面包铁。

甲：反正是一回事。

乙：那油条呢？

甲：为了适应市场谋生存、求发展，1994年上了一套炼钢、连铸配套设备，拉出那钢坯来，一节节的就像刚出锅的油条一样。

乙：这比喻还有点意思，炸饼呢？

甲：就在今年又上了一条带钢生产线，将钢坯轧成带钢。

乙：敢情是这么个炸饼啊，哎，那您那卖浆子又是怎么回事啊？

甲：那是去年，3号转炉投产前后，由于炼铁5号高炉先投产，铁水多，炼钢吃不了，就卖给国丰了一部分。

乙：这叫卖浆子？

甲：对呀，您说这浆子哪有论碗卖的？

乙：是没有，那除此以外还经营别的项目吗？

甲：有，铁矿、水泥、五金、阀门。

乙：还真不少呢。

甲：现在已形成了采选、烧结、冶炼、轧制一条龙的生产线，年产钢100万吨，利税1.5亿元。

乙：这些都是您干的？

甲：这都是全体干部员工们共同努力的结果，功劳都是大家的。

乙：那么多的事您记得住哇？

甲：记得住，全部编程，输入电脑（指脑袋），您说要查谁吧？

乙：那第一任厂长是谁呀？

甲：第一任厂长是王松年。

乙：第一任书记呢？

甲：第一任书记是张祥。

乙：第一个技改授奖的员工是谁？

甲：高明云。

乙：出第一炉铁是什么时间？

甲：1988年12月12日早晨5点30分。

乙：谁拉的第一炉铁？

甲：汽车队司机温力民。

乙：这您都知道哇？

甲：知道，当时，他拉铁时特别高兴，哈哈，津西第一炉铁是我拉的，津西的历史上也有我一号，噌，咣，叭机！

乙：这是怎么了？

甲：他一高兴竟忘了自己是在驾驶室里，噌，他站起来了。

乙：咣是怎么回事？

甲：咣，脑袋撞车棚子上了。

乙：那叭机呢？

甲：叭机，又坐那了呗。

乙：高兴过头了。

甲：就是啊。

乙：炼钢1994年投产兑第一炉铁的天车司机是谁？

甲：谭文利。

乙：第一个获得县级劳动模范的人是谁？

甲：王新波。

乙：确实记得很清楚。

甲：这怎么能忘呢？

乙：再问您一件事？

甲：您就问吧。

乙：您15岁就拥有这么大的公司，而且经营得很好，追您的姑娘肯定不少吧？

甲：那是。

乙：谈过几个了？

甲：一个也没谈过。

乙：那您现在还是独身呢？

甲：不，已经结婚十五年了。

乙：没听说过，还没谈怎么就结婚十五年了？

甲：我们属于先结婚后恋爱的那种，父母包办，指腹为婚，在我出生的前一年，父母就指定我与天津一位叫开发公司的姑娘联姻了。

乙：又是一个爱情的悲剧啊。

甲：这叫门当户对。

乙：都什么时代了，还那么迷信？

甲：不过我不后悔。

乙：为什么？

甲：我们那位她有钱，出手就是三千万，我正是用这笔钱与个人筹措的一千万元建起了这个企业。

乙：现在你们生活得好吗？

甲：好什么呀？

乙：怎么了？是不是您有钱了，喜新厌旧，想找个好的，把人家给甩了？

甲：什么呀，我看是她另有新欢，把我给踹了，用赵本山的一句话说，

乙：怎么说？

甲：拜拜，拜拜，拜拜了。

乙：不怕，不用难过。

甲：我没什么，离就离呗，刷刷刷，签字。

乙：离婚协议？

甲：转账支票。

乙：支票？

甲：对。

乙：多少？

甲：6800 万。

乙：是吗？

甲：对，当初人家支持咱们投资建厂，现在咱也不能太小气是不？

乙：哎，那 6800 万要给我多好哇。

甲：怎么着？

乙：我马上给您找一个更年轻、更漂亮、更迷人的。

甲：什么呀？

乙：合作伙伴。

甲：您吓我一跳。

语言研究

甲：哎，小王，听说你是大学毕业？

乙：是呀。

甲：那我问你一个问题。

乙：什么问题呀？

甲：在大学里对语言有研究吗？

乙：学过几天，但没研究透。

甲：看看，大学白上了不是。

乙：听你这么说，你对语言有研究了？

甲：那是。

乙：你都研究什么呀？

甲：你就拿打电话来说吧，我一听讲话内容，就能知道这人是什么职业。

乙：这话听着有点大。

甲：是不是有点像大本哪？

乙：嗯，比大本可强。

甲：那是。

乙：怎么也是个大吹级的。

甲：这叫什么话呀？

乙：你光说不练，整个一个白话旦。

甲：叫劲不是，跟你说，咱从来都不靠吹，今天就让你见识见识。

乙：来吧。

甲：你听听这个：“小王，你到我办公室来一下。”

乙：口气不小哇。

甲：这人肯定是一个领导。“喂，您好，请问小张在吗，麻烦您让他接个电话好吗？”

乙：听这位多客气。

甲：这一定是个业务员。“喂，啥事，我在开会，你看着办吧，烦人！”

乙：火气还不小呢。

甲：这肯定是打给他夫人的。“喂，你在哪呢，还没吃饭吧，等会吧，我一会给你买过来。”这一定是打给小情人的。

乙：你还别说，还真是这么回事。

甲：这就是研究。

乙：哎，那么你对别的还有研究吗？

甲：有哇，我对什么都有研究，你就说现在的行业标准吧，各行各业，各个岗位都有自己的行业标准、语言规范和职业特点。

乙：是吗？

甲：你看宾馆的服务员，“先生，您好，我们这里是星级宾馆，有洗浴，有休闲，环境优美，服务周到，在此入住会让您感到家的温暖。”

乙：多有礼貌哇。

甲：听了这话你心里舒服不舒服？

乙：舒服。

甲：高兴不高兴？

乙：高兴。

甲：这就是行业标准。

乙：是吗。

甲：你再看连铸主控室的主控工，“大包开浇 16 分，1 流一米二，2 流一米四，3 流一米三，4 流一米二，中包温度 1560”。

乙：你等等，这是怎么回事，我听着怎么这么乱哪。

甲：这你都不懂啊，大包开浇 16 分，这是告诉浇钢工，在线浇铸的大包已经向中包浇了 16 分钟，以便浇钢工随时掌握开浇时间，1 流、2 流是指连铸机的机流数，1 流就是一流铸坯，2 流就是两流铸坯，一米二是拉速，也就是铸机每分钟拉出的铸坯长度，浇钢工根据主控工报出的拉速，随时控制结晶器内钢水液面，以达到平稳浇钢的目的。

乙：是吗，这里的学问还不少呢。

甲：你再听这个，（竖大拇指向上）“起”、（手掌向下）“落”、（双手交叉平移）“停”。

乙：这个我明白，这是天车指车口令及手势。

甲：这就是岗位规范标准，各有各的特殊性，不能互换。

乙：也不一定吧？

甲：你的意思是把不同的岗位标准相互调换使用？

乙：对呀。

甲：那可就热闹了。

乙：也不一定吧，比如用宾馆的服务标准来报拉速听起来多舒服哇？

甲：是吗？

乙：哎。

甲：那就是这样了：浇钢工师傅们，您们好，今天由我为大家来报拉速，报得不好，请多原谅，大包开浇 16 分，1 流一米二，2 流一米四，3 流一米三，4 流一米四，2 流的师傅您别着急，慢点拉，1 流、4 流的师傅你们落后了，可要迎头赶上啊。我怎么听着这么别扭哇。

乙：哎，这样听起来多舒服啊。

甲：你倒是舒服了，你再看看浇钢平台上吧。

乙：怎么了？

甲：漏的漏了，冒的冒了，整个平台全乱套了。

乙：是吗，看起来这个不行，那咱们让宾馆的服务员用指挥天车的手势和口令服务，这是个特色肯定会吸引人的。

甲：是吗？

乙：是啊。

甲：那服务员就都变成这样了：先生你好，我们这里是星级宾馆，有洗浴（动作），有休闲（动作），有四层楼的住宿（动作），还有高级餐厅（动作），包您满意。

乙：那我就住下来好了。

甲：实在抱歉，顾客已满。

乙：那我只好走了。

甲：要是我呀，有房间也不在这住。

乙：怎么呢？

甲：整个一群精神病，这谁受得了哇。

乙：要不咱用宾馆服务员的态度来指挥天车怎样？

甲：那更不成？

乙：怎么不成，这样看起来温柔，听起来舒服哇。

甲：那咱试试？

乙：试试。

甲：司机师傅，非常抱歉，您还没落到位呢，再落一点。

乙：怎么回事？

甲：看看，还听不清楚。再落一点，干完了我请你到宾馆吃饭。

乙：落了吗？

甲：没有，那位司机还是没听到。

乙：你大点声。

甲：大点声就不温柔了。

乙：那你也得让他听到哇。

甲：那咱就大点声。

乙：对。

甲：再落一点！

乙：这下落了吗？

甲：落可是落了，可我动不了了。

乙：怎么了？

甲：把我脚压在吊物下面了。

乙：落大发了。

作者（左）和工友王会斌（右）合说相声《语言研究》
（摄影：报社编辑）

重要会议

王会斌　王继祥

甲：（单上）大家好，首先我祝大家身体健康，家庭幸福，永远平安！啥！您问我来干啥？瞧您这话问的，说相声呗，咋就我一个人？咳！别提了，您可不知道，我那个搭档啊，现在还没来，说好今天演出，嘿！竟然迟到了，不过没关系，他不来，我就给大家来段单口相声，要说这单口相声啊……

乙（上）：哟、哟，您自个在这白话啥哪？

甲：你还知道来啊！

乙：对不起，实在抱歉，刚才开了个会。

甲：开会？

乙：对。

甲：什么会这么重要啊，连演出都顾不上了。

乙：安全会。

甲：嗯，安全会可确实重要啊！

乙：可不是嘛！

甲：安全会是传播安全信息、方针的桥梁，提高自身安技素质的纽带。

乙：看不出您对安全会了解还挺深刻的。

甲：那是自然，我不仅对安全会了解，我还了解炼钢厂的安全形势呢！

乙：哟，那你可得给我说说。

甲：咱们炼钢厂为真正落实安全第一、预防为主的方针，深化“四个零、五细化、六到位”的班组安全管理模式，推行精细化管理，并且每个季度评选优秀中层干部、优秀班组长和优秀安全标兵，大大鼓舞了安全气势。

乙：看不出你懂的还真不少。

甲：毛毛雨而已，而已啦！

乙：您瞧这位还嘚瑟上了。

甲：实话告诉你，我不仅对安全会了解，我还知道其他许多会呢！

乙：你都知道什么会啊！

甲：比如，演唱会、记者招待会、政治协商会，还有、还有事故分析会。

乙：事故分析会？这会最好不开，咱们安全有了保障，就减少一些事故分析会了。

甲：对，这话没错。

乙：还有别的么？

甲：再比如，今天我们大家聚在这里，就是个联欢会。

乙：嚯，还挺能联系实际，说了这么多，你都参加过哪些会啊？

甲：一般的会我可不参加，我参加的都是重要会议。

乙：举个例子。

甲：前段时间，我就参加了一个重要会议。

乙：什么会？

甲：两会。

乙：什么？（不信）两会？

甲：对，就是中共中央召开的两会。

乙：中央招开“两会”并不假，不过我没听说有您参加啊！

甲：我不仅参加了，我还在会上发言了。

乙：你还发言了？

甲：我就说了两句话，把整个会场都震住了。

乙：你怎么说的？

甲：我说“哎哎，前面那个小伙子，会开得好好的，你可别换台啊！”

乙：噢，看电视哪！

甲：你也不想想，两会能让我去啊！

乙：我看也是，就你这样，一看就不像好人，到北京还不得让警察把你给逮了去啊！

甲：你才不像好人呢！你别看他们不让我去，可是有人请我开会。

乙：请你开会？

甲：对，最近就有人请我开了个重要会议。

乙：得，又是一个重要会议。

甲：这个会议可太重要了，会议关系着津西的平安稳定，作为一名重要代表，我参加了这次会议。

乙：你说的是前些天我厂组织的员工家属座谈会吧？

甲：不，比那个会重要。

乙：那是什么会？

甲：家长会。

乙：嗨！家长会与安全生产有什么关系？

甲：嗨！关系可大啦！

乙：怎么个大法？

甲：是这样，最近学校为支持津西的安全稳定，组织津西上班的学生家长开了一次特别的家长会。

乙：噢，原来是这样啊！不对，我听说你还没结婚啊！开什么家长会啊！

甲：这事我还得给你解释一下，我是替别人开家长会。

乙：替别人开家长会？

甲：对，昨天我休班，正想睡个懒觉，就听有人哐哐凿我房门，我一开门，认识，是我邻居桂花。

乙：还是个女的？

甲：废话，男的有叫桂花的吗？

乙：她找你有事？

甲：她对我说，她儿子小明的学校要开家长会，要求父母双方都参加，可小明他爸爸不在家，所以想请我和她一起去开家长会。

乙：哎哟！艳福不浅啊！天上掉下个林妹妹。

甲：什么林妹妹，是林大嫂。

乙：你答应啦？

甲：嗨！闲着也是闲着，再说了，还没结婚先当爹了，为什么不答应！

乙：瞧把他给美的。

甲：就这样，我一手挽着小明他妈，一手拉着小明直奔学校。

乙：嚯！典型的幸福家庭。

甲：到学校后，会议马上就开始了。

乙：都什么内容啊？

甲：首先校长给大家讲话，阐述了会议主旨，表明了安全对企业、对家庭及子女成长的重要意义。

乙：嗯，有道理。

甲：紧接着，开始了以家庭为单位的友谊赛。

乙：友谊赛？

甲：对，还要评出第一名。

乙：都比什么啊？

甲：安技知识问答。

乙：哟，这可难不住你呀！你是咱们厂的安全标兵啊。

甲：那是当然。

乙：这我可太了解啦，咱厂的安全标兵是经过层层选拔、考试，最后经安全科验收选出来的安全模范，那可都是真才实料，安技知识问答对你来说，手到擒来啊！

甲：我当初也这么认为，可如今津西员工的安技素质整体都高了，我们组又都是炼钢厂的员工，安技素质是个顶个的棒，经过几个回合的较量，我只以微弱的优势排小组第一。

乙：噢，总算是出线了。

甲：接下来是最关键的冠军争夺赛。

乙：怎么个比法？

甲：百米负重赛跑。

乙：什么意思？

甲：就是要求家庭中的丈夫抱起自己妻子，从操场的 here，跑到操场的 there。

乙：嚯，一高兴英语都出来了。

甲：当时，我是汹涌澎湃，心情是特别的激动。

乙：您瞧这位，安的是什么心吧！

甲：我左手抱住小明妈的杨柳细腰，右手挽住小明妈的纤纤小腿，她的两只玉手搂着我的脖子。

乙：好温馨哪。

甲：别看小明他妈是徐娘半老，可也是丰韵犹存，一阵阵香气扑面而来。

乙：你还站得住吗？别把人家给摔了。

甲：枪声一响，我撒腿就跑。

乙：结果怎样？

甲：那还用说，第一名。

乙：是吗？

甲：可把我高兴坏了，站在领奖台上我激动万分。

乙：当爹当了个第一，能不高兴吗？

甲：电视台还把节目给录了相。

乙：在电视上露脸啦！

甲：电视台把各学校家长会的实况当晚就播了出来。

乙：够及时的。

甲：这一播可不要紧。

乙：怎么了！

甲：出事了。

乙：出什么事啦！

甲：小明他妈和他爸打起来啦！

乙：那小明他爸在电视上看到自己的媳妇被你抱在怀里，肯定得打起来呀！

甲：不是。

乙：那是为什么？

甲：小明他妈从电视上看到小明他爸啦。

乙：那也不至于打起来呀？

甲：小明他妈看到小明他爸在别的学校，替别人开家长会，怀里抱着别的女人呢！

乙：嗨！

作者（左）和工友王会斌（右）合说相声《重要会议》
（摄影：报社编辑）

变

甲：各位领导，员工朋友们

乙：迁西的父老乡亲们

合：大家好！

甲：（俩人握手）王哥，好长时间没见您了，您可好哇？

乙：挺好。

甲：家里老人可好？

乙：老人都好。

甲：大侄子可好？

乙：你侄子好。

甲：大嫂子可好？

乙：你大嫂子也不错。

甲：小嫂子可好？

乙：你小嫂子也挺好。（一愣）什么小嫂子啊？

甲：听说您有钱了，最近不又娶了个二房吗？

乙：有钱了不假，娶二房倒没有。

甲：噢，还没有合适的？

乙：没有。（一愣）就是有，你嫂子也不同意啊！

甲：您瞧，实话露出来了不是！我是问，家里大人小孩一家人都好？

乙：一家人都好。

甲：住洋楼房可好？

乙：别提了，就一个字

甲：怎么样？

乙：舒服！

甲：那是一个字啊？

乙：现在都兴买一赠一吗。

甲：王哥，几年不见你可变了。

乙：怎么变了呢？

甲：你说你，刚进厂时骨瘦如柴。

乙：那是苗条了点。

甲：现在你是体态丰满，粉面桃腮。

乙：（美滋滋地）嗯，我成杨贵妃了。

甲：刚进厂时，你是举目无亲。

乙：现在呢？

甲：现在台下的都是你的亲人。

乙：这倒不假。

甲：刚进厂时，你是一名普通工人，被人管着。

乙：现在呢？

甲：现在你是负责安全，“管”着别人。

乙：哎，我有权力了。

甲：刚进厂时，你是独身一人。

乙：现在呢？

甲：现在你是妻妾成群。

乙：哎，我怎么又妻妾成群了？

甲：我是说你现在还想妻妾成群。

乙：（不好意思地）谁还不兴活动活动心眼啊。

甲：你看看，招了不是。

乙：什么呀，我就招了？没有的事。

甲：我是说你这么多年，变化了，进步了，各方面表现胜过别人。

乙：这倒不错，哎，说了半天，你到底是谁啊？

甲：看你变得有多快，连我都不认识了，我是你兄弟呀？

乙：你多大岁数就我兄弟呀？

甲：我多大并不重要，关键看你有多大？

乙：我今年整 30 岁。

甲：那我今年 25 岁，不是你兄弟吗。

乙：25 岁就长这水灵，感情你的变化也挺大呀。

甲：实不相瞒，25 岁是我的工龄，我的工龄与津西企龄相同。

乙：是吗？

甲：25年中，津西由一个名不见经传的地方小企业发展成为总资产超两百亿元的大型钢铁联合企业和海外上市公司，我（一拍胸脯）

乙：都是你干的？

甲：（摇摇头）都是我亲眼见证的！

乙：是吗？

甲：（点头）津西从原来只供京津唐地区的生铁到钢铁材系列产品远销世界二十七个国家和地区，这全是我（一拍胸脯，点点头）

乙：噢，这是你干的？

甲：（摇摇头）这还是我亲眼见证的！

乙：不容易。

甲：（点头）2010年12月31日，津西集团隆重成立。津西从一枝独秀到六花争艳的华丽转身，这也是我（一拍胸脯，点点头）

乙：是你干的呀？

甲：（摇摇头）这也是我亲眼见证的！

乙：真有你的。

甲：津西创造了四为和谐企业文化，规划了凝聚钢铁意志、打造百年津西的企业愿景。打造百年老店，这还是我——

乙：又是你亲眼见证的？

甲：（摇摇头）这个呀，我想我和我儿子这辈都见证不了了。

乙：为什么呢？

甲：你想啊，我今年45了，津西才25岁，75年后，我早就见马克思去了。我儿子呢，今年16岁，75年后也是不是成了地下工作者还不一定呢。也只有咱孙子那辈才能见证了。

乙：也对。

甲：（感慨）说实际的，这几年的变化让大家都不敢认你了，这25年的变化让我们不敢认津西了。

乙：是的，津西的变化太大了，比我刚进厂时，产能翻了一番，工资翻了一番，厂区面积翻了一番，员工人数翻了一番。

甲：按我进厂时说，我的年龄翻了一番，还带拐弯，那变化吗，从我自身的体验就能说明啦。

乙：是吗？那你给大家说说。

甲：你看啊，刚进厂时，我是骑个旧自行车上班，每天还高兴得屁颠屁颠的。

乙：那后来呢？

甲：后来感觉这东西太慢，得换。

乙：骑自行车也挺好的呀？

甲：不行，慢，得换一个快点的。

乙：那换什么呢。

甲：我改骑驴。

乙：那还赶不上自行车呢。

甲：我这驴快。

乙：就那四条腿，后边带尾巴一打就“呜哇呜哇”叫唤的那毛驴？

甲：哎，我这驴它就两条腿，不打就叫唤，一加油，噌就窜出去的那种没尾巴驴。

乙：（恍然大悟）您说的那是摩托车呀，那可贵呀，一辆摩托可得几十辆自行车钱。

甲：没关系，津西效益好哇，咱有钱那，过去咱一辆好自行车都买不起。

乙：现在呢？

甲：现在就是买上几辆好摩托车都没问题。

乙：是吗？

甲：那是。可没骑多久，我发现了一个问题，这东西好是好啊。

乙：怎么的？

甲：冬天骑快了，可冷了。

乙：夏天骑快了可凉快呢？

甲：可要下雨就惨了，一会儿就成落汤鸡了。

乙：那怎么哪？

甲：这回呀，咱改骑马。

乙：就那四条腿，大长尾巴的马？

甲：四条腿不错，但它没尾巴。

乙：他就认准没尾巴了，再敢上个没眼睛的，那就是瞎马。

甲：嗯，不缺眼睛，前后 8 只眼睛呢。

乙：那不成怪物了？那是什么马呢？

甲：宝马。

乙：宝马？

甲：对，这匹马夏天有空调，冬天有暖风，上边有天窗，坐如沙发般舒服。

乙：你说的是宝马车呀？

甲：（自豪地）就是呀。

乙：那你发了，一辆宝马车得好几十万哪！

甲：要问哥咱这么阔，都是津西掌的舵，如今津西的产品都卖到外国了，津西人还不能坐坐德国车？

乙：完全可以。哎，那咱们的产品外国人评价怎么样？

甲：那是哑巴作报告——没得说。

乙：是吗？

甲：你听听，（学洋腔）于总经理，你们的 H 型钢，太好了，Very Good。

乙：噢，这是美国人在夸我们的 H 型钢。

甲：你再听这个，张总，你们的带钢大大地好，吆西吆西。

乙：这是日本人在夸我们的带钢质量。

甲：（继续学洋腔）韩董事长，你们的钢板桩太妙了，OK OK，不得了。

乙：这是德国人在夸我们的钢板桩啊！

甲：哎哇呢，啊哟依呀。（学哑巴）

乙：这是哪国人，我可听不懂了。

甲：这是外国的哑巴在夸我们的产品太棒了。

乙：连哑巴都夸津西，看来津西变化太大了。

甲：是啊，25 年来，津西没有一天不在变化，不但变化大，而且变得还快，公司变大了，环境变好了，地位也一天一天提高了。

乙：产品变多了，质量变好了，异议变得越来越少了。

甲：20 年前的津西已经旧貌变新颜了。

乙：20 年前的故人再到这里已经非常陌生了。

甲：你说得太对了，如果明天公司让你出差两个月，回来你爱人就得不认识你了。

乙：为什么呢？

甲：还不都是变化闹的，你说你头发变黄了，眼睛变蓝了，塌陷的鼻梁也变挺了，说话变味了，脸白得也不是黄色人种了，谁还敢认你呀？

乙：（笑着推一下对方）去你的吧！

（刊登在2012年3月1日《津西人》报第366期）

学　问

（文字游戏）

甲：今天是刚过春节头一天。

乙：正月初一。

甲：在这喜庆的节日里，我们首先给大家拜个年。

合：各位领导，员工同志们，过年好。

甲：祝大家在新的一年里，万事如意，心想事成。

乙：财源广进，喜气迎门。

甲：下面我们两个为大家说段相声。说相声吗，口啮得清楚，脑子得灵活，反应要快，学问要深。

乙：对，不是我说大话，我的脑子就灵活，学问就够深的。

甲：是吗？

乙：没错。

甲：你先别吹，我先考考你。

乙：怎么个考法？

甲：我问你三个问题，如果你能答对了，就算你学问深。

乙：不就是三个问题吗，就凭咱这脑袋瓜子，没问题，你说吧，第一个什么问题？

甲：你听好了，第一个问题是，世上什么东西最不怕冷？

乙：什么东西最不怕冷？

甲：对，你挺聪明的，给大家说说。

乙：这个问题太简单了，什么最不怕冷……呀，有了！

甲：什么最不怕冷？

乙：我们家那保卫科长最不怕冷。

甲：怎么说呢？

乙：我们家那保卫科长啊，冬天夏天也没给它烧过炕，可再冷的天它也没喊过炕凉。上次我爱人心痛它，想给它个电褥子，它愣是不要。

甲：屋里有暖气，不用电褥子。

乙：我们保卫科长啊，它不在屋里住。

甲：那它住哪啊？

乙：住窝里。

甲：和狗住一起哇？

乙：狗就是我家的保卫科长，它最不怕冷，刮风不穿袄，下雪不戴帽，下雨不打伞，来人汪汪叫。

甲：那我请问一句，狗吃热饭睡凉炕又怎么解释呢？

乙：那是科长的习惯。

甲：不光是习惯。

乙；还有什么呀？

甲：还有它怕冷的表现。

乙：那你说什么东西最不怕冷呢？

甲：你可听好了，这才叫学问。

乙：你就说吧。

甲：什么东西啊不怕冷呢？鼻涕最不怕冷。

乙：怎么说鼻涕最不怕冷呢？没道理呀。

甲：怎么没道理，你看十冬腊月的，一出门，大北风嗖嗖一刮，哎哟，好冷的天，阿……阿嚏，鼻涕自个就出来了。

乙：感冒了？

甲：挺冷的天，在里边待着多好，你出来凑什么热闹。

乙：那是冻的。

甲：这就对了，连人都冻感冒了，可它不怕冷，还往外溜达呢，越冷越往外跑，回到家里，暖和了，它也溜达回去了，所以说，只有鼻涕最不怕冷。你说这是不是学问。

乙：似乎有点道理，那第二个问题呢？

甲：第二个问题也不难。

乙：说说。

甲：什么东西最不怕热？

乙：这个问题还算简单。

甲：简单你说说，什么东西最不怕热？

乙：我们家那猫侦探最不怕热。

甲：猫侦探怎么不怕热？

乙：我们那位猫侦探每天拿完老鼠以后总是趴在炕头睡觉。

甲：猫啊！

乙：就是五荒六月也不例外，甚至还钻到我的被窝里来，炕越热它睡得越香。

甲：猫喜欢睡热炕吗。

乙：这回我答对了吧？

甲：那猫睡热炕吃凉饭是怎么回事呀？

乙：吃凉饭省着烫嘴呀。

甲：它不是不怕热吗？

乙：那你说什么东西最不怕热呢？

甲：怎么样？不知道了吧，这就叫学问，你听着。

乙：听着呢。

甲：汗最不怕热。

乙：汗怎么就不怕热呢？

甲：这还不知道吗？你看盛夏里酷暑难耐，热得人透不过气来，可它却爬上额头晒太阳，有人热得都中暑了，你听说过汗中暑的吗？

乙：没听说过。

甲：你说是不是汗最不怕热呀？

乙：好像挺在理的。

甲：怎么样，两个问题都没答对吧？

乙：这两个问题有点难，你给出个简单的。

甲：那好，我给你出一最简单的。

乙：你说说，我准知道。

甲：你说爷爷和奶奶谁高？

乙：这个我会，不但我会，连三岁孩子都知道。

甲：那你说谁高哇？

乙：爷爷高。

甲：错。

乙：怎么又错了？

甲：是奶奶高。

乙：何以见得呀？

甲：有诗为证啊。

乙：什么诗可以证明呢？

甲：这你知道，还用问我吗？

乙：我不知道，什么诗能证明奶奶比爷爷高哇？

甲：这句诗流行极为普遍，大到白发苍苍，下到开裤裆都知道，特别是夏季里，喜欢这句诗的人更多，还不时地唱出来呢。

乙：越说我越糊涂了，你就说吧，到底是哪句诗，是哪朝的大诗人写的？

甲：就是当代的商人写的。

乙：哪句？

甲：你听好了，这是学问。

乙：今天我也长长学问。

甲：你听好了，记住了，别再忘了。

乙：你就说吧，别嘚瑟了。

甲：说为什么奶奶比爷爷高，有诗为证“冰淇淋——奶糕”。

乙：去你的吧！

作者（左）与工友王会斌（右）合说相声《学问》
（摄影；报社编辑）

栗 乡 行

庞文泽　王继祥

甲：秋风送爽。

乙：虎跃栗乡。

甲：各位领导，迁西的父老乡亲们

合：大家晚上好（鞠躬）！

乙：哎，您是迁西本地人吗？

甲：是啊，自从有臭豆腐那年起，我爷爷的爷爷的爷爷的爷爷就是迁西人了。

乙：那么，您对迁西的情况一定很熟悉吧？

甲：那是相当熟悉。

乙：那今天，您在这给介绍介绍，好吗？

甲：好啊，你听我说，迁西县位于：唐山北，燕山南，长城脚下后花园，西南京津 150，东北秦承 130；环渤海，经济圈，诗意山水是天然。三大优势齐发展，画境栗乡更可观。

乙：好，这前半部分我能理解，这后边的“西南京津 150，东北秦承 130”是怎么回事？

甲：就是迁西西距全国的心脏、首都北京 150 公里，南临天津 150 公里，东距秦皇岛 130 公里，北到承德 130 公里，对于这四大名城，迁西处于核心位置，交通便利，四通八达。

乙：真是一块宝地，那三大优势都是什么呢？

甲：县委、县政府充分发挥迁西自身的优势，大力发展工业、农业和第三产业，工业以津西集团为核心，打造“世界一流的型钢生产基地”。

乙：农业呢？

甲：农业以板栗为优势，素有“中国板栗之乡”的美称。

乙：那第三产业呢？

甲：第三产业以旅游为主，突出“青山、秀水、古长城”特色，立志把迁西建设成为“魅力山城、塞上水城和休闲名城”。

乙：好！

甲：在县委、县政府的领导下，经过全县人民的共同努力，迁西由过去的贫困县一跃成为全国百强县，冲出了亚洲，走向了世界。

乙：迁西，牛！迁西人，牛！作为在迁西工作的外地人，我也牛！

甲：看你那牛气冲天的劲。

乙：那是啊，哎，迁西这么好的地方，您都到过哪啊？

甲：这么跟你说吧，迁西就没有我没到过的地方。

乙：这位也够牛的，哎，那我要是看一看迁西的山光水色，你可以给我介绍介绍吗？

甲：当然可以，我可以以一个导游的身份带您来一个迁西栗乡一日游。

乙：（感动地）是吗？太感谢您了，咱就走吧！

甲：好，咱先从民族英雄戚继光镇守的古镇三**屯**出发，穿过打响采矿第一炮的**牌楼沟**，走三桥、跨五关，看一下**桃园**的**皇陵**和**水下长城**。

乙：都哪三桥？

甲：**板桥**、**清河桥**、**洒河桥**。

乙：哪五关？

甲：古老的**南关**、**西关**，迷人的**龙景关**，传奇的**铁门关**和魅力景区**青山关**。

乙：好，有收获，接下来去哪啊？

甲：接下来我带您去游览一下七大岭上的十大名寨。

乙：嚯，比九寨沟还多一寨，那咱先看看都是哪七大岭？

甲：**黄土岭**、**塔寺岭**、**擦都岭**、**漆棵岭**、**松岭**、**榆木岭**和**救驾岭**。

乙：那十大名寨呢？

甲：**旧寨**、**小寨**、**大岭寨**、**东寨**、**西寨**、**河南寨**、**翻鞍寨**、**渔户寨**和**刘村寨**。

乙：这才九个呀？

甲：这就是迁西的九寨沟。

乙：您不说有十大名寨吗？

甲：对呀！

乙：那还差一个呢？

甲：你别急呀，咱再沿 82 公里的古长城拐几个弯儿，就到了“岩石之祖”所在的**太平寨**了。

乙：都拐哪些弯呢？

甲：有**汉儿庄**的**栗树湾**、**大黑汀**的**金水湾**、**东荒峪**的三湾，还有**上营**的**龙湾**。

乙：好家伙，这弯拐得可够猛的。

甲：咱再欣赏一下这里盛产的美峪（玉）。

乙：行，都有什么峪（玉）？

甲：**有上峪**、**下峪**、**六宝峪**、**金厂峪**、**太阳峪**、**黑石峪**、**红石峪**、**马蹄峪**、**烈马峪**、**麻达峪**、**麻家峪**、**东水峪**、**大东峪**、**西城域**、**城西峪**、**学房峪**、**荆子峪**、**鸽子峪**、**碾子峪**、**安家峪**、**史家峪**、**牛家峪**、**宋家峪**、**巴家峪**、**张疙瘩峪**、还有……

乙：还有哪？

甲：还有以出口板栗而负有盛名的**杨家峪**。

乙：是吗！这玉可真不少。

甲：这些可都是**达峪**（玉）。

乙：噢，感情都白给呀，那我可得弄点儿玉打几个镯子戴。

甲：那您这镯子可就值钱了。

乙：绕了半天我肚子有点空了，怎么办？

甲：那没关系，咱到**罗屯**的**戏楼**上，在微拂的**长岭峰**（风）中，我请您吃**陈家铺**的特色小吃。

乙：都吃什么呀？

甲：先别着急吃啊，你先喝一罐用**官园**的**井泉**水特制的向旺安梨汁，再来一杯用**旧营**的**宝湖**水酿制的紫玉板栗醇。

乙：真香啊！

甲：喝完后，再请您品尝六口**米城庄**用**杨查子**熬成的**照雁洲**（粥）。

乙：**照雁洲**（粥）？没吃过，我可爱吃甜的。

甲：那好办哪，咱再加点**唐沟**产的**龙塘**（糖）。

乙：你也太抠了吧？这么好的东西怎么就让我吃六口呢？那能吃得饱吗？

甲：这六口可大呀。

乙：大也饱不了哇！

甲：品完您就知道了，有二**拨子**的**米峪口**，**上营**的**青山口**、**董家口**，诞生《大刀进行曲》的**喜峰口**，截断滦河的**潘家口**和背杆艺术走向世界的**忍字口**。

乙：这口可真够大的，是有点吃不下。吃完了呢？

甲：吃完了您可以到**长甸**休息一下。

乙：还有休息间？

甲：对呀，那里有专供游客休息的**八里铺**。

乙：这铺可够大的。

甲：你钻进那**李家窝子**，美美地睡上一觉，可解乏了。

乙：别价，这么好的条件我可享受不了，咱还接着游览栗乡吧。

甲：那咱们接着游览七山、七寺、七条河。

乙：哪七山？

甲：七座山吗，有**大河山**、**三台山**、**皇太子山**、**玄武山**、**凤凰山**，京东第一的**景忠山**和康熙打猎的**五虎山**。

乙：漂亮！那七寺呢？

甲：七寺有**关姑寺**、**洪丰寺**、**下寺**、**白塔寺**！

乙：还缺三处呢？

甲：别着急呀，过了四寺，依次就是**南观**、**北观**、**磨石庵**！

乙：好家伙！这一下，和尚、老道和尼姑就全齐了。还有七河呢？

甲：有**洒河**、**沙河**、**长河**、**青河**，**白庙子**的**横河**，发源于**新集泉庄**的**还乡河**。

乙：还差一条呢？

甲：那就是迁西的母亲河**滦河**。

乙：嘿，还真有你的！

甲：置身如诗如画的青山、绿水之中，**台（抬）头**远眺，看到那55万亩苍翠欲滴的绿荫和全国首创的围山转工程，您一定会心旷神怡，陶醉在宛如仙境的美景之中。

乙：（作醉状）我是有点醉了。

甲：（急扶）先别醉！我还要带您登上**旧城沙岭子**的**龙王庙**，推开那扇**石门**，在徐徐吹拂的**八面峰**（风）中，享受一番有桂林美誉之称的两大水库风姿。

乙：哪两座水库？

甲：**大黑汀水库**和**潘家口水库**。

乙：是够美的。哎，您这即然有水库，那水上肯定有好去处了？

甲：有哇，**大黑汀**、**小黑汀**、**南团汀**、**北团汀**，那可都是一流的**清水窝**呀！

乙：（赞叹地）漂亮！我要想受点传统教育呢？

甲：想受传统教育吗，您可以到**喜峰口**的**雄关大刀园**，也可以到**西庄**的**魏春波烈士纪念馆**和**上梨树峪**的**王平陆烈士纪念馆**参观一下。在那里您可以睹物思人，缅怀烈士功绩，激发革命豪情。

乙：您还别说，还真受教育，请问还有什么好去处？

甲：有哇，这也是最值得一看的。

乙：是吗？

甲：您沿**钓水院**北望，就可以看到迁西的支柱产业——属于全国500强企的**河北津西钢铁集团股份有限公司**了。

乙：那里都有什么？

甲：那里的东西可多了，有多品种的**东岗**（钢），多规格的**西岗**（钢）和世界一流的环保建材大 H 型钢；**石厂**里正用循环废气发着**受益店**（电）。每年 1000 万吨钢都要通过**车道峪**和**船庄**（装），飘过**滦阳**（洋），运往全国各地及 23 个国家。

乙：您还别说，迁西这地方还真是山美、水美、物美、人美，诗意山水、画境栗乡真是名副其实呀，那我要想住这可怎么办呢？

甲：您看看，舍不得走了不是？这好办哪，在**东**、**西莲花院**里有专为旅游开发而建的四处**新店**，您住哪个都行。

乙：都哪四处**新店**？

甲：有**胡家店**、**沙窝店**、**高家店**和**田家店**。

乙：房屋建筑怎样？

甲：那就是一个字，太好了！

乙：就一个字，你怎么蹦出三个字来了？

甲：这叫“买一赠二”。

乙：是吗，那您快给我介绍介绍，都怎么个好法。

甲：有古色古香**尹庄**式的**平坊**（房）；有欧洲风格**四楼沟**式的**杨（洋）庄**。

乙：是很洋气，可是，转了半天，我又有点饿了。

甲：瞧这点出息！没关系，这回我带您到**兴城**的**东营**大酒店吃一顿以迁西特产板栗、核桃、栗蘑、山鸡、小米、红薯、小尾寒羊、**莲花院**的安梨、**至山庄**的香椿、**小黑汀**的石磨豆腐以及**滦河**鲤鱼、甲鱼等原料加工制作的盛大晚餐，保您满意。

乙：那有多少道菜呀？

甲：煎炒烹炸、凉热荤素，**十八盘**。

乙：你想撑死我呀！

（刊登在 2007 年 12 月 6 日《津西人》报第 150 期）

变　　化

创作：王继祥

甲：各位领导，员工同志们，各位嘉宾朋友们！

乙：各位先生、女士们，全县电视机前的父老乡亲们！

合：在这里，我们两位给大家拜年了，大家，过年好！

甲：哎，兄弟，今天我发现一个问题。

乙：什么问题？

甲：今天到春晚现场的观众与去年来的不一样。

乙：当然不一样了！

甲：我是说呀，今天来的这些人，和去年比，他都有变化。

乙：都有什么变化呢？

甲：你看，这姑娘们一个个都变漂亮了。

乙：那是，女大十八变，越变越好看吗。

甲：这小伙子们，一个个都变精神了。

乙：对呀，人逢喜事精神爽吗。

甲：老人的皱纹是越变越少了。

乙：那叫返老还童。

甲：孩子的成绩越来越好了。

乙：那是他们都知道用功了。

甲：今天来的观众，就连掌声都变的比去年的热烈。

乙：还真是这样。

甲：你看现在，从中央到地方

乙：嗯

甲：从农村到城市，到处都在变。

乙：是吗？

甲：是啊，比孙悟空还能变，特别是改革开放三十年以来，我们的国家强大了，国人富裕了，科技先进了，文化繁荣了。

乙：那是。

甲：孙悟空一个筋斗云是多远？

乙：十万八千里。

甲：你知道神九飞行员刘洋一个筋斗云有多远吗？

乙：不知道。

甲：我告诉你，刘洋一个筋斗云飞了 873.6 万公里。

乙：有那么远吗？

甲：你看，神九时速为 28000 公里，刘洋乘神九在太空飞行了 13 天。这算术题对你来说，不难吧？

乙：真了不起。

甲：这就应了那句话。

乙：哪句呀？

甲：谁说女子不如男哪！

乙：哎，又一个当代的花木兰。

甲：津西建企二十七年来，由乡镇企业变成海外上市集团了，产品由国内拓展到国外挣美元了。

乙：这是我们津西人的骄傲。

甲：过去的津西只能出面包。

乙：怎么过去津西还出面包？

甲：哎，铁面包。

乙：那叫面包铁。

甲：反正都一样。

乙：现在呢？

甲：现在是带钢型钢螺纹线，冷轧钢板钢板桩，采矿铸造房地产，汽贸建安新能源，多元化发展。

乙：真是让人刮目相看哪。

甲：就是吗，二十年前的老外，现在来到津西，止不住地感慨。

乙：他怎么感慨的？

甲：嗨！太不可思议了，二十年前，津西和我一样，还是个孩子，现在，我长大了。

乙：津西呢？

甲：津西变成钢铁巨无霸了。

乙：这就是津西人的霸气。

甲：津西的二十多年，厂房在变，设备也在变，产品在变，环境也在变，思维在变，我们的衣食住行都在变，只有打造百年津西的决心没有变。

乙：对，那你在这说说，都怎么个变法？

甲：你看，厂房变得宽敞高大了，设备也变得精良先进了，产品更是变成多元精品了，环境变得雅致优美了，思维也变得创新超前了，干部员工们穿的越来越讲究时尚了，吃的越来越研究养生了，住的越来越追求前卫了，出行越来越知道得体了。

乙：穿的怎么就越来越讲究时尚了？

甲：你看，最早津西员工的工作服都什么料？

乙：什么料啊？

甲：劳动布，的确良。

乙：现在呢？

甲：现在是白帆布，的卡装。

乙：那不都一样吗？

甲：嗯，不一样。

乙：怎么不一样呢？

甲：过去的工作服穿起来精神。

乙：现在的工装穿起来不精神吗？

甲：现在的工装穿起来，那是更精神。你看，炉前的白工作服一队，附属单位的蓝工作服一队，机关后勤的正装一队，叭，往那一站，整个一个海陆空三军仪仗队呀。

乙：还真是挺精神。

甲：不但精神，员工还都长本事了呢。

乙：长什么本事了？

甲：都会变魔术了。

乙：变魔术？什么魔术啊？

甲：鬼影魔术。

乙：什么叫鬼影魔术哇？

甲：就是一到晚上他们就出来闹鬼。

乙：这话听着怪吓人的，您在这说说，闹什么鬼呀？

甲：你没看到过？

乙：没有，你看到过呀？

甲：我看到过。

乙：您快说说。

甲：晚上开车出去，前面只有两道白光一折一直的在那晃动，坏了！

乙：怎么了？

甲：今天出来的时辰不对，撞见鬼了。

乙：咳！那是员工工作服上的反光条，灯光一照，白亮白亮的，这是为员工起安全防护作用的。

甲：当时我就以为是见鬼了。

乙：你说的这是工装的变化，那员工们在班下日常的穿着有变化吗？

甲：那变化就更大了。

乙：怎么的呢？

甲：过去是一身衣服半个月不讲换一次的。

乙：现在呢？

甲：现在呀，三两天就换一身，甚至一天一换。

乙：那是员工的生活水平提高了，衣着怎样啊？

甲：那就整个一个动物世界。

乙：怎么呢？

甲：过去都是棉布衣服。

乙：现在呢？

甲：蚕丝、羊绒、貂皮、骆驼毛，那是逮什么穿什么，就差穿长虫皮了。

乙：那东西只能吃，不能穿！

甲：不但这，还都是名牌呢。

乙：都穿什么牌子？

甲：李宁、乔丹、红叶、宝马、金狐狸、老人头、七匹狼、雅戈尔、迪士尼、花花公子和蜡笔小新，就这么跟你说吧，从大到小，从头到脚，由里到外，就连内衣内裤……

乙：怎么样？

甲：都是名牌。

乙：什么牌子？

甲：吉祥鸟哇！

乙：这牌子好哇！

甲：怎么呢？

乙：名副其实啊，这充分证明咱津西人有钱了。

甲：那是。

乙：那吃的怎么讲究养生了？

甲：过去我们吃的是粗粮稀饭。

乙：现在呢？

甲：现在吃的是大米白面，过去我们吃的是萝卜白菜。

乙：现在呢？

甲：现在我们吃的是鸡鸭鱼肉。就这么跟你说吧，过去我们吃面汤也就是炗锅后，一股盐、一股水、一点菜，顶多放点酱油、醋、香油、味精调调味也就行了。

乙：现在呢？

甲：现在呀，可讲究了，香精、料酒、橄榄油。

乙：为什么要用橄榄油呢？

甲：这你就不明白了吧，这橄榄油是既养生，又美容。

乙：那明天我也用橄榄油做汤。

甲：汤熟了还要放点鸡精、十三香、白骨精。

乙：怎么还放白骨精啊？

甲：调味嘛。

乙：那你把牛魔王放里多好哇。

甲：放他那汤还怎么吃啊。

乙：你放白骨精都能吃，放牛魔王怎么就不能吃了？

甲：那白骨精是调味的，牛魔王算什么呀？

乙：调味的？那是排骨精。

甲：是排骨精啊，我当白骨精吃了二十多年了。

乙：是吗，咋没让白骨精把你给吃了。

甲：白骨精想吃的是唐僧，能够长生不老，吃我没用啊！

乙：你还知道哇？

甲：那是。

乙：哎，他们住的都变什么样了？

甲：山里有的搬到镇上了，镇上有的搬到县城了，县城有的搬到市区了，市区有的搬到北京了。

乙：是吗？

甲：是啊！他们的平房变成瓦房了，瓦房变成楼房了，楼房变成别墅了，一居室变成两居室了，两居室变成三居室了。

乙：真给力啊！都赶上房叔了。

甲：房叔档次太高了，充其量，他们只能算是房奴。

乙：那出行都变成什么样了？

甲：十一路变成两轮车了，脚蹬的变成没尾巴驴了，两轮子车变成四轮了，奥拓变成奥迪了，宝来变成宝马了，奔腾变成奔驰了。

乙：下一步就该坐动车上班了。

甲：那是中国梦，也是我们的津西梦，这都是集团领导英明决策的结果。董事长在津西改制的大会上曾说过，在不远的将来，你们都能开着自己的车上下班，现在，这个愿望实现了。

乙：您还别说，真是都在大变样！

甲：对呀，就连你都在变。

乙：我怎么变了？

甲：你由农民变成了工人，又由学徒变成了师傅，由无知变得成熟，又由基层员工变成领导干部。

乙：还真是这样。

甲：原来你爱人管你叫亲爱的。

乙：现在呢？

甲：现在叫老公，原来你女儿管你叫爸爸。

乙：现在也管我叫爸爸！

甲：不，现在管你叫皇阿玛。

乙：那是跟电视里学的。

甲：你的野心不小哇。

乙：谁有野心了？

甲：过去你出去旅游都是带着自己的媳妇。

乙：现在出去旅游也没有带过别人！

甲：是没有带过别人，而是带着别人的媳妇。

乙：拉倒吧，啥时我带你媳妇出去旅游过？

甲：那就是别人带着你媳妇出去旅游了？

乙：没有的事！

甲：那就是你带着小媳妇去了。

乙：去你的吧！

张罡（左）和王明华（右）合说相声《变化》

（作者摄）

我的梦

甲：哎，兄弟，问你个问题。

乙：什么问题？

甲：你晚上睡觉做梦吗？

乙：我呀，躺那就着，一觉睡到自然醒，从来不做梦。

甲：一看你就是属猪八戒的。

乙：什么叫属猪八戒的呀，你这么点岁数就做梦啊？

甲：我当然做梦了，因为我是属孙悟空的。

乙：瞧把他美的，你都做什么梦了？

甲：我呀，头一沾枕头就做梦，这不，昨天晚上就做了个梦。

乙：做什么梦了，还记得吗，跟大家说说。

甲：晚上做梦啊，我上天了。

乙：上天了（摸摸甲），那你现在是死的还是活的呀？

甲：这叫什么话呀？

乙：你不上天了吗，不会是阴魂不散吧，我可没招你。

甲：我是说，晚上做梦我到天宫去玩儿了一圈，而且还看到了好多熟人。

乙：那天宫那么高你是怎么去的啊，是坐飞机啊还是坐神七呀？

甲：坐那玩意儿买票挺贵的，不划算。

乙：那你是怎么上去的呀？不会是驾云去的吧？

甲：是驾云去的。

乙：你会驾云？

甲：是狗驾云驮我上去的。

乙：得了吧，你比赵本山还能忽悠。

甲：怎么叫忽悠呢，是二郎神的哮天犬忽忽悠悠给我驮上去的。

乙：是吗，没把你给摔下来呀。你说看到不少熟人，那里有你家亲戚呀？

甲：有哇，第一位就是斗战圣佛齐天大圣孙悟空。

乙：孙悟空是你的亲戚，跟你熟吗？

甲：他跟我不熟，可我跟他熟哇。

乙：你怎么会跟他熟呢？差着千八百年哪，你是妖怪吗？

甲：是妖怪早把你吃了，咱电视里见过呀，再说，他是猴，我属猴，今年又是猴年，这不一家子吗，我俩老熟了。

乙：也是啊，还有呢？

甲：还有就是唐僧、沙僧、猪八戒，哪吒、杨戬、牛魔王，太白金星、南极仙翁、四大天王等等。

乙：这些我在电视里也见过，也很熟。

甲：光熟不行啊，你没有这个机会呀。

乙：那是，我不做梦。

甲：就是吗，你还别说，我还看到了九个美女。

乙：九个美女，都谁呀？

甲：玉皇大帝的七个闺女。

乙：七位仙女公主哇！

甲：对呀。啊，这个你也熟，还在你们家吃过饭。

乙：在你们家吃过饭！

甲：是呀，也在我们家吃过饭，电视剧《天仙配》，不但去过你们家，也去过我们家，在座的家里都去过，你们都熟。

乙：那还有两位呢？

甲：一个大美女，还有一个老美女。

乙：这大美女是……

甲：嫦娥仙子啊。

乙：那老美女呢？

甲：王母娘娘啊！

乙：王母娘娘你都见了？

甲：何止见了，就是她接待的我，你还别说，他老人家长的那叫一个俊，跟电影明星刘晓庆一样一样的。

乙：刘晓庆就是她变的，她接见你都说了些什么呀？

甲：哎呀，她老人家那是真好，一个劲地夸我呀。

乙：还夸你了？

甲：是啊。

乙：她怎么夸你了？

甲：她说，你这个小鬼真好看，干脆你留下来给我当外孙子吧。

乙：王母娘娘还当过红军，说话跟毛主席一个味儿。哎，这是好事，你要有这么个外婆那还了得。

甲：好事？要不赶明我跟她老人家说一下，你去呗。

乙：那好事哪能轮到我呀，你没答应呀？

甲：没有哇。

乙：那你外婆能干吗？

甲：谁外婆呀？

乙：人家都要认你做外孙子了，那不就是你外婆吗？

甲：我也没有答应呀。

乙：那她能饶得了你吗？

甲：她老人家是不干哪。

乙：那是，还不让你那二郎神舅舅给你关起来。

甲：哎，她老人家还是蛮讲理的，她说，你不留下来也行，你回答我三个问题，若都答上来，你就可以回去。

乙：是吗，哪三个问题？你都答上来了？

甲：那是，不但答上来了，而且答完了把她老人家高兴的屁颠屁颠的。

乙：瞧把你美的，快说说，哪三个问题？

甲：第一个问题，前段时间，由人间反上一道白光，就像刚刚下过雪一样白，是怎么回事？

乙：这是怎么回事？

甲：我说，那是花院乡遍野的梨树花开了，惹得我们都睡不着觉哇，感情那白光都照上天庭了。

乙：那遍地的梨花是挺闪眼的。第二个问题呢？

甲：前几日，一股香气冲上天宫，把我的蜜蜂都招走了，是怎么回事？

乙：这个你怎么说的？

甲：现在正是栗花开的季节，这是栗花的芳香招走了天宫的蜜蜂。

乙：我说怎么到处都是蜜蜂呢，第三个问题呢？

甲：她说，天宫最近的雾霾怎么没有了呢？

乙：感情不光我们这有雾霾，天宫也有哇，这是个难题，你怎么说的？

甲：这个简单哪，今年唐山市举办世界园艺博览会，还将承办中国金鸡百花电影节、中国—东欧国家地方领导人会议、中国——拉美企业家高峰会等活动，为此，政府下大力度治理环境，唐山市都没有雾霾了，咱天宫自然就没有雾霾了。

乙：行啊你，哎，你外婆怎么说？

甲：当时就乐了，来呀，看赏，把那一千年一结果的蟠桃赏给他一盘。

乙：就赏一盘，这老太太也太抠了，你吃了吗？

甲：我吃了，但吃了一口就放下了。

乙：怎么？不好吃吗？不吃你给我拿来呀。

甲：是呀，王母也这么问哪。

乙：你怎么说的？

甲：我说，好吃是好吃，但是不如我们迁西的板栗、安梨好吃。

乙：王母怎么说呀？

甲：王母说，那你给我说说，你们那都有什么好吃的呀？

乙：是呀？

甲：我们那好吃的可多了，有蒸羊羔儿、蒸熊掌、蒸鹿尾儿、烧花鸭、烧雏鸡、烧子鹅、炉猪、炉鸭、酱鸡、腊肉、松花、小肚儿、酱肉、香肠、什锦酥盘儿、熏鸡白脸儿、清蒸八宝猪、江米酿鸭子、罐儿野鸡、罐儿鹌鹑、卤什件儿、卤子鹅、山鸡、兔脯、莱蟒、银鱼、清蒸哈什蚂……

乙：还真不少，还有吗？

甲：刚说到这，老太太给我止住了。

乙：老太太说什么？

甲：这些都太油腻了，有没有清淡点的，最好是农家菜。

乙：感情他们也想吃农家菜了，看来习大大的政策是见效了。

甲：清淡的有哇，我们那有特色农庄。

乙：快说说，那里都有啥？

甲：那里有用迁西特产板栗、核桃、栗蘑、山鸡、小米、红薯、小尾寒羊、安梨、香椿、石磨豆腐以及鲤鱼、甲鱼等加工制作的特色盛筵。

乙：老太太怎么说？

甲：这些东西是好，但毕竟你们那是民间，这是天宫，那可没的比呀，好多人想来，都没机会呀。

乙：对呀！

甲：对什么呀，你们这虽是天宫仙境，怎么能比得上我们那七山二水半分田、半分道路和庄园的人间天堂、我们那是有山有水有黄金、植被覆盖满绿荫、后花园内明珠城、紫玉板栗甜醉心。我说到这，王母娘娘一听……

乙：不高兴了。

甲：乐了。

乙：乐了？

甲：对，只见她与玉皇大帝耳语了几句，然后大声说，玉皇大帝有旨，今日散朝后，众仙班除净坛使者留守天宫外，全部带好盘缠、资费和交通工具与神童一起到栗乡一游，然后到特色农庄去赴特色盛筵。

乙：你看看，仙人下界都要带盘缠。

甲：我说，不用你们带盘缠，仙人们游栗乡，食宿全部免费。

乙：这就对了。

甲：对什么呀，老太太说，你们习主席不是有八项规定、六条禁令吗？入乡随俗，我们不能坏了你们的规矩。

乙：看看，王母娘娘都知道习大大的八项规定和六条禁令。

甲：这时只听有人说，王母娘娘，你不公平，凭什么你们都下界，让我守天宫啊？

乙：这是谁呀？胆子不小哇，敢这么跟你姥姥说话？

甲：我一看，认识。

乙：谁呀？

甲：猪八戒。

乙：他呀，凭什么不让他去呀？

甲：王母娘娘说了一句话，我也乐了。

乙：她怎么说的？

甲：迁西的美女那么多，让你下界你还回得来吗？

乙：对呀！

诗话津西

庞文泽　王继祥

甲：尊敬的各位领导、亲爱的各位观众朋友们：

合：大家过年好！

甲：值此普天同庆之际，我仅代表我们俩给大家拜年啦！首先——

乙：（急拦）停停停停！什么叫仅代表我们俩呀？

甲：您不想给大家拜年那？那您先往边上站站。

乙：什么叫我不想给大家拜年那？我是说您就代表咱俩给大家拜年那？

甲：啊，您琢磨我们还能代表谁呢？

乙：我们可以代表公司啊。

甲：您是公司的领导吗？

乙：不是。那我们可以代表全体演职员哪？

甲：您是今天晚会的艺术总监吗？

乙：不是，我上学时演戏演过汉奸。

甲：我说怎么看您不像好人哪。

乙：嚯，我们老师说了，我是优质汉奸。

甲：那不还是汉奸吗？是汉奸就没一个好东西。

乙：那怎么也能代表我们两家吧。

甲：代表咱两家？在您家里，您爸爸是法人代表，您妈妈是财务总监，您老婆是纪检书记，您说，您能代表谁呀？

乙：我爸是户主，我妈管钱，我老婆管我，这职位都对，我都代表不了，可我可以代表我儿子呀？

甲：您儿子？法人代表、财务总监、纪检书记您都代表不了，您就能代表祖宗？

乙：我儿子不是祖宗！

甲：您们全家都围着您儿子转，他还不是祖宗吗？

乙：我们家的事您怎么都知道哇？

甲：我们两家都是五口之家，都是上有老，下有小，在家里我们俩是同级干部，都是第五把手，您家那点事还能瞒得过我？

乙：原来您比我也强不到哪去。还真别说，咱俩也就只能代表咱俩了。

甲：因此，我仅代表我们俩祝大家在新的一年里：一帆风顺，二龙戏珠，三阳开泰，四季平安，五福临门，六六大顺，七星高照，八方来财，九九归一，十全十美，百子登科，千秋功业，万事如意。

乙：看看，还没我什么事了。还等啥呀，鼓掌吧。（带头鼓掌）

甲：凡是鼓掌的，都能在新的一年里：百尺竿头，更进一步；千帆竞渡，幸福安康！

乙：好！（继续鼓掌）

甲：没鼓掌的，大年初一开始，肥猪拱门，诸梦得圆；猪年大吉，诸事顺利。

乙：（向观众）回去都别插门，否则，肥猪拱不进去，都上别人家去了。

甲：虽然我们职务级别不高，但我们的态度是真诚的，祝福是真心的，语言是很棒的，水平是很高的。

乙：您这是王婆卖瓜自卖自夸，还真有点恬不知牙。

甲：那叫恬不知齿（耻）！

乙：齿不就是牙嘛。

甲：真能狡辩。不过从您刚才的表现看，您在语言方面还真有点修养。就冲这点，今天咱俩在这个写满思念和感恩的喜庆日子里，来点有品位的文字游戏给大家助助兴怎样？

乙：太行啦！您说来点什么？

甲：咱们今天就来个难度大一点的，复杂一点的，高雅一点的。

乙：那来什么？

甲：就来大家最喜闻乐见的顺口溜。

乙：敢情玄乎了这么半天，就是顺口溜哇？

甲：什么叫玄乎啊？难道顺口溜就不高雅，就不复杂，就没有难度吗？

乙：不不不，您别激动，我没那意思。我是说，顺口溜是种通俗的诗歌，并且我也很喜欢这种文学形式。

甲：既然您也喜欢，那我们先来讨论一下它的特点如何？

乙：（谦恭地）虽然喜欢，可我这高中毕业，才疏学浅，还请您不吝赐教。

甲：其实，我也只是略知皮毛。既然您这么求知若渴，我就不金屋藏娇了，把我的见解拿出来晒晒。

乙：（向观众）金屋藏娇？想不到这位还养小三儿。（忙转过身来鞠躬）那就把您的贱小姐领上来让大家看看吧。

甲：什么贱小姐？

乙：你不是说金屋藏着贱姐吗？现在不都叫小三吗？别害羞，领出来吧？

甲：这都哪跟哪啊？我说的是见识的见，理解的解。我的个妈呀，敢情没文化真可怕呀。

乙：不好意见，是我想歪了。那您说见解吧，我洗耳恭听。

甲：那我就不客气了。

乙：请吧。

甲：（装腔作势地）同志们——

乙：（向观众）要作报告哇？

甲：（拿腔拿调地）说到顺口溜，它都有什么特点呢？虽然在这个问题上众说纷纭、莫衷一是，但经过多年去粗取精、去伪存真的深入研究，我将顺口溜的特点归纳为以下三点。

乙：（嘲讽地）嚯，还是力排众议，独树一帜。请问哪三点？

甲：这第一点，顺口溜多是即席创作，见啥说啥，时效性特别强。

乙：别说，有点大家风范。那第二点呢？

甲：第二点，顺口溜多是合辙押韵，读起来朗朗上口，非常便于记忆。

乙：名家见地，有内涵。那第三点呢？

甲：第三点，顺口溜语言通俗易懂，深为大众喜闻乐见，非常利于传唱。

乙：（钦佩地）真乃专家之谈，长知识。如此三点，让我茅塞顿开、受益匪浅。

甲：（假惺惺地）以上粗浅陋见，实在难登大雅之堂。倘有点滴瑕疵，还望在座的专家学者批评指正，在下感激涕零。

乙：（急拦）得得得，您就别涕零了，弄不好还得把您化的妆给弄花了。

甲：行，那我就憋回去了。

乙：既然您对顺口溜这么有研究，我代表现场的观众，向您提一个不情之请：请您现场给大家来几段，让我们享受一顿文学美味疙瘩汤可否？

甲：（反感地）什么叫文学美味疙瘩汤啊？您这不是有辱斯文吗？

乙：（赶忙解释）您别激动，请听我解释。您想啊，顺口溜产自民间，读起来挺顺口的，大家都挺喜欢的。疙瘩汤也出自民间，喝起来挺顺口的，大家也挺爱吃的。既然两者有这么多共性，因此把顺口溜比喻成文学美味疙瘩汤怎么会有辱斯文呢？

甲：好，既然这样，那我就当众献丑了。请您出题吧。

乙：您别现眼就行了。第一首，您就先献给现场的观众。

甲：行。（略思索，摇头晃脑地）津西礼堂灯火明，台上台下喜盈盈。各种节目惹人醉，大家最爱——是相声。（情不自禁地鼓掌）好——

乙：（忙拦阻）又有点恬不着牙啦。不过，从大家的掌声里听出这首确实不错。下面咱增加点难度，来首藏头的怎样？

甲：不就是每句的第一个字连起来是一句话的那种吗，没问题。请出题吧。

乙：先来个安全的。以“安全为我，我要安全”为题来首藏头诗。

甲：（不假思索地）安字是追求，全力莫停休。为保大幸福，我当拓进牛。

乙：不错，前四个字“安全为我”有了，那后四个字呢？

甲：别急呀，请听：我是家中栋梁，要做幸福臂膀。安全刻在心上，全家幸福安康。这后四句“我要安全”也齐了，怎么样？

乙：好！还能接着来吗？

甲：这儿没有吗，接着来吧！

乙：这儿不要妈，要爸。好吧。

甲：嘿，真乖！

乙：他在这等着我呢。这次以咱坚强的靠山津西为题，“百年津西同创辉煌”仍要八句藏头

甲：（嘚瑟地）没问题！请听好：百载基业郁葱葱，年年拓进攀新峰。津门结谊铸愿景，西突东进潮头行。同舟共济凝心力，创新跨越舞九龙。辉映神州圆国梦，煌煌旗舰耀群星。（炫耀）妥了！八句一气呵成。

乙：才如泉涌，佩服佩服！还接着来吗？

甲：趁热打铁。只要您能出题，我就能顺口溜诗。

乙：太好啦！您知道，咱们津西在各级党委政府和社会各界的倾力支持下，在以集团董事局主席韩敬远为首的各届舵手的正确引领下，经过三十一年的艰苦奋斗，实现了持续健康跨越式发展。现已成为集钢铁冶炼、装备制造、节能环保、国际贸易、金融租赁、津西投资、高新科技、绿色地产、文化产业等九大板块为一体的誉满华夏的大型企业集团和香港上市公司，并连续 15 年稳居中国企业 500 强，且位次不断提升。作为一个值得骄傲自豪的津西人，您能不能给咱们的九大板块分别来一首。

甲：小菜一碟儿。先吃哪块？

乙：你这吃月饼呢，还先吃哪块？是先说哪块。

甲：没月饼蛋糕也行，咱吃完再说。

乙：就知道吃，有点出息行不？我是说，先从哪个板块说起。

甲：随便您，先来哪个板块都行。

乙：那就从咱们的钢铁板块说起吧。

甲：没问题，请听好：钢铁主业美名传，炼轧型桩样样全。国际国内市场广，质量服务都居先。企业前景真远大，要做世界（高举拇指）南波儿万！

乙：这叫上鞋不用锥子——针（真）好！接着第二个板块，装备制造。

甲：听好：装备制造是大方，铸造加工与安装。精品累累多专利，勇搏潮头美名扬。

乙：真是狗撵鸭子——呱呱叫。第三个板块，节能环保。

甲：注意：节能环保是绿源，技术装备都领先。新兴产业前途广，力保碧水与蓝天。

乙：这是孙悟空的家活什儿——真棒！第四个板块，国际贸易。

甲：请听：国际贸易业务广，信拓五洲闯市场。双赢战略客户赞，ok津西真叫棒！

乙：真是小车不拉——忒（推）好。第五个板块，金融租赁。

甲：听好：金融租赁搞理财，盘活资金真叫嗨。精细管理控风险，（作点钱状）不尽钞票滚滚来。

乙：这首真是神仙的别墅——庙（妙）哇！第六个板块，津西投资。

甲：请听：津西投资在北京，运作管理样样行。对内对外均给力，与其联谊定双赢。

乙：这是珠穆朗玛放风筝——太高啦！接着第七个板块，高新科技。

甲：请注意：北京亦庄耀新星，东方晶源大有名。微电前沿新旗舰，气得老外直哼哼。（学外国腔）东方晶源了不起，太厉害啦！

乙：这是站在月球看宇宙——天外有天呐！下面是第八个板块，绿色地产。

甲：请听好：绿色地产大有名，苏州、迁西舞双龙。质量、服务齐点赞，环境优美尽好评。（挺大拇指）真棒，亚克西！

乙：这首真是擎天白玉柱——超级棒啊！还有第九个板块，文化产业。

甲：（思考状）这得琢磨琢磨。好，有了。文化产业属龙翔，业务范围特别广。内外结合凝心力，传承精品助远航。

乙：您这是老寡妇又生双胞胎——底孕（蕴）深厚啊！这九大板块都来了，能不能再给来首总的。

甲：行！九大板块基业青，科学发展奔锦程。上下同心凝合力，共圆百年津西梦。

乙：这真是龙凤胎坐飞机——好上天啦！

甲：快别夸啦，我都有点不好意思了。现在您所有的命题我都做完了，给个评价吧。

乙：评价没问题，但得答应我一个条件。

甲：这还有讨价还价的？好，您说吧。

乙：（不好意思地）其实也没多大的事，对您这位津西才子来说，应该是老蚧吞蝇子。

甲：这个怎么讲？

乙：张嘴就来呀。

甲：别废话了，直说吧。

乙：那我就不客气啦。就是看在我这半天帮您展示才华的份上，在我评价完之后，也给我来碗文学美味疙瘩汤。

甲：看看，您也饿了吧，没问题，评价吧。

乙：就您这作品，那真是飞机上挂暖壶。

甲：怎么讲？

乙：高水（瓶）平哇！

甲：不敢当。

乙：是日本人点赞。

甲：什么意思？

乙：吆西！

甲：过奖。

乙：是咱们“拉森”牌钢板桩。

甲：这个怎么说？

乙：超一流的性价比！

甲：过誉了。

乙：就您这水平，那真是小孩连尿两次床。

甲：这又怎么讲？

乙：大湿（师）啊！

甲：咳！这都什么乱七八糟的？

乙：就咱这文化，能这样表达自己的真情实感，您就知足吧。

甲：您这文化呀，我看是您奶奶连尿两次床。

乙：这是什么意思？

甲：太湿（师）啊！

乙：那是您师太，别没大没小的。既然我评价过了，下面该您履行承诺，给我作一首了。

甲：好吧，不就是坐湿（作诗）一手（首）吗？

乙：对呀。

甲：主持人，拿瓶矿泉水和一把椅子来。

乙：您要干嘛呀？

甲：把水倒在椅子上，您一只手放在椅子上，往那一坐就行了。

乙：啊，这么个坐湿一手哇？

甲：对呀。

乙：合着到我这，美味、疙瘩都没了，净剩汤了？

甲：津西这九大板块，个个都是美味宝贝金疙瘩，到您这呀，就剩清汤了。

乙：看看，汤还是清汤，这也太损了点吧？就是清汤也得给我来一首！我手机录音都开半天了，就等您的大作了。

甲：听着，上汤：您本应是大帅哥，不巧体貌把水缩。工作爱岗又敬业，金牌工匠加劳模。团结工友心肠热，孝顺双亲传美德。善与孩子结朋友，就是天生——怕——老——婆。怎么样？

乙：（着急地）去您的吧！

小　品

安全月里喜事多

道具：一张桌子、一把椅子、一瓶矿泉水、香蕉三个、餐巾纸若干

在上一个节目结束下台后甲上台。主持人追上台来：“你怎么到台上来了？这里正在演出，你捣什么乱呢？”

甲：什么叫捣乱呢，我就是来参加演出的。

主持人：你是来演出的？你是哪个单位的？也没安排你的节目哇。

乙：（急匆匆上台来对甲说）你看，看你，你怎么跑这来啦？（对主持人）主持人你好，是这样的，听说今天厂里安全月搞演出，我们就一起到这来观看，可他说他也会表演，我只当是说着玩呢，哪知道他还真跑台上来了，这样，你先下去，我把他劝回去，免得他耽误你们演出。

主持人：那好，这里就交给你了，可不要时间太长啊！

乙：没问题，谢谢，您走好。（对甲）你这人也真是的，不在下边好好看，你跑到台上来算怎么回事，赶紧跟我下去。

甲：跟你下去？谁让你上来的？

乙：我这不是叫你来了吗？

甲：叫我干什么？

乙：叫你下去，咱在这影响人家演出。

甲：这就怪了，同样是安全月，同样是联欢，同样是员工，为什么只许他们上台，我上台就影响演出了呢？这不公平。

乙：还不公平，你看看人家，歌唱的男的跟刘德华似的，女的像张暴默似的，相声说的跟冯巩似的，那快板打的像常志似的，你呢？你会什么？还不公平。

甲：你还别小瞧人，咱的表演跟你说，那是气坏刘德华，吓跑张暴默，看傻了冯巩，看呆了常志。

乙：看你真是人不大，牛吹的可不小，瞧把你嘚瑟的。

甲：不信？让你看看。你到过美国吗？

乙：我看过《三国》。

甲：你看过霹雳吗？

乙：我知道霹雳火——他叫秦明。

甲：你这都哪跟哪啊？

乙：我知道你说的是啥啊？我就知道这点。

甲：你看看（霹雳舞个别动作）。

乙：光这个不行，你还会什么呀？

甲：我还会现演。

乙：我看你够现眼的。

甲：什么呀，我说的是现编现演。

乙：现编现演？

甲：对。

乙：那你编的必须真实、实在。你看咱们厂里正在搞安全月活动，我们搞排查、盯现场、班组长培训、员工家属座谈会、事故展览、文艺汇演等活动项目可多了。

甲：可不咋的，高兴事还不少呢，单流板坯热试、异型坯投产，更大的喜事是一下“生了两个大胖小子”。

乙：你还会“生小子”啊？

甲：什么呀？我说的是两座50吨转炉热试投产，不就是一对双胞胎吗？

乙：哎，你知道的还真不少。你就用安全月的这些事给咱表演表演如何？

甲：那没问题，但你得配合一下。

乙：怎么配合啊？

甲：你就坐在前面演，我在后面说，您按我说的做出表情来。

乙：这个吗？咱来试试。

甲：今天来到炼钢参加我丈夫的家长座谈会。

乙：我是谁呀？

甲：你是员工的家属嘛。

乙：那怎么还开家长座谈会呀？

甲：噢，我昨天给孩子开的是家长座谈会，看我给说串了。

乙：重来。

甲：今天我到炼钢参加家属座谈会，座谈会形势好，看完现场把决心表。要常念安全经，常吹安全风，常敲安全钟。说累了，喝点水，吃个香蕉润润嘴（吃香蕉、喝水、餐巾纸擦嘴）。

乙：你想噎死我呀？

甲：你看看，给他吃，给他喝，给他打扫卫生，他还不乐意了。咱再来一个。

乙：换一个吧！

甲：安全月里喜事多，双胞胎让人乐呵呵，标语贴，鞭炮响，弟弟愣跟哥哥抢。

乙：你这都谁跟谁呀？

甲：两座50吨转炉这不是哥哥和弟弟吗？

乙：可以这样说吧。

甲：7号炉和8号炉哪个在前面？

乙：7号炉在前面。

甲：哪个应该是哥哥？

乙：当然7号炉应该是哥哥啦。

甲：可7号炉是3月31日投生的，8号炉是3月25日分娩的，是不是弟弟愣跟哥哥抢呢？

乙：还真是那么码事。

甲：接着来吧。

乙：来就来。

甲：总经理，董事长，祝贺开炉到现场；淘汰设备搞创新，干群上下一条心；弦不松、劲不减，半个月内早达产。炼钢健儿迎挑战，年产拿下400万，4月8日异型坯，热试开动连铸机，一次成功竖丰碑，连老外都喊OK，津西员工不喊累，OK后面是万岁。

乐在今朝

（成稿于2007年1月17日晚10:15分）

甲：打竹板，笑开颜，我给大家来拜年。一拜领导年年升，二拜员工喜盈盈，三拜工资年年长，四拜合历股市增。五拜家和万事兴，六拜五谷带丰登，七拜钢铁形势好，八拜津西正年轻。九拜八千同舟渡，十拜钢城百年兴。

乙：（上鼓掌）好！好！

甲：这是谁家的孩子，怎么跑台上来了，主持人，快把他领下去，一会儿找不到他妈哭了可不好哄。

乙：怎么说话呢？你们家有这么大孩子呀？你睁大眼睛看看，咱这也叫走过而立，直奔不惑的英俊——少年。

甲：我不跟你说，主持人！主持人……

乙：别喊了，我就是主持人……

甲：你……

乙：派来的。

甲：什么意思？

乙：主持人说了，你板打的好，词说的也好。

甲：过奖。

乙：但是……

甲：怎么了？

乙：大家想看看你演的怎么样。

甲：演的怎样？我哪会呀，我就会这两下板，这两句词。

乙：（对观众）就是要难为难为他，（转脸对甲）你就现编现演呗。

甲：现演的事只有赵本山会，我哪成啊！

乙：这样吧，我配合你一下，你在前面演，我在后面给你说，怎么样？

甲：这个难度更大，还不如自说自演容易呢。

乙：怎么样？有这个胆量吗？

甲：来吧，比不过赵本山我还比不过赵本水吗？比不过潘长江，还比不过潘长河吗？

乙：好样的，要不主持人让你上台来。

甲：少废话，来吧！

乙：上道具！

甲：还得用这个呀？

乙：这不是为了突出你的表演才能吗。虽然是我给你说，可说的再好观众看到的也是你的光辉形象。

甲：要不还是你在前面演吧。

乙：不不，还是你在前面吧，我怎么能和你争这份功劳呢？

甲：说来就来。

乙：今天是大年三十，我哪也不去，就在家里看晚会。赵本山，啥都会，牛群、冯巩是一对。小品相声流行曲，整个是明星大荟萃。三十夜是除夕，过了除夕是初一。除一早上放鞭炮，大人小孩呵呵笑。先放一个二踢脚，看这双响好不好。（动作，放炮）嗞……叮……当，嘿，真好。再放一个，哎，没着，嗞……叮……当，再放一个，哧……叮（掉在地上没响，上前去看）当……哎哟，吓我一跳。放完鞭炮饭已好，初一早上吃水饺。鸡蛋羊肉三鲜馅，挟起一个就开咬。哎哟，这饺子里面有金条，原来是一元的钢镚儿里面夹，差点没蹦掉我的牙。爱人看了乐开了花，说咱今年要发家。日子发，过好年，再吃一个解解馋。哎，这个怎么这么甜，原来是糖块在里面。爱人说这叫甜蜜蜜，蜜蜜甜，家家幸福都团圆。吃完饺子去拜年，拜年说话嘴要甜。领导们过年好！（鞠躬）员工同志过年好！（鞠躬）大姑、大姨过年好！（鞠躬）大叔、大婶过年好！（鞠躬）表兄、表弟过年好！（鞠躬）

甲：你想累死我啊！

乙：我这不是看你高兴吗！

甲：高兴是高兴，可老这么鞠躬也受不了啊！

乙：哎，你怎么那么高兴呢？

甲：有高兴事呗！

乙：都什么高兴事？

甲：太多了！

乙：能在这说说吗？

甲：你看，津西仅仅20年，年产钢400万吨，达唐钢40年时候的产量，值不值得高兴？

乙：值得高兴。

甲：20岁的津西，成为省内在海外的第一家上市公司，值不值得高兴？

乙：值得高兴。

甲：20岁的津西，就跻身于全国五百强企业，值不值得高兴？

乙：值得高兴。

甲:20岁的津西,开始打造全国最大的H型钢生产基地,值不值得高兴？

乙：值得高兴。

甲：过去我骑驴上班，现在我骑马上班，值不值得高兴？

乙：值得高兴。不！不怎么高兴！

甲：马比驴跑得快，这你都不知道，你傻呀？

乙：再傻我也知道马比驴跑得快！

甲：那你怎么还不高兴呢？

乙：都什么时代了，你还骑马上班啊？怎么也得搞个自行车了？

甲：哎，你还别说，原来我还真就是骑自行车上班的。

乙：后来呢？

甲：后来我也赶时髦，把自行车换了头驴。

乙：就这还时髦呢，骑驴哪有骑自行车快呀？

甲：你不知道，我这头驴有特点哪。

乙：什么优点？

甲：我这头驴它没有尾巴。

乙：没尾巴驴呀，那还叫优点？那叫缺点！

甲：它跑得快呀！

乙：怎么个快法？

甲：就这么说吧，一加油，一冒烟，嗷一嗓子就没影儿了。

乙：啊，摩托车呀！

甲：你以为我真买头驴呀？那我不成傻子了？

乙：现在怎么换马了？

甲：随着企业规模的不断扩大，企业的效益越来越好了，工人的收入也越来越高了，自行车时代一去不复返了，没尾巴驴也不用再去管了，我也该换辆宝马充充大款了。

乙：你买了部宝马轿车？

甲：准确说是买了部宝马式的轿车。

乙：花多少钱买的。

甲：花老钱了。

乙：那是多少？

甲：（伸出三个手指）

乙：3万？

甲：多！

乙：30万？

甲：多！

乙：300万？

甲：多！

乙：买辆宝马也用不了300万，你到底是什么车呀，总不至于花3000万吧？

甲：对了，就是桑塔纳3000，没万。

乙：那我的车比你这可便宜多了。

甲：你那是什么车，花多少钱？

乙：奔驰600！

甲：是吗！

感 恩

人物甲：阿义，津西员工

人物乙：阿义的妻子

人物丙：车祸受害者（刚刚生产一个月的产妇，抱着孩子）

道　具：一个饭桌、两把椅子、一个围裙、一个手机、两双筷子、四个饭碗、一个布娃娃、一个小被单

甲：（围着围裙出场）大学毕业到津西，不到五年升两级，优秀班长高级工，今年又娶美娇妻。您问我是谁呀，我叫阿义，家住桃园居，桃花楼 517 号，目前工作在津西。噢，您说我这身打扮哪，您不知道，我现在是喜事多多、好事连连、百事顺顺，前年出色当班长，去年考上高级工，后来又经“第七届津西之约”认识了一位姑娘。刚刚结婚不久，都说“人逢喜事精神爽”，咱不能光在厂里当先进，在家里也要争当模范，咱得好好表现。这不，刚把饭做得，咱得请领导下楼吃饭。（刚要喊，手机短信铃响，掏出手机看短信念）“你是住在桃园居桃花楼 517 号的阿义哥吗？你让我找的好苦哇，如果是，请您回信，我要去家里找你，想你的人。”这是谁呀，还到家里找我，我可没招谁惹谁呀，给你回信？给你回信？我不引狼入室啊？（说完把手机放在饭桌上，又拿了起来）这短信可不能让我们领导看见，否则，她还不得说我走桃花运哪。（说完把短信删除）删除就安全了，（然后冲楼上喊）亲爱的领导，饭已 OK，下来米西吧。

乙：（义妻上场）我的老公就是好，打着灯笼也难找；津西钢铁真不错，领导英明做决策，强化素质提技能，深化管理练内功，各项工作抓得严，还为员工把那红绳牵，有这样精明的好领导，再大的金融海啸，我们和津西也垮不了。

甲：是呀，津西是我们的靠山，怎么能垮呢，请领导入席。（这时候手机短信提示音响，甲忙拿起手机看）

乙：谁来的短信哪，公开一下好不好？

甲：这个还是不公开的好。

乙：你不是说你们公司的厂务公开员工都很满意吗？咱也搞一下家务公开吧。

甲：这个不是咱的家务事。

乙：那更得公开了，我看看你到底有没有背着我在外面干什么事。（说完一把抢过手机看）“阿义哥，你怎么不回信呢？我真的好想你呀。”（对甲）哈哈！我说怎么不愿公开呀，感情你真的在外边有人了，当初我就说不在这买楼，你偏要在这买，说什么“桃园居桃花楼”这名好听，原来你是想借这名走桃花运哪。你说，这女人是谁？

甲：我都不知道这人是谁，你怎么就知道是个女的呢？

乙：男人有这么想你的吗？快说，这个狐狸精到底是谁？

甲：我哪知道哇！

乙：人家想你都快想疯了，你不知道？鬼才相信呢，（说着拧甲一把，甲躲到一边）你过来！

甲：我不过去，我真的在外边没有别人，也真的不知道是谁发的这短信。（这时候有人敲门，丙抱着孩子上场，甲上前开门，丙进）

丙：阿义哥，你怎么不回信呢，我真的好想你。

甲：（一愣）啊！感情那短信是你发的，我也不认识你啊，你为什么要这样害我呀，并且还上家来了呢？

乙：编！编！你就编吧！你还不认识，不认识怎么叫哥叫得那么亲呢？你还说外边没别人，还没背着我干什么事，啊！连孩子都给你抱来了，跟别人生的孩子能给你抱来呀？

丙：嫂子，这孩子是在义哥帮助下生的，但绝对不是义哥的。

乙：闹半天你在外面还有一腿，没看出来，还真是个狐狸精。

甲：大妹子，到底怎么回事，你赶紧说清楚，好还我个清白。

丙：什么叫有一腿呀，嫂子，你一定是误会了，我和义哥是清白的。

乙：我误会了，你哥也叫了，想也想了，事也干了，孩子也抱来了，你们还想要清白？

甲：（两手一摊）这不是飞来的横祸吗？我怎么就不清白了呢？

丙：对，车祸，义哥，就是那场车祸，那才真的是飞来的横祸。

甲：哎呀，到底怎么回事，你快说呀，你真急死我了。

乙：什么车祸呀！简直就是人祸！你说！

丙：哥哥，嫂子，你们别急，也是我看到恩人太激动了，没有说明白。一个月前的一个早晨，在上班的路上，义哥是不是遇到了一起车祸？

甲：是啊！

丙：你是不是用车把一位受伤的孕妇送往医院，并且中途转到了医院的急救车上？

甲：对呀。

丙：我就是那个孕妇，这就是经你抢救平安降生的孩子。

甲：是吗，那可太好了，恭喜你！那天你脸上身上都是血，我也看不清，你是怎么找到这的？

丙：（拉着嫂子的手）嫂子，你真有福气，找我哥这么个好人，那天，要不是我哥，恐怕我早就……

乙：妹子，别难过，这种事，谁遇上都得管。

丙：那天，哥把我们转到急救车上就走了，也是因为着急，没来得及问大哥姓名，还是急救车上的护士告诉我们，哥的车牌号是冀BJX517，然后，我让孩子他爸到交警队去查，才知道大哥的名字，又经过熟人打听，知道了你们的住址。本来，孩子他爸早就要登门感谢，我说等孩子过满月后一起来，这不，孩子刚过满月，可他又出差了，一去就是半个月，我等不起了，就自己来了。

乙：真不好意思，大妹子，刚才误会你了，我就说吗，我老公根本就不是那种人。

甲：你嫂子说的对，这事谁遇上都得管，我只是做了自己应该做的事，根本不用谢。你还把孩子抱出来，小心着凉。

丙：不，我知道你们津西都是好人，我把孩子抱来，为的就是让他亲眼看一看他的恩人，将来我一定告诉他，是津西人救了他和他母亲的生命，是津西人救了我们这个家，我们全家永远都感恩津西人！

2012 年津西春晚王明华（中）、宋艳雯（左）和尹红伟（右）合演小品《感恩》

津西情

王 新 王继祥

（音乐小品 2016 年迁西县文体局栗乡之夜节目）

人物：父亲、母亲、大儿子、大儿媳、小儿子、女儿、双胞胎孙女

父亲：（喊）老婆子，你找到了没有啊？

母亲：找到了，催…催…催，催啥呀，不就这件破工作服吗，啊！

父亲：你说什么，破工作服？（急了）

母亲：破工作服怎么了，啊，你说这个老头子，退休都 10 多年了，逢年过节都把这破衣服（旧版工作服）找出来穿上，它有啥好的？（换工作服）

父亲：你再说我和你急啊，你别小看这工作服，自打津西建厂咱就穿上了工作服，多少年了，啊？

母亲：多少年了？

父亲：整整 30 年了，你要是忘了它就是忘本。

母亲：这大帽子扣的。

父亲：你想想是不是自从有了它咱才吃上了饱饭，是不是有了它咱日子一天比一天好过。

母亲：这倒是。

父亲：津西解决了咱县里一万多人的就业，年销售收入100多亿元，光利税就30多亿元，30亿元，你懂什么概念吗？

母亲：我不懂得什么意元、欧元，我就知道人民币。

父亲：你就知道钻钱眼儿，咱县里的财政收入60%以上都依靠津西。

母亲：嗬！瞧把你能的，又来劲了不是？你说的是不假，可也没你这样的。

父亲：我怎么了？

母亲：你怎么了，不是说你，啊！这老大没考上大学你给鼓捣津西上班了，我没说什么，这老二名牌大学毕业，好多好单位要他，工作都找好了，你硬说厂子缺这方面技术人员，死活给拽回来了，你知道人家背后怎么说咱们家吗？

父亲：怎么说？

母亲：钢铁之家，你瞧瞧，啊！

父亲：钢铁之家怎么了，钢铁之家我自豪，说明咱津西员工骨头硬，再说你看这俩孩子，老大虽说没上大学，但肯学肯干，进厂没多久就当上了车间主任，这不，又调天津咱津西租赁的公司当厂长去了吗？

母亲：看你说的这好听，还调，你怎么不说是让人给减下来了？

父亲：看你说得那么难听，那叫另有重用，我那儿子没本事，他们能让他去当厂长吗？再说这老二，三年前年就荣获了公司的技工状元，去年又被评为公司的劳动模范，你瞧瞧他们多给我争气，给我长脸。

母亲：给你长脸，我看你是逞脸，你看看别人家逢年过节都团团圆圆围在一起吃个饭，咱家倒好，从来都没有过，不是上班就是加班，你看看今儿你这生日日子多好！

父亲：今日子好哪了？

母亲：这不星期日遇上了礼拜天吗，这孩子说好了都回来，可到现在还没影呢。

父亲：你就是爱着急，放心吧，今天说好了他们把假都拆对好了，你就别操心了。

合亲：爸！妈！（大儿子一家人带大蛋糕和其他礼物上场）

父亲：你看看活人好念叨不是，这不都回来了吗！

老大：爸爸生日快乐！

儿媳：爸爸，我祝您长命百岁。

孙女：爷爷，我们祝您寿比南山不老松。

父亲：你看看，一个比一个会说话。

老大：妈，老远就听你们吵吵，又怎么的了？

母亲：没事儿，你爸又犯倔了。死老头子，赶明儿再和你算账，快进屋快进屋。（众人进屋）

母亲：你们歇会儿，我去做菜，都叫你爸给搅和了，不然这饭菜都熟了。

儿媳：妈，您今天就休息吧，我去做。（相互推让，儿媳妇去厨房，其他人落座，闺女上场）

女儿：爸，生日快乐！

父亲：哎！快乐！快乐！

母亲：你这丫头，咋这忙啊！

女儿：妈，您是不知道，我刚开完会，国家提倡全民创业万众创新，县里出台了好多创业的扶植政策，鼓励全民创业……

母亲：行了，你那一套我听不懂，快给你嫂子帮忙去。

女儿：妈您真是的，行！行！我去还不行吗。（把礼物放下进厨房，随即端菜打开蛋糕，父子交谈）（歌曲《孝和中国》起，摆弄给父亲礼品，吃的、用的，捶背、揉肩、摆桌、端菜至歌曲结束）

母亲：好！好！这歌唱的好，孝和孝和传统美德。

女儿：妈，瞧把你高兴的，菜做好了，咱开席了。

母亲：开席！开席！（招呼众人吃饭）

孙女：哎！奶奶，我二叔呢？

母亲：哎，瞧我这记性，光顾高兴了，你二叔啊，早都说好了，怎么到现在还没回来。（生气状）

孙女：妈妈，我二叔这是不是叫不孝顺哪？

儿媳：这死丫头，怎么这么说话呢？你二叔平时对你们多好哇？

孙女 1：我二叔平时对我们是很好，人之初，性本善吗。

孙女 2：可百善孝当先，我爷爷生日他都不回来，这还不是不孝吗？

女儿：小孩子别瞎说，要不姑姑不喜欢你们了（两孩子做鬼脸），妈，您别着急，我给我二哥打电话。（响一会儿，接通，母亲抢接）

母亲：老二，这都几点了，你怎么还不回来。（屏幕现车间维修现场儿子接电话）

老二：妈，对不起，为增产增效，为建企 30 周年献礼，我们正在进行设备改造，不能回去给爸爸过生日了。（父亲抢过电话）

父亲：孩子，没事儿，没事儿，生日事小，工作事大，千万注意安全啊！

老二：爸，您就放心吧，生日快乐！我们全班的工友也都祝您老人家生日快乐！

父亲：哎！快乐！快乐！（屏幕现全体班组成员）

祝老爸：生日快乐！

（祝天下父母：健康长寿，天天快乐！我们代表全体津西员工祝全县人民：家庭和睦、生活幸福、百事随心、万事如意！）

父亲：哎！随心！随心！

母亲：如意、如意！

父母：孩子们，迁西因津西而骄傲，父母们因你们而光荣！（歌曲《光荣》起，演员谢幕下场）

2016 年迁西县文广新局“栗乡之夜”专场小品《津西情》（摄影：王继祥）

三 句 半

炉 前 工

甲：站在台上喜盈盈
乙：锣鼓一响唱歌声
丙：今天不把别的唱
丁：炉前工

甲：说起炉前不简单
乙：铁厂重担挑在肩
丙：战胜苦脏累难险
丁：实干

甲：说起炉前第一线
乙：出大力来流大汗
丙：提高产量拼命干
丁：苦战

甲：不管风吹和雨打
乙：不分春秋与冬夏
丙：火烤烟熏条件差
丁：不怕

甲：铁花透衣他不管
乙：一心一意搞生产
丙：有时累得直发喘
丁：劲不减

甲：降焦比，不一般
乙：利用系数二点三
丙：操作技术经常练
丁：过关

甲：处理事故没钟点
乙：下班回家特别晚
丙：高炉结瘤搞爆破
丁：危险

甲：爆破危险不可怕
乙：实施方案细谋划
丙：炮手操作需谨慎
丁：没差

甲：高温一千三百五
乙：热得心里直发堵
丙：炉前工人逢盛夏
丁：斗酷暑

甲：斗酷暑来战严寒
乙：警钟时时响耳边
丙：生产千日无事故
丁：安全

甲：生产竞赛同争先
乙：你追我赶齐向前
丙：日产纪录五百五
丁：高产

甲：苦练本领齐奋斗
乙：合理配料严要求
丙：产品畅销两市场
丁：质优

甲：产品质量第一位
乙：优质生铁价不贵
丙：出口韩国和日本
丁：挣外汇

甲：精心管理思想好
乙：确保产品低消耗
丙：利税突破三千万
丁：效益高

甲：吃苦耐劳抖精神
乙：无私奉献铸乾坤
丙：千锤百炼钢筋骨
丁：铁人

甲：炉前员工不怕苦
乙：百件千件无期数
丙：人人都挑大拇指
丁：佩服

甲：十年锤炼战困苦
乙：炼就铁人钢筋骨
丙：振奋精神再起步
丁：上征途

合：说炉前，唱炉前
炉前铁人不畏难
创造辉煌展风采
跨越世纪再争先
再！争！先！

说 安 全

（2007 年为 H 型钢创作）

甲：刚才节目演的好
乙：三句半也不能少
丙：不管内容好不好
丁：别跑

甲：我们四个女青年
乙：走上台来做宣传
丙：要问我们说点啥？
丁：安全

甲：型钢生产靠严管
乙：忽视安全最危险
丙：遵守《规程》去作业
丁：平安

甲：安全生产要确保
乙：班前学习不能少
丙：领导唠叨为了谁
丁：大家

甲：安全教育是关键
乙：学习规程如充电
丙：违章作业瞎指挥
丁：不干

甲：安全第一重如山
乙：细心操作苦钻研
丙：技术精来质量好
丁：过关

甲：从工艺，到维修
乙：生产安全都创优
丙：产品远销海内外
丁：一流

甲：产量高，质量强
乙：老外个个都赞扬
丙：安全生产是保证
丁：不忘

甲：安全连着你我他
乙：平安幸福靠大家
丙：完成工作下班后
丁：回家

合：说安全，唱安全
乙：员工个个走在前
丙：安全生产两不误
丁：样样指标都争先

合：对！

安全生产两不误

样样指标都争先

都！争！先！

快　板

夸"四强"

（单口快板）

竹板一打响叮当
咱不说炼铁说炼钢
炼钢厂，有四强
干部员工都赞扬

员工说：
四强工作起来不要命
他们都是工作狂
干部讲：
他们是炼钢厂的擎天白玉柱
他们是炼钢厂的架海紫金梁
他们是炼钢厂实实在在、真真正正、不折不扣、响当当的一块好钢

咱先说这第一强
他是转炉的工段长
名字就叫胥明旺
胥明旺，会炼钢
人称外号"一杆枪"
钢水炼得质量好
百炉千炉无废钢
上半年他担任生产乙班的大班长
带领员工往前闯
质量强，产量高
产量月月超指标
所在的班组被公司
命名为青年生产突出队
参加了"五四"青年表彰会
在会上他这个突出队的大队长
由公司党委书记亲自发了奖

下面再说第二强
名叫学军本姓王
工段长，会浇钢
人人喊他"不漏钢"
百炉浇钢无事故
创出了班产四百吨的新纪录
最高日产一千一
捷报频频传津西
技术业务评能手
百里要数他第一

还有那第三强
专管铁水运输这一行
说话嗓门赛铜钟
十里地外听得清
他就是混铁工段的刘立生
走起路来脚生风
指挥生产抓得紧
保障供应不放松
高炉接铁水
混铁炉内盛
高炉铁水不落地
转炉铁水不能停
有计划来有分工
谁的责任谁说清
提前谋划早预防
事故隐患全扫平
保机车，提包龄
单位成本算得清
包龄打到一百三
节省费用万万千
抓生产，保安全
他是工段的安全员
安全生产无事故
流动红旗他争先

最后是，第四强
振武的名字本姓张
泵站、汽化、风机房
风水电气他最忙
带病工作不休息
胳膊上长着大浓疮
工作安排不妥当
晚上连觉都睡不香

说四强，道四强
四强的名字传四方
炼钢生产传喜讯
钢城四强美名扬

说“点”儿

（单口快板）

打竹板，点儿对点儿，
说个小段就一点儿，
这一点儿，那一点儿，
放在哪也不显眼儿。
可人们总是离不开点儿，
小伙子个头想高点儿，
姑娘模样想俊点儿，
找工作想舒适点儿，
工资总想多发点儿。
各位员工都听着点儿，
清晨起床要早点儿，
家务活你多干点儿，
吃完饭你早走点儿，
按时上班你早到点儿，
劳保用品穿齐点儿，
卫生打扫得干净点儿，
没用的报纸你少看点儿，
本职工作多干点儿。
夜班的同志你精神点儿，
这违纪卡可不长眼儿，
万一你要合上眼儿，
查岗的就要记上点儿，
工资就要扣你点儿，
过滤嘴就得少抽点儿，
喝酒就得憋着点儿，
回家跟老婆还得少交点儿。
炉前工可辛苦点儿，
上班早来，下班晚儿，
班前会上说重点儿，
安全生产记着点儿，
转炉内外精心点儿，
确保产量多出点儿。
化验室、质检员儿，
严把质量这一关儿，
数据计算要准确点儿，
合格产品多出点儿。
司机师傅你开慢点儿，
精神集中冷静点儿，
违章事故躲着点儿，
家里人也能放心点儿。
财会统计你认真点儿，
千万不能点错点儿。
服务员你热情点儿，
对不起，没关系，
您好，谢谢多说点儿。
安全员你勤快点儿，
多看点儿，多转点儿
事故隐患多查点儿，

让员工生产安全点儿。
年轻人，你高兴点儿，
流行歌曲多唱点儿，
三步四步都学点儿，
麻将牌可要少玩点儿。
最要紧的是长心眼儿，
文化知识多看点儿，
专业技术多学点儿，
合理建议多提点儿，
修旧利废多搞点儿。
个人集体都节约点儿，
香烟少抽点儿，
啤酒少喝点儿，
不该买的少买点儿，
不该花的少花点儿。
集体更要节约点儿，
你别看，浪费一点不显眼儿，
可这一点儿，那一点儿，
时间长了就瞪眼儿，
人人要把企业管儿，
把节约能源放心坎儿，
边角废料收着点儿，
跑冒滴漏控制点儿，
有效时间多干点儿，
班下时间奉献点儿。
唱开放，话改革，
市场经济要搞活，
干群团结，上下齐心，
把企业之舟撑稳点儿，
让津西发展乘风破浪，
破浪乘风再快点儿。

（刊登在2006年5月11日《津西人》第69期，同年10月收入津西创业二十周年纪略《腾飞之路》）

吸取教训保安全

（群口快板　2005 年为烧结厂创作）

甲：打竹板，叮当响，
　　今天不把别的讲。
乙：百日安全无事故，
　　隐患处处要提防。
丙：企业生产搞安全，
　　遵章守纪是关键。
丁：安全连着你我他，
　　关系着企业扯着家。

甲：九一年，八一三，
　　工亡事故在这天，
　　年轻的员工郭华芝，
　　生命之路已走完。
乙：九四一六这一天，
　　看浴池的孟海全，
　　工作当中不注意，
　　下肢烫伤身致残。
丙：二零零二十月间，
　　球团把皮带给引燃，
　　刘维忠等人去救火，
　　烧伤坠落终身残。
丁：零一年七月二十四，
　　揣宝秋脱岗出了事，
　　罩棚顶上把觉睡，
　　胸椎骨折成粉碎。

甲：生产一年又一年，
　　工伤事故一件件。
乙：回首往事在眼前，
　　血的教训在心间。
丙：加强教育常学习，
　　工作才能保平安。
丁：严格操作标准化，
　　生产作业才安全。

甲：百日安全无事故，
　　烧结厂要创纪录。
乙：安全生产一百天，
　　确保实现安全年。
丙：厂部纷纷搞宣传，
　　今年的活动更新鲜。
丁：各个车间齐动员，
　　势夺第一要争先。

甲：一烧车间行动早，
　　联保互保搞得好，
　　上下交叉结成对，
　　安全生产层层保。

乙：二烧车间动作快，
　　安技知识人人爱，
　　安全考试全结束，
　　技术培训搞比赛。
丙：三烧车间有新招，
　　安全演讲水平高，
　　员工信心增百倍，
　　月月要把产量超。
丁：竖炉车间有特色，
　　活动一个接一个，
　　小品相声演唱会，
　　逗得大家总想乐。

甲：咱一烧，决心大，
　　这次的第一准拿下。
乙：叫同志，你别急，
　　第一一定是二烧的。
丙：你们说得都不对，
　　三烧的第一已定位。
丁：竖炉的工作搞得好，
　　这第一一定跑不了。

甲：让我说，咱都别急，
　　安全工作是大家的，
　　厂部此次决心大，
　　咱要齐心协力才对题。
乙：还是老兄说得好，
　　大家来把安全保，
　　共保安全共生产，
　　把事故隐患全赶跑。
丙：你安全，我安全，
　　大家安全永向前。
丁：你平安，我平安，
　　企业平安赚大钱。

合：你安全，我安全，
　　祝愿大家都平安。
　　百日安全无事故，
　　再次实现安全年。

英雄齐唱创业歌

（群口快板　1996 年）

男合：打竹板，笑呵呵
走上台来唱赞歌
唱一唱津西钢铁厂
津西铁厂英雄多
男甲：铁厂英雄齐奋发
十年创业开鲜花
建厂十年效益好
跻身于全国五百家
男乙：产量高，质量强
产品畅销京津唐
出口韩国和日本
海运走的是京唐港
男丙：哎，你出力，我流汗
利税突破了三千万
千日安全无事故
安全生产双双实现三连冠
男丁：创业十年有发展
铁厂改革永向前
竖炉、发电、制氧站
建成了钢铁一条龙生产线

群合：各科室，各车间
都有那员工和职员
工种多来岗位全
不说苦来不叫难
男合：叫同志你仔细听
下面咱就先说工
男甲：精粉上料工
男乙：白煤上料工
男丙：白灰上料工
男丁：焦炭上料工
男合：按时上料保供应
上料工种分得清

女合：你们说工，我们说员
员工职员都争先
女甲：大库保管员
女乙：铁库保管员
女丙：油库保管员
女丁：草库保管员

女合：工种分得细又全
各负其责管得严

男甲：配料工，造球工
男乙：烧锅工，出锅工
男丙：皮带工，混料工
男丁：煤气加压操作工

男合：高架布料工，竖炉看火工
这都是原料车间的岗位工
他们十年如一日
把青春奉献在岗位中

女甲：材料计划员
女乙：生产技术员
女丙：设备技术员
女丁：工程技术员
女合：统计员，调度员
这都是生产当中
主要环节主要关
多方协调多方管
工作处处他争先

男甲：炉前工，铸铁工
还有那卷扬天车工
安全生产记心中
操作熟练技术精
女甲：安全科，各车间
都有专职安全员
勤检查来除隐患
才有那安全生产一千天
男乙：鼓风工，热风工
空压机的操作工
坚守岗位听命令
处处用风满供应
女乙：化验室的化验员
还有质量检查员
工作认真又仔细
严格把住质量关
男丙：各泵站的水泵工
他们的责任可不轻
生产生活要用水
一时一刻不能停
女丙：保卫的经警值班员
不分夜间与白天
不怕风雨不怕难
为的是津铁保平安
男丁：没电设备难运行
有电就要有电工
他的权力真不小
要负责全厂电器设备和照明
女丁：核算员，预算员
还有劳动工资员
精心打来耐心算
为财务工作做贡献

男合：汽车司机修理工
厂内外运输忙不停
维护车辆勤保养
确保生产不误工
女合：产供销的业务员
春夏秋冬不停闲
尤其是过节又逢年
家人团聚特别难

男合：车工、钳工、铆焊工
管工、铣工、仪表工
设备维修与保养

备品备件搞加工
女合：档案、话务、机要员
描图、事务、乘务员
立足本职做奉献
都是人民的勤务员

男合：默默无闻的锅炉工
冬夏蒸汽满供应
没听他们叫过苦
没听他们表过功
女合：招待所，炊事班
都有炊事管理员
员工的生活搞得好
食谱菜谱样样全

男合：木工、瓦工、钢筋工
基建队里显才能
敢拼、敢打又敢冲
自已设计搞工程
女合：司药、护士、卫生员
白衣战士赛天仙
打针输液动手术
透视体检治伤员

男合：最平凡的环卫工
保护环境搞卫生
花香四溢柳迎迎
厂区处处展新容
女合：计节科的过磅员
严把计量这一关
成本高低搞核算
少不了咱的过磅单

男合：这个工，那个工
一时半时数不清
女合：这个员，那个员
一会半会说不完
男合：这个工，那个工
建厂十年有奇功
女合：这个员，那个员
建企十年谱新篇
男合：这个工，那个工
创业史上留美名
女合：这个员，那个员
艰苦创业攻难关

男女合：这正是：
干部员工英雄多
企业精神振山河
十年奋斗写历史
英雄齐唱创业歌

赞津西

（群口快板）

合：锣鼓喧天唱赞歌
千禧龙年话改革
欢歌笑语齐相聚
津西钢城喜事多
甲：适应市场求发展
就要淘汰落后装备上规模
乙：县委政府还有董事会
果断做出企业发展新决策
丙：扩制氧，烧结机
三百八高炉新工艺
丁：三十吨转炉新设计
连铸设备是先进的
合：哎，先进的！

甲：企业发展设备须配套
原料烧结很重要
两座二十四平米烧结机
十二月十日就奠基
土建紧，任务急
安装设备往前提
烧结的干部员工可了不起
整个安装没有外援的情况下
提前一月安装齐
保证了时间和工期
干部员工奉献的精神属第一
紧调试，整十天
安装投产仅仅才用一百天
烘炉点火把料填
整赶计划这节点
烧结机双双投产捷报传
合：哎，捷报传！

乙：说完烧结讲炼铁
炼铁的配套工程重要的环节
高炉上的是三八零
操作工艺是高水平
投资将近一个亿
当年投资当年还就搞设计
建设和工期才有二百零六天
八月间点火投产见效益
这全凭炼铁的干部员工齐努力
夜以继日艰苦奋战泰山移
从厂长到员工
一个个昼夜奋斗在现场建奇功
发扬了铁人的精神和毅力
创造了高炉建筑史上的新奇迹
合：哎，新奇迹

丙：说完炼铁我说制氧
三千二制氧责任强
去年十月土建忙
今年二月搞安装
责任重，工期紧
制氧的干部员工有信心
边生产来边安装
无私奉献斗志强
为保工期早投产
员工个个都争先
六月十五试生产
氧气日产达到了三千三
双机并网内相连
为保炼钢投产做出了大贡献
合：哎，大贡献

丁：十一月，天已寒
鞭炮声声响连天
三十吨转炉破土动了工
五千万投资不简单
试生产，任务坚
不分黑夜与白天
干部个个盯办在现场
员工是十二小时一个班
不怕苦不怕累
铁人的斗志胜过天
八月三十试生产
炉顺坯直员工个个笑开颜
至此间，淘汰落后目标已实现
谱写了津西发展史上又一篇
合：哎，又一篇

甲：说到此，还不能停
今年的技改任务可不轻
四项工程按时投了产
后勤的各个单位也都立了功
乙：从设计到供应
工程各组忙不停
从生产到安全
基建审计严把关
丙：抓培训走在前
积极培训新学员
后勤服务搞得好
处室的干部送水到一线
丁：党政工团齐动员
为企业发展做贡献
干部员工同奋战
创造了津西技改新纪元
合：哎，新纪元

甲：说改革，唱改革
改革路上英雄多
乙：说技改，唱技改
龙腾钢城放异彩
丙；抢抓机遇谋发展
站稳市场要大胆
丁：津西铁人建奇功
名满华夏展雄风
合：对，津西铁人建奇功
名满华夏展雄风

津西喜事多

（群口快板 2008 年 1 月 11 日第三届春晚节目之一）

合：姐妹八人走上台，
情不自禁唱起来，
唱出祝福唱出爱，
祝福满堂情满怀。

A：一祝员工保平安，
B：二祝干部喜事添，
C：三祝家属精神好，
D：四祝万家共团圆；
E：五祝市场拓得宽，
F：六祝质量把得严，
G：七祝生产指标顺，
H：八祝效益翻一番。
合：声声祝福唱不完，
千万话语汇一言，
咱们钢城八姐妹，
来给大家拜个年。

A：零七年，形势好，
大事喜事真不少，
朋友们，您别着急，
让我们一个一个给您提。
B：现场的综合规划与治理
反映企业管理水平的高与低
公司的英明决策就是好，
整顿现场来个乾坤大挪移。
C：仨月综合治理大会战，
相关的车间处室齐争先，
厂区面貌整洁又有序，
备用设备住进“疗养”院。
D：休息室，操作间，
干部员工都戒烟，
室内宽敞又明亮，
快乐度过每一天。
E：现场定置有规范
6S 管理保巨变，
整理整顿勤清扫，
清洁素养好习惯。
F：抓经营，降成本，
物资管理是关键，
公司投资 1500 万，
建成了物资配送中心站。
G：高标准，现代化，
节省人力物力作用大，
鼠标点动作计划，
物料主动送到“家”。
H：入库出库配送间，
一关比一关把得严，

全过程控制物耗损，
每天堵漏过万元。

A：环保技改一起搞
循环经济更重要，
节能减排措施硬，
多管齐下见奇效，
B：动力的污水处理站，
全力治理水的污染源，
投入巨资四亿元，
环保指标国内已领先。
C：降焦比，降铁耗，
节水节电节能耗，
责任分解定责任，
努力实现超国标。
D：炼钢采用新工艺，
钢渣回收做得细，
煤气回收百分百，
多措并举创效益。
E：共青团，先锋号，
五小成果效益高，
革新改造和建议，
设计发明有高招
F：青工技术大比武，
推出了一批新擂主，
学习型企业见奇功，
培养了技术骨干和精英。
G：津西之约传佳音，
青年员工喜结亲，
五湖四海交挚友，
洞房花烛一家人。
H：公司团委重实效，
荣辱新风人称道，
07 年 12 月 20 日，
荣获全国“五四红旗团委”
美称号。

A：津西牌 H 型钢效益高，
欧标的产品都免检，
远销日韩东南亚，
精品系列规模化。
B：CE 认证已通过，
英国劳氏认证也荣获，
打品牌，用户满意是首选，
海内外，信誉第一天下传。
C：中小型钢已开工，
二十五亿提其中，
年产一百二十万，
筹建工作已过半。
D：津西的二十载来聚精英，
万众合力铸钢城，
世界一流，全国最大
型钢基地冠华夏。
E：技改生产交叉多，
物料涨价幅度多，
津西员工办法多，
产量销售新突破。
F：企业文化指方向，
四为文化是使命，
社会股东客户员工全至上

　　各级领导都肯定。
G：发展理念有分歧，
　　收购挫败战鼓急，
　　与世界钢王巧联姻，
　　安米进入皆欢喜。
H：跨跃发展新征程，
　　千万蓝图已定型
　　中央部委省市县
　　领导视察予好评。

A：大事一件接一件，
B：喜事一宗连一宗，
C：年年钢城传佳讯，
D：道不完来数不清。
E：百年大业我辈兴，
F：同叙津西和谐情，
G：万众一心共祝愿，
H：祝愿钢城龙飞腾。
合：百年大业我辈兴，
　　同叙津西和谐情，
　　万众一心共祝愿，
　　祝愿钢城龙飞腾。

（刊登在2008年2月21日《津西人》报第160期）

对联八幅

横批：百炼成钢

上联：炉火炼就钢筋骨

下联：汗水铸成津铁魂

（2003 年津西“迎新年征春联”活动中获一等奖）

横批：壮志凌云

上联：志在津西兴伟业

下联：情系钢城建奇功

（2005 年津西“迎新年征春联”活动中获一等奖，刊登在 2005 年 2 月 3 日《津西人》报第 5 期）

横批：众志成城

上联：竖炉 高炉 转炉 加热炉 炉火映照钢城英雄灿烂创业史

下联：投产 顺产 达产 创高产 产量谱写津西勇士辉煌奋斗歌

（2005 年津西“迎新年征春联”活动中获三等奖，刊登在 2005 年 2 月 3 日《津西人》报第 5 期）

横批：志在钢城
上联：炉火融热爱 炼就钢筋铁骨
下联：汗水化真情 铸成津铁之魂

横批：敢执牛耳
上联：化冰雪 御震灾 兴奥运 遨太空 众志成城国人问鼎世界
下联：擎四人 抵风暴 创品牌 固基地 科学发展津西称颂五洲

（2005年津西“同心迎挑战”有奖征联三等奖，刊登在2月5日《津西人》报第209期）

横批：再展雄风
上联：上科技 上工艺 上品种 攻坚克难搏市场
下联：重目标 重管理 重人才 务实创新铸钢魂

（2006年津西“征春联”活动获一等奖，刊登在2月9日《津西人》报第56期）

横批：继往开来
上联：五届承英四为文化六花争艳展百年愿景
下联：八方聚贤三越低谷屡上台阶抒卅载宏图

（2012年津西“新春有奖征联”获二等奖，刊登在2月2日《津西人》报第362期）

横批：大展雄风
上联：忆往昔峥嵘岁月，万众齐心，披荆斩棘喜庆卅载
下联：看今朝浩瀚商海，八业同辉，争奇斗艳笑迎百年

（2013年津西“新春有奖征联”获三等奖，刊登在2月28日《津西人》报第417期）

第五部分

RENSHENG WUCHU BUMEILI 人生无处不美丽

（摄影篇）

相机，作为人的第三只眼睛，同样可以记录中国美、自然美、和谐美，将美的状态、美的事物、美的景色、美的瞬间呈现给社会，给人们一些美的思考和感悟。

在光影中，同样可以丰富阅历，开阔眼界，感悟世界，感受真情。

摄影把一个更加缤纷多彩的世界重新展现在眼前，一些原本不起眼的生活，被注入了新的活力，赋予了生命，用摄影的语言重新诠释并升华。

作者在景忠山采风

摄影是一门永恒追求美丽瞬间的艺术，但是最需要的不是相机的快门有多快，而是一颗心能耐多久的寂寞，才等到最美丽的那一瞬间。

一个故事，一段往事，一个感觉，一种美丽，一种缘分，用语言可能无法表现，但用相机把它定格在镜头里，你会发现它有一种说不出的美丽，所以，通过相机你会发现，美丽真的无处不在。

奇石异树

美丽胡杨

胡杨树是世界上最耐干旱的树种之一，它有三千年胡杨之说，即生而一千年不死，死而一千年不倒，倒而一千年不朽。现在世界上仅存的胡杨林只有三处，我国西藏和内蒙古各有一处。内蒙古阿拉善盟额济纳旗有一处“怪树林”，就是一片死后的胡杨林。原本挺拔茂盛的胡杨林，现在却变得“陈尸”遍野，或枯干向天，或仅存“一线生机”，其情凄惨，犹如殊死恶战后的古战场。其实它是由于地下水水位下降和气候干旱所导致。如今“怪树林”已经向人们敲响了必须重视保护生态环境的警钟。该作品登在2008年10月9日《津西人》报第193期。2013年以《胡杨对比美》在第四届中国时代风采人物评选活动中获摄影作品金奖。

胡杨对比美

胡杨神树

美丽胡杨

生死相依

胡杨美如画

凄美怪树林

石板画艺

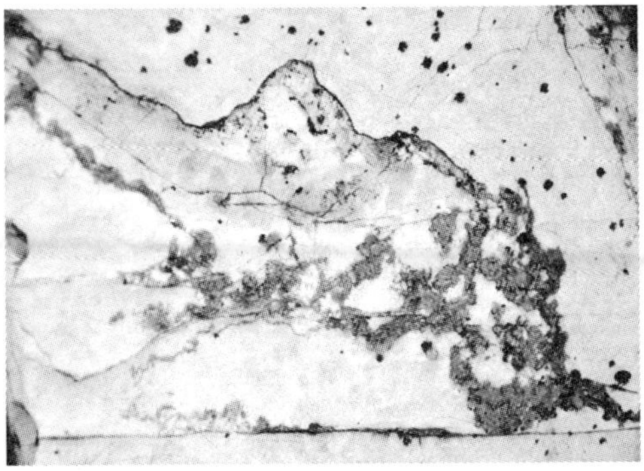
冬梅傲雪

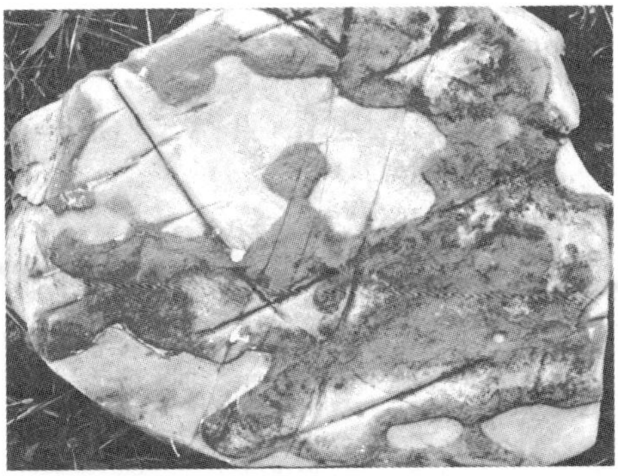
牧童晚归

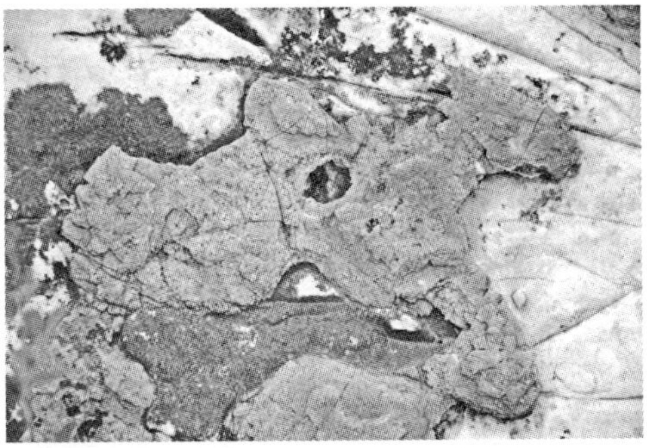
烈马奔驰

麒麟献瑞

千岛湖面

思想探索

这组照片是集石板、美术和摄影三种形式为一体呈现给我们的艺术享受。《冬梅傲雪》《牧童晚归》《烈马奔驰》《麒麟献瑞》《千岛湖面》和《思想探索》

作为组照参加了津西三十年书画摄影展，并获得摄影作品优秀奖，同时收入津西建企三十周年征联、书画、摄影集《卅载辉煌》中。

生命的力量

通过这几幅图看来，人的生命力与植物真的是无法相比。

一粒种子，只要有阳光，有水分，无论在什么样的环境下，都能够生根发芽，都能够无忧无虑地生长，无论是风沙、雨雪、酷暑、严寒，什么样的恶劣环境，对于她的生命来说，她都会作为是对自己生命的一种考验，并且从容面对，所以，这些对她不但构不成任何威胁，反而能够使她更加顽强，生命力更加旺盛。

这一点的确值得人类认真地学习和思考。

能屈能伸

破岩

生命的力量

咬定青山不放松

石破惊天

乌龙盘石

稳座磐石

人定胜天

石树之美

晨风中的舞蹈

连体红松

英姿挺拔

天池

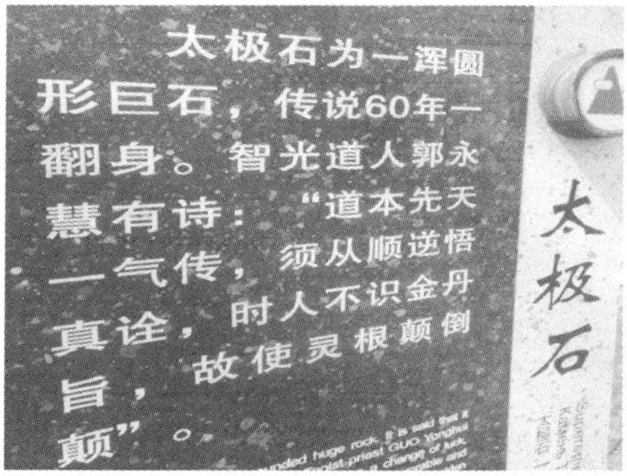

太极石的来历

秀丽风光

迁西县景忠山——国家4A级旅游景区

景忠仙境之一

景忠仙境之二

景忠仙境之三

曲径通幽（景忠山下山路）
（刊登在 2010 年 5 月 27 日《津西人》报第 226 期）

翠掩古刹
（刊登在 2010 年 5 月 27 日《津西人》报第 226 期）

迁西风光

东山风光

大美迁西

梧桐引凤（栗乡引来唐山摩哥）

别有洞天（三屯牌楼沟水库）

滦河冬韵

国学村

百年栗林

雾中梨乡

（刊登在 2008 年 5 月 15 日

《津西人》报第 172 期）

东湖湾画廊

夜映彩虹桥

海市蜃楼

内蒙风光

黑城遗址：位于内蒙古额济纳旗弱水河东岸，东西长 470 米，南北宽 384 米，总面积 18.05 平方米。城西北角屹立着一座高 12 米的覆体式佛塔，是黑城的独特标志，城内建筑布局井然。1372 年，明朝征西将军冯胜攻破黑城后，明朝随即放弃了这一地区，此后黑城便在尘封的历史中沉睡了几百年。黑城是“丝绸之路”上现存最完整的一座古城，其价值不单在于它的外观，更重要的是埋藏于地下的独一无二的珍贵文物。

内蒙古边境：策克口岸

朝霞映日（居延海日出）
（刊登在 2016 年 3 月 17 日《津西人》报第 573 期）

岁月的痕迹——黑城遗迹

我用自己的方式悄悄的爱你

泰山风光

泰山圣境

泰山览胜

泰山风景

泰山风光

泰山龙柱

宜春风光

宜春风光

宜春天赐湖

一路欢歌

各地风光

菩提岛

此处无声胜有声

莫愁女前留个影

大海我的故乡

大连风光

老街

苏州一角

迷人景观

古塞雄峰

迁安白羊峪长城遗址

历史见证

榆木岭长城遗址

（刊登在 2015 年 6 月 11 日
《津西人》报第 534 期）

另眼看长城

喜峰口长城遗址

渤海明珠观景台

渤海明珠观景台是国内最大的海上钢结构悬臂景观，巨型钢桁架结构形成独特的贝壳状外观，顶部距海面40米，最长悬挑67米，中心位置为面积1000平方米的演出舞台，周边设有坐席1300个，是集观景与娱乐功能于一体的海上露天观景平台，其独特的造型结构和完美的服务设施成为举办重大活动的主要场所。观景台于2009年3月开始建设，2010年8月建成，与鲅鱼公主、月光环雕塑共同形成鲅鱼圈海滨文化艺术景观。

鲅鱼圈美人鱼

八戒探路

云龙过海

祥和圣景

天街

雾灵山五龙头——天梯

一线天

苏州报恩寺——欢喜佛

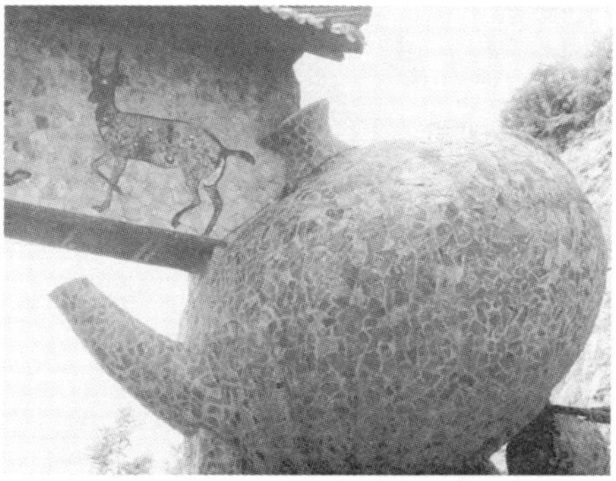

迁安市红玉山庄——壶中日月长

江山如画

另眼看泰山

景忠落日

人生小站

仙人桥
（刊登在 2016 年 8 月 4 日
《津西人》报第 593 期）

轨迹

长城窥视

报恩塔

滦州古城横渠桥

日上树梢

花鸟鱼虫

梨花闹春

国色天香

看谁最勤劳

菊花怒放

美若天仙

人面不知何处去

忠诚

海滩情趣

金蝉脱壳

荡秋千

绝处逢生

灵魂之美

开会了

向右看齐

张网以待

蜻蜓侠

恋歌

邻居

（刊登在 2016 年 1 月 12 日
《津西人》报第 566 期）

金鲤闹春

海底世界

瓜果飘香

恋曲

宝“弓”

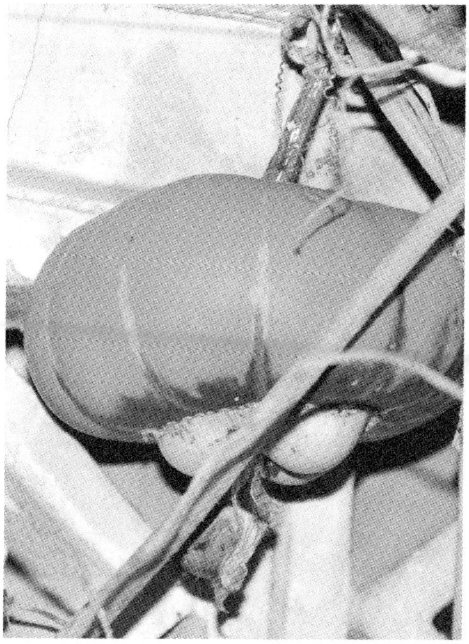

大红灯笼高高挂

窝瓜“锤”

仙姑（鲜菇）

双胞胎

不离不弃

八仙过海

硕果累累

鲜桃

幸福社区

亲水社区
（2015年东湖湾摄影展获相机组三等奖）

华都社区

德誉社区

牌楼沟社区

城市社区

东湖湾社区

腐朽化神奇

当年万通

2011 年万通厂貌

建设中

炼铁生产现场

炼钢生产现场

轧钢生产现场

组照《腐朽化神奇》用相机记录了津西万通从2009年7月18日开始到2011年两年的奋斗历程，短短的两年，津西人把一个废墟工厂建设成为年产200万吨铁、钢、材的钢铁企业。该作品在2011年“津西辉煌二十五周年员工摄影大赛”中获二等奖，并刊登在2011年10月27日《津西人》报第349期。

津西文化放光彩

感恩

（2012年“腾飞津西摄影大赛”获文化纪实作品一等奖，刊登在2011年10月27日《津西人》报第349期）

出水芙蓉

（2012年全总文工团慰问津西专场演出）

荷塘月色

（2014年津西与迁西联合举办春节联欢晚会）

护花使者

（2012年津西与迁西联合举办春节联欢晚会）

明星阵容

（2012 年津西举办栗乡之夜专场晚会）

热火朝天

（刊登在 2009 年 10 月 8 日《津西人》报第 244 期，2008 年收入美术书法摄影作品集《锦绣迁西》）

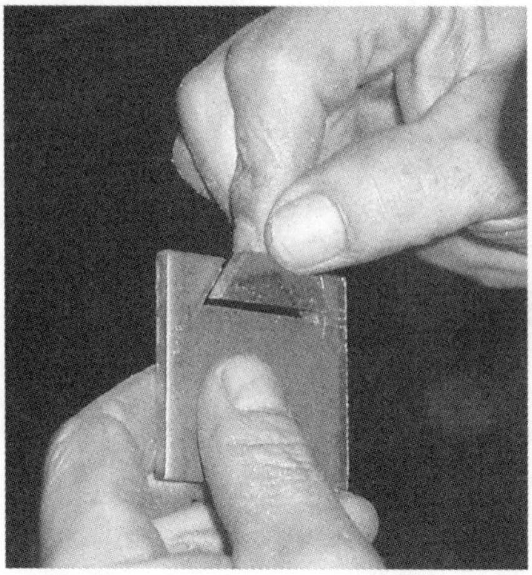

答卷

（刊登在 2007 年 9 月 3 日《津西人》报第 138 期，2007 年获“我爱津西员工书画摄影展”摄影作品一等奖）

双弧映夜

（刊登在 2008 年 12 月 18 日《津西人》报第 203 期）

第六部分

人生豪情谱劲歌

RENSHENG HAOQING PUJINGE

（歌曲篇）

人生永远是一首唱不完的歌，每一场邂逅都是不朽的故事，每一次回眸都有拾不完的回忆，每一分每一秒的流淌都演绎着不尽的风景，每一个故事、每一个回忆、每一个风景，都可以演绎为一首动人的旋律。我们在这动人的旋律里享受幸福人生，在美妙的生活中欣赏这动人的旋律。

津西员工演唱《津西人之歌》

"个体户"之歌

（八十年代为个体劳动者而作）

马庆元 词
王继祥 曲

1=D 2/4

♩·= 112 骄傲、自豪地

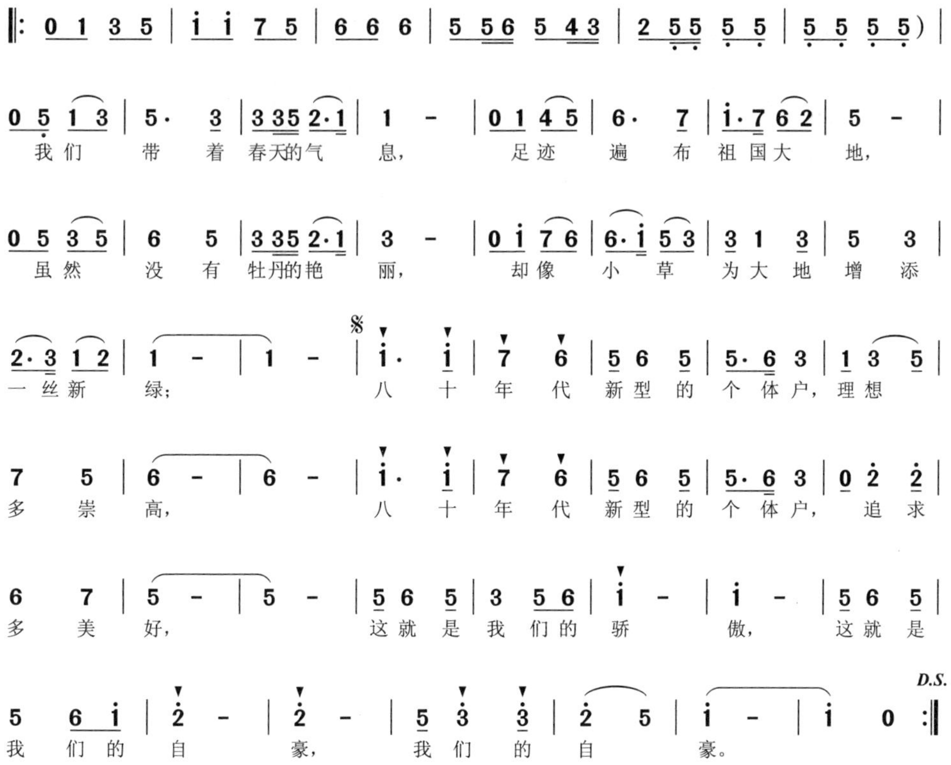

拥抱明天灿烂阳光

1=bE 2/4

J.=90 热情、歌颂地

王继祥 词

王继祥 曲

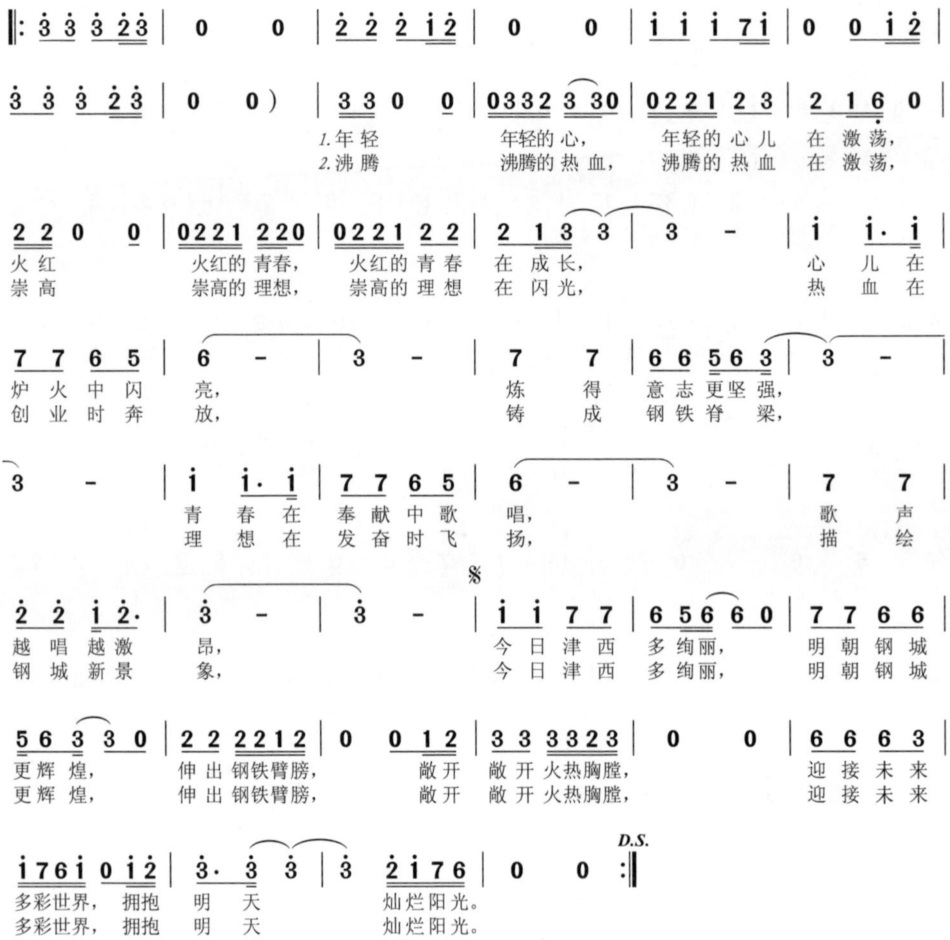

没有安全就没有欢乐幸福的家

1=♭E 2/4
♩.=68 欢快、自豪地

王继祥 词
王继祥 曲

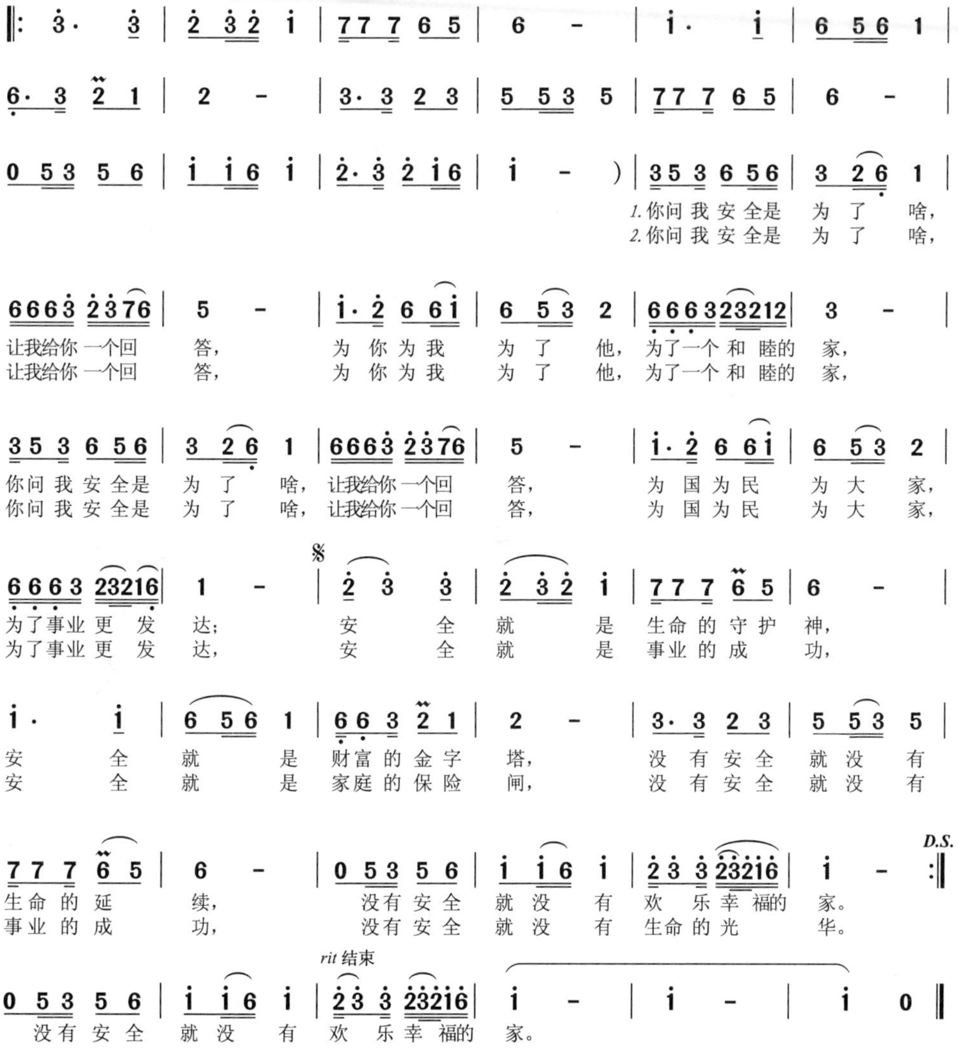

盼归

1=D $\frac{4}{4}$ 王继祥 词

♩.=102 思念、深情地 王继祥 曲

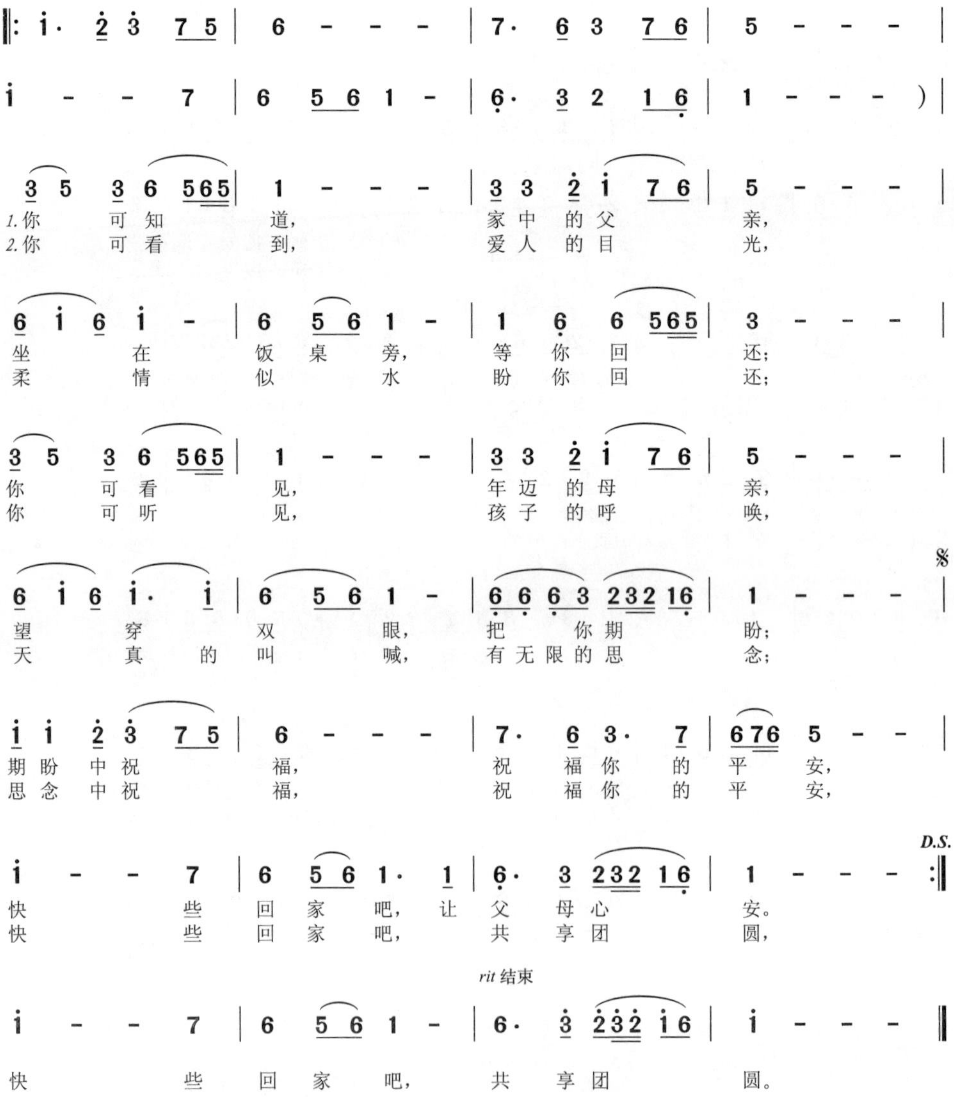

我的心中你最美

1=F $\frac{4}{4}$

♩.=72 深情、歌颂地

王继祥 词
王继祥 曲

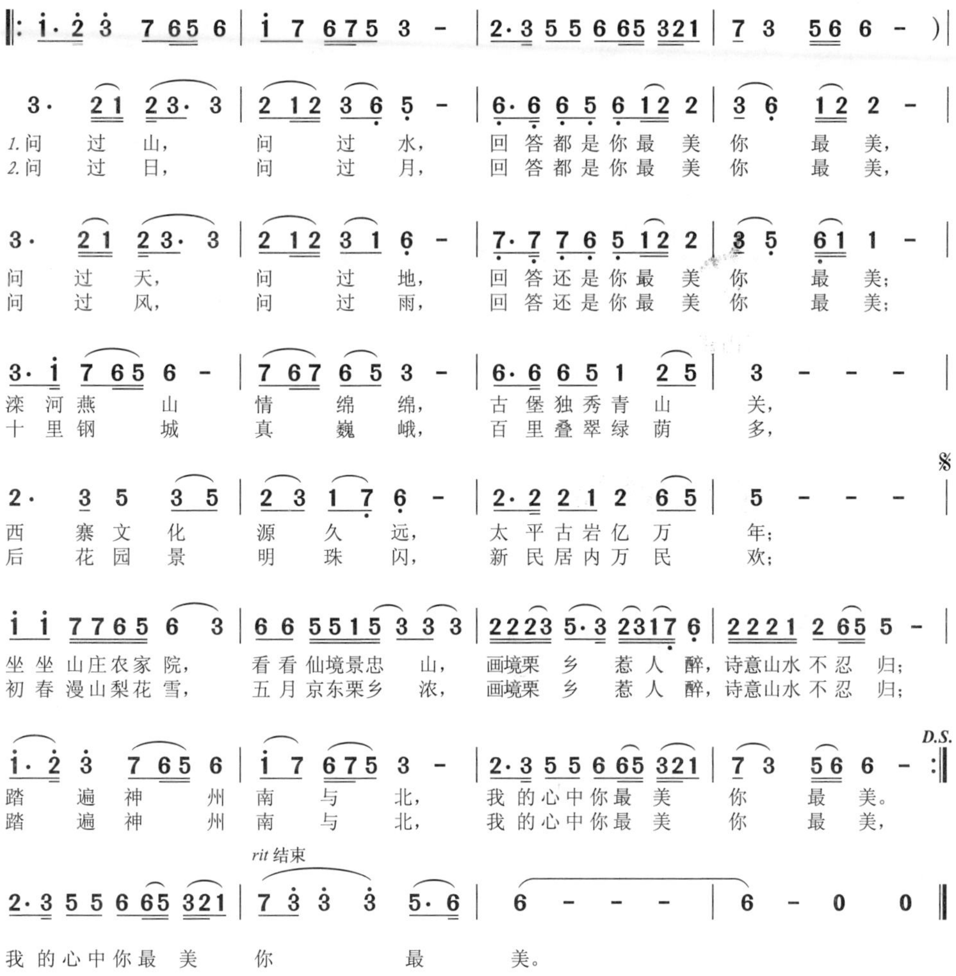

秋风捎去谁的思念

尹良侠 词
王继祥 曲

1=E 4/4
♩.=102 思念、深情地

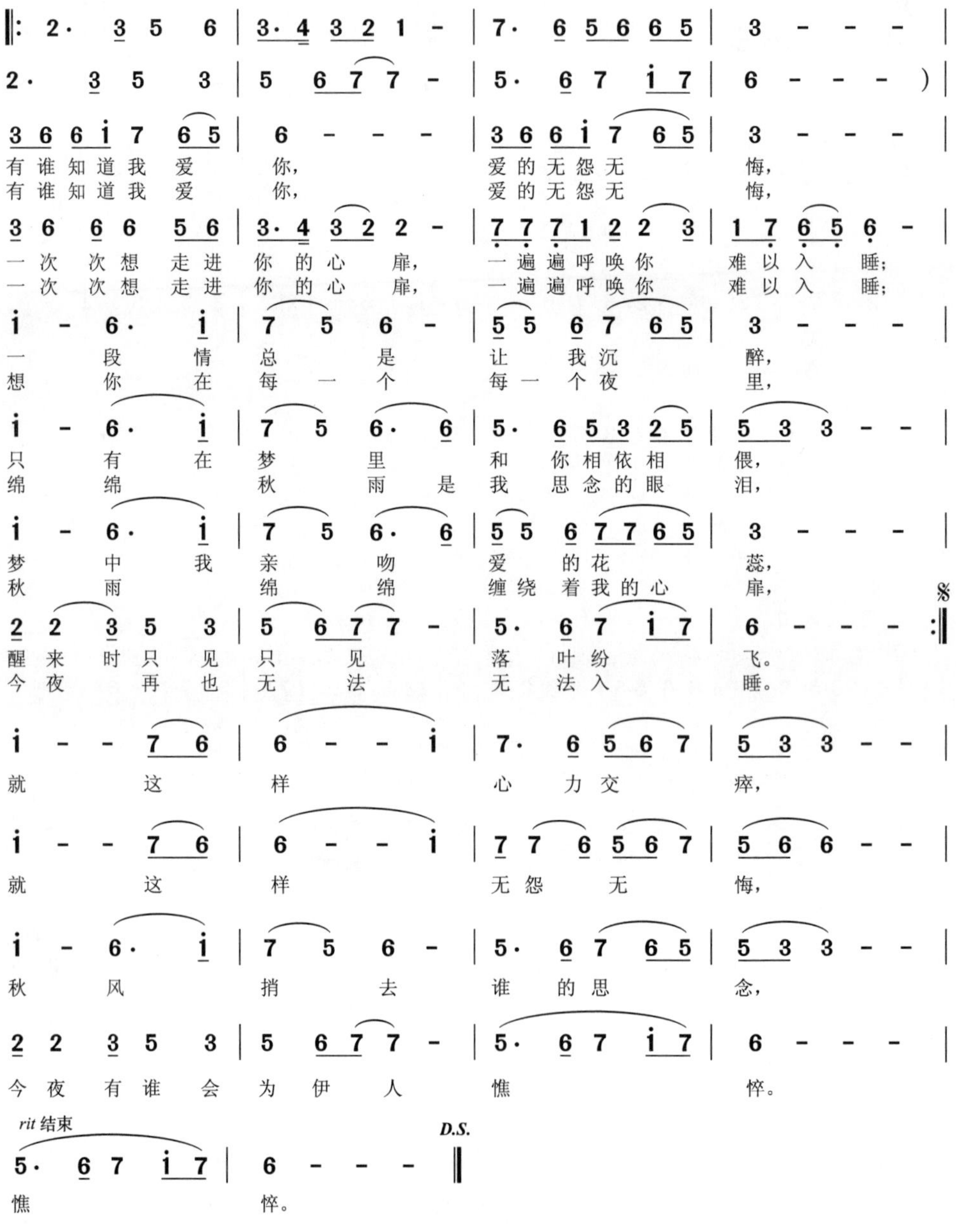

津西企业文化之歌

1=G $\frac{4}{4}$ 王继祥 填词

♩=112 坚定有力，进行速度

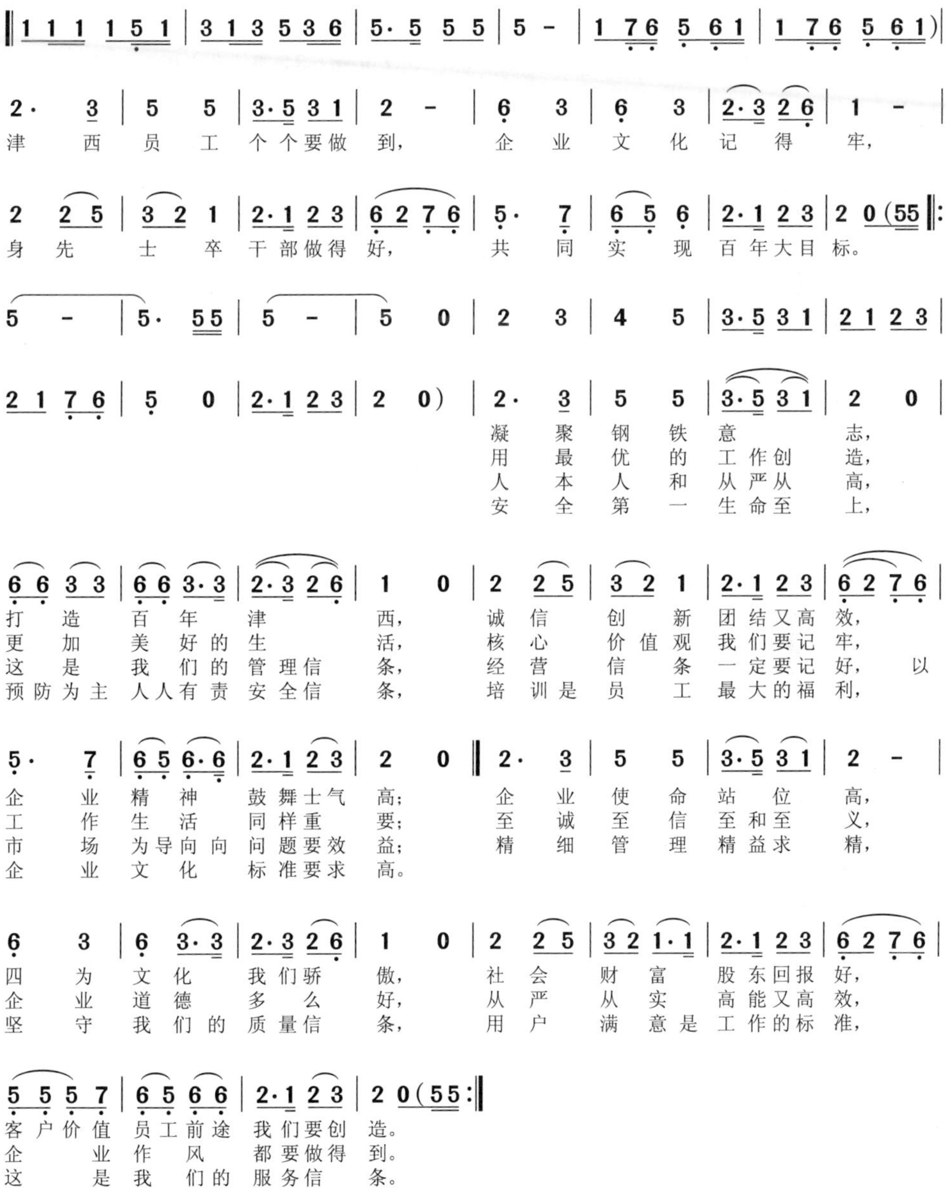

国家的事

1=♭E 4/4
♩·=62 诉说、歌颂

王钰来 词
刘 爽 王继祥 曲

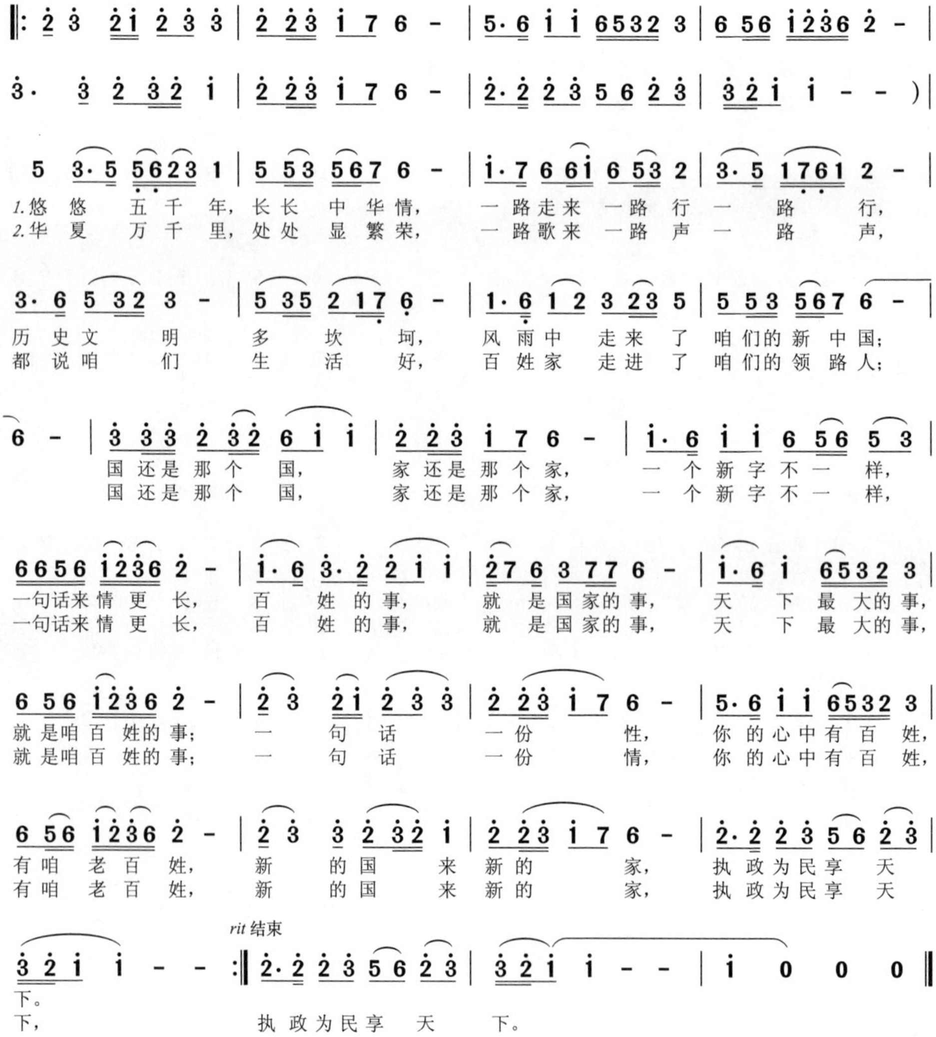

梦回小时候

1=F $\frac{6}{8}$

♩=98 回忆、倾诉地

张自成 词
王继祥 曲

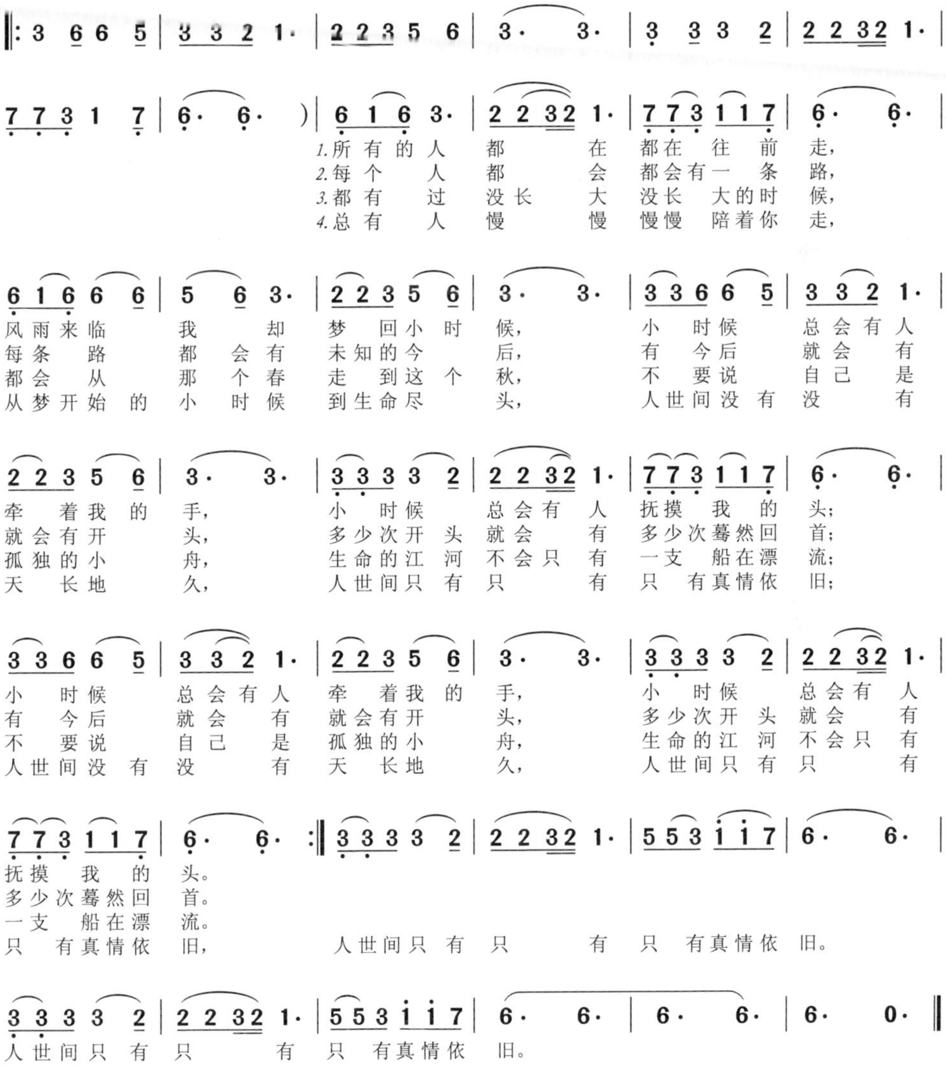

别让梦从枕畔走开

1=F $\frac{6}{8}$

♩=104 留恋、欢快地

王金保 词

王继祥 曲

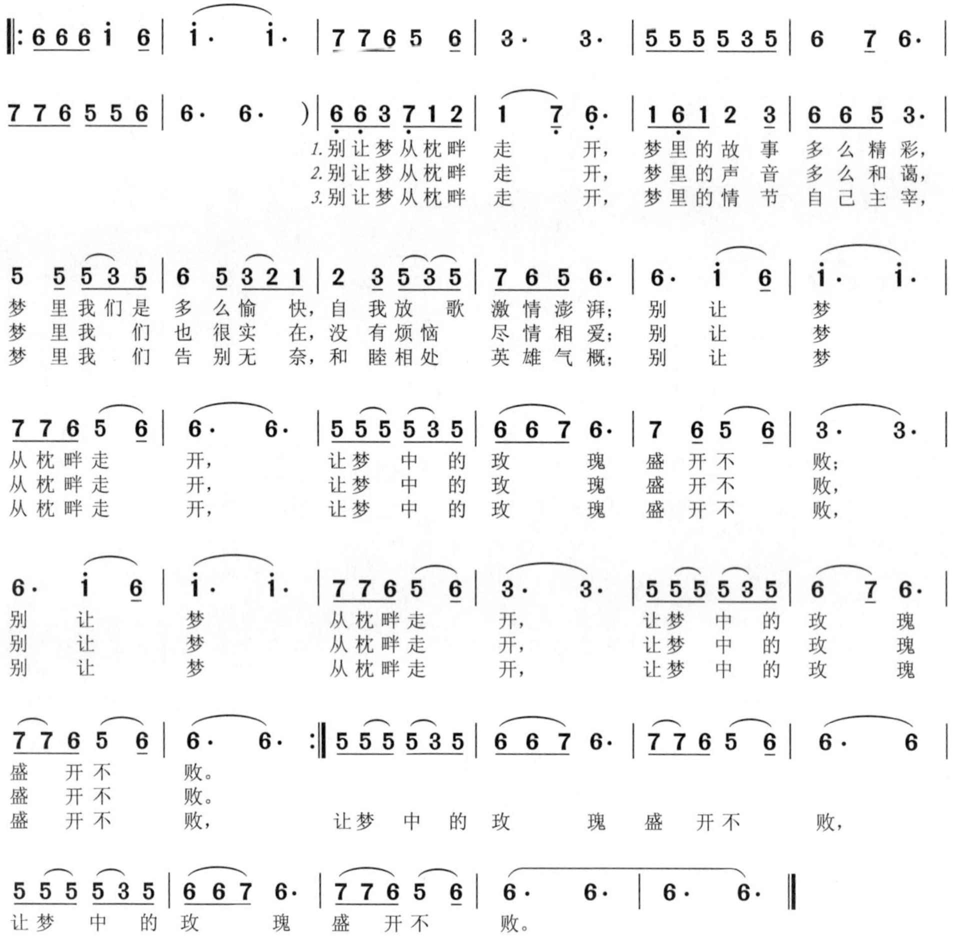

后　记

《人生"麻辣烫"》一书付梓问世之时，使压在我心头两年之久的这块石头终于落了地，我如释重负，深深地舒了口气，顿感轻松了许多。

说实话，原本不敢相信自己持有出书的想法，是津西为我提供的内部宣传月刊和报纸的平台，使我有了坚持不懈撰写稿件的机遇，日积月累，奠定结集成书的基础。我之所以萌生端出积攒多年的这份"麻辣烫"的想法，初衷就是为纪念庆祝津西集团建企三十周年，也为自己三十年的工作做一个小结。三十功名尘与土，卅载春秋竞风流；津西自1986年10月建企，至今已近三十二年，我从1987年4月进津西参加工作，今年整好工作了三十一年，可以说经历了津西从茫茫天野到钢城矗立，从一花独秀到百花齐放，从乡镇立县小企到境外上市的全国500强钢铁集团的全部历程。津西应对的每一次挑战、竖起的每一座丰碑、取得的每一次胜利、创造的每一个奇迹，都渗透着许多艰辛和满满的正能量，都闪耀着钢铁人坚定自信、战无不胜的情怀。我为自己是其中一员而感到骄傲和自豪，津西的每个历史阶段、每个动人场面、每种文化氛围，以及他们为实现津西梦、中国梦的那种无私的付出和艰辛的努力，都无时无刻地感动和激励着我。为了让更多的人了解津西、走近津西、认识津西，我深深感到我有义务和责任为津西同时也为自己做点什么。所以，我把自己在津西三十一年来工作中的点滴认识汇总在一起，形成了现在的《人生“麻辣烫”》。

麻辣烫并不像南北大菜、满汉全席那样具有更高的知名度，也不像鲍鱼、鱼翅那样受尊贵人群的青睐，但它符合大众人群的口味，更能代表工薪阶层以及百姓酸甜苦辣、五味杂陈的生活风味。本书之所以以《人生“麻辣烫”》命名，就是让读者在进一步了解津西的同时享受一点人生的乐趣和麻辣烫那特有的味道。《人生“麻辣烫”》收录了本人或与朋友及同事合作在津西三十年大部分在《快讯》《津西人》以及书刊和画册中选登的新闻、诗歌、人生感悟、小小说、对联、曲艺及歌曲作品共224篇和摄影作品200余幅，可以说是我工作三十年以来几乎全部收获，我的情感和快乐也都融入在这此作品之中。全书分为“人生天天好消息”“人生处处是课堂”“人生思考凝感悟”“人生撷趣欢乐多”“人生无处不美丽”和“人生豪情谱劲歌”六个部分，既展示了本人的兴趣爱好，又记录了津西和我共同的成长历程，同时也从一个侧面折射出津西从无到有、从小到大的发展过程和三十年来取得的辉煌成就，更向世人展示出津西人不忘初心，跃低谷、渡难关，敢打敢拼、敢于挑战严峻钢铁市场，一步步走向世界钢铁巅峰的决心和胆识。通过此书，如果人们能够对津西有更进一步的了解，能够传递一些正能量，并在此同时感受到些许快意和乐趣，我想，我的目的也就达到了。

《人生“麻辣烫”》一书的结集出版，是大家共同努力的结果，它饱含着大家的智慧和汗水，在冶金工业出版社和《中国冶金报》社领导的指导下，在津西各级领导的关心和帮助下，以及在众多朋友、同事以及家人的支持鼓励下，我用了近半年的时间，完成了整部书稿的编写整理工作。由于本人水平有限，书稿中难免会有这样或那样的瑕疵和纰漏，敬请广大读者批评指正。

在这里，我要感谢津西各级领导的关心，是津西成就了我，增加了我出书的决心；感谢冶金工业出版社和《中国冶金报》社领导对此书的精心策划和指导；感谢《津西人》报社编辑部的全体人员积极为我提供各种信息和照片素材；感谢企业、教育、文化宣传、文联、摄影等战线上所有与我合作的老师、朋友、同事们，是他们的信任和理解让我能够如愿以偿；感谢北京易中培训公司2008~2011年陪我走过的四年，让我学会了许多管理的新思想；感谢我的爱人在生活上无微不至的照顾和儿子积极地帮我搜集资料，这些都坚定了我出书的信心和勇气。

最后我要真诚感谢中华全国新闻工作者协会国内部兼学术部原主任、高级记者、“中华大地之星”征文评选组委会主任阮观荣老先生亲自为本书题字；衷心感谢老骥伏枥、德艺双馨、年过七旬的《中国冶金报》河北记者站站长、资深记者谢吉恒老先生，在百忙之中为此书作序，还要感谢著名诗人沈五群老先生为本书即兴赋诗《咱爱〈人生“麻辣烫”〉》；更要感谢我的恩师、《津西人》报顾问编辑、年已古稀的庞文泽老先生为此书题注及挥笔一篇《一本值得细品的好书》读后感。

王继祥

2018 年 5 月 1 日于河北省迁西县